MW01382525

LE DANGER DANS LA PEAU

Robert Ludlum, maître incontesté du suspense, est l'auteur de plus de vingt romans, vendus à plus de deux cents millions d'exemplaires à travers le monde et traduits en trente-deux langues. À sa mort, en mars 2001, il a laissé de nombreux manuscrits inédits.

Né à New York en 1946, diplômé de l'université Columbia, Eric Van Lustbader a été enseignant puis a travaillé dans l'industrie du disque. Il est l'auteur de nombreux best-sellers, dont *Le Ninja*. À la suite de Robert Ludlum, il a repris le flambeau des aventures de Jason Bourne, incarné au cinéma par Matt Damon.

Paru dans Le Livre de Poche :

L'Alerte Ambler
Le Cercle bleu des Matarèse
Le Complot des Matarèse
Le Danger Arctique
La Directive Janson
L'Héritage Scarlatti
La Mémoire dans la peau
La Mort dans la peau
La Mosaïque Parsifal
Le Pacte Holcroft
La Peur dans la peau
La Progression Aquitaine
Le Protocole Sigma
La Stratégie Bancroft
La Trahison dans la peau
La Trahison Prométhée
La Trahison Tristan
La Trilogie Jason Bourne : La Mémoire dans la peau / La Mort dans la peau / La Trahison dans la peau
Une invitation pour Matlock

En collaboration avec Gayle Lynds :

Le Code Altman
Objectif Paris
Opération Hadès

En collaboration avec Patrick Larkin :

Le Vecteur Moscou
La Vendetta Lazare

En collaboration avec Philip Shelby :

Le Pacte Cassandre

d'après

ROBERT LUDLUM

Eric Van Lustbader

Le Danger dans la peau

La sanction de Bourne

TRADUIT DE L'ANGLAIS (ÉTATS-UNIS) PAR MARIE DUPONT

GRASSET

Titre original :

THE BOURNE SANCTION
Publié en juillet 2008 par Grand Central Publishing, New York.

© 2008 by Myn Pyn, LLC.
© Éditions Grasset & Fasquelle, 2010, pour la traduction française.
ISBN : 978-2-253-16261-2 – 1re publication LGF

Pour Dan et Linda Jariabka,
avec amour et gratitude.

Prologue

Colonie 13, prison de haute sécurité de Nijni Taguil, Russie/Campione d'Italia, Suisse.

Les quatre détenus attendaient Boria Maks, adossés au mur de pierre sale dont ils ne sentaient plus le froid. Ils discutaient dans la cour de la prison, et fumaient des cigarettes turques de contrebande, vendues à prix d'or. Ils se remplissaient les poumons d'une fumée âcre qui, une fois recrachée, formait de petits nuages figés dans l'air glacé. Des myriades d'étoiles scintillaient au firmament : la Grande Ourse, le Lynx, le Chien, Persée. On retrouvait ces constellations dans le ciel de Moscou, mille kilomètres plus bas, mais l'ambiance, dans les clubs tapageurs et surchauffés de Trehgorny Val et de la rue Sadovnicheskaya, n'avait rien à voir avec la vie, ici, dans l'Oural.

Les prisonniers de Colonie 13 fabriquaient, dans la journée, des pièces détachées de T-90, tanks russes et engins de guerre redoutables. Mais le soir, de quoi ces hommes dénués de conscience, et incapables d'émotion, pouvaient-ils parler ? De leur famille, bizarrement. La stabilité d'un foyer avait donné une structure à leur ancienne vie, comme les murs de cette centrale aujourd'hui, leur univers se résumant à leurs activités – mensonge, traîtrise, vol, extorsion de fonds, chantage, torture et meurtre. Leur existence se déroulait en marge de la civilisation telle que la plupart des gens la conçoivent. Ainsi, le fait de retrouver une femme et des enfants, le soir, de bonnes odeurs de betterave cuite, de chou bouilli, de viande braisée, et la brûlure d'une vodka poivrée, symbolisait un confort dont ils avaient tous la nostalgie. Nostalgie qui créait entre eux un lien aussi fort et inaltérable que les tatouages de leur sombre métier.

Un sifflement discret fusa dans l'air glacé, et leurs souvenirs s'évaporèrent, comme de l'essence de térébenthine sur un tableau. La nuit perdit ses couleurs fantasmées et redevint noire avec l'apparition de Boria Maks, homme à la musculature d'acier. Depuis son incarcération, Maks avait pratiqué chaque jour le saut à la corde et l'haltérophilie. Tueur à gages pour la Kazanskaïa, une branche de la *grupperovka* russe spécialisée dans le trafic de drogue et de voitures volées, ce colosse était un mythe vivant pour les quinze mille détenus de Colonie 13. Les gardiens le méprisaient, mais le craignaient. Sa réputation le précédait. Il n'était pas sans rappeler l'œil d'un cyclone, autour duquel tourbillonnaient les vents hurlants de la violence et de la mort. Il venait d'éliminer le cinquième homme de la petite bande. Kazanskaïa ou pas, ils allaient le punir, faute de quoi ils ne survivraient pas longtemps dans ce pénitencier.

Ils sourirent à Boria. L'un d'eux lui offrit une cigarette, un autre la lui alluma. Le géant se pencha, protégea la petite flamme du vent, la main en coupe. Les deux autres malfrats empoignèrent ses gros bras. Celui qui avait allumé la cigarette dirigea un couteau de fortune, aiguisé à l'atelier de la prison, vers le plexus solaire de Maks qui le repoussa d'un revers de la main. L'homme à l'allumette le frappa au menton.

Maks partit à la renverse, heurta la poitrine des détenus qui le tenaient. Il écrasa le pied du premier, dégagea son bras droit, puis projeta son coude dans les côtes du deuxième. Il se plaqua contre le mur, dans l'ombre. Les quatre ordures s'approchèrent pour la mise à mort. Le type au couteau s'avança, glissa ses doigts dans une sorte de poing américain de sa fabrication.

La lutte s'engagea pour de bon, ponctuée de grognements et de gémissements. Le sang coula. Boria était rusé, doué d'une force peu ordinaire et sa réputation était justifiée, mais il avait beau rendre coup pour coup, il affrontait quatre ennemis à la fois, tous décidés à le tuer. Quand il en mettait un K.O., un autre le remplaçait aussitôt, de sorte qu'ils étaient toujours deux sur lui, pendant que les autres récupéraient. Ces prisonniers savaient qu'ils ne l'abattraient pas facilement. Ils entendaient l'épuiser avec méthode, par roulement – eux feraient des pauses, mais leur adversaire n'aurait aucun répit.

Et cela parut marcher. Sanglants, couverts d'ecchymoses, ils continuèrent le combat sans merci. Puis Maks balança le tranchant de sa main dans le cou de l'un d'eux et lui écrasa le cricoïde. L'homme bascula vers l'arrière, et tomba dans les bras de ses amis, le souffle coupé, tel un poisson pris à l'hameçon. Boria lui arracha son arme. Les yeux du prisonnier se révulsèrent, son corps s'affaissa : il était mort. Ivres de haine et de rage, les trois autres se ruèrent sur le colosse.

L'assaut faillit pénétrer les défenses de Maks, mais il se plaça de profil, offrant une cible réduite à ses assaillants. Il les lardait de coups, coupures superficielles qui cependant les affaiblissaient. Riposte à leur stratégie qui visait à l'épuiser. La fatigue est une chose, perdre du sang en est une autre.

L'un des trois le chargea et glissa sur son propre sang. Boria l'assomma. Un autre lui envoya son poing américain dans le cou. Le géant en eut le souffle coupé. Ses ennemis s'acharnèrent sur lui, et ils allaient l'achever, lorsqu'un gardien jaillit de l'ombre et les fit reculer avec sa matraque bien plus dangereuse qu'un simple bout de métal.

Une épaule se brisa, un autre détenu eut le crâne défoncé. Le troisième, qui tournait les talons, prêt à fuir, reçut un coup qui lui brisa les reins.

— Mais qu'est-ce que vous faisiez ? s'écria Maks, à bout de souffle. Ces salauds ont dû acheter tous les gardiens !

— Effectivement, dit le garde.

Il prit Boria par le coude.

— Par ici, fit-il, en montrant la direction avec sa matraque luisante de sang.

Maks fronça les sourcils.

— Ce n'est pas le chemin pour retourner dans les cellules.

— Tu veux sortir ou pas ?

Maks hocha la tête, prudent, et les deux hommes traversèrent la cour de la prison d'un pas rapide. Le gardien avançait collé au mur ; Boria l'imitait. Ils évitaient avec soin les projecteurs qui balayaient l'espace désert. En temps normal, Maks se serait méfié de cet homme, mais l'heure était particulière, et puis il s'attendait à ce que le chef de la Kazanskaïa le fasse sortir. Il avait trop besoin de lui pour le laisser moisir à Nijni Taguil. Qui pouvait remplacer le grand Boria, hormis Leonid Arkadine ? Mercenaire, dernier représentant d'une espèce en voie de disparition – ou mythe vivant : tout le monde en avait entendu parler, mais personne ne l'avait rencontré. Boria avait vu son enfance bercée par de tels personnages, doués de terribles pouvoirs. Pour d'obscures raisons, les Russes semblent prendre plaisir à terroriser leurs enfants. Mais Maks n'avait jamais cru à ces histoires. Aussi, pourquoi aurait-il craint Leonid Arkadine ?

Le gardien ouvrit une porte, dans le mur. Ils plongèrent à l'intérieur juste avant que le projecteur n'éclaire la partie de l'enceinte qu'ils venaient de quitter.

Ils empruntèrent plusieurs couloirs, puis arrivèrent en vue des douches communes, derrière lesquelles, Maks le savait, se trouvait l'une des portes donnant accès à ce secteur de la prison. On pouvait se demander comment le garde allait passer les divers sas qui les séparaient du monde extérieur, mais c'était son affaire. Jusqu'à présent, il avait su comment procéder. Un vrai pro : sans protections, il n'aurait jamais pénétré ici, ni donné le sentiment de régner en maître. Et puis il connaissait la prison comme sa poche. Il travaillait pour le patron de Boria, sans aucun doute.

Comme ils descendaient le corridor et approchaient de l'entrée des douches, le prisonnier exprima sa curiosité.

— Qui êtes-vous ?

— Mon nom est sans importance, répondit le garde. Contrairement à l'homme qui m'envoie.

Maks absorbait tout cela, alors que planait un drôle de silence dans la nuit de la prison. L'inconnu parlait sans accent, mais il ne semblait ni russe, ni ukrainien, ni tchétchène, ni azéri. Il n'était pas très grand, mais il est vrai que le commun des mortels lui paraissait toujours petit. Celui-ci avait les réflexes d'un fauve, et affichait un calme absolu. Il économisait son énergie, ses gestes étaient maîtrisés et précis. Maks repérait chez les autres les qualités qui échappaient à la plupart des gens. Ce garde aux yeux bleu pâle avait l'air froid et détaché d'un chirurgien des urgences. Ses cheveux blond clair, coupés en brosse, rappelaient ces hommes que Boria voyait dans les magazines et les films étrangers. Cependant il n'était pas américain. Le patron de Maks n'employait pas de Yankees, il leur volait une part de marché.

— Alors c'est Maslov qui vous envoie.

Dimitri Maslov, le chef de la Kazanskaïa.

— Il était temps, ajouta Maks. Quinze mois ici valent bien quinze ans.

Ils entrèrent dans les douches. Et soudain, le garde balança sa matraque sur la tempe de Boria, qui chancela et faillit tomber sur le sol bétonné sentant le moisi, le désinfectant et la crasse.

Le garde récidiva avec la nonchalance du play-boy qui s'en va dîner avec une fille à son bras, maniant la matraque sans effort apparent. Il frappa Maks sur le biceps gauche pour le repousser vers les pommeaux d'acier saillant du mur mouillé, derrière lui. Cependant Maks ne se laissait pas manipuler, même sous la menace. Alors que l'arme revenait sur lui, le colosse l'arrêta du bras, et pénétra les défenses de son assaillant, décidé à en finir.

Il frappa avec son couteau. Le garde para le coup. Boria visa l'intérieur du poignet, et ce réseau de veines qui, une fois tranchées, rendraient la main inutilisable. Mais son adversaire avait de bons réflexes et le couteau ne toucha que la manche du blouson sans percer le cuir doublé de Kevlar. Puis le garde lui donna un coup sur la main, et il lâcha son arme.

Une nouvelle attaque fit reculer Maks, qui se prit le pied dans une rigole d'évacuation. L'autre en profita pour le frapper au genou avec sa botte. Il y eut un craquement affreux, la jambe de Boria céda.

Le garde s'approcha.

— Ce n'est pas Maslov qui m'envoie, mais Piotr Zilber.

Maks essaya de sortir du trou son pied déjà mort.

— Je ne vois pas de qui vous parlez.

Le garde empoigna le devant de sa chemise.

— Tu as tué son frère, Alexeï. D'une balle dans la

nuque. Ils l'ont retrouvé au fond de la Moskova, la figure dans la boue.

— C'était les ordres. Un simple boulot.

— Eh bien là c'est personnel.

Il envoya son genou dans l'entrejambe de Boria qui se plia en deux sous la douleur. L'homme se pencha pour le relever, mais Maks se redressa et lui donna un coup de tête. Du sang jaillit de la bouche du garde, qui s'était mordu la langue.

Maks en profita pour lui balancer son poing juste au-dessus d'un rein. L'individu écarquilla les yeux et envoya un coup de pied dans le genou déboîté du prisonnier qui retomba à terre. Une douleur effroyable l'envahit. Puis le garde visa le thorax, lui brisant des côtes. Maks s'écroula sur le béton, et resta étendu là, incapable de bouger.

Le garde s'accroupit à côté de lui, ce qui lui arracha une grimace et apporta une piètre satisfaction à Boria.

— J'ai de l'argent, fit-il, haletant. Enterré en lieu sûr. Si tu me sors de là, je t'y emmène, et je t'en donne la moitié. Plus d'un demi-million de dollars.

Cela ne fit que provoquer la colère du garde. Il frappa Maks à l'oreille et acheva de le sonner.

— Tu crois que je suis comme toi, que je n'ai aucune loyauté ?

L'homme lui cracha au visage.

— Tu as commis une grave erreur en tuant ce garçon, mon pauvre Maks. Les gens comme Zilber ne pardonnent pas. Ils sont assez puissants pour imposer leur loi.

— D'accord, souffla Boria. Je te donne tout l'argent. Un million de dollars.

— Zilber veut ta mort, Maks. Je suis venu te tuer.

L'expression du garde changea.

— Mais d'abord...

Il étendit le bras gauche du prisonnier, écrasa son poignet avec sa chaussure, le plaquant au sol. Une pince coupante apparut dans sa main.

Le blessé parut sortir de sa torpeur.

— Qu'est-ce que tu fais ?

Le gardien empoigna le pouce de Maks, sur lequel était tatoué un crâne – le même, en plus petit, que celui qu'il avait sur la poitrine, symbole du tueur de première catégorie.

— Zilber veut que tu saches qu'il a commandité ta mort. Mais il en exige la preuve.

Le garde plaça la pince ouverte à la base du pouce, referma l'outil d'un coup sec. Maks émit un son gargouillant, rappelant le cri d'un bébé.

L'homme enveloppa le doigt dans un carré de papier ciré, tel un boucher, puis le glissa dans un sachet en plastique.

— Qui es-tu ? réussit à articuler Maks.

— Je m'appelle Arkadine, répondit l'homme.

Il ouvrit sa chemise, exposant les deux bougeoirs tatoués sur sa poitrine.

— Mais pour toi je suis la Mort.

Et avec un geste plein de grâce, le tueur brisa la nuque de Boria Maks.

La lumière du soleil était éblouissante à Campione d'Italia, petite enclave exquise au bord du lac de Lugano, côté suisse – la meilleure situation possible, y compris sur le plan fiscal. Campione d'Italia, comme Monaco, était l'endroit rêvé pour les très riches, qui possédaient là de superbes villas, et tuaient le temps au casino. Les banques suisses accueillaient leur argent et autres biens illicites, sans jamais faillir à leur réputation d'absolue discrétion, imperméables à toute inquisition policière.

Piotr Zilber choisit ce décor idyllique et préservé pour cadre de son premier face-à-face avec Leonid Arkadine. Par sécurité, il avait eu recours à un intermédiaire pour entrer en contact avec le tueur. On ne prend jamais trop de précautions, il avait appris cela très jeune. Naître dans une famille dépositaire de tant de secrets implique certaines responsabilités.

Depuis le promontoire, en retrait de la Via Totone, Piotr avait une vue imprenable sur les toits en tuiles rouges, les places ourlées de palmiers, les eaux azur du lac, et les montagnes aux sommets voilés de brume. Assis dans sa BMW grise, il entendait, par intermittence, le bourdonnement lointain des hors-bord qui laissaient de grands arcs d'écume dans leur sillage. Mais son esprit se tournait déjà vers le voyage à entreprendre. Il s'était procuré le document volé, qui parviendrait à destination par le biais de son réseau.

Tout cela exaltait le jeune homme. La victoire, qu'il sentait proche, allait lui valoir des louanges, notamment celles de son père. Arkadine lui avait annoncé par téléphone, depuis Moscou, la réussite de l'opération et détenait la preuve requise.

Piotr avait pris un risque en punissant Maks. Cependant Boria avait tué son frère. Etait-il censé tendre l'autre joue et oublier l'affront ? Son père tenait à la prudence et préférait œuvrer dans l'ombre, mais cet acte de vengeance, le seul que Piotr se fût jamais autorisé, valait, d'après lui, les périls encourus. Et puis il avait utilisé des intermédiaires, ce que son père ne pouvait qu'approuver.

Le bruit d'un moteur le tira de sa rêverie : une Mercedes bleu nuit montait la côte, en direction du promontoire.

Il s'apprêtait cependant à prendre une décison aventureuse, bien qu'inévitable. Leonid Arkadine, qui avait infiltré Colonie 13, à Nijni Taguil, et tué Boria Maks, était la personne rêvée pour exécuter la mission que Piotr entendait lui confier. Un problème que son père aurait dû régler depuis des années et que le jeune Zilber allait résoudre avec audace. Le temps de la prudence était révolu : le document que Piotr avait récupéré le prouvait.

La Mercedes s'arrêta à côté de sa BMW. Un homme blond aux yeux clairs en sortit, avec la souplesse du tigre. Il n'était pas particulièrement grand ni musclé, comme la plupart des membres de la *grupperovka*, mais une menace diffuse émanait de sa personne. Dès son plus jeune âge, Piotr avait eu affaire à des individus dangereux. A onze ans, il avait tué, sans la moindre hésitation, un homme qui menaçait sa mère d'un couteau, la sauvant d'une mort certaine, dans ce bazar d'Azerbaïdjan. Le tueur, de même que tous ceux qui allaient suivre, avait agi sur ordre de Semion Icoupov, l'ennemi juré de son père. Ce même Semion qui pour l'heure se trouvait à l'abri dans sa villa de la Viale Marco Campione, à un peu plus d'un kilomètre de l'endroit où se tenaient à présent Arkadine et Zilber.

Les deux hommes ne se saluèrent pas et s'adressèrent l'un à l'autre sans se nommer. Arkadine sortit de sa voiture la mallette en acier que lui avait adressée Piotr. Ce dernier prit la sienne, identique à l'autre, dans sa propre voiture. L'échange se fit sur le capot de la Mercedes. Le tueur et son commanditaire placèrent leurs attachés-cases côte à côte, puis les ouvrirent. Celui de l'exécuteur contenait le pouce de Maks. Celui de Zilber trente mille dollars en diamants, seule valeur qu'Arkadine acceptait en paiement de ses services.

Ce dernier attendit patiemment. Il fixait le lac, tandis que Piotr déballait le pouce de Maks, rêvant peut-être de se trouver sur l'un des hors-bord qui fendaient l'eau. Le doigt avait quelque peu rétréci, durant son voyage depuis la Russie, et il s'en dégageait une odeur putride.

Le jeune homme se tourna, afin que la lumière éclaire le tatouage, et examina le dessin à la loupe.

— Il vous a donné du fil à retordre ?

Arkadine se détourna du lac pour lui faire face, et le dévisagea sans ciller.

— Pas vraiment, non.

Piotr hocha la tête. Il balança le pouce dans le vide, et la mallette à sa suite. Arkadine interpréta cela comme la conclusion du marché. Il se saisit du sac rempli de diamants, l'ouvrit, puis examina l'une des pierres avec la sûreté d'un expert, armé d'une loupe de joaillier.

Il hocha la tête, pour marquer sa satisfaction quant à la pureté et la couleur des joyaux.

— Que diriez-vous de gagner trois fois ce que je vous ai payé pour ce travail ? demanda Piotr.

— Je suis un homme très pris, répondit Arkadine, sans laisser paraître aucun sentiment.

Piotr inclina la tête vers lui avec déférence.

— Je n'en doute pas.

— Je n'accepte que les contrats qui m'intéressent.

— Semion Icoupov pourrait-il vous intéresser ?

Le tueur resta de marbre. Deux voitures de sport passèrent, grimpant la côte comme si elles couraient les vingt-quatre heures du Mans.

— Icoupov habite justement la principauté. Cela tombe bien, déclara Arkadine, dans l'écho lointain des pots d'échappement.

— Vous voyez ? dit Piotr, en souriant. Je tiens compte de votre emploi du temps chargé.

— Deux cent mille. Les conditions habituelles.

Le jeune homme, qui s'était attendu à ce prix, accepta.

— Le solde à la livraison.

— Entendu.

Zilber ouvrit le coffre de la BMW. Il y avait deux autres mallettes à l'intérieur. Dans l'une, il prit un sac de diamants d'une valeur de cent mille dollars, qu'il transféra dans l'attaché-case du tueur. Dans l'autre, une liasse de documents qu'il tendit à celui-ci : une carte satellite indiquant l'emplacement de la villa d'Icoupov, la liste de ses gardes du corps et un jeu de plans d'architecte tracés au crayon bleu, où apparaissait le détail de l'installation électrique et des systèmes d'alarme.

— Icoupov réside actuellement dans la villa, dit Piotr. A vous de voir comment vous souhaitez y pénétrer.

— Je vous contacterai.

Après avoir feuilleté les documents et posé deux ou trois questions, Arkadine les rangea dans sa mallette, sur les diamants, puis referma le couvercle et balança le tout sur le siège passager avec une parfaite désinvolture.

— Demain, même endroit, même heure, dit Piotr, alors qu'Arkadine montait dans sa voiture.

Ce dernier mit le contact. Le moteur ronronna, puis le conducteur embraya, déboîta et s'engagea sur la chaussée. Zilber tourna les talons pour se diriger vers sa BMW. Il entendit alors des freins hurler, des pneus crisser et fit volte-face : la Mercedes lui fonçait dessus ! Il resta un instant figé sur place, puis se mit à courir, mais la berline le renversa, le plaquant contre l'aile de la BMW.

Comme à travers un voile, Piotr vit Arkadine sortir de sa voiture et marcher vers lui. Puis quelque chose céda dans sa tête et il s'évanouit.

Il reprit connaissance dans une pièce lambrissée, décorée de cuivres étincelants et de tapis d'Ispahan chatoyants. Face à lui, un bureau et un fauteuil en noyer. Une grande baie vitrée donnait sur le lac de Lugano, dont la surface miroitait dans le couchant, et les montagnes noyées dans la brume. Le soleil, assez bas dans le ciel, projetait sur l'eau et sur les murs blanchis à la chaux de Campione d'Italia des ombres étirées.

Piotr était attaché à une chaise en bois, aussi incongrue que lui dans ce décor qui sentait l'argent et le pouvoir. Le jeune homme prit une profonde inspiration et gémit de douleur. Il vit alors qu'il avait le thorax bandé et sans doute deux ou trois côtes cassées.

— Te voilà enfin revenu du royaume des morts. A un moment, j'ai bien cru que tu nous avais quittés.

Piotr tourna la tête avec une grimace de douleur pour voir son interlocuteur : un petit chauve tout ridé au crâne bronzé, avec des lunettes rondes, de grands yeux pâles et des sourcils broussailleux, qui formaient comme deux gros accents circonflexes. On aurait cru un marchand du Levant.

— Semion Icoupov, dit Piotr.

Puis il toussa. Il avait la bouche sèche, comme remplie de coton. Il reconnut le goût salé du sang et déglutit avec difficulté.

Icoupov aurait pu se déplacer pour éviter au jeune Zilber de se contorsionner. Mais il se contenta de baisser les yeux sur la feuille de papier qu'il venait de dérouler.

— Ces plans sont très détaillés. J'apprends sur ma villa des choses que j'ignorais. Comme l'existence du dernier niveau, sous la cave.

Icoupov fit courir son index boudiné sur le plan.

— Il faudrait sans doute creuser pour y arriver, mais cela en vaudrait peut-être la peine.

Il redressa la tête d'un coup, fixa Piotr.

— Ce serait l'endroit rêvé pour te garder prisonnier. Personne, pas même mon voisin le plus proche, ne t'entendrait crier.

Icoupov sourit.

— Car tu vas crier, Piotr. Je peux te l'assurer.

Sa tête pivota, ses yeux de rapace se posèrent ailleurs.

— N'est-ce pas, Leonid ?

Et Arkadine parut dans le champ de vision de Piotr. D'une main, il empoigna la tête du jeune homme. De l'autre, il appuya sur la jointure de ses mâchoires, l'obligeant à ouvrir la bouche. Le tueur examina ses dents une par une, cherchant une fausse molaire remplie de cyanure.

— Toutes des vraies, conclut-il.

— Je suis vraiment curieux de savoir comment tu as pu te procurer ces plans, déclara Icoupov.

Le jeune homme ne répondit pas, mais se mit à frissonner et à claquer des dents.

Icoupov fit un signe à Arkadine qui lui enveloppa le torse dans une grosse couverture. Puis il plaça une chaise en merisier sculpté devant Piotr et s'assit.

Il poursuivit, sans attendre de réponse.

— Je dois admettre que tu fais preuve d'initiative, déclara-t-il. Petit, tu avais déjà l'esprit vif.

Icoupov haussa les épaules, indifférent.

— Parce que je te connais bien, et depuis longtemps. Tu as mis le nez où il ne fallait pas. Ne sois pas surpris de te retrouver ici.

Le vieil homme se pencha vers son prisonnier.

— Ton père et moi éprouvons un immense mépris l'un envers l'autre, mais nous avons grandi ensemble. A une époque, nous étions comme deux frères. Et je tiens à te dire, par respect pour lui, que cette tentative d'invasion va mal finir. C'était d'ailleurs perdu d'avance. Et tu veux savoir pourquoi ? Parce que la beauté pulpeuse avec qui tu couches depuis six mois est à ma botte. Tu as mené ton enquête, mais j'ai fait en sorte que tu obtiennes les réponses que tu souhaitais.

Piotr sentit de nouveau ses dents claquer.

— Apporte du thé, Philippe, s'il te plaît, dit Icoupov.

Quelques minutes plus tard, un jeune homme mince parut avec une théière anglaise en argent, des cuillers, du sucre et des tasses, qu'il plaça sur une table basse, à la droite d'Icoupov. Tel un oncle bienveillant, le truand versa le liquide brûlant dans une tasse en porcelaine, le sucra, puis le porta aux lèvres du captif.

— Bois. Ça te fera du bien.

Il fixa son ravisseur d'un air impassible.

— Ah, je vois, dit Icoupov.

Il but une gorgée, afin de prouver à Piotr qu'il s'agissait bien de thé, puis lui présenta de nouveau le breuvage. Le bord de la tasse claqua contre les dents du prisonnier, qui finit tout de même par boire avec avidité. Quand il eut vidé la tasse, Icoupov la reposa sur la soucoupe. Zilber avait cessé de trembler.

— Ça va mieux ?

— Ça ira mieux, répondit Piotr, quand je serai sorti d'ici.

— Ce n'est pas pour maintenant. Si tu ressors un jour. Sauf si tu me dis ce que je veux savoir.

Icoupov approcha sa chaise du jeune homme. L'oncle bienveillant avait retrouvé son visage cruel.

— Tu m'as volé quelque chose, dit-il. Je veux que tu me le rendes.

— Cela ne t'appartenait pas. C'est toi qui l'as volé le premier ! cracha, Piotr, venimeux.

— Tu as pour moi autant de haine que tu as d'amour pour ton père, et c'est là ton problème. Un homme rongé par la haine se fait autant manipuler que celui qui aime.

Zilber eut du mal à contenir sa colère.

— C'est trop tard, de toute façon. Le document est parti.

Cette déclaration transforma aussitôt l'attitude d'Icoupov. Son visage se crispa et vira au rouge brique ; il semblait prêt à bondir.

— Où l'as-tu envoyé ?

Le prisonnier haussa les épaules sans desserrer les lèvres.

— Je connais la filière dont tu te sers depuis trois ans ! C'est par ce biais que tu as envoyé le document à ton père.

Piotr sourit, pour la première fois depuis qu'il avait repris connaissance.

— Si tu savais quoi que ce soit sur ce réseau, tu t'en serais déjà vanté.

Icoupov se raidit, reprit le contrôle de lui-même.

— Je vous avais dit que cela ne servirait à rien de parlementer, déclara Arkadine, qui se tenait derrière la chaise de Piotr.

— Peut-être, mais il y a certains rituels à respecter. Je ne suis pas une bête.

Zilber eut un rictus de mépris.

Icoupov fixa le prisonnier. Il s'adossa à son siège, puis croisa les jambes, non sans avoir d'abord tiré sur le tissu du pantalon, au-dessus du genou. Il noua ses doigts boudinés sur son ventre proéminent.

— Je te laisse une dernière chance de poursuivre cette conversation.

Après un long silence, Icoupov dit d'un ton résigné :

— Pourquoi tu me fais ça, Piotr ?

Puis, à Arkadine :

— Vas-y.

Bien que cela le fasse souffrir et bloque sa respiration, le jeune homme tourna la tête le plus loin possible pour voir ce que faisait Arkadine, mais en vain. Il entendit des instruments métalliques tinter sur un chariot qu'on roulait vers lui sur le tapis.

Le captif se tourna de nouveau vers son bourreau.

— Tu ne me fais pas peur.

— Mais je ne cherche pas à te faire peur. Seulement à te faire souffrir. Souffrir le martyre.

*

En une fraction de seconde, le champ de vision de Piotr fut réduit à néant. Prisonnier de son esprit, il ne parvenait pas, malgré son courage et son expérience, à endiguer la douleur. On lui avait enfilé une cagoule, qui lui serrait le cou et générait chez lui une terrible angoisse. Souffrant de claustrophobie, il ne descendait jamais dans une cave et ne s'aventurait ni sous l'eau, ni dans les espaces réduits. Ses sens avaient beau lui souffler qu'il n'était pas enfermé, pris de panique, il ne parvenait pas à intégrer cette réalité. La douleur qu'Arkadine lui infligeait était une chose, l'importance démesurée que Piotr lui donnait en était une autre. Le jeune homme délirait, des pulsions primitives l'assaillaient. Il réagissait comme un loup pris au piège qui ronge sa patte pour s'enfuir. Mais il ne pouvait se défaire ainsi de ses phobies.

Comme dans un brouillard, Piotr entendit quelqu'un lui poser une question dont il connaissait la réponse. Il ne voulait pas parler, mais savait qu'il le ferait, car la voix lui disait qu'on lui enlèverait la cagoule s'il s'exécutait. Affolé, incapable de discerner la droite de la gauche, le vrai du faux, Zilber n'obéissait plus qu'à un seul impératif : survivre. Il tenta de remuer les doigts, mais son bourreau, penché sur lui, devait appuyer dessus avec la paume de ses mains.

N'y tenant plus, le prisonnier répondit à la question.

La cagoule resta en place. Il hurla d'indignation et de terreur. Evidemment qu'on n'allait pas la lui retirer, songea-t-il dans un bref éclair de lucidité. Si on le libérait, plus rien ne l'inciterait à répondre à la question suivante, et ainsi de suite.

Or il allait répondre aux questions – à toutes les questions. Il savait qu'on ne lui enlèverait pas la cagoule, mais il n'avait pas d'autre choix.

Puis il sentit qu'il pouvait bouger les doigts. Il y avait

donc une issue. Piotr adressa une prière silencieuse à Allah et saisit sa chance.

Arkadine et Icoupov se tenaient au-dessus du corps de Piotr. Sa tête était retombée et un filet d'écume avait coulé de ses lèvres bleues. Icoupov se pencha, reconnut l'odeur d'amande amère.

— Je ne voulais pas le tuer, Leonid, j'avais été clair sur ce point.

Le truand semblait très contrarié.

— Comment a-t-il réussi à avaler du cyanure ?

— Il portait un faux ongle. Je ne connaissais pas ce subterfuge.

— Il aurait parlé.

— Evidemment qu'il aurait parlé, renchérit Arkadine. Il avait commencé à le faire.

— Mais il s'est condamné au silence pour l'éternité.

Icoupov secoua la tête de dépit.

— Ça ne va pas en rester là. Il a des amis dangereux.

— Je les trouverai, affirma Arkadine. Je les tuerai !

— Nous n'avons plus le temps de les éliminer. Même toi tu n'y arriverais pas.

— Je peux contacter Micha.

— Et risquer de tout faire capoter ? Non. Je sais que c'est ton mentor, ton meilleur ami. Tu es impatient de le voir, de lui parler, c'est normal, mais tu attendras que tout soit terminé et qu'il soit rentré. Je ne reviendrai pas là-dessus.

— D'accord.

Icoupov alla se placer devant la fenêtre, les mains dans le dos, et regarda la nuit tomber. Des lumières scintillaient autour du lac et sur les collines de Campione d'Italia. Il y eut un long silence durant lequel le vieil homme contempla le paysage.

— Il faut accélérer les choses. C'est la seule solution. Tu iras d'abord à Sébastopol. Piotr a lâché un nom avant de se tuer. C'est une première piste.

Icoupov se tourna vers Arkadine.

— C'est à toi de jouer, maintenant. Depuis trois ans nous préparons cette attaque destinée à saper l'économie des Etats-Unis. Dans quinze jours, ce projet sera devenu réalité.

Icoupov traversa la pièce, le bruit de ses pas étouffé par le tapis.

— Philippe te donnera de l'argent, des papiers et des armes. Trouve cet homme, à Sébastopol, récupère le document. Et quand tu l'auras, remonte la filière jusqu'au bout et liquide-la, afin que plus rien, jamais, ne vienne menacer nos projets.

LIVRE UN

1.

— Qui est David Webb ?

Moira Trevor lui avait posé la question avec un tel sérieux que Bourne se sentit obligé de répondre. Elle était passée le chercher à l'Université de Georgetown et se tenait devant son bureau.

— C'est bizarre, personne ne m'avait jamais posé la question. David Webb est un linguiste émérite. Il a deux enfants, qui vivent avec leurs grands-parents maternels, dans un ranch au Canada. Ils y sont très heureux.

Moira fronça les sourcils.

— Ils ne te manquent pas ?

— Ils me manquent terriblement, répondit Bourne, mais ils sont mieux là-bas. Quelle vie est-ce que j'ai à leur offrir ? Et puis il y a ce nom de Bourne, qui représente un danger. Marie a été kidnappée pour faire pression sur moi. Je ne prends plus de risque maintenant.

— Tu les vois quand même de temps en temps.

— Chaque fois que je peux. Mais c'est délicat, il ne faudrait pas qu'on me suive et qu'on remonte jusqu'à eux.

— Je comprends, Jason, dit Moira d'une voix compatissante. C'est bizarre de te voir ici, assis derrière un bureau, à l'Université. Dois-je t'acheter une pipe et une veste en tweed ? demanda-t-elle avec un sourire.

Bourne la regarda d'un air amusé.

— Je suis bien, ici, Moira, je t'assure.

— Tant mieux. La mort de Martin a été un coup dur pour nous deux. Je me suis réfugiée dans le travail, toi tu as changé de vie.

— Pas vraiment, non. J'ai déjà enseigné. Pour Marie c'était le bonheur, je dînais tous les soirs à la maison.

— Et toi, ça te plaisait ? s'enquit Moira.

Le visage de Bourne s'assombrit.

— J'étais heureux avec Marie.

Il se tourna vers elle.

— Il n'y a qu'à toi que je puisse dire ça.

— Pour une fois que tu me fais un compliment, Jason, j'apprécie.

— C'est si rare ?

— Tu es secret, comme Martin. Tu ne dis jamais rien, je ne pense pas que ce soit sain.

— Pas sain du tout, non, renchérit Bourne. Mais c'est la vie que nous avons choisie.

— Au fait...

Son amie s'assit sur un siège, en face de lui.

— Je voulais te proposer un boulot. Mais je vois que tu es bien ici, alors maintenant j'hésite.

Bourne se rappela soudain la première fois qu'il l'avait vue : silhouette fine et sensuelle, cheveux au vent, elle contemplait l'Hudson, accoudée au parapet des Cloisters. Ils étaient venus dire adieu à leur ami Martin Lindros, que Bourne avait tout fait pour sauver.

Pour l'heure, Moira portait un tailleur en laine et un chemisier en soie. Elle avait un visage harmonieux, un joli nez, des yeux noirs, un regard intelligent et des cheveux qui tombaient en cascade sur ses épaules. Il émanait d'elle une étrange sérénité. Moira donnait le sentiment d'avoir conscience de sa valeur et de ne pas se laisser intimider ou brimer par qui que ce soit.

Elle avait cela de commun avec Marie et c'était sans doute ce que Bourne préférait chez elle. Il n'avait jamais su la nature exacte de la relation qu'entretenaient Martin et Moira – romantique, sans doute, Lindros ayant prié Bourne de lui envoyer des roses rouges s'il venait à mourir. Bourne s'était exécuté avec une tristesse qui l'avait surpris lui-même.

Assise jambes croisées dans ce fauteuil, Moira avait tout de la femme d'affaires européenne. Son père était anglais, sa mère française, mais ses gènes gardaient l'écho de lointaines origines turques et vénitiennes et elle se montrait fière de son sang mêlé, fruit de guerres, d'invasions et d'amour passionné.

— Vas-y, dit-il en se penchant vers elle, coudes sur le bureau. Je t'écoute.

— Bien, dit Moira. Comme tu sais, NextGen Energy Solutions vient d'achever la construction du nouveau terminal GNL de Long Beach. Notre première livraison de gaz naturel liquéfié arrive dans quinze jours. Et j'aimerais que tu sécurises le site. Mes patrons voient dans le terminal une cible de choix pour un groupe terroriste. Je pense qu'ils ont raison, et pour moi, tu es la personne qu'il faut pour protéger l'endroit.

— Je suis flatté, Moira, mais j'ai des obligations ici. Le professeur Specter m'a nommé directeur du département de Linguistique comparée et je ne voudrais pas le décevoir.

— J'apprécie beaucoup ton mentor. Ou plutôt celui de David Webb. Mais l'homme que j'ai rencontré il y a six mois, c'est Jason Bourne, alors dis-moi plutôt à qui Jason en réfère.

Le visage de Bourne s'assombrit, comme lorsque la jeune femme avait fait allusion à Marie.

— Alex Conklin est mort.

Moira remua dans son fauteuil.

— Si tu viens travailler avec moi, tu repars sur des bases nouvelles. C'est l'occasion de tirer un trait sur le passé. De rompre avec David Webb et Jason Bourne. Je pars pour Munich dans quelques jours récupérer un élément clé du terminal fabriqué sur place. Mais j'aurai besoin de l'avis d'un expert sur cette pièce.

— Il y a beaucoup d'experts compétents à qui tu peux faire appel.

— Mais pas un seul n'est aussi fiable que toi. C'est une affaire de la plus haute importance. Plus de la moitié de nos importations passent par le port de Long Beach, il faut prendre des mesures de sécurité particulières. Le gouvernement semble peu disposé à protéger le trafic commercial et ça nous retombe sur le dos. Le danger est réel, pour ce terminal. Tu n'as pas ton pareil pour déjouer un système de sécurité, même ultrasophistiqué. Tu es la personne idéale pour mettre en place des dispositifs efficaces.

Bourne se leva.

— Marie était le meilleur soutien de David Webb, et depuis sa mort, je l'ai un peu laissé tomber. Mais il vit toujours en moi, il n'a rien perdu de ses capacités. Il m'arrive de rêver de lui et de me réveiller en sueur. Comme si un morceau de moi-même avait été arraché. Je voudrais que ça s'arrête. Il est temps de rendre à David Webb ce qui lui appartient.

Veronica Hart se dirigeait d'un pas vif vers l'aile ouest de la Maison Blanche, franchissant les contrôles de sécurité les uns après les autres. Le poste auquel elle venait d'être nommée était redoutable : succédant au DCI assassiné, elle reprenait la tête d'une CIA en plein marasme après les fuites de l'année passée. Cependant, Veronica rayonnait, galvanisée par l'objectif à atteindre et le fait qu'on l'eût désignée, elle, pour occuper cette fonction prestigieuse. Elle voyait là le couronnement d'années de travail assidu et une revanche sur les affronts faits à son sexe.

Il y avait également une question d'âge. A quarante-six ans, elle devenait la plus jeune DCI depuis des décennies. C'était un scénario qu'elle connaissait bien : sa grande intelligence et sa détermination sans faille lui avaient déjà valu d'être la plus jeune diplômée de son université, la plus jeune à exercer dans les services secrets de l'armée et à l'état-major, avant de travailler à prix d'or pour Black River, une société d'espionnage privée. Veronica avait mené des opérations secrètes en Afrique de l'Ouest et en Afghanistan, et aucun des sept DCI qui s'étaient succédé depuis n'en avait jamais su la teneur exacte, ignorant ses missions et qui elle avait sous ses ordres.

Hart arrivait presque au sommet. Elle avait surmonté les épreuves, déjoué les pièges, avait appris à qui se fier et qui craindre. On lui avait attribué des liaisons avec ses subordonnés, auxquels on l'accusait de demander conseil, par incompétence. Et chaque fois, elle triomphait de ces calomnies et faisait tomber les instigateurs des complots.

Veronica représentait, à ce stade de sa vie, une force avec laquelle il fallait compter, ce qui lui procurait une satisfaction des plus justifiées. Aussi envisageait-elle cette entrevue avec le Président le cœur léger. Dans sa mallette se trouvait un épais dossier sur les changements qu'elle se proposait d'effectuer au sein de la CIA afin de remédier au chaos généré par l'assassinat de son prédécesseur et l'action de Karim al-Jamil. Sans surprise, c'était la débâcle, le moral des troupes était au plus bas, et les membres du Directoire éprouvaient un vif ressentiment à son endroit, s'estimant tous plus habilités qu'elle à régner sur la CIA.

Autant de problèmes qu'elle entendait régler dans les plus brefs délais, afin de redonner vigueur et efficacité à ce département. Aucun doute, le Président allait approuver ses projets et la rapidité avec laquelle elle comptait les réaliser. Un service de renseignements de l'envergure de la CIA ne pouvait rester plus longtemps dans ce marasme. Seul Typhon, le service chargé des opérations secrètes antiterroristes créé par Martin Lindros, fonctionnait normalement ; et l'autorité de sa directrice, Soraya Moore, n'y était pas étrangère : ses agents lui étaient dévoués corps et âme et l'auraient suivie jusqu'en enfer.

Hart s'étonna de voir chez le Président deux autres invités : Luther La Valle, tsar du renseignement au Pentagone, et son adjoint, le général Richard P. Kendall. Sans prêter la moindre attention à leur présence, Veronica traversa le bureau ovale pour aller serrer la main du chef de l'Etat. Grande et mince, elle avait des cheveux blond cendré coupés court, qui lui donnaient un air strict et professionnel tout en révélant sa jolie nuque. Elle portait un tailleur bleu nuit, des escarpins à talons plats, de petites boucles d'oreilles en or, et un maquillage discret.

— Asseyez-vous, Veronica, je vous en prie, dit le président des Etats-Unis. Vous connaissez Luther La Valle et le général Kendall.

— Bien sûr.

Elle fit un mouvement imperceptible de la tête.

— C'est un plaisir de vous voir, messieurs.

Rien n'était plus faux.

Elle détestait La Valle. C'était l'homme le plus dangereux du renseignement, d'autant plus qu'il avait le soutien de E.R. « Bud » Halliday, le tout-puissant secrétaire à la Défense. La Valle, arriviste et égoïste, restait persuadé que lui-même et ses sbires auraient dû diriger les services secrets américains. Il trouvait dans la guerre la satisfaction que d'autres connaissent à se gaver de viande et de pommes de terre. Même si elle n'avait jamais pu le prouver, Veronica le soupçonnait d'être à l'origine des rumeurs les plus outrancières destinées à ruiner sa carrière. La Valle prenait plaisir à salir la réputation des autres et à poser le pied sur la nuque de ses ennemis.

Sous prétexte « de préparer le terrain avant l'arrivée des troupes », un classique du Pentagone, il avait profité des conflits en Afghanistan et en Irak pour renforcer la politique gouvernementale de regroupement des services, jusqu'à venir empiéter sur les prérogatives de la CIA. Personne n'ignorait, au sein des services de renseignements, que La Valle convoitait les agents de cette branche et ses réseaux internationaux établis de longue date. L'ancien directeur disparu, de même que son successeur désigné, il semblait que La Valle avait décidé de passer à l'attaque. C'est pourquoi Veronica s'alarma de le voir dans ce bureau, accompagné de son chien de garde.

On avait disposé trois fauteuils en demi-cercle devant le bureau du Président. Hart s'assit sur le seul disponible, consciente de se trouver ainsi flanquée de deux représentants du sexe opposé, sans doute à dessein. Elle ricana intérieurement. Ces deux hommes pensaient-ils l'intimider en lui donnant le sentiment d'être cernée ? Puis le Président se mit à parler, et elle pria pour que ce rire muet ne se mue pas en consternation avant la fin de la réunion.

Au moment où Bourne refermait la porte de son bureau, il croisa Dominic Specter, dont le visage s'éclaira à la vue de son protégé.

— David ! J'espérais te voir ! lança-t-il d'un ton enjoué, avant de complimenter la jeune femme à ses côtés :

— Et j'ai le privilège de saluer la sublime Moira en prime.

En parfait gentleman, Specter s'inclina vers la jeune femme, très Vieille Europe, comme toujours.

Puis il reporta son attention sur Bourne. Le professeur débordait d'énergie malgré ses soixante-dix ans. Avec sa tête couronnée de cheveux blancs, son crâne luisant, ses yeux perçants et sa grande bouche, on aurait dit une grenouille sautant d'un nénuphar à un autre.

— Il y a une chose dont j'aimerais te parler, dit-il avec un sourire, mais je vois que tu es déjà pris ce soir. Pourrais-tu dîner demain ?

Bourne sentit l'inquiétude, derrière le sourire de Specter : quelque chose tracassait son vieux mentor.

— Et si on se retrouvait plutôt pour le petit déjeuner ? proposa-t-il.

— Tu es sûr que ça ne t'ennuie pas, David ? s'enquit le professeur, qui ne put masquer son soulagement.

— Ça m'arrange, en fait, mentit Bourne, afin de le mettre à l'aise. Huit heures, ça irait ?

— Parfait ! Je m'en réjouis d'avance.

Specter adressa un hochement de tête à Moira, puis il s'éloigna.

— Quel homme formidable, s'exclama-t-elle. J'aurais vraiment aimé avoir des profs comme lui !

Bourne la regarda.

— Tes années d'université ont dû être un véritable enfer, Moira.

Elle rit.

— Pas si terribles que ça, non. Mais ça n'a duré que deux ans, après je suis partie à Berlin.

— Avec des professeurs comme Specter, tes études t'auraient laissé un autre souvenir, crois-moi.

Bourne et Moira passèrent entre des groupes d'étudiants qui parlaient cours ou potins du campus.

Une fois sortis du bâtiment, ils traversèrent le parc à grands pas, pressés d'arriver au restaurant où ils allaient dîner. Des nuées d'étudiants circulaient dans les allées et, de loin en loin, on entendait un groupe jouer de la musique. Des nuages noirs filaient dans le ciel, et depuis le Potomac montait un vent d'hiver humide et froid.

— Quand j'ai fait ma dépression, c'est Specter qui m'a tiré de là. Je niais le problème et il a peu à peu réussi à percer mes défenses. J'ai fini par me confier à lui. Il disait se retrouver en moi. En tout cas, il voulait m'aider.

Ils passèrent devant le bâtiment couvert de lierre où Specter, directeur du département d'Etudes internationales de Georgetown, avait son bureau. On voyait entrer et sortir des messieurs sérieux en veste de tweed et pantalon de velours.

— C'est grâce à lui si j'ai obtenu mon poste. Ça m'a sauvé la vie. J'avais besoin de stabilité, de rigueur. Je ne sais pas ce que je serais devenu sans lui. Il est le seul à avoir compris que je ne suis heureux que lorsque je me plonge dans la linguistique. Peu importe les identités que j'ai pu endosser : je reste avant tout un linguiste. Parler une langue, c'est appréhender l'histoire d'un pays de l'intérieur. Tout y transparaît : l'identité d'un peuple, sa religion, ses choix politiques.

Ils avaient quitté le campus et entrèrent au 1789, l'un des restaurants préférés de Moira, situé dans un bâtiment fédéral. On les plaça à l'étage, dans une salle lambrissée où régnait une douce pénombre. Sur les tables, la lueur des bougies faisait briller la porcelaine et l'argenterie. Ils s'assirent face à face et commandèrent à boire.

Bourne dit à mi-voix :

— Je vais te faire un aveu, Moira. Jason continue à me hanter. Marie craignait que mes activités sous le nom de Jason Bourne finissent par me priver de toute sensibilité, qu'un jour je rentre à la maison et que David Webb ait disparu pour de bon. Mais je me suis promis que cela n'arriverait pas.

— Jason, nous avons passé pas mal de temps ensemble, depuis le jour où nous avons dispersé les cendres de Martin. Et rien ne m'a jamais laissé penser que tu aies perdu de ton humanité.

Le serveur arriva avec leurs verres et la carte. Dès qu'il fut parti, Bourne poursuivit.

— Ça me rassure. Je ne te connais pas depuis longtemps, mais je me fie à ton jugement. Tu es quelqu'un de rare, Moira.

La jeune femme but une gorgée de vin, puis reposa son verre sans le quitter des yeux.

— Merci. Venant de toi, c'est un compliment. Surtout vu l'estime que tu avais pour Marie.

Il baissa les yeux sur son whisky.

Moira avança son bras sur la nappe en lin et prit sa main.

— Désolée, je ne voulais pas remuer de mauvais souvenirs.

Bourne jeta un coup d'œil sur la main de Moira, posée sur la sienne, mais ne bougea pas.

— Je me reposais beaucoup sur elle, je ne pourrais pas te dire précisément en quoi.

— Est-ce une bonne ou une mauvaise chose ?

— Je ne sais pas. C'est comme ça.

L'angoisse de Bourne était manifeste et son amie s'attendrit. Elle le revit, trois mois plus tôt, debout devant le parapet des Cloisters, serrant l'urne contenant les cendres de Martin, comme s'il ne voulait pas s'en séparer. Elle avait alors compris à quel point les deux hommes avaient été proches.

— Martin était ton ami, dit-elle. Tu as risqué ta vie pour lui. Ne va pas prétendre le contraire. Et puis David Webb a pris le pas sur Jason Bourne, tu viens de me l'avouer.

Il lui sourit.

— Tu marques un point.

Le visage de la jeune femme s'assombrit.

— Je voudrais te poser une question, Jason, mais je ne sais pas si j'en ai le droit.

Il lui répondit d'un ton solennel :

— Evidemment que tu as le droit. Vas-y, je t'en prie.

Elle prit une profonde inspiration, soupira.

— Ce travail à l'Université semble te combler, et si c'est le cas, tant mieux. Mais j'ai aussi le sentiment que tu te reproches la mort de Martin, alors que tu as tout fait pour le sauver. Et il en avait conscience, j'en suis persuadée. Je me demande aussi si tu n'as pas l'impression de l'avoir trahi et si tu n'as pas accepté l'offre de Specter pour en finir avec Bourne. Cette pensée ne t'a jamais traversé l'esprit ?

— Bien sûr que si.

Après la mort de Martin, il avait décidé, une fois de plus, de tirer un trait sur Jason Bourne, sur ses cavales et sur sa vie, qui charriait plus de cadavres que le Gange. Des souvenirs sombres revenaient le hanter. Les autres, tapis dans les zones troubles de sa psyché, se dérobaient dès qu'il s'en approchait, tels des détritus emportés par la marée. Ne restaient alors que les os blanchis de tous ceux qu'il avait tués, ou qui étaient morts à cause de lui. Mais il avait l'intuition que Bourne et ses méfaits lui colleraient à la peau aussi longtemps qu'il vivrait.

Il s'adressa à Moira, l'air tourmenté.

— Il est très difficile de faire cohabiter deux personnalités en soi. Surtout lorsqu'elles sont en conflit. Et je ne demande qu'une chose : pouvoir en larguer une.

— Et ce serait laquelle ?

— C'est là le plus terrible : je n'en sais rien.

2.

Luther La Valle était aussi télégénique que le président des Etats-Unis, avec vingt ans de moins. Il avait des cheveux blonds gominés à la manière des stars des années trente et parlait avec les mains. Le général Kendall, par contraste, avec sa mâchoire carrée et ses yeux de fouine, était l'archétype de l'officier rigide. Avec son physique de bûcheron, il aurait pu être dans le Wisconsin ou l'Ohio et regardait La Valle comme un joueur qui attend les consignes de son entraîneur.

— Luther, dit le Président, vu l'insistance avec laquelle vous avez sollicité cette réunion, il me semble juste que vous commenciez.

Le directeur de la NSA hocha la tête, comme si ces préséances allaient de soi.

— Après la débâcle qui a vu les hautes sphères de la CIA infiltrées et son directeur assassiné, les mesures les plus strictes s'imposent. Et seul le Pentagone est habilité à les mettre en place.

Veronica jugea bon d'intervenir avant que La Valle ne prenne l'avantage.

— Pardonnez-moi, mais je ne suis pas de cet avis, déclara-t-elle, espérant capter l'attention du Président. Les décisions stratégiques, en matière de renseignement, ont toujours été l'apanage de la CIA. Nous avons des réseaux hors pair, une armée de contacts patiemment mise sur pied. Le Pentagone est expert pour tout ce qui relève de la surveillance électronique, mais la CIA travaille sur le terrain. Ce sont là deux approches différentes, qui ne font pas appel au même savoir-faire.

La Valle eut le sourire triomphant qu'il réservait d'ordinaire à Larry King, sur Fox TV.

— Je me dois de rappeler que le renseignement a radicalement changé depuis 2001. Nous opérons dans un contexte nouveau, un contexte de guerre. Et à mon sens, cet état de fait n'est pas près de changer. Aussi le Pentagone a-t-il élargi son domaine de compétences, et constitué des équipes d'agents clandestins émanant du ministère de la Défense, ainsi que des commandos chargés de missions de contre-espionnage en Irak et en Afghanistan.

— Avec tout le respect que je vous dois, je tiens à préciser que la NSA et sa machinerie militaire s'empressent de combler des vides souvent imaginaires. Luther La Valle et le général Kendall ont besoin d'entretenir un climat de peur permanent, que nous soyons en guerre ou pas.

Veronica sortit un dossier de sa mallette et se mit à lire à haute voix.

— Comme le prouvent ces documents, ils ont étendu leur zone d'activité et envoyé des équipes de renseignements au-delà des frontières de l'Irak et de l'Afghanistan, marchant sur les plates-bandes de la CIA, souvent avec des résultats désastreux. Ils ont corrompu des informateurs et fait capoter l'une de nos opérations, entre autres exemples.

Le Président regarda les feuillets que Veronica lui tendait.

— C'est certes préoccupant. Cependant le Congrès semble se ranger du côté de Luther et lui a octroyé un budget de vingt-cinq millions de dollars par an, pour rétribuer des informateurs sur le terrain et recruter des mercenaires.

— C'est là une partie du problème, mais pas la solution, asséna Veronica. Leurs méthodes ont vécu, remontent à l'OSS et à la Seconde Guerre mondiale. Nos informateurs se sont souvent révélés des agents triples, et nous intoxiquaient plus qu'ils ne nous informaient. Quant aux mercenaires que nous avons recrutés, comme les talibans ou autres groupes d'insurgés musulmans, ils se sont hélas retournés contre nous, pour devenir en fin de compte des ennemis implacables.

— C'est juste, dit le Président.

— Le passé est le passé, grinça le général Kendall qui avait viré au rouge brique pendant le discours de Veronica. Rien ne prouve que nos nouveaux informateurs, indispensables à la victoire au Proche-Orient, aient l'intention de nous doubler, argua-t-il. Bien au contraire, leurs renseignements sont d'une aide précieuse à nos soldats.

— Les mercenaires, par définition, sont des hommes sans loyauté qui se vendent au plus offrant, remarqua Veronica. Il suffit de regarder l'Histoire, de l'Empire romain à nos jours, pour s'en persuader.

— Cette joute verbale ne nous mènera nulle part.

La Valle s'agita sur son siège, mal à l'aise. Il ne s'était pas attendu à une contre-attaque aussi argumentée. Son second lui tendit un dossier, qu'il remit au Président.

— Le général Kendall et moi-même venons de passer deux semaines à établir cette proposition de restructuration de la CIA. Le Pentagone mettra ce projet à exécution dès qu'il aura votre aval, monsieur le Président.

A la grande consternation de Veronica, le Président lut le texte, puis le lui tendit.

— Que pensez-vous de cela ?

Elle bouillait de rage. On commençait déjà à saper son autorité. Et cependant c'était une bonne leçon : le

Président, qu'elle avait considéré comme un allié, la priait soudain d'envisager la mainmise du Pentagone sur ses services. Que La Valle, porte-parole du secrétaire à la Défense, tente une percée ne la surprenait pas, mais voir le Président l'encourager semblait insultant et, à dire vrai, inquiétant.

Veronica se redressa sur sa chaise.

— Monsieur le Président, la proposition de Luther La Valle n'a pas lieu d'être. Elle n'est qu'une tentative flagrante d'agrandir son empire aux dépens des services de la CIA. Le Pentagone n'est pas habilité à diriger notre réseau d'agents actifs, sans parler de gagner leur confiance. De plus, un tel renversement créerait un précédent dangereux pour toute la communauté du renseignement. Etre sous le contrôle des forces armées n'augmentera en rien notre capacité à recueillir des informations. Bien au contraire, l'irrespect de la vie humaine qui caractérise le Pentagone, sa propension à effectuer des opérations illégales et à user de l'argent fiscal avec une insigne prodigalité en font un candidat très mal placé pour prétendre s'approprier le territoire des autres, et surtout celui de la CIA.

Seule la présence du Président retint La Valle d'exprimer sa colère.

— La CIA traverse une crise sans précédent, déclara-t-il, et nécessite une refonte complète dans les meilleurs délais. Notre plan, je l'ai dit, pourrait entrer en vigueur dès aujourd'hui.

Veronica sortit l'épais dossier qui détaillait sa stratégie de restructuration. Elle se leva pour le remettre au Président.

— Il est de mon devoir d'insister sur un point déjà évoqué lors de notre dernière discussion. Bien que j'aie servi dans l'armée, je viens du privé. La CIA a certes un besoin urgent d'un vrai coup de balai, mais elle mérite aussi un regard nouveau, préservé de la pensée monolithique qui nous a amenés là où nous sommes.

Bourne sourit.

— Pour être honnête, ce soir, je ne sais pas qui je suis.

Il se pencha vers Moira et lui dit tout bas :

— Je veux que tu sortes ton portable sans qu'on te voie, et que tu m'appelles. Tu peux faire ça ?

La jeune femme garda les yeux rivés sur lui, tout en fouillant dans son sac, puis appuya sur la touche de raccourci. Le portable de Bourne sonna. Il décrocha et fit mine de parler, comme s'il y avait quelqu'un au bout du fil.

— Il faut que j'y aille. Une urgence, désolé.

Moira continua à le fixer.

— Pourrais-tu avoir l'air ne serait-ce qu'un rien déçu ? lui souffla-t-elle.

Bourne prit une expression de circonstance.

— Tu dois vraiment y aller ? demanda-t-elle à voix haute. Aussi vite que ça ?

— Tout de suite, oui.

Il posa quelques billets sur la table.

— Je t'appelle.

Moira hocha la tête, perplexe, se demandant ce qu'il avait entendu, ou surpris.

Bourne descendit l'escalier, et sortit du restaurant. Il tourna à droite, parcourut une vingtaine de mètres, puis entra dans un magasin de poteries. Feignant de s'intéresser à des saladiers et autres plats creux, il s'était posté de manière à pouvoir observer la rue à travers la vitrine.

Il vit passer un couple, un vieillard, et trois jeunes femmes hilares, mais l'homme du restaurant ne se montra pas. Dès que l'inconnu avait paru dans la salle, Bourne l'avait jugé suspect. Et lorsqu'il avait demandé une table face à la leur, Bourne avait acquis la certitude d'être suivi. Il sentit remonter en lui cette vieille angoisse, comme du temps où Marie et Martin recevaient des menaces. Il les avait perdus, mais il entendait bien garder Moira.

Son radar intérieur n'avait pas repéré d'autres suiveurs. Il attendait donc sagement que l'inconnu passe devant la boutique de céramiques. Après l'avoir guetté en vain cinq bonnes minutes, Bourne sortit du magasin et traversa la rue, espérant l'apercevoir dans une vitrine, ou à la lumière d'un réverbère. Ne le voyant nulle part, il regagna le restaurant.

Il monta au premier, s'arrêta dans la pénombre, juste avant l'entrée de la salle. Le type lisait le *Washingtonian*, mais ses yeux se posaient parfois sur Moira.

Bourne frissonna. Ce n'était pas lui, mais Moira que l'homme filait.

Comme Veronica Hart passait le dernier contrôle de sécurité après être sortie du bureau ovale, Luther La Valle jaillit de l'ombre et lui emboîta le pas.

— Bien joué, lâcha-t-il, glacial. La prochaine fois je me préparerai mieux.

— Il n'y aura pas de prochaine fois, dit Veronica.

— Le secrétaire à la Défense est persuadé que si. Et moi de même.

Ils arrivèrent dans le hall d'entrée à colonnades. Des attachés présidentiels traversaient les lieux à grands pas, convaincus de leur importance.

— Où est votre pitbull ? lança Hart. Parti renifler des braguettes, sans doute.

— Je vous trouve bien désinvolte, pour quelqu'un dont la carrière ne tient qu'à un fil.

— C'est grave de prendre la confiance en soi pour de la désinvolture, monsieur La Valle.

Ils franchirent les portes et descendirent les marches qui conduisaient dans le parc. Des projecteurs semblaient repousser l'obscurité. Au-delà scintillaient les lumières des rues.

— Vous avez raison, dit La Valle, veuillez m'en excuser.

Veronica le toisa d'un air goguenard.

— Je regrette que nous n'ayons pas démarré du bon pied, lâcha-t-il avec un petit sourire.

Ce qui l'ennuie, c'est que je les ai démolis devant le Président, Kendall et lui, songea Veronica. Ce qui peut se comprendre.

Elle boutonna son manteau.

— Sans doute avons-nous abordé la question sous le mauvais angle, ajouta-t-il.

— De quelle question voulez-vous parler ?

— La faillite de la CIA.

Au loin, on voyait passer des touristes qui parlaient avec animation, s'arrêtaient un instant pour prendre une photo, avant de poursuivre leur route vers McDonald ou Burger King.

— Pourquoi nous affronter ? Mieux vaut unir nos forces, me semble-t-il.

Veronica se tourna vers lui.

— Ecoutez, mon vieux, vous gérez vos domaines, et moi le mien. Je ne souffrirai plus la moindre remarque. J'en ai plus qu'assez de vous voir gratter du terrain. Alors à partir de maintenant, considérez la CIA comme zone interdite, compris ?

La Valle resta un instant bouche bée, puis ajouta avec calme :

— Je ferais preuve de prudence, à votre place. Vous avancez sur le fil du rasoir, Veronica. Une hésitation, un faux pas, et vous tombez. Et là, il n'y aura plus personne pour vous rattraper.

La voix de Veronica prit une intonation glacée.

— Et je suis également plus que lasse de vos menaces, monsieur La Valle.

Le directeur de la NSA remonta son col pour se protéger du vent.

— Quand vous me connaîtrez mieux, Veronica, vous comprendrez que ce ne sont pas des menaces que je fais, mais des prédictions.

3.

La violence de la mer Noire semblait refléter l'humeur de Leonid Arkadine jusqu'à la pointe de ses souliers à coque d'acier. Il avait atterri à l'aéroport Belbek et se dirigeait sous une pluie battante vers Sébastopol, petit territoire très convoité, au sud-ouest de la Crimée. La région, qui jouissait d'un climat subtropical, ne voyait jamais ses eaux geler. Sébastopol, fondée en 422 avant Jésus-Christ par des marchands grecs qui la nommèrent Chersonèse, a toujours été un avant-poste stratégique. Son déclin laissa la cité en ruine, jusqu'à la naissance de Sébastopol, base navale et forteresse érigée par les Russes en 1783, à la frontière sud de leur empire. Sébastopol la bien-nommée (auguste ou glorieux, en grec), allait survivre à deux sièges sanglants, durant la guerre de Crimée, puis la Seconde Guerre mondiale : la ville résista alors deux cent cinquante jours, malgré les bombardements des forces de l'Axe. Détruite à deux reprises, Sébastopol dut chaque fois renaître de ses cendres. D'où la nature coriace et avisée de ses habitants. La guerre froide, qui débuta en 1960, année où l'Union soviétique ferma le port aux puissances étrangères, ne leur inspira que du mépris. En 1997, les Russes rétrocédèrent la ville aux Ukrainiens, qui s'empressèrent d'en ouvrir les portes.

Arkadine arriva sur le boulevard Primorski en fin d'après-midi. Le ciel était noir, hormis un trait rouge à l'horizon. Dans le port, les bateaux de pêche aux flancs rebondis côtoyaient des navires de guerre à la coque d'acier effilée. Une mer furieuse venait fouetter le Monument aux navires coulés, commémorant l'ultime combat de la ville dans sa résistance aux troupes anglaises, françaises et sardes. Il s'agissait d'une colonne corinthienne de trois mètres de haut, dressée sur des blocs de granit rose et coiffée d'un aigle aux ailes déployées, une couronne de laurier dans le bec. A quelques mètres de là, on avait scellé dans la jetée les ancres des bateaux russes sabordés pour bloquer l'entrée du port aux ennemis.

Arkadine descendit à l'Hôtel Oblast, qui avait tout d'une maison de papier : lustres de pacotille, cloisons en contre-plaqué, fauteuils et canapés recouverts de tissus criards. Il aurait suffi d'une étincelle pour que tout s'embrase et Arkadine se promit de pas fumer au lit.

Il demanda un annuaire au réceptionniste à tête de rat et s'enquit d'un endroit où dîner. Le bottin sous le bras, Arkadine alla s'asseoir sous une fenêtre, face à la place de l'Amiral Nakhimov, héros de la guerre de Crimée, qui du haut de son socle le toisait d'un œil froid, comme s'il devinait ses intentions. Sébastopol, comme tant de villes de l'ex-URSS, offrait un nombre impressionnant d'hommages au passé.

Après un dernier regard aux piétons qui pressaient le pas sous une pluie battante, le tueur reporta son attention sur l'annuaire téléphonique. Oleg Chomenko, c'était le nom qu'avait donné Piotr Zilber avant de se suicider : un peu léger, comme indication. Il trouva cinq Oleg Chomenko dans la liste des abonnés au téléphone, nota leur numéro, puis rapporta le bottin au réceptionniste. Après quoi il sortit dans ce faux crépuscule venteux.

Les trois premiers Oleg ne lui furent d'aucun secours. Arkadine se fit passer pour un ami intime de Zilber et dit à chacun que ce dernier l'avait chargé de leur transmettre un message urgent. Les trois hommes l'avaient dévisagé, éberlués. Ils ne connaissaient pas de Piotr Zilber, de toute évidence.

Le quatrième Oleg travaillait à la *Yugreftransflot*, une entreprise d'Etat spécialisée dans le transport frigorifique. L'homme étant haut placé, Arkadine mit un certain temps à arriver jusqu'à lui. Comme partout dans l'ancien bloc soviétique, l'administration avait encore de forts relents de bureaucratie qui ralentissaient toute démarche. Une telle logique dépassait Arkadine.

Chomenko finit par paraître. Il s'excusa de l'avoir fait attendre, et le conduisit dans son minuscule bureau. C'était un homme de petite taille, aux cheveux noirs de jais et au front bas. Arkadine se présenta, exposa l'objet de sa requête.

— Il y a erreur sur la personne, déclara aussitôt Chomenko. Je ne connais pas de Piotr Zilber.

Arkadine consulta sa liste.

— Il m'en reste un dernier.

— Faites voir.

Le fonctionnaire examina les cinq noms.

— Dommage que vous ne soyez pas venu ici en premier. Ces trois-là sont mes cousins. Et le cinquième ne vous sera d'aucun secours. Il est mort dans un accident de pêche il y a six mois.

L'homme lui rendit la liste.

— Mais tout n'est pas perdu. Il y a un sixième Oleg Chomenko. Nous ne sommes pas de la même famille, mais on nous confond sans arrêt, car nous avons le même patronyme, Ivanovitch. Il n'a pas de ligne fixe, et je reçois sans arrêt des appels qui lui sont destinés.

— Savez-vous où je peux le trouver ?

Le responsable du fret consulta sa montre.

— Oui, il doit être au travail à cette heure-ci. Il est vigneron. Il fait du champagne. Je comprends les Français et leur histoire d'appellation d'origine contrôlée, mais il faut reconnaître que le champagne des établissements viticoles de Sébastopol est excellent. Vous connaissez un peu la ville, monsieur Arkadine ? Sébastopol comprend cinq districts. Ici nous sommes à l'ouest, à Gaparinski, Yuri Alexeïevitch Gagarine. Au nord, vous avez le district de Nakhimovski et ses immenses cales sèches. Et à l'est la zone rurale : des pâturages, des vignobles. Des paysages magnifiques, même en cette saison.

Ils avaient quitté le bureau et se trouvaient à présent dans l'immense vestibule dallé de marbre, où Chomenko s'arrêta devant un long comptoir. La petite douzaine de fonctionnaires assis derrière ne semblaient pas débordés. L'un d'eux lui remit un plan de la ville. Chomenko inscrivit quelque chose dessus, puis le tendit à son visiteur.

— Les établissements viticoles se trouvent ici.

Il jeta un coup d'œil par la fenêtre.

— Le ciel se dégage. Si ça se trouve, le temps que vous arriviez là-bas, vous verrez le coucher du soleil.

Bourne se déplaçait dans les rues de Georgetown, invisible dans cette foule d'étudiants. Il filait le type du restaurant, qui lui-même suivait Moira en douce.

Quand il avait réalisé que cet individu surveillait la jeune femme, il était ressorti du restaurant et l'avait appelée.

— Qui pourrait vouloir t'espionner, Moira ?

— La société pour laquelle je travaille. Ils sont méfiants depuis qu'on a commencé la construction du terminal. Et puis No Hold Energy. Ils m'ont proposé un poste de vice-présidente. Se renseigner sur moi leur permettrait de mieux cibler leur offre.

— Et à part ça ?

— Je ne vois pas.

Bourne avait expliqué à son amie la conduite à adopter, et elle suivait ses directives. Ces hommes de l'ombre ont tous des habitudes, acquises au fil des longues heures passées en solitaire. Celui-ci, par exemple, restait sur l'intérieur du trottoir, au cas où il lui faudrait disparaître dans un hall d'immeuble.

Ayant identifié cette particularité de l'ennemi, Bourne devait maintenant se débarrasser de lui. Mais comme il s'en rapprochait peu à peu, il vit que l'homme n'était pas seul. Un autre espion opérait sur le trottoir d'en face, suivant une trajectoire parallèle. Ce qui semblait logique : si Moira traversait, le premier quidam risquait de la perdre. Ils ne laissaient décidément rien au hasard.

Bourne ralentit le pas pour se fondre à nouveau dans la foule et téléphona à son amie. Il lui transmit des instructions précises, puis coupa la communication et concentra toute son attention sur les deux types.

Moira sentait sa nuque parcourue de frissons, comme si elle était dans la ligne de mire d'un fusil. Elle traversa la rue et s'engagea dans M Street, s'efforçant de conserver une allure normale. Savoir qu'on la suivait l'angoissait. Elle n'en avait rien dit à Bourne, mais elle avait croisé dans sa vie plusieurs personnes susceptibles de vouloir l'espionner. Cela n'avait sans doute rien d'un hasard, à deux semaines de l'ouverture du terminal. Elle brûlait d'envie de lui faire part de l'information qu'elle avait eue la veille : le terminal était réellement sous la menace terroriste. Mais la clause de confidentialité de son contrat lui interdisait de laisser filtrer l'information.

Moira tourna dans la 31e Rue, en direction du canal Towpath. Après deux cents mètres, elle s'arrêta à hauteur d'une plaque discrète portant l'inscription « JEWEL », poussa la porte vermeille, et pénétra dans le restaurant. C'était le genre d'établissement huppé où l'on sert les plats décorés de mousse de sorgho et de perles de pamplemousse rose.

Moira fit un sourire charmeur au directeur et lui annonça qu'une amie l'attendait. En compagnie d'un homme dont elle ignorait le nom, précisa-t-elle avant qu'il ne consulte la liste des réservations.

Elle avait dîné ici à plusieurs reprises, dont une fois avec Bourne, et connaissait la configuration des lieux. Au fond de la seconde salle, un couloir conduisait aux toilettes, mais Moira continua jusqu'à la cuisine. Une armée de commis s'activait autour de poêles en inox et de marmites en cuivre avec une précision toute militaire : le temps qu'ils lèvent la tête, Moira avait déjà passé la porte. Elle émergea dans une ruelle obscure encombrée de poubelles, où un taxi l'attendait. La jeune femme grimpa à l'arrière et la voiture démarra.

Arkadine roulait dans le district vallonné de Nakhimovski, luxuriant, même en hiver, succession de champs cultivés et d'espaces forestiers. Le ciel se dégageait. Les nuages noirs s'effilochaient, remplacés par des cumulus d'altitude que venaient rougir les rayons du soleil. Aux abords des Etablissements Viticoles de Sébastopol, une lueur dorée baignait les vignes. A cette époque de l'année on ne voyait encore ni feuilles ni fruits, mais il y avait un air de mystère dans les corps tortueux de ces ceps de vigne, comme s'ils n'attendaient qu'un coup de baguette magique pour revenir à la vie.

Une femme corpulente du nom de Yetnikova se présenta comme la supérieure d'Oleg Chomenko ; les métiers de la vigne paraissaient très hiérarchisés, offrant des supérieurs à n'en plus finir. La dame avait les épaules larges, des joues couperosées, mais elle avait les traits aussi fins qu'une poupée de porcelaine. Bien qu'elle porte le fichu des paysannes, on sentait en elle la femme d'affaires.

Elle le questionna sur le motif de sa visite, et il lui colla une fausse carte des services secrets ukrainiens sous le nez. Yetnikova fit profil bas et lui désigna aussitôt l'endroit où se trouvait Chomenko.

Arkadine longea plusieurs couloirs, selon ses indications, ouvrant au passage toutes les portes, quitte à s'excuser auprès des éventuels occupants des lieux.

Il trouva Chomenko dans la salle de fermentation. L'homme, longiligne, était bien plus jeune qu'il ne l'avait imaginé. Agé d'une trentaine d'années tout au plus, ses cheveux jaune paille se dressaient en épis sur sa tête. Un magnétophone jouait un titre des *Cure* à plein volume. Arkadine connaissait cette chanson, qu'on passait dans tous les clubs de Moscou, et s'étonna de l'entendre ici, au fin fond de la Crimée.

Chomenko se tenait sur une passerelle à quatre mètres du sol. Penché au-dessus d'une énorme machine de métal, il semblait humer quelque chose, peut-être la dernière cuvée qu'il concoctait. Plutôt que de baisser le volume de la musique, il fit signe à Arkadine de le rejoindre.

Le tueur gravit l'échelle sans hésiter, puis se hissa sur la passerelle avec souplesse. Les odeurs de fermentation lui piquaient les narines. Il se frotta vigoureusement le nez pour éviter d'éternuer. Son regard de professionnel avait déjà tout photographié.

— Oleg Ivanovitch Chomenko ?

Le jeune homme posa son bloc-notes.

— A votre service.

Oleg portait un uniforme un peu grand pour lui. Il glissa son stylo dans une poche.

— Et vous êtes ?

— Un ami de Piotr Zilber.

— Jamais entendu parler.

Mais ses yeux l'avaient trahi. Arkadine tendit le bras, coupa la musique.

— Mais Zilber te connaît, lui. Et il a besoin de toi.

Chomenko s'efforça de sourire.

— Je ne vois pas de quoi vous parlez.

— Il y a un contretemps, il veut récupérer le document.

Chomenko, toujours un sourire aux lèvres, plongea ses mains dans ses poches.

— Encore une fois, je...

Arkadine tenta de le saisir au collet, mais l'autre avait sorti de sa poche un GSh-18 semi-automatique.

— Pas mal joué, mais peut mieux faire.

— Ne bougez pas ! Je ne sais pas qui vous êtes, mais certainement pas un ami de Zilber. Pas la peine de me donner un faux nom. Tout ce que je sais, c'est que Piotr est mort, et je me demande si ce n'est pas vous qui l'avez tué.

— La détente est un peu dure, poursuivit Arkadine. Ce qui me laisse un dixième de seconde de répit.

— C'est ridicule, un dixième de seconde.

— Il ne m'en faut pas plus.

Chomenko recula, comme Arkadine l'avait espéré.

— Je défendrai notre réseau au péril de ma vie, même si Piotr est mort.

Oleg recula encore, tandis que son adversaire faisait un autre pas vers lui.

— Une chute vous serait fatale, cracha le jeune homme. Vous feriez mieux de déguerpir !

Chomenko glissa sur un petit tas de levure qu'Arkadine avait repéré. Déséquilibré, il eut le réflexe de lever le bras qui tenait le pistolet pour se rétablir.

Arkadine bondit pour se saisir de l'arme, sans y parvenir. Il écrasa son poing sur la joue d'Oleg, l'envoyant heurter le conteneur. Arkadine avait pris un coup de crosse sur le nez au passage et saignait à grosses gouttes.

Il voulut tenter à nouveau d'arracher le pistolet. Les deux hommes s'empoignèrent contre la cuve. Chomenko avait une force étonnante et maîtrisait bien le combat à mains nues, contrant toutes ses attaques. Les deux adversaires, au corps à corps, mobilisaient tous leurs muscles pour donner des coups et parer ceux de l'adversaire.

Peu à peu, Arkadine prit l'avantage. Mais Chomenko réussit, au prix d'une double feinte, à lui coller son arme sur la gorge et appuya de manière à lui bloquer la trachée. Arkadine le cogna sur le flanc, mais il manquait d'élan. Il voulut le frapper au rein, mais le jeune homme se tourna, et il rencontra l'os.

L'Ukrainien renversa son agresseur sur le garde-fou et essaya de l'assommer avec la crosse du pistolet afin de le pousser dans le vide. Le champ visuel d'Arkadine s'obscurcit : son cerveau manquait d'oxygène. Il avait sous-estimé Chomenko, et il allait le payer cher.

Il toussait, suffoquait, commençait à s'épuiser. Soudain, il arracha un stylo de la poche du jeune homme, et lui planta dans l'œil. Oleg recula, l'arme lui glissa des doigts, et Arkadine l'attrapa au vol. Chomenko s'affaissa sur la passerelle.

— Le document ! cracha-t-il.

La tête de Chomenko partit sur le côté.

— Oleg Ivanovitch. Où est le document ?

Son œil brilla et se remplit de larmes, sa bouche se crispa. Arkadine le secoua jusqu'à ce qu'il geigne de douleur.

— Où est-il ?

— Parti, souffla Oleg.

Arkadine colla son oreille contre la bouche du jeune homme.

— Comment ça, parti ? fit-il.

— Dans le réseau.

Les lèvres de Chomenko esquissèrent un semblant de sourire.

— Ce n'est pas ce que tu voulais entendre, ami de Piotr Zilber.

Il cilla, chassant les larmes de son œil droit.

— Je suis le dernier maillon de la chaîne, alors je vais te faire un aveu. Approche-toi.

Arkadine se pencha. Oleg avança la tête et lui mordit le lobe de l'oreille.

Arkadine lui rentra le canon du pistolet dans la bouche et fit feu. Puis il réalisa son erreur, et poussa un juron.

4.

Plaqué contre un mur, dans une ruelle obscure, Bourne vit les deux hommes sortir de chez Jewel, l'air contrarié. Il comprit qu'ils avaient perdu Moira. Ils remontèrent la rue en direction de M Street. L'un d'eux parlait dans un téléphone portable. Il s'interrompit pour demander quelque chose à son collègue, puis reprit sa conversation. Arrivés au croisement, ils se postèrent au coin d'un immeuble. Sans doute attendaient-ils qu'une voiture passe les prendre. Idée judicieuse car on ne pouvait pas se garer dans le quartier.

Bourne était à pied. Il vit un cycliste remonter la 31e Rue, qui roulait dans le caniveau afin d'éviter la circulation. Il s'avança pour lui barrer la route. Le cycliste stoppa net.

— J'ai besoin de ton vélo.

— C'est hors de question, mec, répondit l'inconnu, avec un fort accent anglais.

Un 4 × 4 Honda se gara au coin de M Street et de la 31e, devant les deux hommes.

Bourne colla quatre cents dollars dans la main du cycliste.

— Le vélo, vite !

Le jeune homme fixa les billets, éberlué, puis descendit de selle.

— Mais je t'en prie, dit-il.

Comme Bourne enfourchait le vélo, l'Anglais lui tendit son casque.

— Vous allez en avoir besoin.

Les deux hommes étaient montés dans le 4 × 4, qui déjà s'insinuait dans le flot de la circulation. Bourne partit aussitôt, laissant derrière lui le cycliste incrédule.

Il bifurqua sur M Street. La Honda se trouvait trois voitures plus loin. Au carrefour avec la 30e, le feu passa au rouge et les voitures s'arrêtèrent. Il mit pied à terre. Le 4 × 4 démarra avant que le feu ne soit vert et Bourne, surpris, perdit quelques secondes avant de s'élancer à sa poursuite. Une Toyota blanche lui fonçait dessus. Il donna un coup de guidon, grimpa sur le trottoir, les piétons reculèrent, créant un vrai carambolage, tandis que la Toyota klaxonnait derrière lui.

Bourne réussit à rattraper la Honda, qui approchait de l'intersection de M Street et Pennsylvania, ralentie par les embouteillages. Alors qu'il arrivait au feu, le 4 × 4 partit en trombe : il comprit qu'on l'avait repéré !

Oubliant toute prudence, il s'engagea dans Pennsylvania à sa poursuite. Le feu passa au rouge, mais cette fois, Bourne le grilla derrière le 4 × 4, pédalant comme un dératé. Alors qu'il allait franchir le passage piétons, une bande d'étudiants éméchés descendit pour traverser la chaussée, formant une ligne infranchissable entre lui et la Honda. Ils braillaient si fort qu'ils n'entendirent pas Bourne crier, à moins qu'ils n'aient décidé de l'ignorer. Il donna un coup de guidon à droite et prit le trottoir de plein fouet. La bicyclette décolla. Les passants s'écartèrent pour éviter le vélo devenu incontrôlable. Bourne ne parvint pas à ralentir sa course. La foule des piétons était trop compacte, il se laissa tomber avec le vélo, déchirant la jambe de son pantalon sur le bitume.

— Vous n'êtes pas blessé ?

— Vous n'avez pas vu le feu ?

— Vous auriez pu vous tuer, ou tuer quelqu'un !

Des piétons étaient accourus pour le dégager de la ferraille tout en l'assommant de questions. Bourne, encore chancelant, les remercia et remonta aussitôt l'avenue en courant. Mais comme il le craignait, le 4 × 4 avait disparu depuis longtemps.

Arkadine fouilla les poches d'Oleg Chomenko, dont le cadavre encore secoué de spasmes gisait sur la passerelle maculée de sang. Leonid se reprochait son impulsivité : en tuant Chomenko, il avait obéi à une injonction muette de ce dernier, qui préférait mourir, plutôt que de donner le nom de son contact dans le réseau Zilber.

Restait l'espoir qu'il ait sur lui un indice qui permette à Arkadine de remonter la chaîne. Le tueur avait déjà constitué un petit tas de pièces, de billets, de cure-dents, et déplié tous les bouts de papier, mais en vain. Il avait trouvé des listes de produits chimiques, mais ni nom ni adresse.

Le portefeuille d'Oleg se révéla lui aussi très décevant. Il contenait la photo jaunie d'un vieux couple souriant, ses parents, sans doute ; un préservatif dans un emballage fripé, un permis de conduire, la carte d'un club nautique. Le tueur exhuma également une reconnaissance de dettes pour un montant de dix mille hryvnia, soit un peu moins de deux mille dollars américains, la note d'un restaurant, celle d'un night-club et la photo d'une jeune fille radieuse.

Alors qu'il empochait les deux additions, seules pistes potentielles, Arkadine retourna la reconnaissance de dettes par inadvertance. Au verso, on y avait griffonné un nom : Devra. Il se serait volontiers attardé sur ce papier, mais une sonnerie électronique retentit, suivie des beuglements de Yetnikova. Il leva la tête et aperçut un vieux talkie-walkie qui pendait au bout d'une bandoulière accrochée au garde-fou. Il glissa les documents dans ses poches, fonça sur la passerelle, descendit l'échelle, puis sortit de la salle de fermentation au pas de course.

Yetnikova avançait vers lui furibonde, pareille à l'armée Rouge sur Varsovie. Une enquête sommaire avait dû la renseigner sur ses cartes urkrainiennes, moins sophistiquées que ses fausses pièces d'identité russes.

— J'ai appelé le bureau du SBU, à Kiev. Ils se sont renseignés sur vous, Colonel.

Yetnikova, un temps servile, était redevenue hostile.

— Ou qui que vous soyez.

Elle monta sur ses ergots, prête au combat.

— Ils n'ont jamais entendu parler...

Le tueur lui plaqua une main sur la bouche et la frappa au plexus solaire. Elle lui tomba dans les bras telle une poupée de chiffon. Il la traîna dans le couloir, jusqu'à la réserve, et entreprit de s'occuper d'elle.

Etendue par terre les bras en croix, Yetnikova reprenait lentement connaissance. Elle se mit alors à crier, menaçant Arkadine de représailles pour les outrages infligés à sa personne. Mais Arkadine ne l'entendait pas, ne la voyait pas : il essayait de faire barrage au passé, tandis que les souvenirs affluaient, et comme chaque fois, le submergeaient. Il se retrouvait alors plongé dans un état second, devenu familier au cours des années, comme sous l'emprise d'une drogue.

Il s'agenouilla au-dessus de Yetnikova, esquivant ses coups de pied. Puis il tira un cran d'arrêt d'un holster fixé à son mollet droit, fit jaillir la lame effilée. La femme écarquilla les yeux, leva les mains pour se protéger.

— Pourquoi vous m'attaquez ? s'écria-t-elle. Mais pourquoi ?

— A cause de ce que vous avez fait.

— Mais qu'est-ce que j'ai fait ? Je ne vous connais même pas !

— Moi je vous connais.

Il saisit ses bras, lui tordit les poignets, puis s'attela à la tâche.

Lorsqu'il eut terminé, quelques minutes plus tard, Arkadine retrouva une vision plus nette. Il prit une longue inspiration et secoua la tête, comme s'il chassait les effets d'un anesthésique. Il baissa les yeux et fixa le corps décapité. Reprenant ses esprits, il donna un coup de pied dans la tête qui partit rouler dans un coin. Elle oscilla quelques secondes avant de s'immobiliser sur un tas de chiffons. Les yeux lui parurent voilés de gris, mais ils étaient seulement recouverts de poussière. Une fois de plus, il ne trouva pas le soulagement espéré.

— Qui étaient ces hommes ? demanda Moira.

— C'est le problème, dit Bourne. Je n'ai pas réussi à les coincer. Si tu pouvais me dire pourquoi ils te suivent, cela me donnerait peut-être une idée.

Son amie fronça les sourcils.

— C'est sûrement lié à la sécurité du terminal.

Ils étaient assis côte à côte, sur le sofa, dans le salon de Moira. La jeune femme habitait un joli petit appartement dans une maison de ville en briques de Georgetown. Un feu crépitait dans la cheminée. Une cafetière et du cognac trônaient sur la table basse, devant eux. Moira s'était lovée dans le canapé.

— Ce sont des professionnels, en tout cas, déclara Bourne.

— C'est normal. N'importe quelle société ferait appel aux meilleurs. Ça ne veut pas pour autant dire que je suis en danger.

Bourne pensa aussitôt à Marie avec un pincement au cœur, mais il mit cette émotion de côté.

— Encore du café ? proposa Moira.

— Je veux bien, oui.

Il lui tendit sa tasse, et comme elle se penchait, son décolleté en V laissa apparaître deux seins ronds et fermes. Elle leva les yeux vers Bourne et lui lança un regard malicieux.

— A quoi tu penses ?

— Sans doute à la même chose que toi.

Il se leva, chercha son manteau du regard.

— Je crois que je ferais mieux d'y aller.

— Jason...

Il la regarda. La lumière tamisée projetait sur son visage un éclat doré.

— Reste. S'il te plaît.

Bourne fit non de la tête.

— Ce n'est pas une bonne idée, Moira. Tu le sais aussi bien que moi.

— Juste ce soir. Je n'ai pas envie d'être seule, après ce qu'il s'est passé.

Elle eut un petit frisson.

— J'ai joué les braves, tout à l'heure, mais je ne possède pas ton courage. Tout ça me fiche la trouille.

Elle lui tendit son café.

— Et si cela peut te rassurer, j'aime autant que tu dormes sur le canapé. Il est très confortable, tu sais.

Bourne parcourut les lieux du regard : lambris en châtaignier, stores en bois foncé, vases et bols de fleurs donnant des accents cristallins au décor. Sur un buffet, une boîte en agate avec des pieds dorés. A côté, une petite pendule en cuivre tictaquant discrètement. Des photos de la campagne française en automne firent naître en lui une certaine nostalgie, sans qu'il sache pourquoi au juste. Impossible de faire émerger le moindre souvenir du lac gelé qu'était son passé.

— C'est vrai, dit-il en se rasseyant à côté de Moira.

La jeune femme prit un coussin, le pressa contre sa poitrine.

— Et si nous parlions du sujet que nous évitons depuis le début ?

— Parler, ça n'est pas mon fort.

— Lequel de vous deux a du mal à se confier ? David Webb ou Jason Bourne ?

Bourne ricana, but une gorgée d'espresso.

— Et si je te disais qu'ils sont aussi mauvais l'un que l'autre ?

— Je te traiterais de menteur.

— Ce qui serait indigne de nous, n'est-ce pas ?

— Oui, je crois.

Moira attendit, le menton dans sa main. Vu qu'il n'ajoutait rien, elle insista.

— Vas-y, Jason. Je t'écoute.

La peur de l'intimité l'envahissait à nouveau, mais en même temps, Bourne se sentait faiblir, comme si son cœur s'ouvrait. Depuis plusieurs années, il gardait ses distances avec les autres. Alex Conklin avait été assassiné, Marie était morte, Martin Lindros n'était pas ressorti vivant de Miran Shah. Son premier amour, ses amis les plus chers, tous avaient disparu. Son premier et seul amour, réalisa-t-il soudain. Il s'était toujours interdit de désirer une autre femme. Et pourtant Moira l'attirait terriblement. Elle lui ressemblait, et voyait comme lui, elle était étrangère à ce monde.

Bourne la regarda dans les yeux, lui dit ce qui le préoccupait.

— Les gens que j'aime finissent tous par mourir.

Il sentit la main de Moira sur la sienne, un bref instant.

— Je ne vais pas mourir, Jason.

Ses yeux marron foncé brillèrent dans la clarté de la lampe.

— Et puis tu n'as pas à me protéger.

Encore une chose qu'il aimait chez elle : ce caractère farouche et intrépide de petit soldat.

— Dis-moi, Jason. Es-tu vraiment heureux à l'Université ?

Bourne réfléchit quelques instants, sentant le conflit gronder en lui.

— Je pense que oui.

Puis il ajouta :

— Enfin, je pensais l'être.

Marie avait apporté une douce euphorie à sa vie. Mais cette vie-là était révolue. Marie disparue, il devait faire face à cette question terrifiante : qu'était David Webb sans elle ? Seuls l'amour et le soutien de sa femme lui avaient permis d'être un bon père, comprenait-il à présent. Et il était revenu à l'Université pour tenter de retrouver le bonheur qu'il avait connu avec elle. Sans doute tenait-il à se montrer digne de Specter. Mais aussi à honorer le souvenir de Marie.

— A quoi tu penses ? s'enquit Moira.

— A rien, dit-il. Rien de précis.

Elle l'observa quelques instants.

— Très bien.

La jeune femme se leva, se pencha vers lui, l'embrassa sur la joue.

— Je vais préparer le canapé.

— Non. Dis-moi seulement où sont les draps.

Elle désigna un placard du doigt.

Bourne hocha la tête.

— Bonne nuit, Jason.

— A demain. Mais de bonne heure. J'ai rendez-vous.

— Avec Specter, je sais. Pour le petit déjeuner.

Bourne était étendu sur le dos, un bras sous la nuque. Il avait pensé s'endormir vite, mais le sommeil le fuyait.

De temps à autre, les braises rougeoyantes crépitaient et les bûches calcinées s'effondraient dans l'âtre. Bourne fixait les rais de lumière qui filtraient à travers les stores, sans parvenir à s'évader – ni à rejoindre son passé. Son calvaire était comparable à celui de l'amputé qui sent toujours son bras, ses souvenirs dérangeants, mais insaisissables. Il avait parfois envie de tout oublier, ce qui rendait l'offre de Moira d'autant plus séduisante – recommencer, se défaire de ses vieilles souffrances. Son passé était partout, comme un loup qui rôde, mais il était incapable de le saisir derrière la barrière érigée par sa psyché. Il s'interrogea pour la énième fois sur la cause d'une telle résistance et trembla à l'idée de la découvrir.

— Jason ?

La porte de la chambre de Moira venait de s'ouvrir. Malgré l'obscurité, Bourne discernait sa silhouette aux pieds nus, avançant lentement vers lui.

— Je n'arrive pas à dormir, dit-elle d'une voix rauque.

Elle s'arrêta à quelques pas de lui. Elle portait un peignoir en soie, serré à la taille par une ceinture, qui accentuait ses formes sensuelles.

Ils restèrent silencieux quelques instants.

— Je t'ai menti, tout à l'heure. Je ne veux pas que tu dormes sur le canapé.

Bourne se hissa sur un coude.

— J'ai menti aussi. Je n'avais pas compris à quel point je m'accrochais à mon passé. Mais tout cela est terminé, Moira.

Il la fixa.

— Et je ne veux pas te perdre.

Moira s'approcha, les yeux brillants de larmes.

— Tu ne me perdras pas, Jason. Je te le promets.

Un nouveau silence les enveloppa, si profond, cette

fois, qu'il leur sembla être les derniers survivants d'un monde disparu.

Bourne tendit la main à Moira. Il se leva, l'attira à lui, l'embrassa. Une telle proximité fit palpiter son cœur.

Elle défit la ceinture de son peignoir, qui glissa jusqu'à ses pieds. Sa peau brillait d'un éclat chaud. Il admira ses hanches, son nombril. La jeune femme lui prit la main pour le conduire à son lit, où ils se jetèrent l'un sur l'autre, comme deux bêtes affamées.

Bourne rêvait qu'il se tenait devant la fenêtre de la chambre de Moira : il regardait à travers le store en bois. Les réverbères projetaient des ombres en diagonale sur le trottoir et sur la chaussée. Alors qu'il contemplait la rue déserte, l'une de ces ombres se détacha du sol et avança vers lui, comme si elle était vivante, et le voyait, derrière le store.

Il ouvrit les yeux, affolé, émergeant de son rêve, dont l'image resta imprimée dans son esprit.

Moira, endormie, le tenait par la hanche. Il souleva son bras, le reposa sur le drap et sortit du lit sans faire de bruit. Puis il s'aventura, encore nu, dans le salon obscur. Un tas de cendres grises reposait dans la cheminée. L'horloge marquait quatre heures. Bourne se dirigea droit sur les rais de lumière qui filtraient à travers le store. Il regarda dehors, comme dans son rêve. Et vit, de même, des ombres obliques barrer la chaussée. La rue était déserte et silencieuse. Il s'écoula deux minutes, puis il repéra un mouvement imperceptible, et attendit. Un petit nuage de vapeur apparut dans la lumière d'un réverbère pour se dissiper aussitôt, trahissant une présence.

Bourne sauta dans ses vêtements. Il évita à la fois l'entrée et la porte de derrière et sortit par une fenêtre latérale. Le froid du dehors le saisit.

Il s'arrêta au coin de l'immeuble, jeta un coup d'œil dans la rue, sur sa gauche, et aperçut le col d'une parka, à un mètre du sol, entre deux voitures – l'homme n'avait pas bougé. Bourne recula sans bruit, tourna les talons, et fit le tour du pâté de maisons. Puis il remonta la rue de Moira : le guetteur se trouvait presque en face de chez elle.

Une bourrasque glacée incita l'inconnu à rentrer la tête dans ses épaules, telle une tortue. Bourne profita de son inattention pour traverser, et se placer de son côté. Il approcha sans bruit. L'homme le vit trop tard. Bourne le saisit par le dos de son manteau, le retourna et le colla contre l'aile de la voiture à l'arrêt.

La lumière d'un réverbère éclaira son visage, qu'il reconnut aussitôt. Il remit le jeune Noir debout, puis le poussa dans l'ombre, afin que personne ne les voie.

— Tyrone ! souffla-t-il, mais qu'est-ce que tu fais là ?

— Je ne peux rien dire, fit ce dernier d'un ton renfrogné.

— Comment ça tu ne peux rien dire ?

— J'ai signé un accord de confidentialité.

Bourne fronça les sourcils.

— Deron ne te demanderait jamais un truc pareil !

Deron était le faussaire qui fournissait de faux papiers à Bourne, et parfois des armes, ou les gadgets futuristes qu'il venait d'inventer.

— Qui t'a fait signer ce document, Tyrone ?

Bourne empoigna le devant de son vêtement.

— Pour qui tu travailles ? Je n'ai pas le temps de jouer aux devinettes. Réponds-moi !

— J'peux pas.

Tyrone, un ancien du ghetto de Washington, pouvait se montrer têtu.

— Mais viens avec moi. Comme ça tu verras.

Il emmena Bourne dans la ruelle, derrière chez Moira, et s'arrêta devant une Chevrolet noire banalisée pour frapper à la vitre, côté conducteur, qui s'abaissa. Comme il se penchait pour parler à quelqu'un, à l'intérieur, Bourne bondit et le tira de côté. Ce qu'il découvrit le laissa sans voix : derrière le volant se tenait Soraya Moore.

5.

— Nous la surveillons depuis dix jours, dit Soraya.

— La CIA ? Mais pourquoi ?

Ils étaient assis dans la Chevrolet. La jeune femme avait mis le contact, afin de pouvoir allumer le chauffage. Elle avait renvoyé Tyrone chez lui, qui était reparti de mauvaise grâce, se considérant comme son protecteur attitré, même si Soraya ne l'employait qu'en sous-main.

— Tu sais que je ne peux rien te dire.

— Faux. Tyrone est censé se taire. Toi non.

Elle avait secondé Bourne, lors de la mission destinée à sauver Martin Lindros, le fondateur de Typhon, et elle faisait partie de ces rares personnes avec qui il avait travaillé sur le terrain, deux fois à Odessa.

— Peut-être, admit-elle. Mais je ne te dirai rien, car tu sembles très lié à cette Moira.

Soraya regardait la lumière froide de la rue. Elle avait un nez proéminent et de grands yeux bleus qui détonnaient sur sa peau mate.

Elle tourna la tête vers Bourne, contrariée de devoir parler.

— On a un nouveau chef. Veronica Hart.

— Que sais-tu d'elle ?

— Rien. Personne ne la connaît.

Soraya haussa les épaules, fataliste.

— C'était l'idée, je pense. Elle vient du privé, de Black River. Le Président voulait quelqu'un de l'extérieur pour remettre de l'ordre après l'assassinat du Vieux.

— Comment est-elle ?

— Un peu tôt pour se prononcer, mais je suis sûre qu'elle sera bien meilleure que son concurrent.

— A savoir ?

— Halliday, le secrétaire à la Défense. Il essaie d'agrandir son domaine depuis des années. Il avance par l'entremise de Luther La Valle, le tsar du renseignement, au Pentagone. La Valle aurait tenté de souffler la place à Veronica.

— Mais c'est elle qui a gagné, remarqua Bourne, songeur. Ça nous en dit long sur elle.

Soraya prit ses Lambert & Butler, sortit une cigarette et l'alluma.

— Et la chose date de quand ? s'enquit Bourne.

Elle baissa un peu sa vitre et recracha la fumée dehors.

— Du jour où l'on m'a nommée directrice de Typhon.

— Félicitations ! Mais il reste un mystère à éclaircir, ajouta-t-il. Que fait la directrice de Typhon en planque à quatre heures du matin ? Dans le froid, en plus. J'aurais cru que c'était le boulot d'un simple soldat ?

— Oui, en théorie.

Soraya tira sur sa cigarette, souffla de nouveau la fumée dehors, et jeta ce qui restait de la Lambert & Butler. Puis elle se tourna vers Bourne.

— Mon nouveau chef m'a priée de m'en occuper personnellement. Je m'exécute.

— Mais pourquoi surveiller Moira ? C'est une civile.

— Peut-être, dit Soraya. Ou peut-être pas.

Ses grands yeux sondèrent Bourne, à l'affût d'une réaction.

— J'ai épluché tous ses e-mails sur l'Intranet et les enregistrements des appels passés sur son portable depuis deux ans. J'ai mis le doigt sur des anomalies et j'en ai fait part à notre nouvelle directrice.

Elle s'interrompit quelques instants, comme si elle hésitait à poursuivre.

— Ces irrégularités concernent les communications privées entre Martin et Moira.

— Tu veux dire qu'il lui confiait des informations classées secret-défense ?

— Je ne peux en jurer. Nous n'avons récupéré que des bribes de conversations. Certains passages étaient confus, d'autres incompréhensibles, il a fallu tout reconstituer. Mais il apparaît clairement que Martin et Moira étaient sur quelque chose et qu'ils contournaient la procédure habituelle de la CIA.

Soraya poussa un soupir.

— Peut-être qu'il la conseillait pour des questions de sécurité chez NextGen Energy Solutions. Mais vu les fuites qu'il y a eues dans nos services, il est impossible d'exclure l'hypothèse qu'elle ait travaillé pour un tiers dans le dos de Martin.

— Moira en taupe ? J'ai du mal à y croire.

— Je m'en doute, c'est pour ça que je ne voulais pas t'en parler.

— J'aimerais voir ces communications.

— Dans ce cas il faudra demander à Veronica Hart, ce que je ne te conseille pas. Il y a encore des gens haut placés qui te reprochent la mort du Vieux.

— C'est absurde ! dit Bourne. Je n'y suis pour rien.

Soraya passa une main dans ses épais cheveux bruns.

— Tu as fait rentrer Karim al-Jamil à la CIA, tout de même. Tu l'as pris pour Martin Lindros.

— C'était un sosie de Martin. Et puis ils avaient la même voix.

— Tu t'étais porté garant.

— Comme toute une brochette de psys de la CIA, oui !

— Ne te montre pas, Jason. Rob Batt est le premier à te détester et il vient d'être promu directeur adjoint. Lui et son entourage sont persuadés que tu es schizophrène, qu'on ne peut pas te faire confiance. Enfin, c'est ce qu'on dit.

Bourne ferma un instant les yeux et soupira. Ces allégations étaient récurrentes et à la longue fatigantes.

— Il y a autre chose en ma défaveur, et qui fait de moi l'homme à abattre, Soraya. Je suis la dernière survivance de l'ère Conklin. Personne à part le Vieux ne faisait confiance à Alex : on ignorait tout de son travail, notamment de ce programme qui a fait de moi ce que je suis.

— Raison de plus pour rester discret.

Bourne jeta un coup d'œil par la vitre.

— J'ai rendez-vous pour le petit déjeuner, dit-il.

Il ouvrit la portière. Soraya mit la main sur son bras.

— Ne te mêle pas de ça, Jason. Conseil d'amie.

— J'apprécie ton aide, Soraya.

Il se pencha vers elle, l'embrassa sur la joue. Là-dessus il traversa la rue, et un instant plus tard, il avait disparu.

Dès qu'il se trouva hors de vue, Bourne ouvrit le téléphone qu'il avait pris dans la poche de Soraya à son insu. Il trouva le numéro de Hart, actionna la touche d'appel. La nouvelle DCI répondit d'un ton alerte, bien qu'il fût quatre heures du matin.

— Comment se passe la surveillance ? s'enquit-elle d'une voix sensuelle.

— C'est ce dont je souhaiterais vous parler.

Il y eut un silence d'un dixième de seconde avant qu'elle ne dise :

— Qui êtes-vous ?

— Jason Bourne.

— Où est Soraya Moore ?

— Soraya va très bien, madame. Mais je tenais à vous contacter, maintenant que j'ai éventé votre surveillance, et je doutais que Soraya m'en donne les moyens de son plein gré.

— Vous avez volé son téléphone ?

— Je veux vous rencontrer, déclara Bourne.

Il avait peu de temps devant lui. Soraya pouvait désirer téléphoner d'un instant à l'autre. Elle comprendrait aussitôt qu'il lui avait subtilisé son portable, et viendrait le chercher.

— Je souhaite voir les preuves qui vous ont amenée à ordonner la surveillance de Moira Trevor.

— Je n'ai aucun ordre à recevoir d'un agent, et encore moins de vous.

— Vous allez quand même me recevoir, car je suis la seule personne qui ait accès à Moira. Et je suis le mieux placé pour vous dire si c'est une taupe ou si vous suivez une fausse piste.

— Je pense m'en tenir au protocole habituel.

Veronica Hart, assise dans son bureau en compagnie de Rob Batt, signifia silencieusement les mots « Jason Bourne », à son directeur adjoint.

— Ce n'est plus possible, répliqua Bourne, au téléphone. Votre surveillance est grillée, je peux me débrouiller pour que Moira vous échappe.

Hart se leva de son fauteuil.

— Je n'aime pas trop les menaces non plus.

— Je n'ai pas besoin de vous menacer. Il me suffit de vous exposer les faits.

Batt tentait de décrypter la conversation d'après les expressions et les réponses de Veronica. Ils avaient travaillé sans discontinuer depuis la veille au soir, et il était épuisé. Mais ce coup de fil l'intéressait au plus haut point.

— Ecoutez, dit Bourne. Martin était mon ami. Et un héros, aussi. Je n'ai aucune envie qu'on salisse sa mémoire.

— Très bien, fit Hart. Passez à mon bureau en fin de matinée. Disons vers onze heures.

— Je ne mettrai pas les pieds à la CIA, annonça Bourne. Nous nous retrouverons ce soir à cinq heures à l'entrée de la Freer Gallery.

— Et si je n'étais pas...

Mais il avait déjà raccroché.

Moira était debout, et préparait le café lorsqu'il reparut. Elle lui lança un regard, mais ne fit aucun commentaire. Elle était bien trop fine pour l'interroger sur ses allées et venues.

Bourne ôta son manteau.

— J'étais sorti voir si on nous espionnait.

La jeune femme s'interrompit dans sa tâche.

— Et ?

— Personne.

Il ne pensait pas que Moira ait pu manipuler Martin pour obtenir des renseignements, mais Conklin l'avait rendu méfiant et il restait sur ses gardes.

— C'est déjà ça.

Elle posa la cafetière sur le feu.

— On a le temps d'en boire une tasse ensemble ?

La lumière, qui filtrait à travers les stores, était de plus en plus vive. On entendit un moteur tousser dans la rue. Les premières voitures passaient, des voix et des aboiements s'élevaient du trottoir. Le jour se levait.

Bourne et Moira se tenaient côte à côte dans la cuisine. Au mur, devant eux, une pendule en forme de chat, dont les yeux coquins et la queue allaient de gauche à droite, pour marquer le passage du temps.

— Jason, dis-moi que ce n'est pas la solitude et le chagrin qui nous ont poussés dans les bras l'un de l'autre.

Il l'embrassa et la sentit frissonner.

— Je ne suis pas comme ça, Moira.

La jeune femme posa sa tête sur son épaule.

Il écarta doucement les longs cheveux qui lui couvraient la joue.

— Je n'ai pas envie de café tout de suite.

Elle se colla contre lui.

— Moi non plus.

Dominic Specter et David Webb avaient rendez-vous au Wonderlake, un petit restaurant de la 36e Rue. Le professeur tournait sa cuiller dans son thé, une variété turque très riche en théine qu'il emportait partout avec lui, quand son protégé entra.

Bourne parcourut l'endroit des yeux. Des planches recouvraient les murs, de larges rondins servaient de tables. Les chaises, dépareillées, venaient des objets trouvés. Des photos de bûcherons et des vues du Pacifique Nord ornaient les murs, des outils du métier occupaient les étagères : haches, scies, tournebilles, sapies. Les étudiants affectionnaient ce lieu pour ses horaires tardifs, ses prix abordables, et le clin d'œil au *Lumberjack Song*, des Monthy Pyton.

Bourne s'assit et commanda du café.

— Bonjour, David.

Specter inclina la tête.

— On dirait que tu n'as pas dormi.

L'espresso lui fut servi comme il l'aimait : noir, fort, sans sucre.

— J'ai beaucoup réfléchi.

Specter le considéra avec attention.

— Qu'y a-t-il, David ? Puis-je t'aider ? Tu sais que ma porte t'est toujours ouverte.

— Merci, Dominic. Je vous en suis reconnaissant.

— Je vois que tu es soucieux. Mais nous allons régler ce problème, quel qu'il soit.

Le serveur, vêtu d'une grosse chemise à carreaux rouge et blanc et d'un jean, des Timberland aux pieds, posa les menus sur la table.

— C'est au sujet de mon travail.

— Il ne te convient pas ?

Le professeur semblait disposé à satisfaire toute requête.

— L'enseignement te manque, sans doute. On peut te confier des cours, si tu veux.

— Ça ne suffira pas.

Specter se racla la gorge.

— Je t'ai trouvé un peu nerveux, ces dernières semaines. C'est lié ?

Bourne acquiesça.

— J'ai voulu renouer avec une époque à jamais révolue.

— Tu as peur de me décevoir, mon garçon ?

Dominic se frotta le menton.

— Il y a quelques années, quand tu m'as parlé de Jason Bourne, je t'avais conseillé de voir un psy. C'est comme si tu étais coupé en deux, c'est une pression énorme.

— J'ai consulté. Je sais gérer ce genre de stress, maintenant.

— Je ne mets pas cela en doute, David.

Specter marqua un temps d'arrêt.

— Ou dois-je t'appeler Jason ?

Bourne continua à siroter son café sans rien dire.

— Je souhaite que tu restes parmi nous. Mais seulement si c'est ce que tu veux.

Le téléphone de Specter sonna, mais il n'y prêta pas attention.

— Je voudrais que tu trouves ta voie. Tu as connu de dures épreuves. D'abord la mort de Marie, puis le décès de tes meilleurs amis.

La sonnerie du portable retentit à nouveau.

— J'ai cru t'offrir un univers professionnel sécurisant. Et tu trouveras toujours un sanctuaire à l'Université. Mais si tu as décidé de nous quitter...

Specter regarda le numéro qui s'affichait sur son écran.

— Excuse-moi un instant.

Il prit la communication, écouta son correspondant.

— L'affaire ne peut se conclure sans cela ?

Le professeur hocha la tête, éloigna l'appareil de son oreille.

— Il faut que j'aille chercher quelque chose dans ma voiture, annonça-t-il. Tu peux commander pour moi ? Des œufs brouillés et des toasts.

Il se leva, sortit du restaurant. Sa Honda était garée juste en face, sur la 36e Rue. Alors qu'il arrivait au milieu de la chaussée, deux hommes surgirent. L'un d'eux l'empoigna par-derrière, l'autre le frappa à la tête. Une Cadillac noire stoppa dans un crissement de pneus. Bourne jaillit de son siège.

Il arracha une sapie d'une étagère et sortit du Wonderlake tel un diable de sa boîte. Un des agresseurs poussa Specter sur la banquette arrière et grimpa à côté de lui pendant que l'autre se glissait derrière le volant. La Cadillac démarra au moment où Bourne arrivait à sa hauteur. Il leva la sapie, frappa. La pointe fracassa la lunette arrière et alla se planter dans le haut du dossier. Il fut emporté, agrippé au manche.

La lunette en verre feuilleté s'était étoilée, mais restait en place. Tandis que le chauffeur zigzaguait pour le larguer, des petits morceaux de verre se délogèrent, rendant sa prise d'autant plus précaire.

La Cadillac accéléra encore, dans une circulation déjà dense, puis braqua à droite, envoyant Bourne, toujours accroché à la sapie, valser sur le pare-chocs, côté conducteur. Ses pieds heurtèrent le bitume, le choc arracha une chaussure, le tissu d'une chaussette et la peau du talon. Il remonta ses jambes sur le coffre. La Cadillac effectua un dérapage par l'arrière, qui faillit l'envoyer valser. Ses pieds shootèrent dans une poubelle, qui partit en roulant sur le trottoir, affolant les passants. Il était tenaillé par la douleur et aurait capitulé, si le conducteur n'avait pas redressé le cap. La circulation l'obligeait à reprendre une trajectoire normale et Bourne en profita pour se hisser sur le coffre. Il plongea son poing droit dans la lunette brisée, trouva une prise plus sûre. La voiture avait repris de la vitesse et s'engageait à présent sur la rampe d'accès à la voie expresse Whitehurst. Il se recroquevilla.

Alors qu'ils roulaient sous le pont Francis Scott Key, l'homme qui avait poussé Specter sur la banquette brandit un Taurus PT140 à travers la lunette et braqua le canon sur Bourne, qui lâcha le manche de la main gauche pour saisir le poignet de l'inconnu. Il tira d'un coup sec, faisant sortir tout l'avant-bras. La manche de chemise glissa et révéla un tatouage : trois têtes de cheval autour d'un crâne. Bourne balança un genou dans le coude du tatoué, écrasant l'articulation qui céda dans un craquement. La main s'ouvrit, l'arme tomba. Il tenta de l'attraper au vol, mais la manqua.

La voiture fit une embardée. La sapie remonta, déchirant le dossier, et il dut lâcher prise. Empoignant à deux mains le bras du tatoué, il s'en servit comme d'un levier pour plonger dans la voiture, pieds les premiers.

Il atterrit entre Specter, tassé contre la portière, et le tatoué. A l'avant, le passager s'était retourné et agenouillé sur son siège. Il braquait un Taurus sur Bourne qui saisit le tatoué pour l'utiliser comme bouclier. La balle atteignit l'homme en plein cœur. Bourne balança le cadavre sur son agresseur, qui en voulant l'esquiver, l'envoya sur le conducteur. Ce dernier donna un coup d'accélérateur et slaloma entre les voitures.

Bourne écrasa son poing dans le nez du tireur. Du sang gicla, l'homme partit à la renverse, et s'écroula sur le tableau de bord. Alors que son adversaire s'avançait pour l'assommer, l'homme orienta son arme vers Specter.

— Ne bougez plus ! hurla-t-il. Sinon je le tue.

Bourne réfléchit à cent à l'heure. S'ils avaient voulu éliminer Specter, ces hommes l'auraient abattu dans la rue. S'ils l'avaient enlevé, c'est qu'ils tenaient à le garder en vie.

— Très bien.

Il glissa sa main dans son dos, ramassa une poignée d'éclats de verre, à la jonction du siège et de la banquette, et la balança dans la figure du tireur. L'homme baissa la tête, dégaina un poignard, mais fendit l'air : Bourne, qui avait esquivé le coup, frappa son adversaire à la tempe dont la tête alla heurter la portière, lui brisant la nuque.

Il referma le bras sur le cou du conducteur, tira en arrière d'un coup sec. L'homme suffoquait, secouait la tête pour se dégager. La Cadillac partit vers la droite, comme le chauffeur perdait connaissance. Bourne enjamba le dossier, poussa l'homme évanoui sur le plancher avant de se glisser derrière le volant.

La Cadillac heurta un 4 × 4 dans la file de gauche et repartit vers la droite. Bourne actionna le levier de vitesses, mit la voiture au point mort. La transmission s'interrompit, le moteur n'étant plus alimenté en essence. La voiture continua sur sa lancée. Il voulut freiner, mais le corps lui bloquait l'accès aux pédales.

La Cadillac franchit le talus, s'engagea sur un immense parking, entre la voie expresse et le Potomac, et se rapprocha du fleuve.

Bourne donna un coup de volant sur la droite, pour éviter la barrière de sécurité le long du Potomac. Les pneus crissèrent. Il écrasa la pédale de frein, après avoir réussi à repousser le cadavre, et la Cadillac stoppa sa course. Specter gémit doucement, recroquevillé dans son coin.

Bourne passa la marche arrière. La voiture réagit au quart de tour et alla emboutir un véhicule garé sur le parking.

Dans le lointain, on entendait le hurlement scandé des sirènes de police.

— Ça va, professeur ?

Specter geignit.

— Il faut qu'on parte d'ici, souffla-t-il. Vite !

Bourne repoussa l'homme écroulé sur le plancher pour libérer les pédales.

— Ce tatouage, sur le bras du tireur...

— Il faut fuir la police, gémit Specter. Je sais où aller. Je vais te guider !

Bourne sortit de la Cadillac, puis aida le professeur à s'en extirper. Il se dirigea vers une autre voiture en boitillant, cassa le pare-brise avec son coude. Les voitures de police se rapprochaient. Il grimpa à l'intérieur, établit un contact entre les fils. Le moteur rugit. Il déverrouilla les portières et Specter put se glisser sur le siège passager.

Bourne partit en trombe et s'engagea sur la voie expresse. Il se plaça dans la file rapide, puis braqua à gauche. La voiture traversa le terre-plein central et repartit à toute allure vers l'ouest, dans le sens inverse des sirènes.

6.

Arkadine se rendit au Tractir, un restaurant situé sur les hauteurs de Sébastopol. Un immense tableau accroché au mur montrait des trois-mâts dans le port, aux alentours de 1900. Le décor s'avérait aussi triste que la carte, mais cela lui importait peu. Il dînait là parce que la facture, trouvée dans le portefeuille de Chomenko, était à l'en-tête de l'établissement. Personne, ici, ne connaissait de Devra, aussi le tueur avala-t-il son bortsch et son blini, puis alla-t-il voir ailleurs.

Une portion de la côte, baptisée Omega, abritait des cafés, des restaurants et des night-clubs. On y trouvait tous les genres de boîtes imaginables, dont Calla, à quelques encablures du parking en plein air. La nuit était fraîche et claire, des points de lumière constellaient la mer Noire et le ciel qui semblaient se confondre.

Calla se trouvait à une vingtaine de mètres du trottoir. Il flottait là une odeur de haschisch dans un vacarme d'enfer. La salle, carrée, se divisait en deux : d'un côté, une piste de danse surpeuplée ; de l'autre, une partie surélevée, dotée de tables rondes et de chaises en acier. Des lumières colorées pulsaient au rythme de la *house music*. Une DJ d'une maigreur extrême officiait derrière les platines, sur lesquelles était branché un iPod.

La piste de danse était bondée. Arkadine se dirigea vers le bar, sur sa droite, qui occupait toute la longueur d'un mur. En chemin, il se fit accoster par deux blondes pulpeuses qui essayaient d'attirer son attention et en voulaient sans doute à son portefeuille. Il les ignora et alla tout droit vers le barman. Trois étagères barraient un grand miroir, supportant des bouteilles d'alcools variés. Ainsi les clients pouvaient observer les danseurs ou s'admirer dans la glace, tandis qu'ils buvaient.

Arkadine dut piétiner dans la foule des fêtards avant de pouvoir commander une Stoli *on the rocks*. Lorsque le barman revint avec sa vodka, quelques minutes plus tard, le tueur lui demanda s'il connaissait Devra.

— Oui, bien sûr. Elle est là-bas.

Et il lui désigna, d'un geste, la mince jeune fille derrière la console.

Devra fit une pause à une heure du matin. D'autres personnes attendaient qu'elle arrête, sans doute des fans. Arkadine entendait lui parler le premier. Il préféra user de son charisme plutôt que de ses faux papiers. Après l'épisode des Etablissements viticoles, mieux valait ne plus laisser d'indice à la police secrète, car son alias de flic risquait à présent de le perdre.

Devra était blonde, presque aussi grande que lui, très fine, avec des hanches étroites et des clavicules saillantes. Elle avait de grands yeux et le teint blafard, comme si elle voyait rarement la lumière du jour. Sa combinaison noire à tête de mort était trempée de sueur. La DJ bougeait sans arrêt les mains, peut-être par habitude professionnelle, car le reste de son corps demeurait immobile.

Arkadine se présenta.

— Je doute que vous soyez un ami d'Oleg, remarqua-t-elle, le toisant de la tête aux pieds.

Il agita la reconnaissance de dette sous son nez, et vit tout scepticisme l'abandonner. « Typique », songea-t-il, alors qu'elle le précédait dans les coulisses. « Il faut toujours miser sur la cupidité. »

Les rats du port devaient trouver asile dans la pièce où Devra se relaxait entre deux sets. Arkadine les imagina tapis derrière les murs en cet instant même et s'efforça de penser à autre chose. Il n'était pas là pour longtemps, de toute façon. Il contempla les lieux, peints en noir du sol au plafond, sans doute pour masquer une multitude de péchés.

Devra alluma une lumière faiblarde, puis s'assit sur une chaise en bois couverte d'entailles et de brûlures de cigarettes. Cette pièce rappelait une salle d'interrogatoire. Il n'y avait aucun meuble, excepté une table en bois où se côtoyaient pêle-mêle CD, cigarettes, gants, cosmétiques et autres accessoires qu'Arkadine ne prit pas la peine d'identifier.

Devra se cala contre le dossier et alluma la cigarette qu'elle avait attrapée sur la table.

— Alors comme ça, vous êtes venu payer la dette d'Oleg.

— Si on veut, oui.

La jeune femme plissa les yeux, et ressembla soudain à cette hermine que Arkadine avait tuée, un jour, dans la banlieue de Saint-Pétersbourg.

— Ce qui veut dire ?

Il sortit les billets de sa poche.

— J'ai ici l'argent qu'il vous doit.

Elle tendit la main vers la liasse, mais le tueur plaça les billets hors de portée.

— Je veux des informations en échange.

Devra ricana.

— Non mais vous vous croyez où ?

Il la gifla du revers de la main avec une telle violence qu'elle tomba sur la table. Les tubes de rouge et de mascara valsèrent, et elle dut poser une main dans le fourbi pour retrouver son équilibre.

Elle se releva armée d'un petit revolver. Arkadine s'y attendait. Il abattit son poing sur le poignet délicat, et se saisit de l'arme.

— Bon, dit-il en la replaçant sur sa chaise, on s'y remet ?

Devra le regarda d'un air las.

— Je savais que c'était trop beau pour être vrai. On veut aider les gens et voilà ce que ça vous rapporte.

Il mit quelques secondes à comprendre le sens réel de sa sortie.

— Pourquoi Chomenko a-t-il eu besoin de dix mille hryvnia ?

— Donc j'avais raison. Vous n'êtes pas un ami d'Oleg.

— Ça a une importance quelconque ?

Arkadine vida l'arme, sans quitter Devra des yeux, et balança les cartouches dans un coin de la pièce.

— L'affaire va se régler entre vous et moi.

— Je ne crois pas, non, déclara un homme derrière lui.

— Filia, souffla Devra. Qu'est-ce que tu foutais ?

Arkadine ne se retourna pas. Il avait entendu le déclic du cran d'arrêt, et savait à quel genre d'attaque il s'exposait. Il sonda le tas d'objets en désordre sur la table, finit par repérer une paire de ciseaux qui dépassait d'une pile de CD. Il photographia l'endroit mentalement avant de se retourner.

Feignant la stupéfaction face à ce type baraqué au visage grêlé, il recula pour se coller à la table.

— Mais qui êtes-vous ? Il s'agit d'un entretien confidentiel.

Arkadine parlait surtout pour distraire Filia de la lente progression de sa main vers les ciseaux.

— Devra est à moi !

L'homme fit jouer la lame de son cran d'arrêt.

— Personne ne lui adresse la parole sans ma permission.

Le tueur eut un sourire méprisant.

— Je ne lui parlais pas, je la menaçais.

Il entendait provoquer Filia pour l'amener à réagir de façon inconsidérée et y parvint au-delà de ses espérances. Le géant se jeta sur lui, sa lame en avant. Arkadine referma sa main sur les ciseaux, puis les lança sur son attaquant. Ils se plantèrent juste sous le sternum.

L'homme écarquilla les yeux, s'arrêta à deux pas. Puis il repartit, couteau levé. Arkadine plongea sur la gauche, hors de portée de la lame. Ils luttèrent corps à corps, Arkadine espérant l'épuiser et voir sa blessure saper ses forces. Mais son adversaire voulait se venger. Il détacha sa main de la prise d'Arkadine et brandit l'arme. Le tueur réagit à l'instinct : il fit dévier la lame au dernier moment, qui plongea dans la gorge de Filia.

Le sang gicla, Devra hurla. Arkadine l'empoigna, la tira vers lui, plaqua une main sur sa bouche. Elle avait le visage éclaboussé de sang. Son ami agonisait, plié en deux sur le bras de son adversaire. Il n'avait pourtant pas voulu en arriver là. D'abord Chomenko, et à présent celui-là. Mission maudite, songea-t-il.

— Filia !

Il gifla le mourant, dont les yeux devenaient vitreux. Du sang coulait d'un coin de sa bouche, sa lèvre inférieure pendait.

— Où est le paquet ?

Le jeune homme le fixa. Arkadine répéta sa question, et un étrange sourire emporta Filia dans la mort. Le tueur le soutint encore quelques secondes, puis il l'assit contre le mur. Il vit alors un pelage de rat briller dans un coin de la pièce, et dut fournir un effort surhumain pour ne pas attraper le rongeur et le tuer. Il se tourna vers la jeune femme.

— Nous voilà enfin seuls, Devra.

*

Rob Batt s'assura qu'on ne le suivait pas, puis il se gara dans le parking adjacent à l'église baptiste de Tysons Corner. Après quoi il attendit dans sa voiture, consultant sa montre de temps à autre.

Sous le règne du dernier DCI, il avait été chef des opérations, ce qui faisait de lui l'homme le plus important du Directoire. Batt appartenait à la vieille garde politicienne, et comptait nombre d'amis influents, parmi les anciens membres du légendaire « Skull & Bones Club », société d'étudiants très fermée de Yale. Les services secrets recrutaient beaucoup au sein de cette confrérie, sans qu'on sache au juste dans quelle proportion. Batt faisait partie de ces privilégiés, et s'irritait de devoir jouer les seconds couteaux pour quelqu'un de l'extérieur, une femme qui plus est. Le Vieux n'aurait jamais toléré un tel affront, mais il était mort, assassiné à son domicile par son assistante, Ann Held, selon la version officielle. Ce dont Batt et ses amis doutaient fortement.

Comme les choses peuvent changer en trois mois ! Si le Vieux avait été encore en vie, Batt, garçon loyal, n'aurait jamais consenti à cette rencontre. Cependant sa loyauté s'était éteinte avec l'homme qui lui avait fait intégrer la CIA à sa sortie de Yale. Les temps avaient changé, et il n'y avait plus de justice. Batt avait contribué à résoudre l'affaire Bourne/Lindros. L'imposteur avait d'ailleurs éveillé ses soupçons d'emblée, et il l'aurait confondu si Bourne ne l'avait pas protégé. Coup de maître qui aurait impressionné le Vieux, et valu à Rob tous les honneurs.

Mais celui-là disparu, Batt avait dû s'effacer devant Veronica Hart, choisie Dieu sait pourquoi par le président des Etats-Unis. Erreur colossale qui selon lui signait la mort de la CIA. La meute de la NSA aboyait aux portes du contre-espionnage, et Veronica les laissait faire, ce qui faisait bondir Batt. Du moins pouvait-il passer à l'ennemi, et espérer la remplacer le jour où elle commettrait l'irréparable. Il lui en coûtait cependant d'être tombé si bas.

A dix heures et demie, les portes de l'église s'ouvrirent. Les paroissiens descendirent sur le parvis, levèrent la tête vers un soleil blême. Le pasteur parut aux côtés de Luther La Valle, accompagné de sa femme et de son fils adolescent. L'épouse semblait s'intéresser à la conversation, mais le fils reluquait une fille de son âge qui paradait sur le parvis. Une vraie beauté, songea Batt. Puis il réalisa qu'il s'agissait d'une des trois filles du général Kendall, qui venait d'apparaître, un bras autour de la taille épaisse de sa femme. On pouvait se demander comment ces deux-là avaient pu produire ce trio sublime. Même Darwin s'y serait cassé les dents.

Les familles La Valle et Kendall se rapprochèrent et les enfants partirent de leur côté, certains dans des voitures, d'autres à bicyclette. Les deux dames donnèrent un baiser chaste à leurs maris, grimpèrent lourdement dans un gros 4 × 4 Cadillac, puis s'en furent.

La Valle et Kendall gagnèrent le parking sans échanger un mot. Batt entendit une voiture démarrer.

Une limousine arriva, qui semblait glisser sur le bitume tel un grand requin noir, et s'arrêta pour laisser monter les deux hommes. Le moteur, qui tournait au ralenti, envoyait de petits nuages de gaz d'échappement dans l'air glacé. Batt compta jusqu'à trente, suivant les instructions, puis sortit de sa voiture. Comme il posait le pied sur la chaussée, la portière arrière de la limousine s'ouvrit. Il baissa la tête, puis se glissa dans l'habitacle somptueux plongé dans la pénombre.

— Messieurs, dit-il en se courbant pour prendre place sur le strapontin, face à eux.

— C'est très aimable à vous d'avoir répondu à notre invitation, remarqua La Valle.

La gentillesse n'a rien à voir là-dedans, pensa Batt. Question de stratégie, et d'objectifs communs.

— Tout le plaisir est pour moi, messieurs. Je me sens flatté, et je vous suis reconnaissant de m'avoir sollicité.

— Parlons franc, le coupa Kendall.

— Nous avons toujours été contre la nomination de Hart, déclara La Valle. Le secrétaire à la Défense ne l'a pas caché au Président. D'autres, cependant, dont le conseiller à la Sécurité nationale et le secrétaire d'Etat qui, comme vous le savez, est un ami personnel du Président, ont fait pression sur lui pour qu'il choisisse quelqu'un du privé.

— Mauvais choix, remarqua Batt. Et en plus une femme.

— Précisément, acquiesça le général Kendall. On a du mal à y croire.

Luther remua sur son siège.

— C'est la plus belle preuve du relâchement que le secrétaire Halliday prédit depuis plusieurs années déjà.

— Quand on commence à écouter le Congrès et la population, c'est fini, nota Kendall. On se retrouve avec une bande d'amateurs mesquins qui n'ont pas la moindre idée de ce qu'est un service secret.

La Valle eut un sourire glacial.

— C'est pourquoi le secrétaire à la Défense a déployé autant d'efforts pour préserver la confidentialité de notre action.

— Plus ils en savent, moins ils comprennent, railla le général Kendall, et plus ils sont enclins à contrer nos projets, au moyen de coupes budgétaires.

— Ce droit de regard est une belle connerie, renchérit La Valle. Dans les branches du Pentagone sous mon contrôle, on s'en passe.

Il marqua un temps d'arrêt et observa Batt.

— Qu'en pensez-vous, monsieur le Directeur adjoint ?

— Vous avez ma bénédiction.

*

— Oleg a foiré l'affaire, et en beauté, dit Devra.

Arkadine la sonda.

— Il s'est endetté auprès d'usuriers ?

La jeune femme secoua la tête.

— Ça c'était l'année dernière. A cause de Piotr Zilber.

Arkadine tendit l'oreille.

— Qui est Piotr Zilber ?

— Je ne sais pas.

Arkadine leva le poing, Devra le fixa.

— Je vous jure.

— Mais tu fais partie du réseau de Zilber.

Elle détourna la tête, comme si elle se dégoûtait.

— Si on veut. Je sers juste de passeur de temps en temps.

— La semaine dernière, Chomenko t'a remis un document.

— Il m'a donné un paquet. Je ne sais pas ce qu'il y avait dedans, précisa Devra. Il était scellé.

— Cloisonnement classique.

— Quoi ?

Son visage était maculé de sang, les larmes avaient fait couler son mascara, et formé des taches sous ses yeux.

— Le principe de base, pour le bon fonctionnement d'une structure, répondit Arkadine, comme s'il se parlait à lui-même. Continue.

Devra haussa les épaules.

— C'est tout ce que je sais.

— Et le paquet ?

— Je l'ai fait passer, comme on m'avait dit.

— A qui tu l'as donné ?

Elle jeta un coup d'œil à la masse informe qui gisait par terre.

— A Filia.

Luther La Valle s'était interrompu quelques instants pour réfléchir.

— On ne s'est jamais croisés, à Yale.

— Vous avez deux ans de plus que moi, remarqua Batt. Mais je vous connaissais de réputation. Vous étiez célèbre, au Skull & Bones.

La Valle s'esclaffa.

— Vous me flattez, à présent.

— Pas tant que ça.

Batt déboutonna son pardessus.

— Pas si j'en crois les histoires qui circulaient sur vous.

Luther fronça les sourcils.

— Et que vous éviterez de répéter.

Le général Kendall partit d'un rire gras, qui résonna dans l'habitacle.

— Dois-je vous laisser en tête à tête, les filles ? Il ne vaut mieux pas, non. L'une de vous deux pourrait tomber enceinte.

Même si ce commentaire se voulait léger, il n'était pas innocent. Le fait d'appartenir à ce club fermé créait, d'emblée, un lien entre les deux hommes, une complicité excluant Kendall, qui pouvait en concevoir un certain dépit. Batt prit note d'examiner plus tard ce qu'il pourrait en tirer.

— Qu'entendez-vous faire, monsieur La Valle ?

— Convaincre le Président que ses conseillers les

plus extrémistes ont eu tort de recommander Hart pour ce poste.

La Valle eut un sourire mauvais.

— Reste à se montrer persuasif. Vous avez une idée ?

— Une foule d'idées, oui. Mais qu'est-ce que j'y gagne ?

La Valle sourit à nouveau, comme à dessein.

— Dès que nous aurons réussi à virer Hart, il faudra nommer un nouveau DCI. Qui vous paraît le plus habilité à occuper ce poste ?

— L'actuel directeur adjoint me semble être un choix logique. Moi, en l'occurrence.

Luther acquiesça.

— C'est aussi notre sentiment.

Batt pianota sur son genou du bout des doigts.

— Si toutefois vous êtes décidés à agir.

— Tout à fait décidés, assura La Valle.

Batt réfléchissait à cent à l'heure.

— Dans ce cas il est prématuré d'attaquer Hart de front.

— De quoi je me mêle ? aboya Kendall.

La Valle leva la main pour calmer le jeu.

— Ecoutons ce qu'il a à dire, Richard.

Il ajouta à l'attention de Batt :

— Je tiens à préciser que nous souhaitons hâter le départ de Hart.

— Comme nous tous, mais autant ne pas attirer les soupçons sur vous ou le secrétaire à la Défense.

La Valle et Kendall échangèrent un regard de connivence et hochèrent la tête.

— Assurément, acquiesça ce dernier.

— Elle m'a dit que vous l'aviez prise en traître, pendant la réunion avec le Président. Et que vous l'aviez menacée à la sortie, poursuivit Batt.

— Les femmes se laissent facilement impressionner, déclara Kendall. C'est bien connu.

Batt ignora cette remarque.

— Vous l'avez mise sur ses gardes. Elle a pris vos menaces à cœur. C'est une lionne vous savez. Mes sources sont formelles sur ce point.

La Valle parut songeur.

— Comment auriez-vous procédé avec elle ?

— Je lui aurais souhaité la bienvenue. Je lui aurais proposé mes services.

— Elle n'aurait pas marché, remarqua Luther. Elle me connaît.

— Peu importe. L'idée consiste à l'amadouer. Si elle voit qu'on cherche à la discréditer, Hart va préparer une ligne de défense.

La Valle approuva d'un hochement de tête, comme s'il voyait toute la sagesse d'une telle approche.

— Que suggérez-vous, pour commencer ?

— Laissez-moi un peu de temps, dit Batt. Hart fait ses premières armes à la CIA. Je suis son adjoint, je connais tous ses faits et gestes. Placez-la sous surveillance à l'extérieur. Vous verrez où elle va, qui elle rencontre. Avec des micros paraboliques, vous pourriez écouter ses conversations. A nous trois, nous saurions ce qu'elle fait vingt-quatre heures sur vingt-quatre, sept jours sur sept.

— Tout cela me paraît bien mince, dit Kendall, sceptique.

— Ne compliquons pas les choses, répliqua Batt. Surtout avec un enjeu pareil.

— Et si elle s'aperçoit qu'elle est suivie ? insista Kendall.

Batt sourit.

— Ce serait encore mieux. Cela conforterait la CIA dans son opinion que la NSA est dirigée par une bande d'incompétents.

La Valle éclata de rire.

— J'adore votre façon de penser, Batt !

Ce dernier hocha la tête afin de montrer qu'il appréciait le compliment.

— Hart vient du privé, elle ignore tout des pratiques gouvernementales. Et ne dispose pas de la marge d'action dont elle bénéficiait à Black River. Mais je vois ça d'ici, elle va vouloir prendre des libertés, contourner le règlement. Tôt ou tard, Veronica Hart nous donnera elle-même les moyens de la virer.

7.

— Comment va ton pied, Jason ?

Dominic Specter avait le visage tuméfié, l'œil gauche violacé et à moitié fermé.

— Eh oui, dit-il, après cette aventure, je devrais t'appeler Achille !

— Mon talon va bien, répondit Bourne, c'est plutôt moi qui devrais vous demander comment vous vous sentez.

Specter tâta sa joue du bout des doigts.

— J'ai connu pire comme agression.

Les deux hommes avaient pris place dans une vaste bibliothèque et se relaxaient à présent dans des fauteuils tendus de cuir rouge. Des étagères en acajou occupaient trois pans de mur, chargées de livres bien rangés. Le quatrième était percé d'une longue fenêtre à petits carreaux, qui s'ouvrait sur le parc. On apercevait des sapins centenaires, et au-delà, une pelouse en pente douce, puis un bassin, dominé par un saule pleureur dont le feuillage frissonnait dans la brise.

Le médecin de Specter venait d'arriver, mais le professeur avait tenu à ce qu'il soigne d'abord le talon de Bourne.

— On devrait pouvoir te trouver une paire de chaussures quelque part, dit Specter, et il envoya l'un de ses domestiques en chercher une.

Cette grande maison en pierre et ardoise, nichée au

fin fond de la campagne de Virginie, surclassait l'appartement modeste que Bourne avait l'habitude de fréquenter.

— Ma maison t'intrigue, j'imagine, déclara Specter, comme s'il lisait dans ses pensées. Je t'en parlerai tout à l'heure.

Il sourit à son protégé.

— Je te remercie de m'avoir sauvé la vie.

— Qui étaient ces hommes ? s'enquit Bourne. Et pourquoi voulaient-ils vous enlever ?

Le médecin lui appliqua une pommade antibiotique sur le talon, qu'il recouvrit d'une compresse de gaze, puis d'un bandage.

— C'est une longue histoire, soupira Specter.

Le médecin alla examiner le professeur.

— Je te raconterai tout ça pendant le petit déjeuner, que nous n'avons toujours pas eu l'occasion d'avaler.

Il fit un clin d'œil à son ami, tandis que le médecin palpait son corps en divers endroits.

— Des contusions, des hématomes, annonça-t-il d'une voix neutre, mais pas de fractures.

C'était un petit homme basané et moustachu, aux cheveux noirs coiffés en arrière à grand renfort de brillantine. Sans doute un Turc, pensa Bourne. Comme tout le personnel, d'ailleurs.

Il tendit un sachet à Specter.

— Des antalgiques. Vous pourriez en avoir besoin pendant les prochaines quarante-huit heures.

Il avait laissé un tube de crème antibiotique à Bourne, avec la posologie.

Alors que le médecin poursuivait son examen, il téléphona à Deron, le faussaire qui lui fabriquait ses passeports. Il lui communiqua le numéro de la Cadillac des ravisseurs.

— J'ai besoin d'une identification le plus vite possible.

— Tu es sûr que ça va, Jason ? s'enquit Deron, avec son accent londonien.

Deron, qui avait souvent suivi de loin ses missions à risques, posait chaque fois la même question.

— Très bien, lui assura Bourne. Mais je ne pourrais pas en dire autant de ceux qui se trouvaient dans la voiture ce matin.

— Tant mieux.

Le médecin parti, Bourne et Specter se retrouvèrent en tête à tête.

— Je sais qui a tenté de m'enlever.

— Sans doute, mais ne laissons rien au hasard. Cette plaque d'immatriculation pourrait nous donner des indications sur vos agresseurs, dont vous n'avez peut-être même pas idée.

Le professeur acquiesça, impressionné.

Bourne alla s'asseoir sur le canapé en cuir et posa les pieds sur la table basse. Specter s'installa dans un fauteuil, face à lui. Des nuages qui filaient dans le ciel projetaient des motifs mouvants sur le tapis persan.

Specter paraissait soucieux.

— Qu'y a-t-il, professeur ?

Ce dernier secoua la tête.

— Je te dois des excuses, Jason. Je t'ai fait revenir à l'Université pour des motifs inavoués.

Specter semblait confus.

— Je voulais t'avoir à proximité au cas où...

Il eut un geste vif, comme pour chasser toute impression résiduelle de trahison.

— ... il arriverait ce qui est arrivé ce matin. Mon égoïsme a mis ta vie en danger, j'en ai bien peur.

Le thé turc s'accompagnait d'œufs brouillés, de poisson fumé, de pain de seigle et de beurre.

Bourne et Specter avaient pris place à une longue

table, recouverte d'une nappe en lin blanc brodée main. La porcelaine et l'argenterie semblaient des plus raffinées, luxe rare dans une maison d'universitaire. Les deux amis gardèrent le silence, tandis qu'un jeune homme longiligne leur servait ce petit déjeuner somptueux.

Bourne allait poser une question, mais son ami l'interrompit.

— Mangeons un morceau, nous aurons les idées plus claires le ventre plein.

Leur petit déjeuner terminé, un domestique débarrassa la table, puis leur apporta une nouvelle théière, ainsi qu'un bol de dattes et des grenades coupées en deux.

Dès qu'ils furent seuls, Specter prit la parole.

— Avant-hier soir, j'ai appris la mort d'un de mes anciens étudiants, un meurtre odieux. Son père était un ami très cher. Ce garçon, Piotr Zilber, dirigeait un réseau de renseignements, actif dans plusieurs pays. Après des mois à jouer au chat et à la souris, il avait réussi à obtenir, au péril de sa vie, un document d'une importance vitale pour moi. Mais sa mission a été éventée avec les conséquences que l'on sait, venant mettre un terme à la guerre que je mène depuis vingt ans.

— Quel genre de guerre, professeur ? Contre qui ?

— Je vais y venir.

Dominic se pencha en avant.

— Cela t'intrigue, et te surprend peut-être, qu'un professeur d'université ait des activités qui relèveraient davantage des compétences d'un Jason Bourne.

D'un geste, Specter désigna la bibliothèque.

— Mais comme tu l'as sans doute remarqué, je ne suis pas celui que j'ai l'air d'être.

Le vieil homme eut un sourire triste.

— Ainsi nous sommes deux, n'est-ce pas ? Nous avons notre personnalité d'universitaire, mais nous avons d'autres qualités cachées. Notamment un sens de l'observation hors du commun.

Specter se tapota l'aile du nez d'un index épais.

— Rien ne t'échappe, Jason, des gens ou des choses qui t'entourent.

Le portable de Bourne sonna. Il l'ouvrit, écouta ce que Deron avait à lui dire, puis remit l'appareil dans sa poche.

— La Cadillac était une voiture volée. Les propriétaires ont déclaré le vol une heure avant votre enlèvement.

— Cela ne m'étonne pas.

— Qui a tenté de vous kidnapper, professeur ?

— Je vais tout t'expliquer. Mais il faut déjà que tu connaisses le contexte. Mes activités clandestines consistent à repérer les terroristes. Il y a vingt ans, j'ai mis sur pied un réseau de renseignements, ma position à l'Université m'offrant la couverture idéale. Cela dit, je recherche des informations très ciblées. Il y a bien des années, des hommes ont fait irruption chez moi en pleine nuit. Je n'étais pas là. Ils ont torturé ma femme et ont laissé son corps sans vie sur le perron. En guise d'avertissement, vois-tu.

Un frisson parcourut la nuque de Bourne. Ce désir de vengeance lui était familier. Après la mort de Martin, il avait été pris d'une obsession : tuer les hommes qui avaient torturé son ami. Il se sentait en communion avec Specter. Moira avait vu juste : rester à l'Université était absurde. Après quelques mois, il avait déjà l'impression d'étouffer. Alors qu'en serait-il d'ici plusieurs années ? Il avait besoin d'aventure, d'adrénaline, de la vie palpitante de Bourne.

— On a kidnappé mon père, reprit Specter, parce qu'il avait voulu renverser le chef d'une organisation. La Fraternité d'Orient.

— Ces gens n'aspirent-ils pas à l'intégration sans violence des musulmans dans la société occidentale ?

— C'est le discours officiel, oui, et leurs publications vont dans ce sens.

Specter reposa sa tasse de thé.

— Mais ça cache une autre réalité. Je les connais en tant que membres de la Légion noire.

— Et donc cette Légion noire a maintenant décidé de s'en prendre à vous.

— Si seulement c'était aussi simple.

On frappa un léger coup à la porte.

— Entrez, dit le professeur.

Le jeune domestique reparut, une boîte à chaussures à la main, et la posa sur la table.

— Ouvre-la, je t'en prie, dit Specter.

Bourne ôta le couvercle, et trouva une paire de mocassins italiens, ainsi que des chaussettes.

— Le gauche est d'une taille au-dessus, à cause de votre bandage, expliqua le jeune homme, en allemand.

Bourne enfila les chaussettes, puis les mocassins, et Specter adressa un hochement de tête à son employé, qui sortit de la pièce.

— Il parle anglais ? s'enquit Bourne.

— Oui. Si besoin est.

Specter eut un sourire malicieux.

— Et tu dois te demander, mon cher Jason, pourquoi il s'adresse à moi en allemand, s'il est turc.

— Parce que votre réseau a des ramifications en Europe, j'imagine.

Le sourire de Specter se fit encore plus rayonnant.

— Tu es incollable, Jason. Je peux compter sur toi en toutes circonstances.

Le professeur leva son index.

— Mais il y a une autre raison. En rapport avec la Légion noire. Viens, j'ai quelque chose à te montrer.

Filia Petrovitch, le passeur de Sébastopol, habitait un immeuble décrépit, datant de l'ère où les Soviétiques avaient défiguré la ville pour en faire une immense caserne destinée à abriter le vaste contingent naval. L'appartement, tout droit sorti des années 1970, avait le charme d'une chambre froide.

Arkadine ouvrit la porte avec la clé qu'il avait trouvée sur sa victime. Il dut bousculer un peu Devra pour la faire entrer, avant de pénétrer lui-même dans les lieux. Il alluma les lumières, referma la porte derrière lui. La jeune femme avait rechigné à le suivre, mais elle n'avait pas eu son mot à dire, de même qu'elle avait dû l'aider à évacuer le cadavre. Ils étaient passés par-derrière, l'avaient traîné jusqu'au bout de la ruelle, puis assis contre un mur suintant. Arkadine l'avait arrosé de vodka, et refermé les doigts du mort sur le goulot. Ainsi Filia devenait un ivrogne parmi tant d'autres. Et son décès passait inaperçu, noyé sous la marée de paperasses d'une bureaucratie débordée et inefficace.

— Qu'est-ce que vous cherchez ?

Debout au milieu du salon, Devra regardait Arkadine procéder à une fouille méthodique.

— Qu'espérez-vous trouver ? Le document ?

Elle eut un rire strident.

— Il n'est plus ici.

Arkadine leva les yeux du canapé qu'il venait de lacérer.

— Où alors ?

— Loin d'ici, ça c'est sûr !

Arkadine referma son cran d'arrêt et franchit d'un bond l'espace qui les séparait.

— Tu crois que c'est un jeu ?

Devra eut une moue méprisante.

— Vous voulez vous en prendre à moi ? Vous ne pourriez rien faire de pire que ce qu'on m'a déjà fait.

Le tueur se maîtrisa, réfléchit à ce qu'elle venait de lui dire. Durant l'ère soviétique, de nombreux Ukrainiens s'étaient sentis abandonnés, notamment les belles jeunes femmes. Arkadine devait trouver une autre tactique.

— Je ne te ferai aucun mal, même si tu n'as pas choisi le bon camp.

Il s'assit sur une chaise en bois, se passa la main dans les cheveux.

— J'ai vu pas mal d'horreurs moi aussi en taule. J'imagine qu'on ne t'a pas ratée.

— Ni moi ni ma mère. Paix à son âme.

Les phares d'une voiture éclairèrent les fenêtres, avant de disparaître. Un chien hurla à la mort, et sa plainte se répercuta entre les immeubles. Un couple passa dans la rue en s'invectivant. Dans la lumière blafarde de l'appartement, Devra semblait aussi fragile qu'une enfant. Arkadine se leva, s'étira, se dirigea vers la fenêtre et regarda dehors. Son œil aiguisé repérait le moindre mouvement, le plus petit éclair de lumière. Tôt ou tard, les hommes de Piotr allaient retrouver sa trace. Il avait d'ailleurs évoqué la question avec Icoupov, avant de quitter sa villa. Celui-ci avait proposé d'envoyer à Sébastopol deux ou trois hommes de main, qui se manifesteraient si besoin était. Mais Arkadine préférait travailler en solo.

S'étant assuré que personne ne les surveillait, il se retourna vers Devra.

— Ma mère aussi a eu une sale fin, déclara-t-il. On l'a battue à mort, et elle s'est fait bouffer par les rats. Enfin, c'est ce que m'a dit la police.

— Où était votre père ?

Arkadine haussa les épaules.

— Va savoir. A cette époque, ce salaud pouvait aussi bien être à Shanghai que mort. Ma mère m'avait dit qu'il travaillait dans la marine marchande, mais j'en doute. Elle avait dû se faire engrosser par un inconnu.

— Ça craint de ne pas savoir d'où on vient, hein ? Comme si l'on dérivait en pleine mer. On peut toujours passer devant sa maison, on ne la reconnaîtra pas.

— Ma maison, dit Arkadine, d'une voix rauque. Je n'y pense jamais.

Devra perçut quelque chose de différent dans son intonation.

— Mais vous aimeriez pouvoir y penser, non ?

Le tueur eut soudain l'air amer. Il scruta les ténèbres du dehors, avec son acuité coutumière.

— Pour quoi faire ?

— Parce que quand on sait d'où on vient, on sait qui on est.

La jeune femme se frappa doucement la poitrine avec son poing.

— Notre passé est une part de nous-mêmes.

Arkadine eut l'impression qu'elle venait de le piquer. Le venin fusa dans ses veines.

— Mon passé est l'île que j'ai quittée depuis longtemps !

— Mais il reste en vous malgré tout, même si vous n'en avez pas conscience, déclara Devra avec l'assurance de quelqu'un qui a bien réfléchi à la question.

Elle semblait très désireuse d'évoquer ses souvenirs. Arkadine trouvait cela curieux, mais si elle commençait à se sentir en confiance avec lui, il fallait jouer le jeu.

— Et ton père ?

— Je suis née ici, j'ai grandi dans cette ville.

La jeune fille baissa les yeux, regarda ses mains.

— Mon père était ingénieur naval. Il s'est fait virer des chantiers navals à l'arrivée des Russes. Puis un soir ils sont venus le chercher. Ils l'ont accusé d'être un espion à la solde des Américains. Je ne l'ai jamais revu.

Mais l'officier russe a commencé à harceler ma mère. Et après l'avoir violée, il s'en est pris à moi.

Arkadine imaginait très bien la scène.

— Et ça s'est terminé comment ?

— Il s'est fait descendre par un Américain. L'ironie, c'est que l'Américain était un espion venu photographier la flotte russe. Sa mission accomplie, il aurait dû rentrer chez lui. Mais il est resté avec moi et m'a redonné goût à la vie.

— Et bien entendu vous êtes tombée amoureuse de lui.

Elle rit.

— Je ne suis pas un personnage de roman ! Mais il était gentil. J'étais un peu comme sa fille, et quand il est parti, j'ai pleuré.

Cette confession le mit mal à l'aise. Afin de se distraire de sa gêne, il balaya du regard l'appartement saccagé.

Devra l'observait, circonspecte.

— J'ai la dalle, dit-elle tout à coup.

Arkadine s'esclaffa.

— Comme tout le monde.

Son regard d'aigle sonda de nouveau la rue dans ses moindres recoins. Et cette fois ses poils se hérissèrent. Il fit un pas de côté, s'écartant de la fenêtre. Une voiture, qu'il avait entendue approcher, s'était garée devant l'immeuble. Devra vint se placer derrière lui, alertée par son attitude. Le conducteur avait laissé le moteur tourner, mais éteint les phares. Trois hommes sortirent de la voiture, se dirigèrent vers l'entrée du bâtiment. Il était temps de filer.

Arkadine pivota sur lui-même.

— On dégage. Tout de suite !

— Les hommes de Piotr. Ils nous ont retrouvés.

Cette fois, Devra le suivit sans broncher. Le hall résonnait déjà du bruit inquiétant de leurs pas.

Marcher se révéla inconfortable, mais supportable. Bourne avait connu pire qu'un talon à vif. Il suivait le professeur dans l'escalier métallique qui conduisait à la cave, tout en s'émerveillant, une fois de plus, de la complexité de la nature humaine. Il avait imaginé que Specter menait une vie rangée. Rien n'était plus éloigné de la vérité.

Les pierres de l'escalier étaient creusées par le temps. Ils pénétrèrent dans un sous-sol aménagé, dont les cloisons amovibles délimitaient une succession de bureaux équipés d'ordinateurs portables reliés à des modems à haut débit. Chaque poste de travail était occupé.

Specter se dirigea vers le bureau du fond. Un jeune homme décodait un texte affiché sur son écran. A la vue du professeur, il sortit une page de l'imprimante et la lui tendit. Specter parcourut le feuillet, fronça les sourcils. Il était resté de marbre, mais Bourne perçut la tension qui l'envahissait.

— Bon boulot, déclara-t-il à son employé avec un hochement de tête.

Là-dessus il conduisit son hôte dans une pièce ressemblant à une bibliothèque, s'arrêta devant des rayonnages et passa la main sur la tranche d'un recueil de haïkus, de Matsuo Basho. Une petite porte carrée s'ouvrit, révélant l'existence de trois tiroirs, au milieu des livres factices. Specter en sortit un album-photo. Les pages, jaunies par les ans, étaient protégées par un film transparent. Dominic en montra une à Bourne.

C'était un texte en allemand, avec en guise d'en-tête un aigle portant une croix gammée dans son bec. En bas de page, on pouvait lire *Ostlegionen*, en légende d'un insigne militaire de forme ovale qui représentait un swastika entouré de laurier et de la devise *Treu,*

Tapfer, Gehorsam, que Bourne traduisit aussitôt par « Fidélité, Bravoure, Obéissance ». Il y avait un second insigne, une tête de loup assortie de l'inscription *Ostmanische SS-Division*.

Bourne prit note de la date portée sur la page : 14 décembre 1941.

— J'ignorais l'existence de ces Légions de l'Est. Qui étaient ces hommes ?

Specter tourna la page pour lui montrer un carré de tissu brun, arborant un bouclier bleu bordé de noir. Le mot *Bergkaukasien*, montagnes du Caucase, apparaissait dans sa partie supérieure. Et juste en dessous, en jaune vif, trois têtes de cheval entourant une tête de mort, emblème tristement célèbre de la *Schutzstaffel*, les escadrons de sécurité du régime nazi, plus connus sous le nom de SS. Bourne avait vu le même dessin sur l'avant-bras de l'homme armé, dans la Cadillac.

— Qui sont ces hommes tu veux dire, rectifia Specter. Les Légions de l'Est existent toujours. Ce sont eux qui ont tenté de m'enlever pour m'interroger et me tuer. Maintenant qu'ils t'ont identifié, ils vont vouloir te faire subir le même sort.

8.

— Le toit ou la cave ? demanda Arkadine.

— Le toit, répondit aussitôt Devra. La cave n'a qu'une issue.

Ils coururent jusqu'à l'escalier, grimpèrent les marches trois par trois. Le cœur d'Arkadine battait la chamade, l'adrénaline inondait son sang. Ses poursuivants le talonnaient, il sentait l'étau se resserrer. Arrivé au bout du couloir, il leva le bras et tira l'échelle métallique qui donnait accès au toit. Il suffirait ensuite de sauter d'un immeuble à l'autre, puis de regagner la rue par l'escalier de secours pour échapper à l'ennemi.

Devra le précéda sur l'échelle. Ils se retrouvèrent sur le palier supérieur, mais entendirent les hommes de Zilber hurler de fureur au moment où ils découvrirent que l'appartement avait déjà été fouillé. Ils se précipitèrent à leurs trousses. Arkadine appuya sur la barre d'ouverture de la porte qui menait sur le toit : rien ne bougea. Il poussa plus fort, sans résultat. Il sortit alors des passes de sa poche, essaya une clé après l'autre – en vain. Et soudain il comprit pourquoi : la serrure était rouillée, impossible à ouvrir.

Le tueur pivota sur ses talons, jeta un coup d'œil par la trappe : ses poursuivants approchaient. Il était piégé.

— Le 22 juin 1941, l'Allemagne envahit la Russie soviétique, dit Specter. Elle se retrouva face à des dizaines de milliers de soldats qui se rendaient ou désertaient. En août, l'armée allemande comptait cinq cent mille prisonniers de guerre, musulmans pour la plupart : Tatars du Caucase, Turcs, Azéris, Ouzbeks, Kazakhs, et autres ethnies du Turkestan, de Crimée, des montagnes de l'Oural. Tous haïssaient les Soviétiques, en particulier Staline. Ils offrirent leurs services aux nazis pour combattre sur le front de l'Est, où ils firent de sérieux dégâts – infiltrant les forces ennemies et décodant les transmissions secrètes entre Soviétiques. Le Führer jubilait. Mais ces légions intéressèrent tout particulièrement Heinrich Himmler, qui voyait dans l'Islam une religion virile et guerrière, qui faisait appel à des vertus chères à la philosophie nazie : obéissance aveugle, sens du sacrifice, cruauté envers l'ennemi.

Bourne buvait ses paroles et mémorisait les photos dans leurs moindres détails.

— Mais fraterniser avec l'Islam, ça n'allait pas à l'encontre de leur idéologie raciste ?

— Tu connais les hommes, Jason. Ils donnent à la réalité le visage qui les arrange. Himmler s'était convaincu que les Juifs et les Slaves étaient des êtres inférieurs, mais les peuples des steppes satisfaisaient à ses critères de supériorité, ils descendaient de grands guerriers mongols et ils trouvèrent ainsi grâce auprès d'Himmler. Ces hommes devinrent le noyau dur des légions nazies opérant à l'Est, mais Himmler se réserva le dessus du panier. Entraînés en secret par ses meilleurs chefs SS, les plus doués devinrent les combattants d'élite qu'il avait toujours rêvé de diriger. Himmler baptisa cette unité la Légion noire. J'ai étudié son histoire dans le détail.

Specter pointa son doigt sur les trois chevaux entourant la tête de mort.

— C'est leur emblème, plus redouté encore que les deux éclairs des SS ou l'insigne de la Gestapo.

— Mais aujourd'hui, les nazis ne représentent plus vraiment une menace, remarqua Bourne.

— La Légion noire ne se réclame plus du nazisme depuis longtemps. C'est à présent le réseau terroriste islamiste le plus puissant au monde. Mais il reste dans l'ombre : la Fraternité d'Orient lui sert de couverture.

Dominic sortit un autre album, rempli de coupures de journaux relatives à des attentats terroristes perpétrés en divers points du globe – Londres, Madrid, Karachi, Falloudjah, Afghanistan, Russie. La liste s'allongeait au fil des pages.

— Des groupes terroristes connus ont revendiqué certains attentats, comme tu vois, mais c'est loin d'être le cas pour tous. Je sais de source sûre que tout le reste est l'œuvre de la Légion noire. Et maintenant ils visent New York, d'après nos informateurs. Ce serait l'attentat le plus meurtrier de tous les temps. Piotr Zilber avait réussi à se procurer les plans du bâtiment visé. Nous devons à tout prix mettre la main dessus si nous voulons savoir où ils entendent frapper.

*

Arkadine était assis, jambes écartées, les pieds posés de chaque côté de l'ouverture donnant sur le couloir, en contrebas.

— Vas-y, Devra, crie ! souffla-t-il.

Maintenant qu'il était en position stratégique, il voulait les attirer dans un piège.

Devra hurla.

Aussitôt, l'un d'eux gravit l'échelle. Une tête apparut, puis une main, armée d'un revolver. Arkadine envoya deux coups de talon sur les oreilles de l'individu. Comme ses yeux se révulsaient, il lui arracha son flingue et s'arc-bouta pour lui briser la nuque.

Le corps dégringola le long de l'échelle. Des coups de feu claquèrent, des balles trouèrent le plafond. Dès que les choses se calmèrent, Arkadine poussa Devra dans la trappe, puis se laissa glisser le long de l'échelle.

Les hommes n'eurent pas le réflexe de faire feu, encore sous le choc de la mort de leur compatriote. Arkadine tua le premier d'une balle dans l'œil droit. L'autre courut se réfugier à l'angle du mur. Arkadine releva Devra, qui n'avait que quelques égratignures, puis cogna à la porte la plus proche. On lui répondit par une salve d'insultes. Il frappa à côté. N'obtenant pas de réponse, il vida son chargeur sur la serrure, et ouvrit la porte d'un coup de pied.

L'appartement était inoccupé, et vu la crasse qui régnait, personne n'avait habité là depuis un moment. Arkadine courut à la fenêtre et perçut des couinements familiers. Il marcha sur un tas d'ordures dont un rat jaillit, puis un deuxième, et un troisième. L'appartement en était infesté. Il en tua un, mais se ressaisit pour aller ouvrir la fenêtre. La pluie glacée qui ruisselait sur la façade de l'immeuble vint lui fouetter le visage.

Il enjamba le rebord de la fenêtre, tout en tenant Devra devant lui. Il entendait le troisième homme appeler des renforts et tira deux fois dans l'embrasure de la porte qu'il avait enfoncée. Il plaça Devra sur l'étroite plate-forme de l'escalier de secours, puis l'entraîna vers l'échelle qui conduisait sur le toit.

Hormis une ou deux lumières de signalisation, la nuit de Sébastopol était plus noire que l'enfer. La pluie cinglait leur visage et les bras d'Arkadine. Il approcha de l'échelle, tendit le bras pour s'y accrocher, et la plate-forme métallique céda sous ses pieds.

Devra poussa un cri. Ils atterrirent sur la rambarde de l'escalier de secours de l'étage du dessous, qui se détacha du mur sous leur poids. Arkadine empoigna un barreau de la main gauche, tandis que Devra avait saisi sa main droite. Ils se balançaient au-dessus du vide, bien trop haut pour songer à sauter dans la rue.

La main de Devra commençait à glisser.

— Hisse-toi ! cria-t-il. Mets tes jambes autour de moi !

— Quoi ?

Elle obéit d'un geste incertain.

— Maintenant serre les chevilles autour de ma taille.

La jeune femme s'exécuta.

— Bien, dit Arkadine. Maintenant tends les bras et attrape le dernier barreau – non, avec les deux mains.

La pluie rendait le métal glissant, et Devra ne tarda pas à lâcher prise.

— Recommence ! cria-t-il. Et cette fois accroche-toi bien !

Elle referma ses doigts sur la barre, terrifiée, et serra si fort que ses phalanges blanchirent. Arkadine sentait son épaule gauche se déboîter. S'il ne changeait pas très vite de position, il était cuit.

— Et là je fais quoi ?

— Dès que tu as une prise, tu libères tes chevilles et tu montes à la force des bras, jusqu'à ce que tu puisses te mettre debout sur un barreau.

— Je ne sais pas si j'y arriverai.

Arkadine se haussa sur la pointe des pieds, glissa le bras droit derrière un barreau, replia son coude par-dessus. Il ne sentait plus son bras gauche. Il bougea les doigts, et un éclair de douleur lui traversa l'épaule.

— Vas-y, dit-il en poussant Devra vers le haut.

Il continuait tant bien que mal à la soutenir.

Finalement, la jeune femme se dressa sur l'échelle, au-dessus de lui.

— A toi, maintenant ! lui cria-t-elle.

Tout le côté gauche d'Arkadine était engourdi. Le reste lui faisait un mal de chien.

Devra se baissa, lui tendit le bras.

— Allez, viens !

— J'ai peu de raisons de vouloir survivre. Il y a longtemps que je suis mort.

— N'importe quoi !

Devra s'accroupit pour pouvoir empoigner le bras d'Arkadine. Mais elle dérapa et son pied alla le heurter avec une telle violence qu'elle faillit les projeter tous les deux dans le vide.

— Mon Dieu, mais je vais tomber ! hurla-t-elle.

— Remets tes jambes autour de moi ! Voilà. Maintenant lâche l'échelle, une main à la fois. Et accroche-toi à moi.

La manœuvre accomplie, Arkadine entreprit de grimper à l'échelle à la force des bras. Il put bientôt poser les pieds sur les barreaux, et sa progression devint plus aisée. Une douleur terrible lui cisaillait l'épaule gauche, mais il ne bronchait pas.

Ils gagnèrent finalement le toit, enjambèrent le parapet de pierre, puis s'écroulèrent, à bout de souffle, sur le goudron inondé. Soudain Arkadine ne sentit plus la pluie sur son visage. Il leva les yeux et vit l'homme qui tenait son arme braquée sur lui.

L'inconnu sourit.

— Tu vas mourir, salaud.

Specter rangea les albums, mais il prit deux photos dans l'un d'eux avant de refermer le tiroir, et les tendit à Bourne. C'étaient deux portraits d'hommes, dont l'un pouvait avoir l'âge du professeur : il avait de grands yeux clairs, des sourcils fournis, portait des lunettes à verres épais et n'avait plus de cheveux sur la tête.

— Semion Icoupov, dit Specter. Le grand chef de la Légion noire.

Il précéda Bourne dans l'escalier. Les deux amis sortirent de la maison par la porte de derrière. L'air était frais, le jardin, devant eux, sillonné de haies basses, à l'anglaise. Le ciel, d'un bleu très lumineux, promettait un printemps précoce. Un oiseau voleta entre les branches nues d'un saule.

— Jason, il faut en finir avec la Légion noire. Et le seul moyen c'est d'éliminer Icoupov. Trois de mes hommes ont essayé, ils y ont laissé leur peau. Toi seul peux y arriver.

— Je ne suis pas tueur à gages, professeur.

— Ne te vexe pas. J'ai besoin de toi pour empêcher cet attentat. Icoupov sait où sont les plans.

— Parfait. Je le trouverai. Je trouverai les plans. Mais pourquoi le tuer ?

Le professeur secoua tristement la tête.

— Tu ne connais pas Semion Icoupov. Si tu ne le tues pas, c'est lui qui te tuera.

Le regard de Specter se perdit dans le vague.

— Je n'ai personne d'autre vers qui me tourner, Jason. Le meurtre de Piotr nous amène au point de non-retour. Soit nous les arrêtons, soit ils réussissent leur coup.

— Si vous dites vrai...

— C'est la vérité, Jason. Tu peux me croire.

— Où se cache Icoupov ?

— Nous l'ignorons. Nous avons essayé de le localiser, mais nos pistes n'ont mené nulle part. Il y a encore quarante-huit heures, il se trouvait à Campione d'Italia, en Suisse. Nous supposons que c'est là que Piotr a été tué.

Bourne regarda les photos qu'il avait entre les mains.

— Qui est l'autre homme, le plus jeune ?

— Leonid Danilovitch Arkadine. Nous avons d'abord pensé que c'était un tueur à la solde de la *grupperovka*.

Specter mit le doigt sur la photo d'Arkadine.

— C'est lui qui a capturé Piotr pour le livrer à Icoupov. Nous ignorons encore comment, mais ils savaient que Piotr avait volé ses plans. Ils l'ont soumis à un interrogatoire musclé avant de l'achever.

— Il y a une taupe chez vous, professeur.

Specter acquiesça.

— J'en suis arrivé à la même conclusion que toi.

Un détail revint soudain à Bourne.

— Qui vous appelé ce matin au restaurant ?

— L'un de mes hommes. Il avait besoin d'un renseignement, et j'avais le document dans ma voiture. Pourquoi ?

— C'est ce coup de fil qui vous a attiré dehors. Juste au moment où la Cadillac arrivait. Je ne crois pas à une coïncidence.

Specter fronça les sourcils.

— Non, effectivement.

— Donnez-moi son nom et son adresse, dit Bourne. Nous allons tirer ça au clair.

L'homme au pistolet entraîna Devra à l'écart. Il avait une verrue sur la joue.

— Tu ne lui as rien dit ? demanda-t-il à la jeune femme, sans quitter Arkadine des yeux.

— Bien sûr que non, cracha Devra. Pour qui tu me prends ?

— Pour un maillon faible, répondit-il. J'avais dit à Piotr de te laisser en dehors de tout ça. Et maintenant à cause de toi Filia est mort.

— Filia était un crétin !

Le type lança un regard méprisant à Devra.

— Tu étais censée le surveiller !

Avec un brusque mouvement de ciseaux, Arkadine balaya les jambes de son ennemi et lui fit perdre l'équilibre avant de se ruer sur lui et de le rouer de coups. L'homme se protégea tant bien que mal, puis vit qu'Arkadine avait un bras mort, et il le frappa à l'épaule.

Arkadine, le souffle coupé, était au bord de l'évanouissement. Son adversaire ramassa le pistolet, l'arma. Il allait presser la détente quand il tomba face contre terre : Devra lui avait tiré une balle dans la nuque.

La jeune femme se tenait debout, jambes écartées, une main supportant celle qui tenait l'arme. Arkadine, à genoux, paralysé par la douleur, la vit alors orienter le pistolet vers lui. Elle avait une expression indéchiffrable.

Et soudain elle se relâcha, poussa un profond soupir et ses bras retombèrent, le pistolet mort dans sa main.

— Pourquoi ? fit Arkadine. Pourquoi tu l'as tué ?

— C'était un imbécile. Qu'ils aillent se faire foutre, je les déteste !

La pluie tambourinait sur le ciment. Altitude, silence, et ciel d'un noir profond : ils auraient pu se trouver sur une autre planète. Arkadine la regardait approcher ; on aurait dit une bête blessée, égarée dans ce monde de béton. Un peu comme lui. Il se sentait lié à la jeune femme, sans vraiment la comprendre, ni se fier à elle.

Devra lui tendit la main, et il la prit.

9.

— Je fais souvent le même cauchemar, dit Ervin « Bud » Halliday, le secrétaire à la Défense. Je suis ici, au restaurant. Jason Bourne arrive, me tire une balle dans la gorge, puis une autre entre les deux yeux.

Halliday était attablé au fond de la salle, en compagnie de Rob Batt et de Luther La Valle. Le restaurant, à mi-distance du country club de Chevy Chase et de l'hôpital de la Navy, restait l'un de ses lieux de rendez-vous préférés. Il était situé dans une banlieue tranquille de Bethesda, à l'écart de tout, et surtout, le propriétaire était afghan, ce qui le mettait à l'abri des oreilles indiscrètes de Washington. Il aimait sortir des sentiers battus et méprisait le Congrès et ses comités de surveillance, qui avaient une fâcheuse tendance à fourrer leur nez dans des affaires qui ne les regardaient pas et dépassaient leurs compétences.

Les trois hommes avaient commandé un awhak, plat afghan à base de bricks fourrées d'oignons de printemps, nappées de sauce tomate à la viande et de yaourt crémeux, agrémenté de feuilles de menthe. Un plat idéal par temps froid.

— Nous allons vous libérer de ce cauchemar, monsieur, déclara La Valle avec obséquiosité. N'est-ce pas, Rob ?

Batt eut un hochement de tête résolu.

— Absolument. J'ai un plan imparable.

Sans doute n'était-ce pas la chose à dire, car Halliday fronça les sourcils.

— Il n'y a pas de stratégie infaillible, monsieur Batt. Surtout lorsqu'il s'agit de Jason Bourne.

— Je suis bien placé pour le savoir, monsieur.

Batt, fort de sa longue expérience à la CIA, se souciait peu d'être contredit. Même s'il était habitué à évincer ses concurrents, il avait conscience d'entrer en territoire inconnu, pris dans une lutte de pouvoir dont personne ne pouvait prévoir l'issue.

Il repoussa son assiette. Négocier avec ces gens pouvait s'avérer dangereux, mais il avait calculé les risques. Et Halliday l'écoutait avec intérêt. Batt était entré dans les arcanes du pouvoir. Il en avait toujours rêvé, et un sentiment d'exaltation le saisit.

— Mon plan s'organise autour de Hart, déclara-t-il, mais j'espère faire d'une pierre deux coups.

— Pas un mot de plus, l'interrompit Halliday avec un geste de la main. Luther et moi pourrions être amenés à nier toute implication dans l'affaire. Moins nous en savons, mieux c'est. Est-ce bien clair, monsieur Batt ?

— Tout à fait clair, monsieur. Je prends l'entière responsabilité de cette opération.

Halliday sourit.

— Oh que ces mots sont doux à mes grandes oreilles de Texan.

Il tira sur son lobe, et ajouta :

— Je pense que Luther vous a exposé nos projets pour Typhon.

Le regard de Batt alla de l'un à l'autre.

— Non, monsieur, il ne m'a rien dit.

— Simple oubli, objecta La Valle, mielleux.

— Que nous allons tout de suite réparer, assura Halliday, tout sourires.

— Typhon représente un problème pour la CIA, déclara La Valle. La nouvelle DCI ne pourra à la fois réorganiser ses services et gérer le département antiterroriste. Par conséquent, cette branche vous sera retirée pour être placée sous l'égide de la NSA.

La chose avait été amenée en douceur, mais Batt comprit qu'on voulait le museler. Ces gens visaient l'annexion de Typhon depuis le début.

— Typhon est une création de la CIA, dit-il. Le legs de Martin Lindros.

— Martin Lindros est mort, lui fit remarquer La Valle. Et une femme le remplace. Nous devons prendre les décisions qui s'imposent. Vous êtes en pleine restructuration, Rob. Vous ne pouvez pas agir sur tous les fronts.

Batt sentit qu'il était en terrain glissant.

— Mais Typhon fait partie de la CIA, protesta-t-il dans le vain espoir de reprendre l'avantage dans un combat perdu d'avance.

— Monsieur Batt, intervint Halliday. Les jeux sont faits. Pouvons-nous compter sur vous ou bien faut-il que nous cherchions notre futur DCI ailleurs ?

L'homme dont le coup de fil avait amené Specter à sortir du restaurant s'appelait Mikhaïl Tarkanian. Bourne avait proposé de lui donner rendez-vous au zoo, et le professeur avait téléphoné à Tarkanian pour lui fixer une heure. Puis il avait appelé sa secrétaire, à l'Université, pour l'avertir que David Webb et lui-même seraient absents pour la journée.

— Tu vis sans idéologie, Jason, c'est embêtant, car c'est la base et le moteur de tout engagement.

Bourne, au volant, secoua la tête pour marquer son désaccord.

— Les idéologues manipulent les hommes et les rendent sectaires.

— Remarque digne de Jason Bourne, ironisa le vieil homme. J'ai fait de mon mieux pour redonner un but à David Webb, en l'accueillant à l'Université. Je vois que je me suis trompé...

— Non, professeur, vous avez bien fait.

— Laisse-moi finir. Tu crois que j'ai toujours raison. Ton estime m'honore, et je n'y renoncerais pour rien au monde. Mais il m'arrive de me tromper, et cette fois j'ai eu tort. Quelque chose m'échappe chez Jason Bourne, quelque chose qui le place à part, et je donnerais cher pour savoir quoi, crois-moi.

La conversation avait pris un tour qui déstabilisait Bourne.

— Vous voulez dire que je suis habité par Jason Bourne et que David Webb aurait de toute façon fini par perdre son identité ?

— Non, pas du tout. Mais je pense que si Bourne n'avait pas existé, David Webb aurait été un homme très malheureux.

Bourne y avait souvent songé. David Webb était devenu une énigme pour lui, un simple fantôme, auquel, en son temps, Alex Conklin avait redonné vie, mais sous les traits de Jason Bourne.

Ils passèrent Cathedral Avenue et aperçurent l'entrée du zoo.

— A vrai dire, David Webb n'aurait pas tenu jusqu'à la fin du semestre universitaire, avoua Bourne.

— Dans ce cas, je suis heureux de t'avoir mêlé à mes affaires.

Quelque chose sembla se recaler, dans le monde intérieur de Specter.

— Il est rare, dit-il, qu'un homme se voie offrir la possibilité de réparer ses erreurs.

Il faisait assez doux pour qu'on ait laissé sortir la famille de gorilles. Des écoliers s'agglutinaient devant le grillage, du côté où le patriarche siégeait, entouré de sa lignée. Le « Silverback » s'efforçait de les ignorer. Lorsqu'il ne supporta plus les bavardages, il se dirigea vers l'autre extrémité de l'enclos, avec ses petits, et s'y assit, mais les enfants revinrent se placer sous son nez. Le grand singe finit par regagner le coin où Bourne l'avait repéré en arrivant.

Mikhaïl Tarkanian les attendait à proximité de l'enclos des gorilles. Il toisa Specter de la tête aux pieds d'un air amusé. Puis il le serra dans ses bras et l'embrassa sur les deux joues.

— Allah est grand, mon ami. Tu es vivant, et en bonne santé !

— Grâce à Jason ici présent. Je lui dois la vie.

Specter fit les présentations.

Tarkanian embrassa Bourne et le remercia avec effusion.

Il y eut du mouvement du côté des gorilles, qui avaient entrepris de s'épouiller.

— Drôle de vie, fit Tarkanian, avec un geste vers les animaux.

Bourne nota qu'il avait l'accent de Sokolniki, la banlieue chaude du nord-est de Moscou.

Le gorille avait les yeux tristes, et semblait plus résigné que provocateur.

— Jason mène une enquête, expliqua Specter.

— Vraiment ? fit Tarkanian.

L'homme était gras, mais à la manière des anciens athlètes. Il avait un cou de taureau et des yeux méfiants enfoncés dans un visage jaune. Il gardait la tête rentrée dans les épaules, comme pour se protéger d'un coup imminent. Il avait dû en prendre souvent, à Sokolniki.

— Et j'aimerais que tu répondes à ses questions, ajouta le professeur.

— Bien sûr. Je suis à votre disposition.

— Parlez-moi de Piotr Zilber, dit Bourne.

Tarkanian, décontenancé, jeta un coup d'œil à Specter, qui s'était placé en retrait, afin que Bourne soit son seul interlocuteur.

— Très bien. Que voulez-vous savoir ?

— Comment avez-vous découvert qu'il a été tué ?

— Par l'un de nos contacts. Comme d'habitude.

Tarkanian secoua la tête.

— Ça m'a fait un choc. Piotr occupait un poste clé, mais c'était aussi un ami.

— Comment ont-ils réussi à le coincer ?

Des écolières passèrent devant eux. Tarkanian attendit qu'elles s'éloignent pour continuer.

— Je me le demande. Il était très difficile d'arriver jusqu'à lui.

— Il avait des amis ? s'enquit Bourne.

— Bien sûr que oui. Mais aucun d'entre eux ne l'aurait jamais trahi, si c'est votre question.

Tarkanian avança sa lèvre inférieure.

— D'un autre côté...

Il n'acheva pas sa phrase.

Bourne le regarda dans les yeux.

— Piotr voyait cette femme, Gala Nematova. Il était fou d'elle.

— Je suppose qu'il s'était renseigné sur son compte.

— Evidemment, mais Piotr était un homme à femmes...

— Et ça se savait ?

— Je ne pense pas.

— Les femmes jouent souvent un double jeu.

Bourne songea à Moira, mise sur écoute par la CIA. L'idée qu'elle ait pu manipuler Martin était dure à avaler, et il espérait que les dossiers de Soraya démentiraient ces soupçons.

— La mort de Piotr nous a tous secoués, hasarda Tarkanian, avec un coup d'œil à Specter.

— J'imagine, oui.

Bourne eut un vague sourire.

— Le meurtre est une affaire sérieuse. Je dois interroger le plus de personnes possible.

— Bien sûr. Je comprends.

— Vous m'avez été d'une aide précieuse.

Bourne prit la main que Mikhaïl lui tendait et lui lança, d'un ton sec :

— Mais au fait, les hommes d'Icoupov vous ont payé combien, pour téléphoner au professeur, ce matin ?

Il avait pensé piéger Tarkanian, mais l'homme parut se détendre.

— Pourquoi cette question ? Je suis loyal ! Je l'ai toujours été.

Après quelques secondes, le Russe voulut retirer sa main, mais Bourne serra plus fort, et le fixa. Tarkanian soutint son regard.

Derrière eux, le gorille poussa un grognement qui mit Bourne en alerte. Il leva les yeux et capta un mouvement à la périphérie de son champ de vision. Il se tourna aussitôt vers Specter et lui souffla d'une voix pressante :

— Partez d'ici, professeur. Traversez la maison des petits mammifères, tournez à gauche, et une fois au kiosque à sandwichs, demandez qu'on vous raccompagne à votre voiture. Rentrez chez vous et attendez que je vous appelle.

Tandis que Specter s'éloignait, Bourne empoigna Tarkanian par le bras et l'entraîna dans la direction opposée. Ils dépassèrent un groupe de touristes vers lesquels se dirigeaient les deux hommes qui avaient déclenché la méfiance de Bourne.

— Où allons-nous ? demanda Tarkanian. Pourquoi avez-vous laissé le professeur sans protection ?

Bonne question. Bourne avait réagi à l'instinct. Il entraîna le Russe dans le vivarium, plongé dans la pénombre. Ils passèrent au pas de course devant des cages de verre où végétaient des alligators assoupis, des tortues géantes et autres lézards tachetés. Ils allaient arriver à la fosse aux serpents. Un gardien avait ouvert une cage et s'apprêtait à lâcher des rats à l'intérieur. Les pythons s'approchèrent, sortis de leur torpeur par les capteurs infrarouges qui détectent la chaleur de leurs proies.

Les hommes que Bourne avait repérés se frayaient un chemin dans la foule de gamins. Leur teint basané était la seule chose qui les distinguait des autres visiteurs. Ils avaient tous deux la main dans la poche de leur pardessus, serrant sans doute la crosse d'un revolver. Ils avaient ralenti le pas pour éviter d'attirer l'attention.

Bourne pénétra dans la salle des serpents et Tarkanian en profita pour tenter de s'échapper. Il plongea vers les deux hommes armés, entraînant Bourne avec lui, mais ce dernier se ressaisit et lui balança son poing dans la mâchoire.

Un technicien, agenouillé devant une cage vide, sa caisse à outils posée à côté de lui, dévissait une bouche d'aération. Bourne attrapa au passage un bout de fil de fer dans la boîte.

— Ce n'est pas aujourd'hui que tu seras sauvé par la cavalerie, lança-t-il en entraînant Tarkanian vers une porte fermée au public.

L'un de leurs poursuivants se rapprochait. Bourne crocheta la serrure et pénétra dans la pièce, avant de claquer la porte et de tourner le verrou.

Les deux hommes se jetèrent sur le battant, qui trembla. Bourne s'était retrouvé dans un couloir qui donnait sur l'autre côté des cages. Des fenêtres qui servaient à nourrir les animaux perçaient le mur à intervalles réguliers.

Il y eut un bruit sourd et la serrure vola en éclats. Les deux hommes étaient armés de petits calibres munis de silencieux. Bourne poussa Tarkanian devant lui au moment où le premier franchissait le seuil. Il s'attendait à voir le second surgir à l'autre bout du couloir, et jeta un coup d'œil dans cette direction.

Tarkanian profita de cette seconde d'inattention pour se jeter sur lui. Bourne, déséquilibré, tomba dans la cage des pythons, dont la porte était restée ouverte. Tarkanian s'enfuit dans un grand rire, qui rappelait un aboiement.

Sans prêter attention aux récriminations du vétérinaire, Bourne détacha l'un des reptiles de la branche la plus accessible. Sentant sa chaleur, le python s'enroula autour de son bras. Bourne bondit aussitôt dans le couloir, se trouva nez à nez avec l'homme au revolver et lui balança son poing dans le plexus solaire. Le type se plia en deux. Bourne dégagea son bras du serpent et le lui enroula autour de la poitrine. A la vue du python, l'individu hurla. Le reptile commençait à resserrer ses anneaux.

Bourne lui arracha son arme et s'élança à la poursuite de Tarkanian. Le pistolet n'était pas un Taurus, mais un Glock. Comme l'avait pressenti Bourne, ces deux hommes n'avaient aucun lien avec ceux qui avaient tenté d'enlever le professeur. Qui étaient-ils alors ? Des membres de la Légion noire, dépêchés au secours de Tarkanian ? Mais comment avaient-ils su qu'on l'avait démasqué ? Bourne n'eut pas le temps de s'attarder sur la question : le deuxième homme, accroupi à l'autre bout du couloir, faisait signe à Tarkanian, qui rasait les murs.

L'homme braqua son arme sur Bourne, qui plongea, tête la première, dans l'une des cages. Il y eut un bruit de verre brisé. Il leva les yeux et se trouva nez à nez avec une vipère du Gabon, reptile noir et ocre pourvu des plus longs crochets à venin et de la poche à poison la plus volumineuse de la création. Elle dressa sa tête plate et triangulaire, sortit sa langue fourchue qui oscilla afin de déterminer si la créature à terre représentait un quelconque danger.

Bourne demeura parfaitement immobile. La vipère se mit à siffler, sur un rythme régulier, les cornes de ses narines tremblaient. Bourne l'avait dérangée. Il avait sillonné l'Afrique et connaissait les mœurs de l'animal. Il ne mordrait que s'il se sentait ouvertement provoqué.

Conscient de sa vulnérabilité, Bourne leva lentement la main gauche. Le rythme du sifflement ne changea pas. Il continua à regarder la bête, puis avança la main, et l'arrêta au-dessus de sa tête. Il avait lu que cette technique était censée calmer ce genre de serpent, mais il n'en avait aucune certitude. Il toucha la tête du reptile du bout de l'index. Le sifflement cessa. La ruse avait fonctionné.

Il saisit le serpent par le cou et lâcha son arme pour soutenir son corps de l'autre main. La créature se laissa faire. Il traversa la cage d'un pas mal assuré, et déposa la vipère dans un coin. De l'autre côté de la vitre, des enfants le regardaient, bouche bée. Bourne recula, s'éloigna du reptile sans jamais le quitter des yeux. Il s'agenouilla près de l'ouverture, prêt à se saisir du Glock.

— Laissez cette arme où elle est, et tournez-vous, dit une voix dans son dos.

— Et merde, j'ai l'épaule déboîtée, dit Arkadine.

Devra regarda l'articulation disloquée.

— Il va falloir la remettre en place, ajouta-t-il.

Ils avaient trouvé un café ouvert, à l'autre bout de la ville. Trempés jusqu'aux os, ils essayaient de se réchauffer près d'un radiateur à gaz qui fonctionnait mal. Ils avaient bu deux verres de thé brûlant, mais avaient du mal à se remettre de leur course-poursuite.

— Tu plaisantes, dit-elle.

— Pas du tout. Et je compte sur toi pour m'aider. Hors de question d'aller voir un médecin.

Arkadine commanda à dîner. Devra engloutit le ragoût comme si elle n'avait rien mangé depuis plusieurs jours. Voyant cela, il demanda une autre assiette pour elle. Lui-même en dégustait chaque bouchée. Tuer aiguisait tous ses sens. Les couleurs paraissaient plus lumineuses, les odeurs plus marquées. Il entendait battre son cœur, sentait le sang fuser dans ses veines.

Cette drôle d'ivresse lui inspirait des sentiments contraires. Arkadine avait appris l'anglais en lisant *L'Herbe du diable et la petite fumée* de Carlos Castaneda. C'est ainsi qu'il avait découvert l'extase. Par la suite, il avait pensé essayer le peyotl, mais avait renoncé. Il était bien assez paumé comme ça...

Et puis cette étrange euphorie lui était comme une douleur : il avait les nerfs à vif, le moindre bruit le torturait. Il voyait Devra avec une acuité nouvelle et remarqua que ses mains tremblaient, ce qui ajoutait encore à sa fragilité.

— Il y a une chose que je ne comprends pas : pourquoi est-ce que tu t'en es pris à tes amis ? lui demanda-t-il.

— Parce que d'après toi, Zilber, Chomenko et Filia étaient mes amis ?

— Tu fais bien partie du réseau Zilber, non ?

— Tu as entendu la façon dont ce porc m'a parlé, sur le toit ? Les autres c'était pareil, des connards ! Je n'ai jamais aimé Chomenko. Au début je réglais ses dettes de jeu, puis ç'a été la drogue.

Arkadine prit un ton désinvolte.

— Mais tu ne savais rien du dernier emprunt, non ?

— J'ai menti.

— Tu en avais parlé à Piotr ?

— Tu plaisantes ! C'était le pire du lot.

— Un petit connard mais drôlement débrouillard, si je comprends bien.

Devra acquiesça.

— C'est ce que je pensais à l'époque où on couchait ensemble. Il pouvait tout se permettre, parce que c'était lui le chef – l'alcool, les fêtes, les filles à gogo. Parfois deux ou trois dans la même nuit. J'en ai vite eu marre de lui, et je suis rentrée à Sébastopol.

Ainsi Devra avait eu une liaison avec Piotr, songea Arkadine.

— Ces soirées étaient aussi l'occasion de se faire des contacts, non ?

— Peut-être, mais il en faisait trop, et ça a fini par déteindre sur tout le monde, Chomenko le premier.

— Et Filia ?

— Filia pensait que je lui appartenais. Quand on sortait, on aurait dit un mac. Je le détestais.

— Pourquoi es-tu restée avec lui, alors ?

— Il fournissait Chomenko en coke.

Arkadine se pencha soudain par-dessus la table, vif comme l'éclair.

— Ecoute-moi bien, je me fous pas mal de savoir qui tu aimes ou qui tu n'aimes pas. Mais n'essaye même pas de me mener en bateau !

— Tu peux parler. Tu as vu comment tu as débarqué chez moi ?

Il éclata de rire et toute la tension accumulée s'envola. Cette fille avait de l'humour, elle était intelligente. Et puis elle lui rappelait une femme qui avait beaucoup compté dans sa vie.

— Quand même, j'ai du mal à comprendre. On n'est pas du même côté, dans cette guerre-là.

— C'est là que tu te plantes. Je m'en fous de tout

ça, je faisais semblant. Au départ, c'était un jeu : entuber Piotr et les autres. Ça a marché, alors j'ai continué. J'étais bien payée, j'apprenais vite, et j'avais des avantages, que je n'aurais jamais eus en tant que DJ.

— Tu aurais pu arrêter n'importe quand.

— Tu crois ça ?

Elle pencha la tête.

— Ils ne m'auraient pas lâchée.

— Mais là, c'est toi qui les lâches. Ne me dis pas que c'est à cause de moi.

— Et pourquoi pas ? J'aime bien être avec toi. C'est réconfortant.

Arkadine se racla la gorge, embarrassé.

— Quand j'ai découvert ce qu'ils préparaient, ça m'a révoltée.

— Tu as pensé à ton Américain.

— Il a changé ma vie. Ça arrive ce genre de miracle. Mais peut-être que tu ne peux pas comprendre.

— Oh si, répondit Arkadine, avec une pensée pour Semion Icoupov. Pour ça on est pareils, toi et moi.

Devra le regarda.

— Tu n'as pas l'air bien.

— Allez viens, dit-il en se levant.

Il entraîna la jeune femme vers la cuisine, puis la fit entrer dans les toilettes pour hommes.

— Sors de là ! ordonna-t-il à un client qui se lavait les mains.

Arkadine s'assura qu'il n'y avait plus personne.

— Je vais t'expliquer comment me remettre l'épaule en place.

Les instructions données, Devra demanda :

— Ça va faire mal ?

Pour toute réponse, Arkadine plaça entre ses dents le manche de la cuiller en bois qu'il avait volée dans la cuisine.

Bourne tourna le dos à la vipère du Gabon, obsédé par l'idée de ne pas laisser filer Tarkanian. C'était la taupe et il pouvait en savoir long sur le réseau de Specter.

Le malfrat qui parut devant lui avait un faciès plat, une barbe de deux jours et les dents cariées. Son haleine empestait la cigarette et la nourriture décomposée. Il lui braqua son Glock muni d'un silencieux sur la poitrine.

— Sors de là, grinça-t-il.

— De toute façon on est cuits, dit Bourne. Le véto a déjà dû appeler la sécurité.

— Dépêche-toi !

L'homme commit l'erreur de gesticuler avec son flingue. Bourne repoussa l'arme d'un coup d'avant-bras, plaqua son agresseur contre le mur, et lui envoya son genou dans l'entrejambe. Après l'avoir désarmé, il l'empoigna par son pardessus et le balança tête la première dans la cage. L'homme atterrit non loin du reptile, enroulé sur lui-même.

Bourne émit un sifflement. La vipère leva la tête, crut entendre une créature rivale sur son territoire et mordit l'homme terrifié.

Bourne remonta le couloir au pas de course, poussa la porte et sortit. Tarkanian, qui le guettait au cas où il parviendrait à s'échapper, lui balança un coup de poing dans la joue, assorti d'un coup de pied vicieux. Bourne attrapa la chaussure à deux mains, tordit le pied et projeta le Russe au sol. Les agents de sécurité, alertés par le bruit, allaient arriver d'un moment à l'autre. Il l'assomma et Tarkanian s'écroula. Bourne s'agenouilla à côté de lui et commença le bouche à bouche. L'instant d'après, trois gardes surgissaient.

— Mon ami s'est évanoui en voyant des hommes armés, expliqua Bourne.

Il donna une description détaillée des deux malfrats, puis il désigna la porte du vivarium restée ouverte.

— Pourriez-vous appeler les secours ? Mon ami est allergique à la moutarde. Et je crois qu'il y en avait dans la salade qu'on a mangée à midi.

L'un des agents fit le 911, tandis que les deux autres, pistolet au poing, s'engouffraient dans le couloir. Le garde resta avec Bourne jusqu'à l'arrivée de l'ambulance. Les infirmiers prirent les constantes du blessé, puis l'allongèrent sur une civière, sous les yeux des badauds sidérés. Il reparla de l'allergie, précisa que Tarkanian ne supportait pas la lumière dans cet état, et grimpa à l'arrière du véhicule. L'un des ambulanciers referma les portières, alors que son collègue préparait une perfusion de phénothiazine. L'ambulance démarra, sirènes hurlantes.

Des larmes roulèrent sur les joues d'Arkadine, mais il ne poussa pas un cri, malgré la douleur hallucinante. L'os était remis, mais il pouvait à peine bouger les doigts de la main gauche. Il ressentait pourtant des picotements encourageants, comme si du champagne coulait dans ses veines.

Devra regarda la cuiller en bois.

— Merde, tu l'as presque coupée en deux. Tu as dû sacrément dérouiller !

Arkadine, étourdi et nauséeux, grimaça un sourire.

— C'est sûr que je ne pourrais rien avaler.

Devra jeta la cuiller par terre et ils quittèrent les toilettes. Arkadine paya l'addition, puis ils sortirent du café. La pluie avait cessé, laissant un éclat mouillé sur le bitume.

— On peut aller chez moi, proposa Devra. C'est à deux pas d'ici.

— Non, je ne préfère pas, dit Arkadine.

Ils marchèrent au hasard jusqu'à ce qu'ils arrivent à hauteur d'un petit hôtel. Le réceptionniste leur jeta à peine un regard. La chambre était minable, meublée d'un lit, d'une chaise à dossier droit et d'une commode bancale. Une pile de livres s'élevait dans un coin, en équilibre précaire. Un tapis rond occupait le centre de la pièce, constellé de taches et de brûlures de cigarettes. Derrière une porte, des toilettes. La douche et le lavabo se trouvaient sur le palier.

Le tueur alla à la fenêtre. Il avait demandé une chambre sur rue, afin de surveiller les alentours. La chaussée était déserte, sans une voiture en vue. En cette nuit d'hiver brumeuse, Sébastopol brillait d'un éclat morne.

— Je vais ressortir, dit-il en se retournant. J'ai encore deux-trois choses à régler.

— Maintenant ? Ça ne peut pas attendre ?

Devra était étendue en travers du lit.

— Je suis crevée, avoua-t-elle.

Arkadine hésita. Trois heures du matin. Il était épuisé, mais n'avait pas sommeil. Il ôta ses chaussures sans se baisser, s'assit au bord du lit. Devra se redressa un instant. Arkadine s'allongea et elle posa la tête sur son ventre. Puis elle ferma les yeux.

— Je veux venir avec toi, dit-elle d'une toute petite voix ensommeillée.

Arkadine fut aussitôt sur ses gardes.

— Pourquoi ?

Devra ne répondit pas : elle dormait déjà.

Il resta étendu près d'elle pendant un moment, à l'écouter respirer. Il ne savait pas quoi faire de cette jeune femme, son dernier contact dans le réseau Zilber. Il repensa à Chomenko, Piotr et Filia, à ce qu'elle lui avait dit, cherchant des failles dans son récit. Zilber avait eu une drôle de vie. Trahi par une maîtresse qui renseignait ses ennemis. On sentait l'homme à femmes. Une relation au père difficile, peut-être ; vu la personnalité de ce dernier, ce n'était pas exclu.

Cette fille était étrange. De prime abord, elle ressemblait à toutes ces gamines qu'Arkadine avait pu côtoyer : dure, cynique, désespérée et désespérante. Mais Devra semblait différente. Sous la carapace, il devinait la gamine perdue qu'elle avait été, et qu'elle était peut-être encore. Il posa la main sur son cou, sentit battre son cœur. Il pouvait se tromper, peut-être lui jouait-elle la comédie, mais il avait du mal à voir ce qui aurait pu l'y pousser.

Cette vulnérabilité le touchait. Devra souffrait d'un manque, comme nous tous, pensa Arkadine, même ceux qui se disent apaisés et sereins. Et il savait très bien ce qui lui manquait, même s'il avait, jusque-là, évité d'y songer. La jeune femme avait besoin d'un père, ça ne faisait pas l'ombre d'un doute. Mais il y avait autre chose sur quoi il n'arrivait pas à mettre le doigt. Ce qui l'agaçait et le frustrait au plus haut point.

Soudain, elle s'agita dans son sommeil et prononça son nom. En un éclair, Arkadine avait tout compris. Il se revit sur le toit, se rappela l'échange entre Devra et l'homme à la verrue.

« Tu étais censée le surveiller ! », avait-il dit en parlant de Filia.

Arkadine sentit son cœur s'emballer. « Le surveiller. » Pourquoi aurait-il dit cela, si Filia avait servi de relais à Sébastopol ? Arkadine effleura, du bout des doigts, et sans y prendre garde, la chair veloutée de Devra. La petite salope ! Et maligne, avec ça. C'était elle, le contact de Zilber dans cette ville. Filia servait seulement de chien de garde, de soldat. C'était elle qui avait fait passer le document, et elle savait très bien à qui. Le tueur la serra dans ses bras et oublia la chambre, la nuit, le présent. Il sombra dans le sommeil pour retomber entre les griffes ensanglantées de son passé.

Sans l'intervention de Semion Icoupov, Arkadine se serait suicidé. Micha Tarkanian, son seul ami, craignant pour sa vie, avait alerté Icoupov. Arkadine revoyait encore la scène de Moscou : Icoupov frappe à sa porte, et lui l'accueille avec son Makarov.

Icoupov, et c'était tout à son honneur, avait gardé son sang-froid. Debout au milieu de l'appartement ravagé, il avait ignoré Arkadine pour porter son attention ailleurs – les cadres brisés, le cristal en miettes, les chaises retournées, les cendres du feu qu'Arkadine avait allumé pour y brûler ses vêtements.

— Micha m'a dit que tu étais dans une mauvaise passe.

— Micha ferait mieux de se taire.

Icoupov avait ouvert les mains, en signe de conciliation.

— Il faut bien que quelqu'un te sauve la vie.

— Qu'est-ce que tu en sais ? avait répliqué Arkadine.

— Tu as raison, je ne sais pas ce qui t'est arrivé.

Arkadine s'était rapproché d'Icoupov et lui avait appuyé le pistolet sur la tempe.

— Alors tu fermes ta gueule.

— Ce qui m'intéresse, c'est le présent, déclara Icoupov, impassible. Reste avec nous. Si tu ne le fais pas pour toi, fais-le pour Micha. Il t'aime comme un frère.

Il avait fini par baisser son arme.

Icoupov lui avait tendu la main. Comme Arkadine hésitait, il lui avait dit, avec une extrême douceur :

— On n'est pas à Nijni Taguil, ici. Personne ne te veut du mal, Leonid Danilovitch.

Arkadine avait hoché la tête et tendu son arme. Icoupov avait sifflé, et deux costauds qui avaient attendu son appel, planqués dans le noir, à l'autre bout du couloir avaient accouru. Arkadine s'était crispé, furieux de ne pas avoir senti leur présence. Des gardes du corps, à l'évidence. Ils auraient pu le neutraliser à tout moment.

— Tu n'as plus le choix maintenant, il faut que tu vives, assura ce dernier.

Il s'était assis sur le sofa, dans le salon saccagé d'Arkadine, puis avait fait signe au garde, qui rendit le Makarov à son propriétaire. Arkadine n'avait pas même jeté un regard à son arme et fixait Icoupov d'un air implacable.

— Tu sais ce que je pense, Leonid Danilovitch ? Que tu te plais à croire que ta vie n'a pas de sens. La plupart du temps, tu te complais dans ta misère. Mais il y a aussi des moments, comme maintenant, où ça se retourne contre toi.

Icoupov portait un pantalon noir, une chemise gris perle et un long manteau en cuir noir rappelant ceux des SS.

— Je crois au contraire que tu cherches ta voie.

Sa peau bistrée luisait comme le cuivre. C'était un homme qui savait ce qu'il faisait, et mieux valait ne pas plaisanter avec lui.

— Quelle voie ? avait demandé Arkadine, d'un ton las.

Son interlocuteur écarta les bras, lui montrant l'appartement saccagé.

— Tu as brûlé tous tes vaisseaux, Leonid Danilovitch, tu ne crois pas ?

— Dieu m'a puni. Dieu m'a abandonné ! geignit Arkadine, régurgitant mécaniquement l'une des litanies de sa défunte mère.

Icoupov savait pousser ses interlocuteurs à la confidence.

— Et de quel Dieu s'agit-il ?

Arkadine n'avait pas de réponse, le Dieu évoqué était celui de sa mère, de son enfance. Une énigme, une ombre, qui symbolisait pour lui l'amertume, la rage, le sang répandu.

— Ce n'est qu'un mot. La seule chose que je connaisse, c'est l'enfer.

Icoupov secoua la tête.

— Tu n'as jamais rencontré Dieu, Leonid Danilovitch. Fais-moi confiance. Avec moi, tu trouveras Dieu, et tu verras l'avenir qu'il te réserve.

— Je ne veux plus être seul !

Sans doute était-ce la chose la plus sincère qu'Arkadine ait jamais dite.

— Tu ne seras plus jamais seul, je te le promets.

L'un des gardes du corps avait déposé un plateau sur la table basse. Icoupov versa le thé dans les tasses et en tendit une à son nouveau protégé.

— Buvons ensemble, Leonid, avait-il dit en levant son verre. A ton rétablissement, et à ton avenir, qui sera aussi brillant que tu le souhaites.

Les deux hommes avaient siroté leur thé, lesté d'une bonne dose de vodka.

— Au bonheur de ne plus jamais être seul, avait ajouté Leonid Danilovitch Arkadine.

C'était il y a bien longtemps, une étape au bord d'un fleuve devenu sanglant. Arkadine avait-il changé ? Les jours d'orage, les démons du passé revenaient le hanter. Et de nouveau la solitude frappait.

Tarkanian retrouvait ses esprits, mais la phénothiazine qu'on lui avait administrée agissait tel un calmant puissant, et l'abrutissait. Aussi, lorsque Bourne se pencha sur lui et lui dit en russe : « Bourne est mort, on évacue », il le prit, dans son brouillard médicamenteux, pour l'un de ses complices.

— C'est Icoupov qui t'envoie, alors.

Il leva une main, tâta le bandage qu'on lui avait mis sur les yeux pour les protéger de la lumière.

— Pourquoi je ne vois rien ?

— Chut ! lui souffla Bourne. Il y a des civils à côté. Et des ambulanciers. On t'emmène à l'hôpital, le temps de planifier ton voyage. Il y en a pour quelques heures.

Tarkanian acquiesça.

— Icoupov est parti, murmura Bourne. Tu sais où ?

— Non.

— Il tient à ce que tu sois dans un endroit agréable, pour faire ton rapport. Où voudrais-tu aller ?

— A Moscou. Ça fait des années que je n'y suis pas retourné. J'ai un appartement sur le quai Frunzenskaya.

Il soupira.

— Depuis mon salon, on voit la passerelle qui mène au parc Gorki. La vue est magnifique. Ma ville me manque !

Ils arrivèrent à l'hôpital avant que Bourne n'ait achevé son interrogatoire. Puis tout alla très vite. Les ambulanciers se précipitèrent avec le brancard vers les portes vitrées des urgences et foncèrent dans un corridor, en direction du service de réanimation. Il y avait des malades partout. L'un des ambulanciers s'adressa à un interne harassé, qui le dirigea vers une salle de soins, au bout du couloir.

Ils y conduisirent Tarkanian, vérifièrent la perfusion et reprirent son pouls. Puis ils ôtèrent les sangles qu'ils avaient fixées autour de ses bras et de ses jambes.

— Il va reprendre connaissance d'une minute à l'autre, dit l'un d'eux. Quelqu'un va venir l'ausculter.

L'homme esquissa un sourire à la fois forcé et réconfortant.

— Ne vous inquiétez pas. On va s'occuper de votre ami.

Dès qu'ils furent partis, Bourne s'approcha de Tarkanian.

— Je connais bien le quai Frunzenskaya, Mikhaïl. Où se trouve ton appartement, exactement ?

— Il ne te le dira pas.

Bourne fit volte-face et reconnut l'homme sur lequel il avait lâché le python. Bourne recula, heurta le mur. Il voulut frapper au visage, mais son adversaire avait paré le coup et lui envoya son poing dans le sternum.

Bourne tomba à genoux. Il vit l'autre sortir un couteau et avancer vers lui. Bourne lui colla son poing dans la joue et entendit avec satisfaction la pommette craquer. Pris de fureur, l'homme frappa avec le poignard. Le sang de Bourne jaillit de sa chemise déchirée, dessinant une ligne rouge, pareille à un collier.

Bourne riposta aussitôt : l'homme valdingua contre le brancard où Tarkanian commençait à émerger de sa torpeur. L'individu sortit de sa ceinture un pistolet, muni d'un silencieux. Bourne se jeta sur lui et l'empoigna pour l'empêcher d'armer son flingue.

Tarkanian arracha le bandage de ses yeux, cilla plusieurs fois, regarda autour de lui.

— Mais qu'est-ce qui se passe ? fit-il d'une voix traînante, encore à moitié drogué. Tu m'avais dit que Bourne était mort !

L'autre ne répondit pas : il se battait avec Bourne. Conscient que son arme ne lui serait d'aucun secours, il la lâcha et l'envoya valser au bout de la pièce d'un coup de pied. Il voulut utiliser son couteau, mais Bourne, qui ne s'était pas laissé distraire par l'épisode du revolver, para le coup.

Tarkanian s'assit sur la civière, en descendit maladroitement. Encore instable sur ses jambes, il s'agenouilla, puis rampa sur le lino pour atteindre le pistolet.

Son acolyte, une main refermée sur le cou de Bourne, s'apprêtait à lui planter son couteau dans le ventre.

— Pousse-toi !

Tarkanian braquait le flingue sur les deux hommes.

— Que je puisse tirer.

Son complice claqua la pomme d'Adam de Bourne du plat de la main et s'écarta de lui.

Tarkanian s'apprêtait à presser la détente lorsque Bourne frappa son complice au rein et le plaça devant lui. La balle vint se loger dans la poitrine du bouclier humain.

Tarkanian poussa un juron, réajusta son arme. En une fraction de seconde, Bourne arracha le couteau de la main du mort, et le lança avec une précision fatale. Puis il repoussa le cadavre et se dirigea vers Tarkanian qui gisait sur le sol. Le couteau était planté dans sa poitrine jusqu'à la garde. Vu l'orientation de la lame, il avait percé un poumon. L'homme allait mourir étouffé par son propre sang.

Il leva les yeux sur Bourne :

— Tu es un homme mort, réussit-il à articuler.

10.

Rob Batt organisa son offensive par l'entremise du général Kendall, le second de La Valle, qui lui ouvrit les portes de la NSA et le laissa disposer de leurs ressources, notamment en matière d'opérations clandestines. Batt échappait ainsi à la vigilance du Congrès : pour les politiques, les agents n'avaient aucune existence sinon celle d'obscurs gratte-papier mis un temps au service du Pentagone.

« Voilà comment devraient fonctionner les services secrets », pensa-t-il, comme il exposait les détails de l'opération aux huit jeunes gens assis en face de lui, dans une petite salle prêtée par Kendall : pas de comité de surveillance, pas de rapport à faire.

Simplicité et discrétion, telle était la méthode de l'espion. Classique, avait jugé Kendall. Pourtant, plus on complique les choses, plus il y a de risques d'erreurs.

Rob aimait bien ces agents de la NSA, peut-être pour leur esprit militaire : ils apprenaient vite et ne discutaient pas les ordres, contrairement à ceux de la CIA, à commencer par Soraya Moore, qui pensaient toujours faire mieux que tout le monde. Et puis ces hommes n'hésitaient pas à appuyer sur la détente : ils tuaient sans poser de questions et sans états d'âme. Batt appréciait cette liberté d'action. Il avait désormais les coudées franches pour prendre des décisions d'importance, préparer des opérations et travailler sans avoir de comptes à rendre. Il conclut son briefing le feu aux joues, le cœur battant, dans un état proche de l'excitation.

Il évitait de penser à sa conversation avec le secrétaire à la Défense, qui lui avait fait comprendre que Typhon lui échappait. Pour rien au monde il n'aurait renoncé à cette arme de choix dans la guerre contre le terrorisme, mais Halliday ne lui avait pas demandé son avis.

Batt envisageait les problèmes les uns après les autres. Il saurait bien trouver le moyen de bloquer l'avancée de La Valle et Halliday. Pour l'instant, la priorité était de ne pas faire capoter la mission qui neutraliserait Jason Bourne. D'ici quelques heures, il serait sous bonne garde, avec un dispositif tel que même un Houdini comme lui ne pourrait s'échapper.

Soraya Moore se dirigea vers le bureau de Veronica Hart. Deux hommes en sortaient : Dick Symes, à la tête du contre-espionnage, et Rodney Feir, responsable de la logistique. Symes, petit homme grassouillet au visage rougeaud, semblait ne pas avoir de cou. Feir, de quelques années son cadet, était blond, athlétique, affichait un visage impassible.

Tous deux saluèrent poliment Soraya, mais Symes lui adressa un sourire méprisant.

— On va braver la lionne dans sa tanière ? lança Feir.

— Elle est dans un mauvais jour ? s'enquit la directrice de Typhon.

Rodney haussa les épaules.

— Un peu tôt pour le dire.

— Nous verrons si elle réussit à porter le poids du monde sur ses frêles épaules, railla Symes. Un peu comme vous, *madame*.

Soraya réussit à esquisser un sourire.

— Vous êtes trop bons, messieurs.

Feir partit d'un grand éclat de rire.

— A votre service, ma chère.

La jeune femme les regarda s'éloigner, puis passa la tête dans le sanctuaire qu'était le bureau de la DCI.

Contrairement à son prédécesseur, Veronica Hart laissait toujours la porte de son bureau ouverte, afin de rétablir la confiance qui avait manqué sous l'administration précédente, avait-elle confié à Soraya. Au vu des informations recueillies par Veronica ces derniers jours, il semblait que la politique de cloisonnement de l'ancien directeur ait peu à peu incité ses subordonnés au cynisme et à la paranoïa. Le Vieux aimait diviser pour mieux régner et avait instauré un climat de duplicité et de coups bas que Veronica jugeait d'un bien-fondé très relatif.

Hart était un pur produit de la nouvelle génération, et avait pour maître mot « coopération ». Les événements de 2001 avaient prouvé que les querelles de clochers pouvaient avoir des conséquences désastreuses. Soraya approuvait la démarche de la nouvelle DCI.

— Depuis combien de temps vous êtes là-dessus ? lui demanda-t-elle.

Hart lança un coup d'œil par la fenêtre.

— Tiens, il fait jour ! Il y a un bout de temps que j'ai renvoyé Rob chez lui.

— La matinée est déjà bien avancée, précisa Soraya. Que diriez-vous d'aller déjeuner ? Vous avez besoin de prendre l'air.

Veronica écarta les mains en signe d'impuissance : les dossiers s'accumulaient sur son bureau.

— Trop de boulot...

— Qui n'avancera pas si vous tombez d'inanition.

— Exact. La cantine est-elle déjà...

— Il fait si beau, aujourd'hui. Je pensais vous emmener dans l'un de mes restaurants favoris. Nous pourrions y aller à pied.

Veronica avait perçu une note d'inquiétude dans la voix de Soraya. Elle voulait sans doute l'aviser d'un problème, mais hors des locaux de la CIA.

Veronica acquiesça.

— D'accord, dit-elle. Je vais chercher mon manteau.

Soraya sortit son nouveau téléphone portable pour envoyer un message. Elle en avait choisi un le matin même, après avoir retrouvé l'ancien dans le caniveau, près de sa voiture, derrière chez Moira Trevor.

Quelques instants plus tard, le mobile de Veronica sonna. Soraya avait écrit : « camionnette en face – attention à la camionnette de l'autre côté de la rue ».

Veronica referma son téléphone, et se lança dans une longue histoire à l'issue de laquelle les deux femmes éclatèrent de rire. Puis elles parlèrent de l'avantage des escarpins sur les bottes, du cuir sur le daim, et des Jimmy Choos qu'elles s'offriraient si d'aventure elles étaient augmentées.

Elles gardèrent un œil sur la fourgonnette l'air de rien. Soraya entraîna sa collègue dans une ruelle, où le véhicule espion ne pouvait s'engager sans attirer l'attention, et où elles sortaient de son champ de réception radio.

— Vous venez du secteur privé, remarqua-t-elle. Il y a quelque chose que je ne comprends pas : pourquoi renoncer à un gros salaire pour devenir DCI ? C'est un travail tellement ingrat !

— Et pourquoi avez-vous accepté de diriger Typhon ? s'enquit Hart.

— C'était prestigieux et bien payé.

— Mais vous aviez d'autres motivations. Je me trompe ?

Soraya opina.

— Je me sentais redevable à Martin Lindros, et tenue de lui succéder. J'ai participé à l'aventure d'emblée. Je suis à moitié arabe, ce qui a intéressé Martin. Il m'a sollicitée dès la création de Typhon, et m'a chargée du recrutement. Il entendait en faire un service de renseignements différent des autres, doté d'un personnel capable de se mettre dans la peau des musulmans. Selon lui, c'était la seule façon de combattre ces organisations extrémistes avec succès, d'appréhender leurs motivations, et d'anticiper leurs actions.

Hart acquiesça. Elle avait un visage d'un bel ovale et pour l'heure une expression songeuse.

— Mes motivations sont les mêmes que les vôtres, Soraya. Je ne supporte plus le cynisme des firmes de sécurité privées. Elles cherchent toutes à s'enrichir dans le bourbier du Moyen-Orient. En temps de guerre, le gouvernement devient une vraie vache à lait et dépense sans compter, comme si c'était la solution. Mais en réalité, il ferme les yeux sur ce qui se passe là-bas. Tout le monde profite du malheur des autres en toute impunité.

Soraya emmena Veronica dans un magasin de sous-vêtements afin de tromper l'ennemi.

— A Black River, j'avais les mains liées, mais j'entends restructurer la CIA. Et c'est pour ça que j'ai été engagée.

Les deux femmes sortirent par la porte du fond. Après avoir longé un pâté de maisons, tourné à droite, puis à gauche, elles entrèrent dans un restaurant immense et bondé. Le niveau sonore ambiant, et les interférences créées par les conversations, rendraient leur échange inaudible.

Sur la requête de Veronica, on les installa au fond de la salle, position idéale pour surveiller l'entrée et l'arrivée d'éventuels suiveurs.

— Bien joué, dit Veronica, quand elles furent assises.

Ce n'est pas la première fois que vous faites ça, à ce que je vois.

— Il m'est déjà arrivé de devoir semer des hommes de la CIA. Surtout quand je travaillais avec Jason Bourne.

Hart parcourut le menu.

— Vous pensez qu'il s'agissait d'une camionnette de la CIA ?

— Non, dit Soraya.

Veronica la regarda par-dessus le menu.

— Moi non plus.

Elles commandèrent des salades, des truites de rivière, et une bouteille d'eau. Elles se relayaient pour surveiller les gens qui entraient dans le restaurant.

Elles avaient mangé la moitié de leur salade, lorsque Soraya déclara :

— Nous avons intercepté des échanges inhabituels, ces derniers jours. Je ne pense pas exagérer en disant qu'il y a de quoi s'inquiéter.

Hart reposa sa fourchette.

— Comment cela ?

— Il semble qu'un nouvel attentat terroriste vise le sol américain. Ce serait imminent.

Veronica paraissait secouée.

— Mais qu'est-ce qu'on fait là, alors ? lança-t-elle. J'aurais dû rester au bureau et mettre tout le monde sur le pied de guerre !

— Attendez de connaître la suite, dit Soraya. Les fréquences radio captées par Typhon sont généralement émises depuis d'autres continents. Cela nous permet d'éviter les bavardages habituels et de disposer d'un matériau plus ciblé. Et aussi plus fiable, d'après ce que j'ai pu voir. Comme vous le savez, la plupart des conversations comportent une bonne part de désinformation. Mais pas celles des terroristes que nous écoutons. Nous recoupons toutes les informations et jusqu'à preuve du contraire, il s'agit de renseignements utilisables. Mais il nous reste deux problèmes, et je pense qu'il ne serait pas prudent de mobiliser la CIA dès à présent.

Trois femmes qui parlaient avec animation entrèrent dans la salle. Le patron les accueillit comme de vieilles amies, et les installa à une table ronde, près de la fenêtre.

— Tout d'abord, le délai est très court. Les terroristes s'apprêtent à frapper d'ici une semaine, dix jours au plus. Mais nous n'avons presque aucune information sur la cible. Nous savons seulement, d'après les échanges interceptés, qu'il s'agit d'une construction de taille conséquente et difficile d'accès. Un bâtiment officiel, sans doute un symbole de notre puissance économique.

— Une indication sur le lieu ?

— La côte Est. Probablement New York.

— Je n'ai rien vu passer qui pourrait concerner cet attentat. Il a totalement échappé aux systèmes de filtrage de nos agences.

— C'est ce que je vous dis, fit Soraya. Seul Typhon peut intercepter ce genre d'informations.

— Mais vous ne m'avez pas encore dit pourquoi je ne dois pas alerter la Sécurité intérieure ou mobiliser la CIA.

— Parce que ces renseignements émanent d'une source encore inconnue. Vous pensez que la NSA les prendrait pour argent comptant ? Ils chercheraient à corroborer ces menaces. Non seulement ils n'obtiendraient rien de leurs propres sources, mais en plus ils viendraient tout gâcher sur le terrain.

— Vous avez raison, remarqua Hart. La discrétion n'est pas leur fort.

— Hélas, nous n'avons aucune indication sur le groupe qui prépare l'attentat. Nous ignorons qui ils sont et ce qu'ils veulent.

Deux hommes entrèrent, coup sur coup, vêtus en civil, mais avec une raideur toute militaire. On les installa à des tables séparées, chacun à une extrémité du restaurant.

— La NSA, dit Veronica.

— Pourquoi nous espionneraient-ils ? s'étonna Soraya.

— Je vous le dirai dans une minute. Parons au plus pressé. Nous avons donc affaire à une organisation terroriste inconnue de nos services, qui planifierait un attentat d'envergure. Ça semble tiré par les cheveux.

— Alors imaginez la réaction dans vos services ! Et surtout, pas un mot. Sinon nous risquons de les perdre et de les inciter à différer l'attentat.

— En admettant qu'ils veuillent réellement frapper dans les huit jours, seraient-ils susceptibles d'annuler ou de différer leur opération à un stade aussi avancé ?

— En tout cas pour nous ce n'est plus le moment de tergiverser, remarqua Soraya, cynique. Les réseaux terroristes ne connaissent pas la bureaucratie, ils sont libres comme l'air. Alors allez savoir ! S'ils sont si difficiles à localiser, c'est à cause de leur extraordinaire mobilité. Martin rêvait, pour Typhon, d'une structure tout aussi légère. Et ma mission est de satisfaire cette ambition.

Le serveur emporta leurs assiettes de salade à moitié pleines. Quelques minutes plus tard, les truites arrivèrent. Veronica commanda une autre bouteille d'eau minérale. Elle avait soudain la bouche sèche. Il lui fallait non seulement déjouer les coups bas de la NSA, mais encore une attaque terroriste d'envergure sur la côte Est, dont elle ignorait et la cible et les auteurs présumés. Charybde et Scylla. L'un et l'autre pouvant ruiner sa carrière à la CIA avant même qu'elle ait commencé.

— Excusez-moi un instant, dit-elle en se levant.

Soraya surveillait les lieux et les agents de la NSA. L'un d'eux suivit sa collègue aux toilettes, mais avec un temps de retard. Quand Hart reparut, après quelques secondes, l'homme tourna les talons et alla se rasseoir.

La DCI reprit place face à Soraya.

— Vous avez choisi de me parler ici plutôt qu'au bureau. Sans doute avez-vous une idée sur la marche à suivre.

— Nous sommes face à une situation sensible, et nous manquons de renseignements pour agir. Il nous reste moins d'une semaine pour découvrir l'essentiel sur une organisation terroriste dont nous ignorons à peu près tout. Nous ne savons ni depuis quel point elle opère, ni combien elle compte de membres. Notre temps est compté et le protocole habituel est trop long, conclut Soraya.

Elle baissa un instant les yeux sur son poisson, comme si elle n'avait aucune envie d'y toucher. Puis elle fixa Veronica, et déclara :

— Nous avons besoin de Jason Bourne pour trouver ce groupe terroriste. Ensuite nous aviserons.

Hart la regarda comme si elle avait perdu l'esprit.

— C'est hors de question.

— Vu l'urgence de la situation, insista Soraya, seul Bourne a une chance de débusquer ces terroristes. Et de les neutraliser.

— Si l'on apprenait que j'utilise les services de Bourne, je me ferais virer dans l'heure qui suit.

— D'un autre côté, dit Soraya, si vous ignorez nos informations et qu'ils passent à l'acte, votre carrière s'arrête là.

Hart se cala sur son siège, et eut un rire bref.

— Vous ne manquez pas d'audace. Vous voudriez que je donne ma bénédiction pour faire appel à un agent rebelle et instable, dont on s'accorde à dire qu'il est dangereux. Et en plus sur une mission qui pourrait avoir des conséquences dramatiques pour le pays, et pour la survie de la CIA ?

La directrice de Typhon sentit l'angoisse monter.

— Attendez. Qu'entendez-vous par « la survie de la CIA » ?

Hart eut un regard pour les hommes de la NSA. Elle soupira, puis raconta à Soraya son entretien avec le Président et sa confrontation avec le général Kendall et Luther La Valle.

– J'ai finalement eu gain de cause auprès du Président, mais ensuite, La Valle m'a accostée dans les jardins et menacée de représailles si je ne capitulais pas. Il veut annexer la CIA à son empire, qui ne cesse de s'étendre. Et nous nous battons aussi contre son patron, le secrétaire à la Défense. Ce projet est celui de Bud Halliday. Black River a eu affaire à lui, quand j'y travaillais, et ces contacts m'ont laissé une impression très défavorable. S'il réussit à s'emparer de la CIA et à la placer sous l'égide du Pentagone, l'armée va s'en mêler, et tout gâcher.

— Raison de plus pour faire appel à Bourne.

Le ton était celui d'une supplique.

— Il serait plus efficace qu'un bataillon entier. J'ai eu l'occasion de travailler deux fois avec Bourne, et tout ce qu'on raconte sur lui est totalement faux. Les bureaucrates incurables comme Batt le haïssent. C'est logique après tout. Ils envient sa liberté, et il est bien plus doué qu'eux tous réunis.

— Votre dossier stipule que vous avez eu une liaison avec Bourne, Soraya. Alors, je vous prie de me dire la vérité. J'ai besoin de savoir si vous avez d'autres motivations que les intérêts du pays.

Soraya s'attendait à cette question.

— Je pensais que Martin avait mis un terme à ces rumeurs. C'est absolument faux. Nous sommes devenus amis, Jason et moi, à l'époque où je dirigeais le bureau d'Odessa. C'était il y a longtemps, et il ne s'en souvient pas. Quand il a reparu, l'année dernière, pour sauver Martin, Bourne ne m'a pas reconnue.

— Et donc vous vous êtes retrouvés sur le terrain.

— C'était purement professionnel, déclara Soraya d'un ton ferme.

Hart gardait un œil sur les agents de la NSA.

— Même si je pensais que ça pourrait marcher, je ne donnerais jamais mon accord. D'après tout ce que j'ai pu entendre depuis mon arrivée, Bourne déteste la CIA.

— C'est exact, dit Soraya. Mais lorsqu'il aura réalisé la gravité de la menace, je crois pouvoir le convaincre de reprendre du service.

Veronica secoua la tête, peu convaincue.

— Je ne sais pas. Le simple fait d'entrer en contact avec lui représente un risque énorme, que je ne suis pas sûre de vouloir prendre.

— Il faut agir maintenant, après il sera trop tard.

Cependant, Hart hésitait toujours sur le choix à effectuer : la procédure officielle et éprouvée, ou bien la voie détournée. Pas détournée, non, songea-t-elle : insensée.

— Nous n'avons plus rien à faire ici, déclara-t-elle soudain.

Elle fit signe au serveur, puis reporta son attention sur sa collègue.

— Allez vous repoudrer le nez, Soraya. Et tant que vous y êtes, profitez-en pour appeler la police métropolitaine. Utilisez la cabine près des toilettes, elle fonctionne, j'ai vérifié. Dites-leur qu'il y a deux hommes armés dans ce restaurant. Puis revenez vous asseoir et tenez-vous prête à sortir.

Soraya lui adressa un petit sourire complice. Elle se leva et se faufila entre les tables en direction des toilettes. Le serveur reparut, les sourcils froncés.

— La truite de rivière n'était pas bonne, madame ? demanda-t-il.

— Si, si, délicieuse.

Comme le garçon récupérait les assiettes, Veronica Hart glissa cinq billets de vingt dollars dans la poche de son gilet.

— Vous voyez l'homme assis là-bas, avec la grosse tête et les épaules de footballeur ?

— Oui, madame.

— Et si vous trébuchiez en passant devant sa table ?

— Si je trébuche, madame, je risque de renverser les truites sur ses genoux.

— C'est l'idée, dit Hart, avec un sourire triomphant.

— Je pourrais perdre mon emploi.

— Ne vous inquiétez pas.

Elle lui montra sa carte professionnelle.

— J'arrangerai les choses avec votre patron.

L'employé acquiesça, tourna les talons. Soraya revenait des toilettes. Hart posa quelques billets sur leur table, mais attendit que le garçon heurte un autre serveur pour quitter les lieux. L'homme vacilla, les assiettes se renversèrent. L'agent de la NSA bondit de son siège, Hart se leva et se dirigea vers la porte avec Soraya. L'homme de la NSA houspillait le serveur, qui tapotait sa veste avec des serviettes en papier. Tout le monde regardait. Deux clients, proches de la table en question, donnaient leur version de l'incident. La situation dégénérant, l'autre agent s'avança pour porter secours à son collègue. Puis il vit sa cible marcher vers lui et changea d'avis.

Hart et Soraya approchaient de la sortie. Elles franchirent la porte. Le second agent de la NSA leur emboîta le pas, mais deux policiers surgirent et l'empoignèrent.

— Hé ! protesta-t-il. Mais elles, alors !

L'homme désigna les deux femmes, furieux.

Trois autres voitures de patrouille s'arrêtèrent dans un crissement de pneus. Hart et Soraya avaient déjà leur carte à la main, et les présentèrent aux policiers.

— On nous attend pour une réunion, dit Veronica avec autorité. Sécurité nationale !

Ces mots eurent l'effet d'une formule magique : les flics leur firent signe de circuler.

— Bien joué, remarqua Soraya, impressionnée.

Hart acquiesça, mais sans pavoiser. Sortir vainqueur d'une simple filature ne lui procurait qu'une satisfaction passagère. Ce qu'elle voulait gagner, c'était la guerre.

Quand elles eurent parcouru plusieurs centaines de mètres et se furent assurées que les sbires de La Valle ne les suivaient pas, Soraya déclara :

— Laissez-moi au moins organiser une rencontre avec Bourne, afin de voir sa réaction.

— Je doute fort que cela puisse marcher.

— Jason me fait confiance. Il fera ce qu'il a à faire, déclara Soraya avec une absolue conviction. Comme toujours.

Hart considéra la question quelques instants. Charybde et Scylla la hantaient plus que jamais. Allait-elle mourir par l'eau ou par le feu ? Elle ne regrettait pourtant pas d'avoir accepté ce poste – quoi qu'il dût arriver. A ce stade de sa vie, elle se sentait capable de relever un défi, et n'en imaginait pas de plus beau.

— Bourne veut voir les communications entre Martin Lindros et Moira Trevor, dit Hart.

Elle marqua un temps d'arrêt, afin de juger de la réaction de Soraya à l'évocation de cette autre femme, à présent liée à Bourne.

— Et j'ai donné mon accord.

Soraya garda un visage impassible.

— J'ai rendez-vous avec lui ce soir, à cinq heures, poursuivit Hart, comme si elle s'interrogeait encore sur le bien-fondé d'une telle rencontre.

Et tout à coup elle trancha.

— Accompagnez-moi. Ainsi nous verrons ce que nos renseignements lui inspirent.

11.

— Bien joué, dit Specter. Je suis impressionné. Tu as géré la situation de façon remarquable.

— Mikhaïl Tarkanian est mort, dit Bourne. J'aurais préféré l'éviter.

— C'est comme ça.

L'œil du professeur semblait un peu moins enflé, mais il virait au violet.

— Je te dois une fière chandelle, Jason. Une fois de plus. De toute évidence, Tarkanian renseignait l'ennemi. Si tu n'étais pas intervenu, à l'heure qu'il est je serais mort. Alors pardonne-moi de ne pas le regretter.

Specter tapota le dos de son ami. Les deux hommes se dirigeaient vers le saule pleureur, au fond du parc. A chaque extrémité de son champ de vision, Bourne apercevait des jeunes gens munis de fusils d'assaut, qui suivaient leur progression. Vu les événements de la matinée, il ne pouvait reprocher au professeur de s'entourer d'hommes armés. Et d'ailleurs leur présence le rassurait, car il allait devoir abandonner son vieil ami.

Ils s'arrêtèrent sous le saule, qui formait comme une brume végétale d'un beau jaune d'or, et portèrent leurs regards sur le bassin, dont la surface grise et lisse rappelait une feuille d'acier. Une nuée de corneilles s'égailla dans un croassement sonore. Leurs plumages scintillèrent par instants des couleurs de l'arc-en-ciel, tandis qu'elles volaient dans la direction opposée au couchant.

— Tu connais bien Moscou ? demanda Specter.

Bourne lui avait parlé de l'appartement de Tarkanian, et ils avaient décidé qu'il commencerait là son enquête sur le meurtre de Piotr.

— Assez bien, oui. J'y suis allé plusieurs fois.

— J'enverrai tout de même un ami te chercher à Cheremetievo. Il te fournira le nécessaire. Y compris des armes.

— Je travaille seul, lui rappela Bourne. Je n'ai besoin de personne.

Specter, compréhensif, acquiesça d'un hochement de tête.

— Lev sera un soutien éventuel, mais pas un obstacle, je te le promets.

Le professeur marqua un temps d'arrêt avant de poursuivre.

— Ce qui m'inquiète, Jason, c'est ta relation avec Moira Trevor.

Il se plaça de façon à tourner le dos à la maison, et parla soudain plus bas.

— Je ne voudrais pas me mêler de ta vie privée, mais si tu dois te rendre en Europe...

— Nous y allons tous les deux. Moira part pour Munich ce soir, dit Bourne. J'apprécie que vous vous inquiétiez de mon amie, mais c'est une femme forte. Et indépendante.

Specter hocha la tête, soulagé.

— Bon, très bien.

Il sortit une enveloppe de sa poche.

— Tu trouveras ici tes billets d'avion pour Moscou, avec les documents dont tu auras besoin. De l'argent t'attend là-bas. Lev te donnera les coordonnées de la banque et le numéro du compte qui te permettra d'accéder au coffre. Et bien sûr le passeport.

— Cela a dû nécessiter quelques préparatifs.

— J'avais demandé qu'on s'en occupe hier soir, dans l'espoir que tu accepterais, expliqua Specter. Il ne nous reste plus qu'à prendre une photo de toi pour le passeport.

— Et si j'avais refusé ?

— Quelqu'un d'autre s'était porté volontaire.

Specter sourit.

— Mais je savais que tu accepterais, Jason. Et ma confiance a été récompensée.

Ils se dirigeaient vers la maison quand soudain le professeur s'arrêta.

— Une dernière chose, dit-il. En ce moment, ça chauffe à Moscou. Les familles mafieuses de la *grupperovka* sont en plein règlement de comptes. Les Kazanskaïa et les Azéris se disputent le monopole du marché de la drogue. Les enjeux se chiffrent en milliards de dollars. Alors ne leur mets pas de bâtons dans les roues. Au besoin tends l'autre joue. C'est la seule façon de survivre, là-bas.

— Je m'en souviendrai, promit Bourne, alors qu'un des employés de Specter les rejoignait.

— Moira Trevor vient d'arriver. Elle souhaite voir M. Bourne, déclara-t-il dans un allemand mâtiné de turc.

Specter se tourna vers Bourne, à la fois surpris et inquiet.

— Je n'avais pas le choix, expliqua ce dernier. Il fallait que je la voie avant son départ. Et je ne pouvais pas vous laisser seul après ce qui s'est passé.

Un sourire illumina le visage de Specter.

— Merci, Jason. Vraiment.

Il désigna la maison d'un geste.

— Va retrouver ton amie. Nous procéderons ensuite aux derniers préparatifs.

— J'étais en route pour l'aéroport, expliqua Moira quand Bourne la rejoignit dans l'entrée. Mon avion décolle dans deux heures.

Elle lui transmit toutes les informations utiles.

— Je suis sur un autre vol, dit-il. Il me reste quelques détails à régler.

La déception se peignit sur les traits de la jeune femme, puis un sourire l'effaça.

— Fais au mieux pour toi.

Bourne perçut une légère froideur dans sa voix, comme si une cloison de verre venait de tomber entre eux.

— J'ai quitté l'Université. Tu avais raison.

— Encore une bonne nouvelle.

— Je ne voudrais pas que ma décision cause le moindre problème entre nous, Moira.

— Ne t'en fais pas, Jason.

Elle l'embrassa sur la joue.

— J'ai plusieurs entretiens prévus dès mon arrivée. Des spécialistes de la sécurité, que j'ai pu contacter par des voies détournées – deux Allemands, un Israélien, et un musulman, le plus prometteur, à mon avis.

Deux des employés de Specter pénétrèrent dans le vestibule ; Bourne emmena son amie dans l'un des salons. Une horloge en cuivre, sur le dessus en marbre de la cheminée, sonna le changement de garde.

— Quel palace, pour un recteur d'université !

— Le professeur est un riche héritier. Mais il ne veut pas que ça se sache.

— Je n'en parlerai pas, promit Moira. Mais au fait, où est-ce qu'il t'envoie ?

— A Moscou. Certains de ses amis ont des ennuis.

— Avec la mafia russe ?

— Quelque chose comme ça, oui.

Mieux valait qu'elle s'attache à l'explication la plus simple, songea Bourne. Il guetta sa réaction. Il n'aimait pas lui mentir, mais son cœur se serrait à l'idée que Moira puisse le duper, comme elle l'avait peut-être fait avec Martin. Il avait envisagé, à plusieurs reprises aujourd'hui, de ne pas se rendre chez la DCI, puis réalisé au fil des heures qu'il lui importait beaucoup de lire ces conversations entre la jeune femme et son ancien ami. Cela lèverait ses doutes, ou les confirmerait. Il saurait alors quelle attitude adopter avec elle. Il devait découvrir la vérité, pour Martin. Et puis pourquoi se raconter des histoires ? L'enjeu de cette aventure devenait plus personnel. Les sentiments naissants qu'il éprouvait envers elle compliquaient les choses. Y a-t-il toujours un prix à payer pour nos joies ? songea-t-il, amer. Mais il n'avait plus le choix : il devait aller à Moscou, et aussi découvrir qui était réellement Moira.

Celle-ci se pencha vers lui, posa une main sur son bras.

— Qu'y a-t-il, Jason ? Tu as l'air troublé.

Bourne s'efforça de masquer son angoisse. La jeune femme avait la capacité, comme Marie, de deviner ce qu'il ressentait, lui qui dominait si bien ses émotions. Il faudrait donc éviter de lui mentir, car elle s'en rendrait compte très vite.

— Cette mission est très délicate. Je débarque en pleine vendetta, à ce qu'il paraît.

Moira resserra la pression sur son bras.

— Ta loyauté à l'égard du professeur est admirable. Et d'ailleurs, c'est ta loyauté que Martin admirait avant tout.

La jeune femme consulta sa montre.

— Il faut que j'y aille.

Elle posa des lèvres douces et chaudes sur les siennes. Ils s'embrassèrent longuement.

Puis elle eut un petit rire.

— Ne t'inquiète pas, dit-elle. Je ne suis pas de ces gens qui ensuite demandent des nouvelles.

Là-dessus elle tourna les talons, se dirigea vers le vestibule, puis quitta la maison. Quelques instants plus tard, on entendit un moteur tousser au démarrage, puis des pneus crisser sur le gravier, tandis que le véhicule suivait la courbe de l'allée pour rejoindre la route.

A son réveil, Arkadine se sentit sale et courbaturé. Une lumière grise filtrait à travers les stores qui pendaient de travers. Il s'étira, songea qu'il aurait eu besoin d'un bon sauna. Malheureusement l'hôtel ne disposait que d'une douche sur palier.

Il roula sur le dos, constata qu'il était seul dans la pièce. Il s'assit au bord du lit, dont les draps étaient humides et froissés, se frotta la figure avec ses mains. Son épaule l'élançait. Elle était enflée et brûlante.

Il se leva, se dirigea vers la porte, qui soudain s'ouvrit. Devra se tenait sur le seuil, un sac en papier à la main.

— Je t'ai manqué ? lança-t-elle avec un sourire narquois. Je le vois dans tes yeux. Tu croyais que je t'avais laissé tomber.

La jeune femme entra, referma la porte d'un coup de pied. Elle s'approcha d'Arkadine, le fixa sans ciller. Puis elle posa la main sur son épaule, et exerça une pression douce, mais assez forte pour lui faire mal.

— Je nous ai apporté du café, dit-elle. Alors sois gentil avec moi.

Le tueur la regarda, furieux. La douleur lui importait peu. L'attitude provocante de Devra, en revanche, le hérissait. Cette fille cachait bien son jeu.

Il se calma, elle le lâcha.

— J'ai tout compris, Devra. C'était toi, la boîte postale de Piotr. Pas Filia.

Le sourire narquois revint.

— Je me demandais combien de temps tu mettrais à t'en apercevoir.

Devra traversa la chambre, posa les gobelets de café sur la commode, puis les petits pains sur le sac défroissé.

— Ils sont encore chauds, précisa-t-elle.

Elle tira une poche de glace de sa poche, la lança à Arkadine. Puis elle mordit dans un petit pain, mâcha d'un air songeur.

Le tueur posa la glace sur son épaule, et en éprouva un soulagement immédiat. Il avala son petit pain en trois bouchées et lampa son café brûlant.

— Pourquoi est-ce que tu es revenue ? demanda-t-il. Tu aurais pu filer.

— Et aller où ? J'ai tué l'un des hommes de Piotr.

— Tu dois avoir des amis.

— Personne à qui je fasse confiance.

Ce qui sous-entendait qu'elle se fiait à lui. Il sentait que cette confiance n'était pas feinte. Devra avait lavé le mascara qui avait coulé sur sa figure, la veille au soir. Ses yeux paraissaient encore plus grands. Et ses joues, débarrassées de leur fond de teint pâle, avaient repris des couleurs.

— Je vais t'emmener en Turquie, annonça-t-elle. Dans une petite ville qui s'appelle Eskişehir. C'est là que j'ai envoyé le document.

Autant qu'il pouvait en juger, la Turquie, porte de l'Orient, était une destination logique.

Arkadine empoigna Devra au col, la traîna jusqu'à la fenêtre, ouvrit celle-ci à la volée. La douleur fusa dans son épaule, mais il l'occulta. La rue revenait à la vie, et les premiers bruits de la journée montèrent vers lui comme une odeur de pain chaud. Il obligea Devra à se plier vers l'arrière, poussa son torse et sa tête dehors.

— Je t'avais dit de ne pas me mentir !

— Tue-moi tout de suite ! J'en ai marre de la violence, fit-elle, d'une toute petite voix.

Arkadine redressa Devra et la poussa dans la chambre.

— Qu'est-ce que tu vas faire maintenant ? demanda-t-il avec un sourire méprisant. Sauter dans le vide ?

Il n'avait pas sitôt dit cela, que Devra se dirigea calmement vers la fenêtre et s'assit sur le rebord, sans le quitter des yeux. Puis elle bascula en arrière, par l'ouverture béante. Arkadine se précipita, attrapa ses jambes. Il la remonta, puis la posa sur ses pieds, devant lui.

Ils se firent face, le souffle court et le cœur battant.

— Hier, quand on était sur l'échelle, tu m'as dit que tu avais peu de raisons de vivre, lui rappela-t-elle. Moi c'est pareil. Je n'ai que toi. Tu n'as que moi.

— Comment est-ce que je peux être sûr que le correspondant suivant est en Turquie ?

La jeune femme repoussa ses cheveux de son visage.

— J'en ai marre de te raconter n'importe quoi. C'est comme si je me mentais à moi-même. Je n'en vois pas l'intérêt.

— Ce ne sont que des mots, Devra.

— Dans ce cas je te le prouverai. Dès qu'on arrive en Turquie, je t'emmène jusqu'au document.

Arkadine, qui ne croyait qu'à moitié ce qu'elle disait, hocha la tête pour sceller leur drôle de trêve.

— Je ne te toucherai plus, promit-il.

« Sauf pour te tuer », pensa-t-il.

12.

La Galerie Freer se trouvait au sud du National Mall, le grand parc au centre de Washington. A l'ouest se dressait le Washington Monument, et à l'est le Reflecting Pool, long bassin rectangulaire donnant sur Capitol Building. La galerie se situait au coin de Jefferson Drive et de la 12e Rue, non loin de la station de métro Smithsonian.

L'édifice de style Renaissance italienne, à la façade incrustée de granit Stony Creek, eut pour vocation, dès sa construction, d'abriter la très belle collection d'art oriental de Charles Freer. Hart et Bourne devaient se retrouver sous les arcades de l'entrée principale. Cette construction, très controversée, était jugée peu engageante, sans doute en regard de l'exubérance architecturale de la National Gallery of Art, toute proche.

Le Freer restait néanmoins le musée le plus prestigieux du genre aux Etats-Unis, et Soraya l'adorait, non seulement pour ses collections exceptionnelles, mais aussi pour la pureté de ses formes. Elle aimait tout particulièrement le grand patio de l'entrée, et puis le Freer demeurait une oasis de sérénité, même en cette heure de l'après-midi où des hordes de touristes circulaient entre le parc et la station de métro Smithsonian. Quand le stress du bureau lui pesait trop, Soraya venait se détendre au Freer. Dix minutes en compagnie des laques et autres jades de la dynastie Song suffisaient à lui remettre du baume au cœur.

Alors qu'elle approchait de la façade nord du palazzo, Soraya scruta la foule des visiteurs, à l'extérieur. Parmi ces familles du Midwest et ces adolescents aux regards vides, iPod dans les oreilles, il lui sembla voir la silhouette élégante de Veronica Hart passer devant les arches, puis revenir sur ses pas.

Soraya descendit du trottoir et y remonta prestement en entendant klaxonner. A cet instant, son portable sonna.

— Qu'est-ce que tu fais là, Soraya ? dit Bourne, dans l'écouteur.

— Jason ?

— Pourquoi tu viens à ce rendez-vous ?

La jeune femme regarda autour d'elle, même si elle savait n'avoir aucune chance de le repérer.

— C'est Hart qui m'a demandé de venir. Il faut que je te parle. Nous avons toutes les deux besoin de ton avis.

— A quel sujet ?

Elle prit une profonde inspiration.

— Les mouchards de Typhon ont capté une série d'échanges alarmants, qui font état d'un attentat imminent sur la côte Est. C'est tout ce que nous avons : des bribes de conversations entre les dirigeants d'un groupe terroriste inconnu de nos services. Il faut que tu nous aides à les retrouver pour les empêcher de frapper.

— C'est un peu léger, comme informations, effectivement, remarqua Bourne. Mais je peux déjà te dire qu'il s'agit de la Légion noire.

— Une branche d'extrémistes islamistes qui se réclament du Troisième Reich. J'ai étudié leur histoire à l'Université. Mais il ne peut pas s'agir de la même Légion noire : elle a été démantelée après la défaite des nazis.

— Si, c'est bien celle-là, affirma Bourne. J'ignore comment la Légion noire a pu survivre, mais elle existe toujours. Trois de ses membres ont tenté de kidnapper le professeur Specter, ce matin. L'homme qui a voulu me tirer dessus, dans la voiture, avait leur sigle tatoué sur le bras.

— Les trois têtes de cheval reliées par la tête de mort ?

— Oui.

Bourne décrivit l'incident en détail.

— Vas voir sur le corps, à la morgue.

— Je vais y aller, oui, dit Soraya. Mais comment la Légion noire a-t-elle pu poursuivre ses activités sans laisser de traces ?

— Ils ont une couverture irréprochable, d'envergure internationale. La Fraternité d'Orient.

— Ça semble tiré par les cheveux, remarqua Soraya. La Fraternité d'Orient apparaît toujours au premier plan, dans les relations entre l'Islam et l'Occident.

— Et cependant ma source est infaillible.

— Mais enfin, qu'est-ce que tu as fait après avoir quitté la CIA ?

— Je n'en ai jamais fait partie, répliqua aussitôt Bourne. Et tu sais pourquoi ? Tu dis que tu veux me parler, et tu viens avec une demi-douzaine d'espions !

Soraya se figea sur place.

— Des agents ?

Elle arrivait à proximité du musée, et dut se retenir de regarder à nouveau autour d'elle.

— Il n'y a pas d'hommes de la CIA ici !

— Comment le sais-tu ?

— Hart me l'aurait dit...

— Et pourquoi te l'aurait-elle dit ? Nous ne nous faisons plus d'illusions, toi et moi.

— Exact.

Soraya se dirigea vers l'entrée du Freer.

— Il s'est passé quelque chose, tout à l'heure, qui me laisse à penser que ces types sont de la NSA.

Elle relata l'épisode du restaurant à Bourne, et raconta comment Halliday et Luther La Valle intriguaient pour placer la CIA sous l'égide du Pentagone.

— Cela pourrait se tenir s'ils étaient deux, remarqua Bourne. Mais pas six. Non, il s'agit d'une autre opération, dont nous ne savons rien.

— De quel genre ?

— Les agents sont positionnés en triangle, face à l'entrée du Freer, dit-il. Parce qu'ils savent que nous avons rendez-vous. Ils sont là pour moi. Cette protection est l'œuvre de Hart.

Soraya sentit un frisson lui parcourir l'échine. Et si la DCI lui avait menti ? Et si elle avait l'intention, depuis le début, d'entraîner Bourne dans un piège, de le mettre hors d'état de nuire ? Ce genre de succès dès son arrivée à la tête de la CIA lui vaudrait la reconnaissance de Batt et l'estime du Président. De plus, cela empêcherait Halliday d'accroître encore son influence, déjà considérable. Cependant, en conviant Soraya, Hart risquait de voir capoter sa première opération sur le terrain. Non, il s'agissait d'un coup bas de la NSA.

— Je n'y crois pas, déclara-t-elle.

— Admettons que tu aies raison. L'alternative qui s'offre alors à nous n'est pas plus rassurante. Si ce n'est pas Hart qui a monté ce guet-apens, c'est l'un des gros pontes de la CIA. J'ai demandé à la rencontrer sans passer par la voie hiérarchique.

— En te servant de mon téléphone, Jason. Oui, je m'en souviens.

— Tu l'as retrouvé ? Tu en utilises un nouveau, là.

— Il était dans le caniveau. A l'endroit où tu l'avais jeté.

— Alors arrête de te plaindre, dit-il en riant. Hart a sans doute été discrète sur ce rendez-vous, mais l'un de ses subordonnés travaille contre elle, sans doute débauché par La Valle.

Si Bourne disait vrai... et c'était bien sûr le cas.

— Tu es très convoité, Jason. Si La Valle réussit à t'arrêter alors que personne n'y est arrivé, il va passer pour un héros. S'emparer de la CIA deviendra alors pour lui un jeu d'enfant.

Soraya sentit la sueur perler à ses tempes.

— Vu les circonstances, poursuivit-elle, je crois que tu devrais renoncer.

— Je tiens à voir la correspondance entre Martin et Moira. Si Hart est à l'origine de ce coup fourré, l'occasion ne se représentera pas de sitôt. Je vais tenter le coup. Mais d'abord, je veux être sûr qu'elle a bien les documents en sa possession.

Soraya, qui approchait des escaliers de l'entrée, poussa un long soupir.

— C'est moi qui ai découvert ces conversations, Jason. Je peux t'en parler, et en détail.

— Tu pourrais me les rapporter mot pour mot, Soraya ? C'est plus compliqué que ça. Karim al-Jamil a falsifié des centaines de documents avant de disparaître. Je sais quelle méthode il employait pour les altérer. Il faut que je les lise moi-même.

— Tu ne reviendras pas en arrière.

— Non, dit Bourne. Quand tu seras sûre qu'elle a les transcriptions sur elle, appelle-moi, et laisse sonner une fois. Et puis entraîne Hart dans le patio, le plus loin possible de l'entrée.

— Pourquoi ? Cela ne fera que compliquer... Jason ?

Bourne avait déjà raccroché.

Depuis le toit du Forrestal Building, sur Independence Avenue, excellent poste d'observation, Bourne suivit Soraya à la jumelle infrarouge : elle approchait de l'entrée du Freer. Il survola des grappes de touristes, puis observa les agents placés autour de l'extrémité ouest du Mall. Deux d'entre eux discutaient, tranquilles, au coin nord-est du North Building, qui abrite le ministère de l'Agriculture. Un autre, les mains dans les poches de son imperméable, traversa Madison Drive, puis se dirigea vers le Smithsonian, suivant un trajet en diagonale. Un quatrième était au volant d'une voiture garée à un emplacement interdit au stationnement, sur Constitution Avenue. C'était d'ailleurs celui-ci qui avait trahi leur présence : Bourne venait de repérer la voiture mal garée, quand un véhicule de police avait stoppé à sa hauteur. Il avait vu les vitres descendre, le conducteur montrer une carte aux flics, et ceux-ci repartir sans poser de questions.

Le cinquième et le sixième agent se trouvaient à l'est du Freer, le premier entre Madison et Jefferson, l'autre devant le Arts & Industries Building. Et il devait y en avoir encore au moins un.

Il était près de cinq heures. Les guirlandes lumineuses, enroulées autour des réverbères, scintillaient dans le crépuscule d'hiver. Les agents localisés, Bourne redescendit au niveau du sol, utilisant les rebords de fenêtres comme prises.

Dès l'instant où il se montrerait, ces hommes se mettraient en mouvement. Au vu de la distance qui les séparait de Hart et de Soraya, il estima que la DCI disposerait de deux minutes pour lui remettre les documents avant qu'ils n'interviennent.

Tapi dans l'ombre, attendant le signal de Soraya, Bourne tenta de repérer la position des derniers espions. La NSA ne pouvait laisser Independence Avenue sans surveillance. Si Hart n'avait pas le dossier, il quitterait la zone en douce, comme l'avait suggéré Soraya.

Il imagina celle-ci accostant la DCI à l'entrée de la Freer. Un temps de flottement, puis sa supérieure la reconnaîtrait. Soraya orienterait la conversation sur les papiers, et amènerait Hart à les lui montrer, afin de s'assurer de leur authenticité.

Le téléphone de Bourne sonna une fois, puis se tut. Les transcriptions souhaitées étaient bien là.

Il se connecta à Internet pour aller sur le site du métro. Il consulta les horaires, envisagea divers choix. Cette recherche lui prit plus de temps qu'il ne l'aurait voulu : il se pouvait qu'un agent du Pentagone ou de la CIA soit relié à sa base, dont la télémétrie sophistiquée permettrait d'identifier son appel, et pire, de voir ce qu'il lisait sur le Net. Mais il n'avait pas le choix. Il devait planifier plusieurs trajets possibles, en cas de retard sur la ligne. Il évita de trop y penser pour se concentrer sur la tâche présente. Les cinq minutes à venir pouvaient s'avérer cruciales.

C'était l'heure d'y aller.

Après avoir appelé Bourne à l'insu de Veronica Hart, Soraya fit remarquer :

— Je crains que nous n'ayons un problème.

La tête de Hart pivota d'un coup. Elle avait scruté les alentours, guettant un indice de la présence de Bourne. Aux abords de la Freer, la foule avait grossi. Les touristes se dirigeaient vers la station de métro Smithsonian, au coin de l'avenue, pour regagner leurs hôtels avant le dîner.

— Quel genre de problème ?

— Je viens de voir l'un des agents de la NSA qui nous a suivies à midi.

— Merde. La Valle va savoir que j'ai eu rendez-vous avec Bourne. Il va piquer une crise, et alerter le Président. Il vaudrait mieux partir.

— Et l'attentat ? s'enquit Soraya. En lui donnant les

documents, nous pourrions le mettre en confiance, et le convaincre d'intervenir.

La DCI paraissait à cran.

— Tout cela m'inquiète.

— Je comprends, mais le temps nous est compté.

Soraya la prit par le coude.

— Retournons à l'intérieur, dit-elle en lui indiquant le patio. Nous serons à l'abri des regards indiscrets.

Hart la suivit sous les arcades à contrecœur. Des groupes de visiteurs occupaient l'entrée, et parlaient des œuvres d'art qu'ils venaient de voir, de leurs projets pour la soirée. Le musée fermait à cinq heures et demie et commençait à se vider.

— Mais où est-il, d'ailleurs ? lâcha Hart, excédée.

— Il va arriver, assura Soraya. Il tient à voir ces transcriptions.

— Evidemment qu'il veut les voir. Elles concernent une personne qu'il aime.

— Il tient beaucoup à laver Martin de tout soupçon.

— Je parlais de Moira Trevor, précisa la DCI.

Avant que Soraya puisse répondre, les portes d'entrée crachèrent un flot de visiteurs. Bourne apparut parmi eux, invisible de l'extérieur.

— Il est là, souffla Soraya comme il se rapprochait d'elles.

Il avait dû passer par l'entrée d'Independence Avenue, fermée au public, puis traverser toutes les galeries pour gagner l'entrée opposée.

Hart fit volte-face, transperça Bourne d'un regard ulcéré.

— Vous voilà tout de même.

— Je vous avais dit que je viendrais.

Il ne cilla pas, impassible. Une force impressionnante émanait de sa personne.

— Vous avez quelque chose pour moi.

— Comme convenu, oui.

Hart sortit une enveloppe kraft de sa poche. Bourne la prit.

— Je regrette de ne pas avoir le temps d'y jeter un œil.

Il pivota sur ses talons, se mêla à la foule, disparut dans le musée.

— Attendez ! lança Hart. Attendez !

Mais il était trop tard, et puis trois agents de la NSA arrivaient sous les arcades. Le flot des visiteurs qui sortaient du musée retarda leur progression, mais les espions les bousculèrent et se glissèrent à l'intérieur sans même accorder un regard aux deux femmes. Un quatrième agent apparut, se posta dans le patio et leur lança un sourire méprisant.

Bourne traversa les salles le plus vite possible sans se faire repérer. Il avait mémorisé le plan du bâtiment et fonça vers le fond sans perdre un instant, craignant toutefois de croiser des agents de l'autre côté, car il n'en avait pas vu à l'entrée.

Près de l'accès interdit au public, un gardien inspectait les salles avant la fermeture. Bourne se cacha derrière un mur, sur lequel se trouvait un extincteur et un boîtier vitré protégeant une alarme. Il entendit le garde réorienter une famille vers la sortie, puis d'autres voix, agressives celles-là. Il s'avança discrètement et vit deux Chinois à cheveux blancs, costumes à fines rayures et bottines cirées, se disputer à propos de la beauté d'un vase Tang. Leurs voix s'éteignirent peu à peu, de même que leurs pas qui se dirigeaient vers Jefferson Drive.

Sans perdre une seconde, Bourne vérifia la dérivation qu'il avait opérée sur le système d'alarme, et qui paraissait fonctionner. Il poussa la porte. Un vent glacé le frappa au visage. Deux agents s'élancèrent, arme au poing, gravissant les marches au pas de course. Il fit volte-face et courut vers l'extincteur.

Les deux hommes s'engouffrèrent dans le musée. Le premier prit une grosse giclée de mousse en pleine figure. Bourne esquiva le tir du second. Il n'y eut presque aucun bruit. Le projectile ricocha sur le mur en marbre, derrière lui, puis rebondit par terre dans un cliquetis. Il balança l'extincteur sur le tireur, qui le prit dans la tempe avant de s'écrouler. Bourne brisa la vitre de l'alarme et baissa la poignée en métal. La sirène se mit à hurler dans tout le musée.

Une fois dehors, il dévala les escaliers en diagonale puis fila sur la droite, vers la 12e Rue. Il s'attendait à voir d'autres agents au coin du bâtiment, mais lorsqu'il quitta Independence Avenue pour s'engager dans la 12e, il la trouva encombrée de badauds. Déjà, on entendait hurler les sirènes des pompiers.

Il remonta la rue à la hâte, vers la station Smithsonian, et connecta son portable à Internet. Tout en galopant vers la station de métro, il chercha le lien, qui s'afficha dans l'instant et lui donna l'heure du train suivant, ces horaires étant réactualisés toutes les trente secondes. Plus que trois minutes avant le départ du métro de la ligne 6, direction Vienna/Fairfax. Il écrivit un bref message : « FB », qu'il envoya à un numéro dont il était convenu avec Specter.

L'entrée du métro n'était plus qu'à cinquante mètres ; une foule de curieux stationnait dans les escaliers. Bourne entendit des sirènes de police, vit des voitures banalisées remonter la 12e en direction de Jefferson. Arrivées à l'intersection, elles tournèrent toutes vers l'est, sauf une, qui continua vers le sud.

Il essaya de courir, mais l'affluence de piétons entravait sa progression. Il se faufila dans une brèche entre des groupes. Une voiture ralentit à sa hauteur. La vitre descendit. Un chauve sinistre pointa sur lui une étrange petite arme de poing.

Bourne fit un pas de côté derrière un pilier de l'entrée pour s'en servir de bouclier. Il n'entendit rien, comme à l'intérieur du Freer, mais quelque chose lui piqua le mollet gauche. Une fléchette en métal gisait sur la chaussée : le projectile n'avait fait que l'égratigner. Bourne contourna la colonne et dévala les escaliers, bousculant tous les voyeurs immobiles au passage. Il restait un peu moins de deux minutes avant le départ du train 6 pour Vienna. Il lui fallait absolument prendre celui-là, car le suivant ne partait que quatre minutes plus tard, ce qui laisserait le temps aux agents de la NSA d'arriver sur le quai.

Il acheta un ticket, passa le portillon. La foule faisait penser à des vagues s'écrasant sur une grève. Bourne se mit à transpirer, son pied gauche dérapa. Et il comprit : le produit qui enrobait le projectile agissait, bien qu'il n'ait fait que l'érafler. Il accéléra le pas, craignant le pire s'il ralentissait, d'autant plus qu'une petite voix lui soufflait de s'asseoir, de fermer les yeux, de dormir. Il s'arrêta devant un distributeur automatique, sortit toute sa monnaie, acheta le plus de barres chocolatées possibles. Puis il se plaça dans la queue devant l'escalator.

A mi-descente il rata une marche, lâcha la rampe, et s'écroula sur le couple devant lui. Il avait perdu connaissance un bref instant. Comme il arrivait sur le quai, parmi des centaines de voyageurs, il se sentit à la fois nerveux et léthargique. Les arches en béton, au plafond, atténuaient les sons.

Plus qu'une minute à attendre. Il sentait déjà les vibrations, et l'afflux d'air, que le métro projetait devant lui.

Bourne avait dévoré une première barre chocolatée et attaquait la deuxième, quand la rame déboucha du tunnel. Il monta, se laissant porter par le flux des passagers. Juste au moment où les portes se refermaient, un homme de grande taille, large d'épaules et vêtu d'un imperméable noir, grimpa à l'autre bout du wagon. Les portières coulissèrent et le train démarra.

13.

L'homme à l'imperméable avança vers lui, et Bourne eut la désagréable impression d'être pris au piège. Il était de plus en plus somnolent, à mesure que le produit s'insinuait dans son organisme, et cela en dépit des composants dopants du chocolat. Il déchira l'emballage d'une autre barre, l'engloutit en deux bouchées. Plus vite le sucre et la caféine viendraient contrebalancer les effets de la drogue, mieux ce serait. Cependant cela ne durerait pas : son taux de glucose allait chuter, et le priver de son adrénaline.

Le métro arriva à Federal Triangle, et les portes s'ouvrirent. Un contingent de voyageurs descendit, un autre monta. L'imperméable profita d'un léger vide pour se rapprocher de Bourne qui se tenait debout, la main serrée autour de la barre. Les portières se refermèrent, le train accéléra. L'imperméable se trouva bloqué par un type énorme, avec des tatouages sur le dos des mains. Il insista, mais le tatoué lui lança un regard assassin, et refusa le passage. L'homme aurait pu utiliser sa carte d'agent fédéral pour obliger les gens à s'écarter, mais sans doute voulait-il éviter la panique. NSA ? CIA ? Bourne n'aurait su le dire. Il fixa son nouvel adversaire, afin de lutter contre l'endormissement et percer le mystère. Il avait un visage carré, impassible : une froideur toute militaire. Sans doute la NSA, pensa

Bourne. Il lui faudrait s'en débarrasser avant d'arriver au rendez-vous, à Foggy Bottom.

Deux enfants perdirent l'équilibre et le heurtèrent lorsque le train pencha dans un virage. Bourne les releva, et les ramena à leur mère, qui lui sourit, puis passa un bras protecteur autour de leurs frêles épaules. Le train approchait de Metro Center. Une rangée de spots éclairait une équipe d'ouvriers occupés à réparer un ascenseur. Une jeune femme blonde avec de petits écouteurs dans les oreilles, reliés à un lecteur MP3, appuya son épaule contre Bourne. Elle sortit un poudrier de son sac, s'assura de la fraîcheur de son maquillage, puis rangea l'objet. Bourne le lui subtilisa, en laissant un billet de vingt dollars à la place.

Les portes s'ouvrirent, et il quitta le train avec une petite troupe de voyageurs. L'imperméable, placé entre deux sorties, se rua vers l'autre extrémité du wagon et sauta sur le quai au dernier moment. Il se fraya un passage dans la foule et suivit sa cible, qui marchait vers l'ascenseur. La plupart des gens bifurquaient vers l'escalier.

Bourne se dirigea vers les spots, mais sans trop se presser, afin que l'imperméable se rapproche un peu. L'homme était sans doute armé d'un pistolet à fléchettes. Et si l'un de ces projectiles l'atteignait à nouveau, c'en serait fini de lui. Caféine ou pas, il s'écroulerait et la NSA le capturerait.

Un front de handicapés en fauteuil roulant attendait devant l'ascenseur. La porte coulissa. Bourne se précipita, comme s'il allait s'engouffrer dans la cabine, puis fit volte-face, et braqua le miroir du poudrier sur un spot, de façon à éblouir l'imperméable.

Momentanément aveuglé, l'homme s'arrêta et se protégea les yeux. En une fraction de seconde, Bourne fut sur lui. Il appuya très fort sous son oreille droite, au niveau des terminaisons nerveuses, puis il lui arracha son pistolet et lui tira une fléchette dans le foie.

L'homme tituba. Bourne le soutint, le traîna jusqu'au mur, et l'y adossa. Plusieurs voyageurs tournèrent la tête, mais personne ne s'arrêta : le flot ralentissait puis retrouvait aussitôt sa vitesse de croisière.

Bourne abandonna l'imperméable, fit demi-tour, et regagna le quai d'où partait le train 6. Il engloutit deux autres barres chocolatées. Un métro à destination de Vienna jaillit du tunnel, et il le prit, après avoir jeté un dernier coup d'œil par-dessus son épaule. L'effet soporifique ne s'aggravait pas, mais il aurait besoin de boire afin d'évacuer le poison le plus vite possible.

Il descendit à Foggy Bottom, deux stations plus loin, et attendit au bout du quai que tous les passagers aient quitté le train. Il prit alors l'escalier, gravit les marches deux par deux, dans l'espoir de s'éclaircir un peu les idées.

La première bouffée d'air frais lui fit le plus grand bien. Hormis une légère nausée et une vague impression de vertige, il se sentait déjà mieux. Comme il émergeait de la bouche de métro, il entendit un moteur tousser, et les phares d'une Audi bleu nuit s'approchèrent. Bourne marcha vers la voiture d'un pas vif, ouvrit la portière côté passager et se glissa à l'intérieur.

— Comment ça s'est passé ? s'enquit Specter.

— J'ai obtenu ce que je demandais sans contrepartie, répondit Bourne, en reposant sa nuque contre l'appuie-tête. Mais ils vont m'attendre à l'aéroport, à tous les coups. Alors changement de programme. Je pars avec Moira. Je voyagerai avec elle jusqu'à Munich.

Specter lui lança un regard inquiet.

— Tu crois que c'est prudent ?

Bourne tourna la tête vers la vitre, regarda défiler le paysage urbain.

— Il y a longtemps que j'ai abandonné toute prudence.

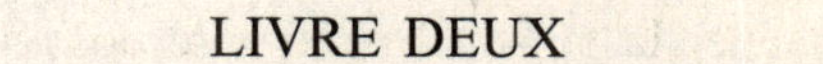

LIVRE DEUX

14.

— C'est incroyable, dit Moira.

Bourne leva les yeux du dossier qu'il avait arraché à Veronica Hart.

— Qu'est-ce qui est incroyable ?

— De t'avoir là, en face de moi, dans ce jet privé.

La jeune femme portait un tailleur noir en laine peignée, des chaussures à talons plats, une fine chaîne en or autour du cou.

— Tu n'étais pas censé prendre l'avion pour Moscou ?

Il prit la petite bouteille posée sur la tablette, à sa droite, et but une gorgée d'eau. Puis il referma le dossier. Il ne savait pas encore si Karim al-Jamil avait falsifié ces conversations, mais c'était probable. Martin était bien trop malin pour avoir fait part à Moira d'informations confidentielles.

— Je n'ai pas eu le courage de me séparer de toi.

Un sourire délicieux naquit sur le visage de Moira. Puis Bourne donna la raison de sa présence dans le 747.

— La NSA veut ma peau.

Le sourire disparut aussi vite qu'il était né.

— Tu peux me répéter ça ?

— La NSA. Luther La Valle m'a pris pour cible.

Il leva la main pour arrêter toute question.

— C'est politique. S'il réussit à me coincer alors que la CIA a échoué, il aura l'argument rêvé auprès du gouvernement pour me mettre la main dessus. Surtout vu le désordre ambiant.

Moira parut attristée.

— Ainsi Martin disait vrai. Il était ton dernier défenseur.

Bourne faillit ajouter qu'il pouvait aussi compter sur Soraya, mais il s'en abstint.

— Cela n'a plus d'importance.

— Pour moi, si, protesta-t-elle.

— Parce que tu l'aimais.

— Nous l'aimions tous les deux.

Elle marqua un temps d'arrêt.

— Tu veux dire qu'il ne faut pas s'attacher ?

— Nous vivons en marge de la société, Moira, dans le monde du secret.

Il incluait à dessein la jeune femme dans cet univers-là.

— Les gens comme nous ne peuvent créer des liens à la légère.

— C'est-à-dire ?

— Nous en avons déjà parlé, remarqua-t-il. L'amour est une faiblesse que tes ennemis peuvent exploiter.

— Et je t'ai dit que ce n'était pas une façon de vivre.

Il regarda défiler le ciel noir par le hublot.

— C'est la seule que je connaisse.

— Je ne crois pas, non.

Moira s'avança vers lui, jusqu'à ce que leurs genoux se touchent.

— Tu es capable d'amour, c'est évident. Tu as aimé ta femme, tu aimes tes enfants.

— Quel genre de père suis-je pour eux ? Un souvenir. Un danger. Bientôt je ne serai plus qu'un fantôme...

Bourne détourna les yeux.

— Rien ne t'oblige à le devenir. Et puis tu étais le meilleur ami de Martin. Un ami loyal et dévoué.

Moira essayait d'attirer son regard sur elle.

— Parfois je me dis que tu cherches des réponses là où il n'y en a pas.

— Par exemple ?

— Eh bien, quoi que tu aies fait dans le passé, et quoi que tu doives faire à l'avenir, tu ne perdras jamais ton humanité.

Le regard de Bourne se noya dans celui de Moira, énigmatique.

— Et c'est cela qui t'effraie, n'est-ce pas ? dit-elle.

*

— C'est quoi ton problème ? demanda Devra.

Arkadine, qui conduisait la voiture qu'ils avaient louée à Istanbul, émit un grognement irrité.

— Comment ça ?

— Tu vas attendre encore combien de temps, avant de me baiser ?

Il n'y avait pas de vol entre Sébastopol et Istanbul. Le couple avait donc passé une nuit interminable dans une minuscule cabine du *Héros de Sébastopol*, et traversé la mer Noire, d'Ukraine jusqu'en Turquie.

— Pourquoi est-ce que je voudrais coucher avec toi ?

— Tous les hommes que je rencontre veulent coucher avec moi. Pourquoi tu serais différent ?

Devra se passa les mains dans les cheveux. Le fait de lever le bras fit pointer ses petits seins de façon troublante.

— Je me demande vraiment ce qui te retient.

Elle eut un sourire moqueur.

— Peut-être que tu n'es pas vraiment un homme. C'est ça ?

Arkadine s'esclaffa.

— Tu manques de finesse, là.

Il lui lança un bref regard.

— A quoi tu joues ? Pourquoi tu me provoques ?

— J'aime bien susciter des réactions chez mes amants. J'apprends à mieux les connaître.

— Je ne suis pas ton amant, grinça-t-il.

Devra éclata de rire. Elle entoura l'avant-bras d'Arkadine de ses longs doigts fins, et le caressa.

— Si ton épaule te fait souffrir, je peux conduire.

Le tueur reconnut le symbole familier, à l'intérieur du poignet de la jeune femme, d'autant plus effrayant sur cette peau diaphane.

— Tu as ça depuis combien de temps ?

— C'est important ?

— Non, pas vraiment. Ce qui compte, c'est pourquoi tu l'as fait.

La route s'étant dégagée, Arkadine fonça.

— Comme ça, j'apprendrai à mieux te connaître.

Devra gratta le tatouage, comme s'il s'était glissé sous sa peau.

— Piotr me l'a demandé. Il ne pouvait pas coucher avec moi si je n'étais pas tatouée. Ça faisait partie du rite d'initiation.

— Et tu avais envie de coucher avec lui ?

— Pas autant que j'ai envie de coucher avec toi.

Là-dessus Devra se détourna, comme si cet aveu la gênait. C'était peut-être le cas, songea Arkadine, qui mit son clignotant, puis se rabattit sur la droite, un panneau indiquant une aire de repos, un peu plus loin. Il s'engagea sur la bretelle et alla se garer tout au bout du parking arboré, le plus loin possible des deux véhicules qui s'y trouvaient déjà. Il sortit de la voiture, fit quelques pas sur l'herbe, puis pissa longuement, dos à Devra.

Il faisait plus chaud qu'à Sébastopol. La brise de mer, humide, formait comme une pellicule salée sur sa peau. En revenant vers la voiture, Arkadine remonta les manches de sa chemise. Son manteau était sur la banquette arrière, avec celui de Devra.

— On ferait mieux de profiter de la chaleur tant qu'on peut, remarqua-t-elle. Dès qu'on va arriver sur le plateau d'Anatolie, les températures vont chuter.

Elle avait repris une attitude plus dégagée. Cependant son aveu avait frappé Arkadine, lui rappelant Gala. Il avait un ascendant sur les femmes, semblait-il. Gala l'aimait de tout son cœur, et elle n'était pas la première. Et voilà que cette jeune fille, une dure-à-cuire, très garçon manqué, et qui pouvait se montrer cruelle s'il le fallait, était tombée sous son emprise. Il avait trouvé la faille et pouvait désormais la manipuler à son gré.

— Tu es allée combien de fois à Eskişehir ? demanda-t-il.

— Assez souvent pour savoir à quoi m'attendre.

Il s'appuya contre le dossier de son siège.

— Où as-tu appris à répondre aux questions sans rien révéler ?

— Je tiens ça de ma mère.

Arkadine regarda au loin. Il avait soudain du mal à respirer. Il ouvrit la portière, sortit et se mit à tourner comme un lion en cage.

— Je ne peux pas être seul, avait dit Arkadine à Semion Icoupov, et il l'avait pris au mot.

Il l'avait installé dans sa villa et lui avait amené un compagnon. Une semaine plus tard, Arkadine tabassait le jeune homme, le plongeant dans le coma. Icoupov avait trouvé un autre remède à sa solitude. Il passait des heures avec lui pour tenter d'identifier la raison cachée de ses crises de folie. Mais sans résultat visible : son protégé semblait avoir tout oublié de ces épisodes effarants.

— Je ne sais pas quoi faire de toi, avait avoué Icoupov. Je ne tiens pas à t'enfermer, mais je suis obligé de me protéger.

— Je ne pourrais jamais te faire de mal, lui avait assuré Arkadine.

— Pas délibérément, sans doute, dit le vieil homme, songeur.

La semaine suivante, un type voûté avec un bouc bien net et des lèvres pâles vint passer tous les après-midi avec Arkadine. Il s'asseyait dans un fauteuil en tapisserie, les jambes croisées, et couvrait son carnet de pattes de mouche. Arkadine, quant à lui, s'allongeait dans la chaise longue préférée de son hôte, un oreiller calé sous la nuque, et répondait aux questions. Il avait parlé de beaucoup de choses, mais pas des horreurs qui pesaient sur sa conscience et sur sa vie, qui demeurèrent enfouies dans les profondeurs de son esprit.

Après trois semaines, le psy avait remis son rapport à Icoupov, et disparut aussi soudainement qu'il était apparu. Peu importait, d'ailleurs. Les cauchemars d'Arkadine perduraient, le dressaient dans son lit, persuadé que des rats couraient dans la chambre. L'absolue propreté de la villa d'Icoupov ne le réconfortait pas. Il sentait les rats vivre en lui, le dévorer.

Décidé à creuser dans le passé d'Arkadine et à le guérir de ses crises de rage, Icoupov fit une dernière tentative : il engagea une femme assez sensuelle et pulpeuse pour être à l'abri des accès de furie de son patient. Marlene savait manier la gent masculine, y compris ses représentants pervers. Elle avait le don étonnant de sentir ce qu'un homme attendait d'elle, et de le satisfaire.

Au début, Arkadine ne se fia pas plus à elle qu'au psy. Après tout, elle n'était qu'une analyste de plus, quoique d'un tout autre genre, payée pour lui arracher les secrets de son passé. Marlene repéra l'incapacité qu'il avait à se confier et entreprit de la résoudre. Arkadine était la proie d'une malédiction, auto-induite ou non. C'était à elle de l'en libérer.

— Cela risque d'être long, avait-elle dit à Icoupov à la fin de la première semaine, et il la crut volontiers.

Arkadine la voyait avancer sur la pointe des pieds, consciente du fait qu'elle pouvait se l'aliéner à tout instant. Il riait malgré lui du soin qu'elle apportait à traiter la moindre de ses blessures. Mais peu à peu naquit en lui le sentiment, subtil mais net, que l'intérêt qu'elle lui montrait n'était pas feint.

Devra observa Arkadine à travers le pare-brise. Puis elle ouvrit sa portière d'un coup de pied, et alla le voir. Elle plaça sa main en visière pour se protéger de la lumière crue du soleil.

— Qu'est-ce qu'il y a ? demanda-t-elle en le rejoignant. Qu'est-ce que j'ai dit ?

Arkadine tourna la tête et braqua sur elle un regard meurtrier, comme en proie à une rage grandissante. Et s'il laissait libre cours à sa fureur ? se dit Devra. Elle préférait ne pas se trouver sur son chemin à ce moment-là.

Elle éprouva le besoin presque irrépressible de le toucher, de lui parler doucement pour le calmer, mais elle sentait que cela ne ferait que l'enrager encore davantage. Elle retourna donc à la voiture et attendit qu'il se calme.

Il finit par revenir et s'assit en travers du siège, les pieds sur le sol, prêt à bondir à nouveau hors du véhicule.

— Je ne vais pas te baiser, déclara-t-il, mais ça ne veut pas dire que je n'en ai pas envie.

Devra sentit qu'il avait autre chose à lui confier mais n'y parvenait pas, comme bâillonné par un vieux traumatisme.

— Je plaisantais, dit-elle. Excuse-moi.

— Avant je l'aurais fait sans même réfléchir, remarqua-t-il, comme s'il se parlait à lui-même. Le sexe est une chose sans grande importance.

La jeune femme vit qu'il l'avait oubliée, et pensait à tout autre chose. Elle comprit à quel point il était seul. Même dans la foule, même entouré d'amis (si tant est qu'il en ait), Arkadine se sentirait séparé du monde entier. Il lui sembla qu'il s'interdisait toute union intime avec une femme, car cette fusion passagère n'aurait fait qu'exacerber sa solitude. Arkadine était pareil à une planète sans lune et sans soleil : aussi loin qu'il pouvait regarder, il ne voyait que les ténèbres. A cet instant, Devra réalisa qu'elle l'aimait.

— Il est là-dedans depuis combien de temps ? demanda Luther La Valle.

— Six jours, répondit Kendall.

Le général avait retroussé ses manches, ce qui ne le protégeait nullement des éclaboussures de sang.

— Mais je peux t'assurer qu'il a l'impression d'être là depuis six mois. Il est complètement désorienté.

La Valle regarda l'Arabe barbu à travers la glace sans tain. L'homme ressemblait à un gros morceau de viande crue. La Valle se fichait pas mal de savoir s'il était chiite ou sunnite. Pour lui, c'étaient tous les mêmes : des terroristes prêts à démolir son mode de vie. Or il prenait ces dispositions très à cœur.

— Il a parlé ?

— Il en a dit assez pour qu'on sache que les renseignements interceptés par Typhon sont de l'intox.

— Tout de même, insista Luther. Ça vient de Typhon.

— Cet homme est très haut placé. Nous n'avons aucun doute quant à son identité. Mais il ne sait rien d'un quelconque attentat qui viserait un gratte-ciel de New York.

— Il essaie peut-être de nous entuber, dit La Valle. Ces ordures savent mentir, même sous la torture.

— Exact, admit Kendall.

Il s'essuya les mains avec un torchon qu'il s'était jeté sur l'épaule.

— Ils adorent nous voir nous mordre la queue. Et c'est ce qui va arriver si nous lançons un dispositif d'alerte.

La Valle acquiesça, comme pour lui-même.

— Je veux les meilleurs sur cette affaire. Il faut confirmer les sources de Typhon.

— Nous ferons de notre mieux, mais j'estime de mon devoir de rapporter que ce criminel m'a ri au nez quand je l'ai interrogé sur ce groupe terroriste.

La Valle claqua des doigts plusieurs fois.

— Comment s'appellent-ils, déjà ?

— La Lésion noire, ou Légion noire, quelque chose comme ça.

— Il n'y a rien dans nos banques de données les concernant ?

— Non. Et rien non plus chez nos agences affiliées.

Kendall jeta le torchon souillé dans un panier dont le contenu était incinéré toutes les douze heures.

— Ils n'existent pas.

— J'aurais tendance à penser la même chose, confessa La Valle, mais j'aimerais en être sûr.

Il tourna les talons, et les deux hommes sortirent de la salle d'observation. Ils s'engagèrent dans un couloir en béton. Les murs étaient de ce vert qu'on trouve dans les édifices publics, les tubes au néon projetaient des ombres violettes sur le linoléum. Luther attendit patiemment à l'extérieur du vestiaire que Kendall se change. Puis ils longèrent le corridor, au bout duquel se trouvaient trois marches et une porte blindée. La Valle posa son index sur un lecteur d'empreintes digitales. Les verrous s'ouvrirent.

Ils pénétrèrent alors dans un autre couloir très différent du précédent, lambrissé d'acajou. Les appliques murales diffusaient une lumière douce et dorée entre des toiles représentant des batailles navales, des légions romaines, et la cavalerie légère d'Angleterre.

La première porte sur leur gauche ouvrait sur un décor de club anglais – murs vert foncé, moulures crème, fauteuils en cuir, bibliothèques vitrées, bar en chêne verni. Les groupes de sièges étaient assez espacés, afin de ne pas gêner l'intimité des conversations. Un feu crépitait dans une grande cheminée.

Un majordome en tenue vint à leur rencontre avant qu'ils aient pu fouler l'épais tapis, et les escorta jusqu'à leur place habituelle : un coin discret, où deux chaises capitonnées à dossier droit se faisaient face, de part et d'autre d'un guéridon en acajou. Ils se trouvaient près d'une haute fenêtre habillée de doubles-rideaux en brocart, surplombant le paysage bucolique de la Virginie. Cette pièce qu'ils appelaient la bibliothèque se trouvait dans une grande maison en pierre de taille, acquise par la NSA trente ans plus tôt. On utilisait la vaste demeure comme lieu de retraite, et pour des dîners officiels entre directeurs d'agences et généraux. Ses sous-sols avaient toutefois une autre vocation.

Quand ils eurent commandé de l'alcool et des rafraîchissements et se trouvèrent de nouveau seuls, La Valle demanda :

— On a quelque chose sur Bourne ?

— Oui et non.

Kendall croisa les jambes, arrangea le pli de son pantalon.

— Il est apparu hier soir sur nos réseaux. Il a passé la douane à Dulles, à dix-huit heures trente-sept. Il avait réservé sur un vol Lufthansa pour Moscou. S'il était parti, McNally aurait pris le même avion que lui.

— Bourne est bien trop malin pour ça, grinça La Valle. Il sait que nous le traquons. L'effet de surprise ne peut plus jouer.

— Il a embarqué à bord d'un jet privé de la NextGen Energy Solutions.

Luther se figea et dressa l'oreille.

— Vraiment ? Développe.

— Un cadre supérieur du nom de Moira Trevor était à bord.

— Quel genre de relation entre eux ?

— C'est ce que nous essayons de déterminer, répondit le général, un peu vexé, car il n'aimait pas décevoir son patron. Nous avons obtenu une copie du plan de vol. Ils se rendent à Munich. Dois-je alerter quelqu'un là-bas ?

— Laisse tomber, fit La Valle avec un geste désinvolte. J'ai misé sur Moscou. C'est là qu'il avait l'intention d'aller. C'est là qu'il ira.

— Je m'en occupe tout de suite.

Kendall ouvrit son téléphone portable.

— Mets Anthony Prowess sur le coup, dit La Valle.

— Il est en Afghanistan.

— Dans ce cas fais-le revenir, lâcha le chef de la NSA avec autorité. Dans un hélicoptère de l'armée. Je veux qu'il soit là quand Bourne atterrira en Russie.

Kendall acquiesça, se mit en relation avec un numéro crypté, puis tapa un message codé pour Prowess.

La Valle sourit au majordome qui arrivait. Ce dernier recouvrit la table d'une nappe en coton amidonné. Il y posa deux verres de whisky, des petites assiettes garnies d'amuse-gueules, et des couverts en argent.

— Merci, Willard, dit La Valle.

L'homme s'inclina, puis disparut avec une discrétion absolue.

La Valle avait le regard fixé sur la nourriture.

— Il semble que nous ayons choisi le mauvais cheval.

Le général Kendall savait qu'il voulait parler de Rob Batt.

— Soraya Moore a assisté au fiasco. Elle en a vite tiré les conclusions. Batt était au courant du rendez-vous. Il se trouvait dans le bureau de Hart quand Bourne a appelé. A qui d'autre pourrait-elle en avoir parlé ? A personne.

— Il faut geler Batt.

Kendall prit son verre.

— C'est le moment de passer au plan B, dit-il.

La Valle fixa le liquide ambré.

— Je remercie toujours le ciel d'avoir un plan B, Richard. A chaque fois.

Les deux hommes trinquèrent. Puis ils burent dans un silence pénétré, tandis que La Valle ruminait. Une demi-heure plus tard, comme ils attaquaient leur deuxième whisky, le chef de la NSA déclara :

— Quant à Soraya Moore, je crois qu'il est temps d'avoir une petite conversation avec elle.

— Privée ?

— Et comment !

Luther ajouta une goutte d'eau à son whisky, qui dégagea tous ses arômes.

— Fais-la venir ici.

15.

— Parle-moi de Jason Bourne, dit Semion Icoupov.

Haroun Iliev, vêtu d'un survêtement Nike identique à celui de son chef, négocia le virage de la patinoire naturelle du village suisse de Grindelwald. Haroun était le bras droit d'Icoupov depuis plus de dix ans. Il avait été adopté par Farid, le père de ce dernier, après le naufrage du ferry Istanbul-Odessa sur lequel il se trouvait avec ses parents. Haroun, alors âgé de quatre ans, venait rendre visite à sa grand-mère, en Ukraine. A l'annonce du décès de sa fille et de son gendre, la vieille dame succomba à une crise cardiaque. La famille vit l'accident comme une bénédiction, la pauvre femme n'ayant ni l'énergie ni la force morale nécessaires pour s'occuper d'un enfant en bas âge. Farid Icoupov se chargea d'Haroun, par amitié pour son père, qui avait travaillé pour lui.

— Je vais avoir du mal, dit Haroun. On a peu d'informations sur lui. Certains disent qu'il travaille pour la CIA, d'autres qu'il est tueur à gages, et accepte des contrats dans le monde entier. Il ne peut pas être les deux à la fois. Nous savons qu'il a fait échouer l'attentat au gaz visant les participants à la conférence antiterroriste de Reykjavik, il y a trois ans, et l'année dernière, il a déjoué les visées du groupe Doujja, alors dirigé par deux frères wahhabites, Fadi et Karim al-Jamil, qui faisait peser une menace nucléaire sur Washington. Le bruit court que Bourne les a tués tous les deux.

— Si c'est vrai, ça force le respect. Mais le seul fait que personne n'ait jamais pu l'intercepter est déjà très impressionnant.

Icoupov balançait les bras pour accompagner les mouvements de ses jambes sur la glace. Ses joues avaient rosi et il souriait aux enfants qui patinaient à leurs côtés, riant quand ils riaient, les encourageant à se relever lorsqu'ils tombaient.

— Et comment un tel homme a-t-il pu se trouver en relation avec notre vieil ami ?

— Par l'Université de Georgetown, répondit Haroun.

C'était un garçon mince, au physique de comptable. Son teint cireux et ses petits yeux enfoncés dans leurs orbites n'arrangeaient rien. Et il n'avait pas l'aisance d'Icoupov sur la glace.

— Outre ses activités meurtrières, il semble que Bourne soit un linguiste de génie.

— Vraiment ?

Ils patinaient depuis trois quarts d'heure, et pourtant Semion ne s'essoufflait pas : il s'échauffait seulement. Les deux hommes se trouvaient dans un cadre sublime, la station de Grindelwald était située à cent cinquante kilomètres au sud-est de Berne, entourée de trois sommets : la Jungfrau, le Mönch et l'Eiger, qui scintillaient dans le soleil, tout couverts de neige et de glace.

— Il semblerait que Bourne ait besoin d'un mentor. Ce serait sa seule faiblesse. Le premier à jouer ce rôle était un certain Alexander Conklin, qui...

— Je connaissais Alex, l'interrompit Icoupov. C'était avant que tu ne travailles pour moi. Une autre époque. Une autre vie, me semble-t-il, parfois.

Il hocha la tête, pensif.

— Continue, je t'écoute.

— Notre vieil ami a tout fait pour s'attirer les bonnes grâces de Bourne, et devenir son conseiller.

— Désolé de te contredire, mais franchement j'en doute. Ça paraît très improbable.

— Dans ce cas pourquoi a-t-il tué Mikhaïl Tarkanian ?

— Micha ?

La glisse régulière d'Icoupov s'en trouva un instant heurtée.

— Qu'Allah nous garde ! Leonid Danilovitch est au courant ?

— Arkadine est injoignable, pour le moment.

— Où en est-il ?

— Il était à Sébastopol, mais il a quitté la ville.

— C'est déjà ça.

Icoupov secoua la tête.

— Le temps presse.

— Et Arkadine le sait.

— Il faut lui cacher la mort de Tarkanian. Micha était son meilleur ami. Je tiens à ce qu'il reste concentré sur sa mission.

Une jolie jeune femme qui patinait devant eux leur tendit la main. Icoupov la prit et se vit emporté dans un délicieux ballet sur glace qui lui rappela ses vingt ans. Il reparut après quelques minutes et reprit sa vitesse de croisière, à côté d'Haroun. Patiner l'aidait à réfléchir, avait-il un jour confié à son jeune baron.

— Vu ce que tu m'as dit, remarqua Icoupov, je crains que ce Jason Bourne ne crée des complications.

— Tu peux être sûr que notre vieil ami l'aura sensibilisé à sa cause, en te présentant comme l'assassin de...

Le truand lui lança un regard tranchant.

— Sans doute, oui. Mais reste à savoir ce qu'il lui a confié.

— Le connaissant, peu de chose, à mon avis, dit Haroun.

— Oui.

Icoupov tapota sa bouche avec son doigt ganté.

— Dans ce cas la vérité pourrait le desservir, tu ne penses pas ?

— Il faudrait déjà trouver Bourne, remarqua Haroun. Et qu'il croie à ce qu'on lui dira.

— Oh, il nous croira. J'y veillerai.

Icoupov effectua une pirouette parfaite.

— Ta nouvelle mission, Haroun, va consister à le localiser avant qu'il ne fasse de nouveaux dégâts. Nous ne pouvons pas nous permettre de perdre de vue les activités de notre vieil ami. Il y a eu assez de morts comme ça.

Munich disparaissait sous la pluie. La ville avait un côté gris par tous les temps, mais sous ce déluge, elle semblait tassée sur elle-même, comme une grosse tortue rentrée dans sa carapace de béton.

Bourne et Moira étaient assis dans le 747 de NextGen. Portable à l'oreille, Bourne réservait une place sur le prochain vol pour Moscou.

— J'aimerais pouvoir donner l'ordre à notre pilote de t'emmener en Russie, dit Moira, quand il eut remis son téléphone dans sa poche.

— Non, tu mens, dit-il. Tu voudrais que je reste avec toi. Mais ce ne serait pas une bonne idée. Je t'ai expliqué pourquoi.

La jeune femme contempla la piste luisante de pluie, sur laquelle le kérozène et l'huile formaient des taches irisées. Des gouttes d'eau filaient sur les hublots telles des voitures de course sur un circuit.

— Je n'ai aucune envie d'être ici, en fait, avoua-t-elle.

Bourne lui tendit le dossier qu'il avait obtenu auprès de Veronica Hart.

— J'aimerais que tu jettes un coup d'œil là-dessus.

Moira prit les documents, les feuilleta, leva aussitôt les yeux.

— C'est la CIA qui m'avait mise sous surveillance ?

Il acquiesça.

— Bien, ça me rassure, dit-elle.

— Pourquoi ?

Moira souleva légèrement les papiers de ses genoux.

— C'est de l'intox. Un coup monté. Il y a deux ans, quand les enchères pour la construction du terminal GNL de Long Beach ont atteint des sommets, nos directeurs ont soupçonné notre principal concurrent, All En, d'écouter nos communications téléphoniques pour obtenir des informations sur les logiciels très élaborés qui rendent nos terminaux uniques. Martin a convaincu son patron de monter cette arnaque, à ma demande. Son chef n'en a parlé à personne à la CIA, et la chose est restée confidentielle. Mon idée a marché : en faisant surveiller nos échanges téléphoniques, nous avons découvert qu'All En écoutait réellement nos conversations.

— Je me souviens du subterfuge, dit Bourne.

— Avec cette preuve entre nos mains, All En n'avait pas intérêt à entamer des poursuites.

— Et NextGen a eu gain de cause, n'est-ce pas ?

Moira acquiesça.

— Et gagné le droit de construire le terminal GNL de Long Beach. C'est comme ça que j'ai été promue directrice adjointe.

Bourne reprit son dossier, soulagé. Accorder sa confiance à quelqu'un revenait pour lui à risquer sa vie. Il s'était confié à Moira et se sentait exposé depuis, et très vulnérable. La jeune femme eut un regard triste.

— Tu me soupçonnais d'être une Mata Hari ?

— Je tenais à m'assurer du contraire, avoua-t-il.

Le visage de Moira se ferma.

— Je comprends, oui.

Elle eut un geste d'énervement.

— Tu pensais que j'avais trahi Martin, et que j'allais te trahir, toi aussi.

— Je suis heureux de voir que ce n'est pas le cas.

— Et moi de te savoir rassuré.

Elle lui lança un regard amer.

— Moira...

— Oui ?

Elle repoussa ses cheveux en arrière.

— Qu'est-ce que tu as à me dire, Jason ?

— Je... C'est dur, pour moi.

Elle se pencha vers lui, le regarda.

— Vas-y, je t'écoute. Dis-moi.

— Je faisais confiance à Marie, dit-il. Je m'appuyais sur elle, elle m'aidait à gérer mon amnésie. Et soudain elle n'a plus été là.

La voix de Moira s'adoucit.

— Je sais.

Bourne finit par la regarder dans les yeux.

— Je n'ai vraiment pas envie d'être seul, mais pour moi, tout repose sur la confiance.

— Tu me soupçonnes de t'avoir menti sur Martin et moi, je sais.

Elle prit les mains de Bourne dans les siennes.

— Nous n'avons jamais été amants, Jason. Nous étions plutôt comme frère et sœur. Nous nous soutenions en tout, mais la confiance n'était pas non plus notre fort. Il me semble important que tu le saches, surtout maintenant.

Bourne comprit qu'elle faisait allusion à leur relation naissante. Il ne s'était fié qu'à de rares personnes, dans sa vie : Marie, Alex Conklin, Mo Panov, Martin, Soraya. Son passé tronqué, ses souvenirs brumeux l'avaient retenu d'aller de l'avant, et il lui était douloureux d'accepter que ceux qu'il avait aimés aient tous disparu.

— Marie est morte. C'est du passé, maintenant. Et mes enfants sont mieux avec leurs grands-parents. Ils mènent une vie stable et heureuse.

Bourne se leva. Il avait tout à coup besoin de bouger.

Moira, le voyant mal à l'aise, changea de sujet.

— Tu sais combien de temps tu vas passer à Moscou ?

— Aussi longtemps que tu resteras à Munich, j'imagine.

Le visage de la jeune femme s'illumina. Elle se leva, s'approcha de lui.

— Fais attention à toi, Jason. Sois prudent.

Elle lui donna un long baiser.

— Pense à moi !

16.

Soraya Moore se vit introduite dans la bibliothèque où, vingt-quatre heures plus tôt, Luther La Valle et le général Kendall avaient eu leur entretien de fin d'interrogatoire au coin du feu. Kendall était venu la chercher en personne, et l'avait conduite à la maison secrète de la NSA, au fin fond de la Virginie. Elle en avait ignoré l'existence jusqu'alors.

La Valle, vêtu d'un complet bleu nuit, d'une chemise bleu clair à col blanc et d'une cravate aux armes de Yale, avait des allures de banquier. Il se leva, comme Kendall escortait Soraya jusque dans leur coin préféré, près de la fenêtre. Trois fauteuils entouraient le guéridon.

— J'ai beaucoup entendu parler de vous, madame Moore. C'est un honneur.

Avec un grand sourire, Luther indiqua un siège à Soraya.

Elle n'avait vu aucune raison de refuser l'invitation. Elle n'aurait d'ailleurs su dire ce qui l'avait emporté, de la curiosité ou de la crainte d'être ainsi soudainement conviée. Elle parcourut la salle des yeux.

— Où est le secrétaire Halliday ? Le général Kendall m'avait dit qu'il souhaitait me voir.

— C'est vrai, dit La Valle. Malheureusement, le secrétaire à la Défense doit assister à une réunion dans le bureau ovale. Il m'a demandé de vous présenter ses excuses, et nous prie de conférer sans lui.

Soraya savait ce que cela signifiait : Halliday n'avait jamais eu l'intention d'assister à cette entrevue. Elle doutait même qu'il en ait été avisé.

Kendall prit place dans le troisième fauteuil.

— Enfin, dit La Valle, maintenant que vous êtes là, vous boirez bien quelque chose.

Il leva la main et Willard apparut comme par enchantement.

— Du thé, je vous prie, dit-elle au majordome. Du Ceylan, si vous en avez.

— Bien sûr, madame. Avec du lait ? Ou du sucre ?

— Ni l'un ni l'autre, merci.

Willard hocha la tête, avant de disparaître à pas feutrés. Soraya reporta son attention sur les deux hommes.

— Bien, messieurs, en quoi puis-je vous être utile ?

— Ce serait plutôt l'inverse, je crois, remarqua le général Kendall.

— Ah oui, et comment cela ? s'étonna Soraya.

— Vu le désordre qui règne à la CIA, il semble que Typhon ne puisse donner sa pleine mesure.

Willard revint avec le thé de Soraya et les deux whiskys. Il posa son plateau sur la table, puis se retira.

La Valle attendit que la jeune femme se soit servi du thé avant de continuer.

— Typhon aurait tout intérêt à profiter des ressources de la NSA, je crois. Vous pourriez élargir votre champ d'investigation à des zones auxquelles la CIA n'a pas accès.

Elle porta la tasse à ses lèvres, trouva le thé délicieux et parfumé.

— Vous en savez beaucoup sur Typhon, semble-t-il.

La Valle eut un rire discret.

— Bon, cessons de tourner autour du pot. Nous avions une taupe à la CIA. Vous savez qui c'est à présent. Il a voulu coincer Bourne, et a échoué.

Veronica Hart avait remercié Robert Batt le matin même, et nommé Peter Marks à sa place, l'un de ses partisans avoués, faits dont La Valle devait avoir eu vent. Soraya connaissait bien Peter et l'avait recommandé à Veronica, estimant qu'il méritait cette promotion.

— Batt travaille maintenant pour la NSA ?

— Monsieur Batt a perdu toute utilité, déclara Kendall avec une certaine froideur.

Soraya considéra le militaire.

— Un destin qui pourrait vous guetter aussi, n'est-ce pas, Général ?

Le visage de Kendall se ferma, mais sur un signe de La Valle, il ravala sa riposte.

— Une carrière dans les services secrets peut toujours connaître des revirements, intervint La Valle, mais certains se voient immunisés contre de tels coups du sort.

Soraya continuait à fixer Kendall.

— Et je pourrais être de ceux-là.

— Oui, absolument.

— Votre savoir-faire, vos connaissances du monde musulman et votre expérience à Typhon sont inestimables.

— Vous voyez, Général, dit Soraya, vient un jour où des personnes d'une valeur inestimable, comme moi, sont appelées à prendre votre place.

Le chef de la NSA s'éclaircit la voix.

— Cela veut-il dire que vous êtes à présent des nôtres ?

Avec un sourire charmant, la jeune femme reposa sa tasse.

— Vous avez l'art et la manière, monsieur La Valle. Je me dois de vous accorder au moins cela.

La Valle lui rendit son sourire.

— Vous avez effectivement identifié l'un de mes talents, madame Moore.

— Qu'est-ce qui vous fait penser que j'abandonnerais la CIA ?

La Valle posa son index sur le côté de son nez.

— J'ai l'impression que vous êtes une pragmatique. Et vous êtes bien placée pour savoir dans quelle pagaille patauge la CIA. La nouvelle DCI va mettre un temps fou à redresser la barre. Si elle y arrive.

Luther leva l'index.

— Votre avis sur le sujet m'intéresserait, mais avant de répondre, songez qu'il nous reste peu de temps pour contrer ce mystérieux attentat terroriste.

Soraya eut le sentiment d'avoir pris un coup dans le foie. Comment la NSA avait-elle eu vent des échanges alarmants interceptés par Typhon ? Y avait-il des fuites au sein de son département ? Possible, mais pour le moment, il lui fallait réagir à cette pique.

Avant qu'elle ne riposte, La Valle demanda :

— Pourquoi madame Hart a-t-elle jugé bon de garder ces informations pour elle, au lieu d'en aviser la Sécurité intérieure, le FBI et la NSA ?

— C'était sur mon conseil.

« Me voilà piégée, songea Soraya. Autant lâcher une part de vérité. »

— Jusqu'à l'incident de la Freer, nos renseignements étaient très sommaires. Et l'intervention d'autres agences risquait de brouiller les pistes.

— Ce qui veut dire, déclara Kendall, ravi d'intervenir, que vous voulez tirer la couverture à vous.

— L'heure est grave, madame Moore, remarqua La Valle. En matière de sécurité nationale...

— Si ce groupe de terroristes islamistes, dont nous savons à présent qu'ils sévissent sous le nom de Légion noire, découvrait que nous avons intercepté leurs communications, ils nous retireraient tout moyen d'agir avant même que nous tentions de contre-attaquer.

— Je pourrais vous faire virer.

— Et perdre mon savoir-faire inestimable ?

Soraya secoua la tête.

— Je ne crois pas, non.

— Alors que fait-on ? lâcha Kendall.

— On va dans le mur, soupira La Valle, en se passant une main sur le front. Pensez-vous que je pourrais voir les conversations interceptées par Typhon ?

Il avait complètement changé de ton et se montrait soudain conciliant.

— Croyez-moi ou non, reprit-il, mais nous ne sommes pas l'empire du mal. Et notre aide ne serait peut-être pas négligeable.

Soraya réfléchit.

— Cela devrait pouvoir s'arranger.

— Parfait.

— Mais il faudrait que cette communication reste confidentielle.

La Valle donna aussitôt son accord.

— Et qu'elle ait lieu dans un environnement sécurisé, ajouta Soraya, poussant son avantage. Les bureaux de Typhon seraient l'endroit rêvé.

La Valle désigna la pièce d'un mouvement circulaire.

— Pourquoi pas ici ?

La jeune femme sourit.

— Je ne pense pas, non.

— Vu le climat actuel, vous comprendrez ma réticence à vous rencontrer sur votre territoire.

— Je comprends.

Soraya reconsidéra la question.

— Si j'apportais les documents ici, il conviendrait que je vienne accompagnée.

La Valle hocha vigoureusement la tête.

— Bien entendu. Si cela peut vous tranquilliser.

Il semblait plus coopératif que Kendall, qui regardait Soraya comme la femme à abattre.

— A dire vrai, avoua-t-elle, ça ne me tranquillise pas vraiment.

Elle balaya la pièce du regard.

— Nous inspectons le bâtiment de fond en comble trois fois par jour, afin de repérer d'éventuelles écoutes, précisa La Valle. Et puis nous possédons les systèmes de surveillance les plus sophistiqués qui soient, notamment un réseau vidéo interne de deux mille caméras, dont les images sont confrontées en temps réel au million d'autres mémorisées dans notre banque de données, et ce afin de repérer la moindre anomalie. Le logiciel de l'APRAD prend des décisions en une nanoseconde. Il va ignorer les mouvements d'un oiseau, mais pas ceux d'une forme humaine. Vous n'avez rien à craindre, croyez-moi.

— Pour l'heure, la seule inquiétude que j'aie, c'est vous, monsieur La Valle.

— Je comprends tout à fait.

Il finit son whisky.

— C'est tout le but de l'entreprise, madame Moore. Générer un climat de confiance entre nous. Sinon, comment pourrions-nous espérer travailler ensemble ?

Le général Kendall fit reconduire Soraya à Washington. Elle demanda qu'on la dépose à l'endroit où Kendall était venu la chercher à l'aller : devant l'ancien musée national de cire, sur la Rue E. Elle attendit que la Ford noire ait disparu dans la circulation pour faire le tour du pâté de maisons. Revenue à son point de départ, et certaine de ne pas être suivie, ni par la NSA ni par qui que ce soit, la directrice de Typhon composa un message de trois lettres sur son portable. Deux minutes plus tard, un jeune homme à moto parut au coin de la rue. Il portait un jean, un blouson de cuir et un casque noir, visière baissée. Il ralentit, s'arrêta. Soraya monta à l'arrière. Il lui tendit un casque, attendit qu'elle l'enfile, puis démarra en trombe.

— J'ai des contacts à l'APRAD, annonça Deron.

L'APRAD – Agence pour les Projets de Recherche Avancée de Défense – était un département du ministère du même nom.

— Et j'ai étudié le système de surveillance informatique de la NSA, dont j'ai en partie compris le fonctionnement. Il faut savoir rester en forme.

— Nous devons contourner ce système de défense, remarqua Tyrone. Ou le mettre HS.

Il avait gardé son blouson. Son casque se trouvait sur une table, à côté de celui qu'il avait prêté à Soraya avant de la conduire chez Deron, dont la maison faisait office de laboratoire. La jeune femme avait connu les deux Afro-Américains par l'entremise de Bourne, qui un jour l'avait emmenée dans ce pavillon d'aspect quelconque, derrière la 7e Rue, au nord-est de Washington.

— Tu plaisantes.

Deron regardait tour à tour Soraya et Tyrone.

— On ne serait pas ici, si on plaisantait, répondit-elle en se frottant les tempes, aux prises avec une violente migraine depuis son entrevue avec La Valle et Kendall.

— C'est impossible, annonça Deron, les mains sur ses hanches. Le logiciel est ce qu'il y a de plus pointu. Et les deux mille caméras ! Non mais vous hallucinez.

Ils étaient installés dans des fauteuils en toile, dans son labo, une pièce très haute de plafond où l'on trouvait tous les moniteurs et claviers imaginables, ainsi que d'autres systèmes électroniques dont Deron seul possédait la clé. Sur l'un des murs, il avait accroché des chefs-d'œuvre de Titien, Seurat, Van Gogh. *Les Nym-*

phéas de Monet était le préféré de la jeune femme. Copiste de génie, Deron restituait parfaitement les nuances de couleurs, ce qui ne laissait pas d'émerveiller Soraya. Ce n'était donc pas un hasard si Bourne l'avait choisi pour fabriquer ses faux papiers. Sans compter que les faussaires étaient devenus une denrée rare. Et il appréciait Deron également comme ami.

— Et des miroirs ? s'enquit Tyrone.

— Ce serait le plus simple, oui, admit Deron. Mais s'ils ont installé autant de caméras, c'est entre autres pour fournir au système d'analyse plusieurs angles de vue d'un même point. On peut oublier nos miroirs.

— Dommage que Bourne ait tué cet enfoiré de Karim al-Jamil. Il aurait pu pénétrer le système informatique de l'APRAD, comme il avait forcé celui de la CIA.

Soraya se tourna vers leur hôte.

— On peut faire ça ? Tu pourrais y arriver ?

— Le piratage informatique, c'est pas mon truc. Je laisse ça à ma meuf.

Soraya ignorait que Deron avait une petite amie.

— Elle est vraiment douée ?

— Quelle question !

— On peut lui parler ?

Deron eut un regard sceptique.

— On parle de la NSA, là. Des mecs dangereux. Et franchement, je crois que tu ferais mieux de ne pas déconner avec eux.

— Sauf qu'ils déconnent avec nous, remarqua Tyrone. Si on ne les baise pas, ces mecs-là vont nous faire la peau.

Deron secoua la tête, consterné.

— Tu lui as fourré de drôles de trucs dans le crâne, Soraya. Avant de te rencontrer, c'était le fils du ghetto, et regarde-le maintenant, fini le ghetto, il traîne avec les grands frères, les vrais pourris.

Sa fierté à l'égard du jeune homme était manifeste, mais il y avait une pointe d'inquiétude dans sa voix.

— J'espère que tu sais où tu mets les pieds, Tyrone. Si cette histoire foire, tu te retrouves en taule jusqu'à la fin des temps.

Tyrone croisa ses bras sur sa poitrine, inébranlable.

Deron soupira.

— Bien, bien. Nous sommes des adultes, je crois.

Il sortit son portable de sa poche.

— Kiki est en haut, dans son antre. Elle n'aime pas qu'on la dérange, mais cette affaire devrait l'intriguer.

Il parla brièvement dans le micro, et quelques instants plus tard, parut une grande liane à la peau d'ébène. Aussi grande que Deron, elle avait un port de reine.

Quand elle vit Tyrone, son visage se fendit d'un sourire inouï.

— Salut, lança-t-elle.

— Salut, répondit-il.

Et ce simple mot sembla suffire à exprimer tout ce qu'ils avaient à se dire.

— Je te présente Soraya, dit Deron.

Le sourire de la jeune femme était éblouissant.

— En fait, je m'appelle Esiankiki. Je suis masaï. Mais en Amérique, les choses sont moins strictes, et tout le monde m'appelle Kiki.

Les deux femmes se saluèrent. La belle Masaï avait la main fraîche. Elle posa ses grands yeux noirs sur Soraya. Elle avait une peau sublime, les cheveux ras, et un crâne d'une forme parfaite. Sa robe marron lui arrivait à la cheville, et moulait à souhait ses hanches fines et ses petits seins.

Deron lui exposa la question en quelques mots, tout en faisant apparaître les données informatiques du système de surveillance de l'APRAD sur ses terminaux d'ordinateur. Tandis que Kiki se familiarisait avec ce matériel, il la mit au courant de leur problème.

— Il faut neutraliser leur protection, mais rester indétectables.

— Franchir leurs barrières me semble possible. Pour le reste, je n'en sais rien.

— Et malheureusement, ce n'est pas tout, dit Deron.

Il vint se placer derrière Kiki, afin de lire par-dessus son épaule.

— Ce progamme contrôle deux mille caméras, précisa-t-il. Et nos amis veulent entrer sur les lieux et en ressortir sans se faire repérer.

La jeune Noire se leva et se retourna pour leur faire face.

— En d'autres termes, il faut mettre deux mille caméras HS.

— C'est ça, approuva Soraya.

— Ce n'est pas un hacker qu'il vous faut, mais l'homme invisible.

— Mais toi tu peux les rendre invisibles, Kiki.

Deron passa un bras autour de la taille fine de sa femme.

— N'est-ce pas ? lança-t-il, plein d'espoir.

— Hmm.

Kiki étudia de nouveau le code, à l'écran.

— Il semble qu'il y ait une variable récurrente dont je pourrais tirer parti.

Elle s'assit sur un tabouret.

— Je vais transférer ça là-haut.

Deron adressa un clin d'œil à Soraya, comme pour dire « Tu vois, je te l'avais dit ».

Kiki envoya un certain nombre de fichiers sur son disque dur. Elle pivota sur son siège, claqua les mains sur ses cuisses et se leva.

— Bien. A tout à l'heure.

— Dans combien de temps ? lança Soraya.

Mais la jeune femme montait déjà les marches trois par trois.

Bourne sortit de l'avion de l'Aeroflot dans un Moscou assourdi par la neige. Son vol avait été retardé de quarante minutes car l'appareil avait dû tourner au-dessus de l'aéroport pendant qu'on salait les pistes gelées. Il passa la douane avant d'être accueilli par un individu de petite taille à l'allure féline, enveloppé dans un long manteau blanc : Lev Baronov, le contact de Specter.

— Pas de bagages, à ce que je vois, dit Baronov avec un fort accent russe.

Il joua des coudes dans la foule, sans hésiter à malmener la horde des chauffeurs de taxis. Tous venaient du Caucause, et n'avaient de ce fait guère de chances de trouver à Moscou un emploi stable à salaire décent.

— On va s'occuper de ça en route. Il vous faut des vêtements pour le froid. Le temps est clément, aujourd'hui : il fait à peine – 2 °C.

— Cela me sera très utile, oui, répondit Bourne dans un russe parfait.

Baronov haussa les sourcils, ébahi.

— Vous parlez comme un Moscovite, *gospadin* Bourne.

— J'ai eu d'excellents professeurs.

Dans le fourmillement des passagers traînant devant le kiosque à journaux ou la boutique duty free, Bourne cherchait quelqu'un. Il avait le sentiment d'être observé depuis l'instant où il avait posé le pied dans le terminal. Sans doute y avait-il des caméras, mais ce picotement à la racine des cheveux restait pour lui un indice infaillible : son instinct, aiguisé au fil des années, le trompait rarement. La NSA savait sans doute qu'il devait se rendre à Moscou. L'agence avait dû écumer les listes de passagers de la Lufthansa : Bourne n'avait pas eu le temps d'annuler sa réservation. Il lançait des regards curieux autour de lui, en bon touriste, car il n'avait aucune envie d'éveiller les soupçons du suiveur.

— Je suis suivi, dit-il à Baronov.

Les deux hommes roulaient dans la Zil poussive du Russe, sur l'autoroute M 10.

— Pas de problème, répondit-il comme si de rien n'était.

Cependant il ne posa pas de questions – discret, comme l'avait promis Specter.

Bourne passa en revue le contenu du paquet que lui avait remis son contact : un nouveau passeport, le numéro du coffre à la banque Moskva, et la clé pour y retirer de l'argent.

— J'aurai besoin d'un plan de la banque.

— Pas de problème.

Baronov quitta l'autoroute. Bourne s'appelait désormais Fiodor Ilianovitch Popov, cadre moyen chez Gazprom, le géant gazier de l'Etat russe.

— Ma fausse identité est à toute épreuve ? demanda-t-il.

— Ne vous inquiétez pas.

Lev sourit.

— Le professeur a des amis chez Gazprom qui sauront vous protéger, Fiodor Ilianovitch Popov.

Anthony Prowess était venu de loin pour suivre cette vieille Zil, et il s'interdisait de la perdre, quelles que soient les ruses employées par le chauffeur pour le semer. Il avait guetté Bourne à la douane de Sheremetyevo. Le général Kendall lui avait envoyé, sur son portable, un cliché récent de l'agent, pris lors d'une filature. Le grain de la photo, faite au téléobjectif, manquait de finesse. Il s'agissait quand même d'un gros plan, et il reconnut Bourne dès qu'il le vit entrer dans le terminal.

Les premières minutes seraient cruciales : il ne pourrait l'observer à son insu très longtemps. Il mémorisa tous ses tics et autres détails de comportement, même banals à première vue. Il savait par expérience que ces particularités se révéleraient d'une importance capitale pour la suite, quand l'heure serait venue d'attaquer le sujet, puis de l'éliminer.

Prowess connaissait bien Moscou, il y était né. Fils d'un diplomate anglais et d'une attachée culturelle, il avait découvert à quinze ans que sa mère travaillait pour le MI 6, le service secret britannique. Sa couverture avait été éventée quatre ans plus tard, et le gouvernement anglais avait envoyé la famille aux Etats-Unis pour commencer une nouvelle vie sous un nouveau patronyme. Profondément marqué par ces événements et par l'expérience du danger, le jeune homme en oublia avoir un jour porté un autre nom.

Ses diplômes en poche, Anthony avait postulé pour entrer à la NSA : il rêvait de devenir espion depuis qu'il avait découvert la véritable profession de sa mère, et ses parents ne purent l'en dissuader. Comme il parlait plusieurs langues et qu'il avait une bonne connaissance d'autres cultures, la NSA l'envoya à l'étranger, tout d'abord en Afrique de l'Est, pour se faire la main, puis en Afghanistan, où il coopéra avec les tribus locales opposées aux talibans, dans des zones montagneuses inaccessibles. C'était un homme redoutable, qui avait bravé la mort. Il connaissait davantage de façons de tuer un être humain qu'il n'y avait de jours dans l'année. Et en regard de ce qu'il venait de vivre ces dix derniers mois, cette mission lui semblait un jeu d'enfant.

17.

Bourne et Baronov foncèrent sur la voie rapide Volokolamsk, et sortirent à Crocus City, un énorme centre commercial haut de gamme, ouvert en 2001. On trouvait là des centaines de boutiques de luxe, concessionnaires auto, restaurants et autres fontaines en marbre. C'était également l'endroit rêvé pour semer quelqu'un.

Pendant que Bourne achetait des habits plus adaptés au climat, Baronov passa plusieurs coups de fil. Il semblait inutile de s'évertuer à larguer leur suiveur dans le centre commercial, si c'était pour le retrouver ensuite sur le parking. Il fit venir un collègue à Crocus City, afin de procéder à un échange de véhicules.

Bourne paya ses achats, puis mit ses nouveaux vêtements. Baronov l'emmena chez Franck Muller, où ils prirent des sandwichs et des cafés.

— Parlez-moi de la dernière petite amie de Piotr, dit Bourne.

— Gala Nematova ?

Baronov haussa les épaules.

— Il n'y a pas grand-chose à en dire. C'est une jolie fille, comme toutes celles qu'on voit traîner dans les boîtes de Moscou.

— Et où est-ce que je peux la trouver ?

— Là où vont les riches. Vous avez autant de chances que moi de tomber sur elle dans l'un de ces night-clubs à la mode.

Le Russe eut un rire bon enfant.

— Je suis un peu vieux pour ce genre d'endroits, mais on peut se faire la tournée des boîtes ce soir, si vous voulez.

— J'aurai juste besoin d'une voiture.

— A votre gré, *moï drug*.

Là-dessus Baronov se rendit aux toilettes, où l'attendait son ami, afin d'effectuer un échange de clés. Lorsqu'il revint, il tendit à Bourne une feuille de papier pliée en quatre – le plan de la banque Moskva.

Ils sortirent par une porte donnant sur un parking à l'autre extrémité du centre commercial et montèrent dans une Volga noire qui démarra sur-le-champ, au grand soulagement de l'Américain.

— Vous voyez ? Pas de problème ! lança Baronov, avec un rire gras. Que feriez-vous sans moi, *gospadin* Bourne ?

Le quai Frounzenskaïa se trouvait au sud-ouest de Moscou, dans le Garden Ring. Mikhaïl Tarkanian avait dit qu'il voyait, de la fenêtre de son salon, la passerelle qui menait au parc Gorki. Il n'avait pas menti. Son appartement se trouvait dans un immeuble proche de Klastekov, un restaurant où la gastronomie russe atteignait des sommets, d'après Baronov. Avec son portique à colonnades et ses balcons en ciment ouvragé, le bâtiment illustrait à merveille le style cher à l'empire stalinien, qui avait démonté sans merci un passé architectural d'inspiration plus baroque.

Bourne pria Baronov de l'attendre dans la Volga jusqu'à son retour. Il passa entre les colonnes, monta les marches de pierre et passa les portes vitrées. Puis il traversa le vestibule. La porte intérieure était vérouillée. Des rangées de sonnettes indiquaient le nom des locataires. Bourne chercha celle de Tarkanian, mémorisa le numéro de l'appartement, puis utilisa une lame flexible pour forcer la serrure, qui céda avec un bruit sec.

Il ignora l'ascenseur arthritique, sur sa gauche, et se dirigea vers l'escalier, qui paraissait somptueux. Mais après les premières marches, le marbre laissait vite place à un ciment poreux qui dégageait une poussière semblable à du talc.

Tarkanian avait un appartement au troisième, au bout d'un couloir sombre et humide qui sentait le chou et la viande bouillie. Au sol, de minuscules tomettes hexagonales étaient en aussi piteux état que les marches de l'escalier.

Bourne n'eut aucune difficulté à trouver la porte et y colla son oreille, guettant les sons à l'intérieur du logement. N'entendant rien, il utilisa son passe improvisé, tourna doucement la poignée en verre compact, et entrebâilla le battant. Il vit trois fenêtres, sur la droite. Une faible lumière filtrait à travers les doubles-rideaux à moitié tirés, et les effluves de gomina et d'eau de Cologne masquaient mal une persistante odeur de renfermé. Tarkanian n'avait pas mis les pieds ici depuis des années. Qui donc pouvait bien habiter son appartement ?

Bourne avançait à pas feutrés. Il s'était attendu à voir de la poussière au sol et des housses sur les meubles, mais il ne trouva ni l'un ni l'autre. Le réfrigérateur était plein, et sur la table, du pain commençait à moisir : quelqu'un avait vécu ici peu de temps auparavant. Les boutons de portes, tous en verre, comme celui de l'entrée, branlaient sur leur tige de cuivre. Au mur, des photos en noir et blanc du parc Gorki à différentes époques de l'année.

Dans la chambre de Tarkanian, le lit était défait, comme si l'on s'était réveillé en sursaut. Un peu plus loin, la porte de la salle de bains était restée entrouverte.

Sur la table de nuit, Bourne aperçut la photo d'une

jeune femme blonde au physique de mannequin. Il se demandait s'il pouvait s'agir de Gala Nematova, quand il surprit un mouvement confus à l'extrémité de son champ de vision.

Un homme jaillit de la salle de bains, un couteau de boucher à la main. Bourne s'accroupit et se releva avec une pirouette. L'homme se jeta sur lui. C'était un grand blond aux yeux bleus, avec des tatouages sur le cou et sur la paume des mains, souvenirs d'une prison russe.

Comme l'inconnu se précipitait sur lui, Bourne le saisit par le col et lui donna un coup de tête sur l'arête du nez. Du sang gicla et l'homme ne put retenir un juron.

Il frappa son adversaire sur le flanc, voulut de nouveau jouer du couteau. Bourne pinça le nerf, à la base du pouce. Le Russe le frappa au sternum, puis le fit reculer vers la salle de bains. La poignée en verre lui rentra dans la colonne, l'obligeant à se cambrer. La porte s'ouvrit en grand, et Bourne s'étala sur le carrelage froid. L'homme dégaina un Stechkin 9 mm, mais dut le lâcher et mettre un genou à terre, car Bourne lui avait asséné un violent coup de pied au tibia. L'homme ne se démonta pas, il le frappa de plus belle de façon à le plaquer contre la porte pour ramasser son arme. Bourne referma sa main sur le bouton en verre. Tandis que l'autre lui plaquait son Stechkin sur le cœur avec un sourire diabolique, Bourne arracha la poignée et la lui balança en plein front. Les yeux du type se révulsèrent, et il s'écroula.

Bourne récupéra le pistolet, et prit le temps de retrouver son souffle. Après quoi il se dirigea vers son agresseur sans connaissance. L'homme n'avait pas de papiers sur lui, mais offrait peut-être d'autres indices de ses origines.

Bourne lui ôta son blouson et sa chemise, examina les tatouages qui constellaient sa peau. Il avait un tigre sur la poitrine, ce qui signifiait qu'il occupait une certaine position dans la hiérarchie du crime, et un poignard sanglant sur l'épaule gauche, marque du tueur. Le troisième dessin, un génie émergeant d'une lampe orientale, apprit à Bourne que l'homme avait été incarcéré pour trafic de stupéfiants.

Il allait abandonner l'homme évanoui, lorsqu'il vit un dernier tatouage dans le creux de son coude gauche : Anubis, le dieu des défunts dans l'Egypte ancienne, doté d'un corps d'homme et d'une tête de chacal. Ce symbole, censé protéger de la mort, signait, depuis peu, l'obédience à la Kazanskaïa. On avait envoyé ce type pour le tuer, et il devait découvrir pourquoi.

Il jeta un coup d'œil dans la salle de bains et vit un miroir sale, un lavabo dont le robinet gouttait, et des produits de maquillage – fards à paupières, poudre, mascara. Bourne tira le rideau de douche et ramassa quelques cheveux jaunes et longs. Peut-être ceux de Gala Nematova ?

Il se rendit dans la cuisine et ouvrit les tiroirs. Après une rapide fouille, il dégota un stylo-bille bleu. Il retourna dans la salle de bains, se munit d'un pinceau d'eye-liner, puis alla s'accroupir près du Russe pour dessiner un petit Anubis identique au sien dans le creux de son propre coude. Lorsqu'il s'éloignait de l'original, il effaçait le tracé, puis recommençait. Quand il s'estima satisfait du résultat, Bourne repassa le dieu à tête de chacal au stylo-bille bleu. Ce tatouage improvisé ferait illusion, pour peu qu'on ne l'examine pas de trop près. Il rinça le pinceau dans le lavabo, puis vaporisa de la laque sur le dessin, afin de mieux le fixer sur sa peau.

Il regarda derrière le réservoir d'eau des toilettes, puis dedans, à la recherche d'argent, de drogue ou de documents, mais il ne trouva rien. Au moment où il allait partir, des traces rouges éparses sur le miroir attirèrent son regard. Du rouge à lèvres soigneusement essuyé, comme si l'on avait cherché à l'effacer. Peut-être s'agissait-il de la Kazanskaïa, mais à quoi pouvait bien rimer tout cela ?

Bourne crut discerner un motif répétitif. Il prit un pot de poudre libre, souffla légèrement sur le dessus. Il reposa la poudre, recula d'un pas. Des mots étaient apparus sur la glace.

« Partie au Kitaïski Liotchik. Où es-tu ? Gala. »

Ainsi Gala Nematova, la dernière petite amie de Piotr, avait vécu ici. Zilber avait-il utilisé l'appartement en l'absence de Tarkanian ?

Avant de sortir, Bourne prit le pouls du Russe – lent, mais régulier. Pourquoi la Kazanskaïa avait-elle envoyé un tueur dans l'appartement où Nematova avait vécu avec Piotr ? Bourne envisagea diverses hypothèses. Existait-il un lien entre Icoupov et cette famille de la *grupperovka* ?

Il contempla une dernière fois le portrait de Gala, puis sortit discrètement de l'appartement. Une fois dans le couloir, il tendit l'oreille, à l'affût de bruits, mais hormis les vagissements lointains d'un bébé, tout semblait calme. Il descendit l'escalier, traversa le vestibule. Une petite fille tirait sur la main de sa mère, tentant de l'entraîner plus vite au premier. Bourne et la mère échangèrent ces sourires polis qu'on adresse aux parfaits étrangers, puis l'Américain sortit de sous les colonnades et se retrouva dehors. Il inspecta les lieux du regard : personne, si ce n'est une vieille dame qui avançait dans la neige à pas prudents. Il monta dans la Volga côté passager et referma la portière derrière lui.

C'est à ce moment-là qu'il vit le sang qui coulait de la gorge de Baronov. Au même instant, un fil d'acier vint s'enrouler autour de sa gorge et lui bloqua la trachée.

Quatre fois par semaine, après son travail, Rodney Feir, le responsable de la logistique à la CIA, allait s'entraîner dans un club de sport proche de son domicile, à Fairfax, en Virginie. Il passait une heure sur le tapis de jogging, et l'heure suivante à soulever des poids. Après quoi il prenait une douche, puis s'enfermait dans le sauna.

Ce soir-là, il y retrouva le général Kendall, qui sentit de l'air froid pénétrer dans les lieux quand il entra. Puis le corps fin et musclé de Feir émergea de la nappe de vapeur.

— Ravi de vous voir, Rodney, dit Kendall.

Feir le salua d'un hochement de tête, puis s'assit à côté de lui.

Il incarnait le plan B, la solution de remplacement prévue par le général, au cas où Batt ne donnerait pas satisfaction. Feir n'avait d'ailleurs pas hésité, contrairement à Batt. Il avait intégré les services secrets par paresse, et non par goût de la clandestinité ou patriotisme. Il aimait la vie de fonctionnaire. Plus que nul autre à la CIA, il avait su interpréter les signes des temps. La mort du Vieux semblait sonner le glas de la CIA, et il ne serait pas difficile de le persuader de se convertir à la NSA, d'autant qu'il n'avait pas la loyauté de Batt.

Mais rien n'étant jamais acquis, Kendall avait jugé plus prudent de le rencontrer ici de temps à autre. Ils passaient un moment au sauna, prenaient une douche, puis enfilaient leurs vêtements de ville, avant d'aller dîner dans l'un de ces grills que connaissait le général.

Ces restaurants étaient des plus sommaires. Ils se composaient essentiellement d'un trou creusé dans la terre, où le maître de la fosse fumait ses viandes avec amour des heures durant – saucisses, côtes de bœuf, travers de porc, parfois même un porc entier. Les vieilles tables de pique-nique, truffées de marques de couteau et garnies de sauces à base d'ingrédients et d'épices variés, semblaient avoir été ajoutées après coup, la plupart des clients ne consommant pas sur place. Kendall et Feir, ce soir-là, s'installèrent à une table et burent de la bière, tandis que s'empilaient les os à côté des serviettes en papier froissées, et les tranches d'un pain de mie si mou que quelques gouttes de sauce suffisaient à le désintégrer.

Feir relata à Kendall certains faits survenus à la CIA, et autres bruits de couloir. Le Général les engrangea avec méthode, en bon militaire. Il pria Rodney, à plusieurs reprises, de clarifier ou de développer un point particulier, notamment les déplacements de Veronica Hart et Soraya Moore.

Le repas terminé, les deux hommes reprirent leurs voitures et se rendirent dans une ancienne bibliothèque, clou de la soirée. Ce bâtiment Renaissance avait été acquis à bas prix, suite à un incendie, par Drew Davis, homme d'affaires du cru, peu connu hors des frontières du district ; il avait été assez malin pour échapper à l'attention de la police métropolitaine. C'était un véritable exploit, dans ce quartier où presque tout le monde avait les mains sales. Mais contrairement à ses pairs, Drew avait des amis haut placés, ce qu'il devait essentiellement à l'établissement qu'il dirigeait, « La Pantoufle de Vair ».

Officiellement, il s'agissait d'un club renommé qui attirait les plus grands noms du R'n'B. Mais derrière cette façade, Drew menait des affaires plus lucratives : un bordel de luxe, spécialisé dans les femmes de couleur. Les habitués savaient qu'on trouvait là toutes les nuances possibles et imaginables. Les prix étaient élevés, en partie parce que Drew payait très bien ses filles, mais personne ne semblait s'en offusquer.

Kendall fréquentait ce bordel depuis l'Université. Il y était venu un soir avec un groupe d'amis, pour rigoler. Il n'avait pas voulu rester, mais ses congénères l'avaient mis au défi de passer à l'acte et il l'avait fait, par peur du ridicule. Contre toute attente, il était devenu un client régulier, et avait peu à peu pris goût aux plaisirs interdits, comme il les nommait. Le plaisir physique n'était pas la seule raison à cela : il aimait beaucoup se trouver là. Personne pour l'ennuyer ou le rabaisser. C'était une revanche des plus délectables sur son rôle de porte-faix auprès de La Valle : même Batt avait été membre de la *Skull and Bones*. La Pantoufle de Vair était son jardin secret.

Kendall et Feir avaient pris place dans des fauteuils en velours pourpre, couleur du pouvoir, comme l'avait fait remarquer Kendall, et admiraient un lent défilé de femmes de toutes tailles et de toutes couleurs. Kendall choisit Imani, l'une de ses préférées, Feir une métisse indienne.

Ils s'enfermèrent avec elles dans des chambres spacieuses, meublées à la mode des villas européennes – lits à baldaquins, voilages et dorures. C'est dans ce décor que Kendall regardait, fasciné, Imani se défaire d'un mouvement sensuel de son déshabillé en soie brune. Elle ne portait rien dessous, et la lampe donnait à sa peau des accents mordorés.

Elle ouvrit les bras et le général Richard P. Kendall s'y jeta avec soulagement.

Dès l'instant où Bourne sentit l'air lui manquer, il se cambra sur son siège de façon à pouvoir mettre un pied, puis l'autre, sur le tableau de bord. Prenant appui sur ses jambes, il se propulsa vers l'arrière, et atterrit derrière l'infortuné Baronov. L'étrangleur se tourna sur la droite, afin de maintenir le fil serré autour de sa gorge, mais l'axe était moins propice.

Bourne projeta son talon dans l'entrejambe de son agresseur, mais le manque d'oxygène le privait d'une partie de ses forces.

— Meurs, salopard, grinça le tueur, avec un accent du Midwest.

Des étincelles dansèrent devant ses yeux et l'obscurité se fit peu à peu autour de lui. Il avait l'impression de regarder dans un tunnel par le mauvais côté d'un télescope. Plus rien ne lui semblait réel. Les perspectives étaient bouleversées. Mais il voyait le tueur, ses cheveux noirs, son visage cruel, le regard absent propre au soldat américain au combat. Il comprit que la NSA l'avait retrouvé.

La faiblesse de Bourne permit à l'étrangleur de raffermir sa prise sur le fil et de lui appuyer plus fort sur la gorge. Bourne n'arrivait plus à respirer. Lorsque le fil entama sa peau, le sang vint mouiller sa chemise. Il cilla pour chasser ses larmes et la sueur qui lui coulait dans les yeux. Puis il planta son pouce dans l'œil de l'agent et réussit à maintenir la pression, malgré les coups que lui assénait son agresseur. Il gagna un répit de quelques instants : le fil d'acier cessa de lui rentrer dans la chair, et il enfonça son pouce dans l'orbite.

Le fil prit encore du mou, Bourne sentit de l'air froid. La figure du tueur disparut de son champ de vision et la portière claqua. Il entendit l'homme courir dans la neige, puis le bruit de ses pas s'atténua. Le temps qu'il parvienne à se débarrasser du fil, qu'il tousse et fasse entrer de l'air dans ses poumons brûlants, la rue était déserte. L'agent de la NSA avait disparu.

Et Bourne se retrouvait seul dans la Volga, avec le corps de Lev Baronov, pris de vertiges et de nausées.

18.

— Je n'arrive pas à contacter Haydar, dit Devra. Après l'épisode de Sébastopol, ils se doutent que tu vas chercher à le joindre.

— Dans ce cas, dit Arkadine, le document a disparu depuis longtemps.

— Pas forcément.

Devra remua son café turc, épais comme du goudron.

— Ils ont choisi ce trou perdu parce que c'est un endroit difficile d'accès. Mais ça joue aussi contre eux : à cause de la neige, peut-être qu'Haydar n'a pas encore passé le document.

Ils se trouvaient dans un minuscule café d'Eskişehir, où le vent chassait la poussière en rafales. C'était un endroit reculé, où l'on croisait surtout des moutons, dominé par des odeurs d'urine et d'excréments. Un vent glacé balayait la montagne. Les façades nord étaient couvertes de neige, et vu l'opacité des nuages, on pouvait s'attendre à de nouvelles chutes.

— Ce village est le grand oublié de la civilisation, soupira Arkadine. Les portables ne captent même pas les réseaux.

— C'est marrant, de ta part.

Devra vida sa tasse.

— Tu es né dans un trou, non ?

Arkadine éprouva l'envie presque irrépressible de la traîner derrière la bicoque et de la battre. Cependant il retint sa main et sa rage. Il aurait le loisir de s'en servir plus tard. De regarder Devra avec mépris, et de lui souffler à l'oreille : « Je ne t'aime pas. Pour moi, ta vie n'a aucune valeur. Alors si tu ne veux pas mourir tout de suite, ne me demande plus jamais où je suis né, qui sont mes parents, et ne pose plus de questions indiscrètes. »

Il s'avéra que Marlene, outre ses nombreux talents, était une excellente hypnotiseuse. Elle annonça à Arkadine son intention d'employer cette technique, afin de découvrir l'origine de ses crises de rage.

— Il y a des gens qui ne se laissent pas hypnotiser, paraît-il, dit ce dernier. C'est vrai ?

— Oui, admit-elle.

Il se trouva qu'il était l'un de ceux-là.

— Vous refusez de céder aux suggestions, expliqua la psy. Votre esprit s'abrite derrière un mur infranchissable.

Ils se trouvaient derrière la villa de Semion Icoupov, dans un jardin grand comme un timbre-poste, à cause de la nature abrupte du terrain. Marlene et son patient étaient assis sur un banc en pierre, dans l'ombre d'un figuier dont les fruits violets bientôt mûrs commençaient à courber les branches vers le sol en rocaille.

— Alors qu'est-ce qu'on fait ? demanda Arkadine.

— La question est de savoir ce que vous, vous allez décider.

Marlene chassa d'une chiquenaude une feuille tombée sur sa cuisse. Elle portait un jean de marque, un tee-shirt à col en V et des sandales.

— L'examen de votre passé vous permettra de juguler votre agressivité.

— Vous voulez parler de mes tendances homicides.

— Pourquoi formuler les choses ainsi, Leonid ?

Il la regarda dans les yeux.

— Parce que c'est la vérité.

Les prunelles de Marlene s'assombrirent.

— Alors pourquoi ne pas vous en ouvrir à moi ? Et vous en libérer ?

— Vous espérez seulement vous insinuer dans mon esprit. Tout savoir de moi pour mieux me dominer.

— Vous vous trompez. Il n'est pas question de domination.

Arkadine s'esclaffa.

— Et c'est une question de quoi, alors ?

— De vous aider à maîtriser vos pulsions.

Un petit vent fit voler les cheveux de Marlene, qu'elle remit en place. Arkadine analysait souvent ce genre de détail.

— J'ai été un petit garçon triste. Puis un gamin agressif. Après j'ai fui la maison. Est-ce que cela vous éclaire ?

Marlene inclina la tête pour offrir son visage au soleil, dont les rayons filtraient entre deux branches du figuier.

— Comment se fait-il que de mélancolique vous soyez devenu enragé ?

— J'ai grandi, répondit Arkadine.

— Mais vous étiez toujours un enfant.

— Façon de parler.

Il l'observa. Marlene avait les mains posées sur les genoux. Elle en leva une, effleura la joue du jeune homme du bout des doigts, suivit le contour de sa mâchoire, puis elle se pencha vers lui.

Il trouva ses lèvres très douces lorsqu'elles se posèrent sur les siennes et s'épanouirent comme une fleur. Le contact de sa langue fut comme une décharge de plaisir.

Arkadine domina ses émotions, qui risquaient de l'engloutir comme un trou noir, et eut un sourire de vainqueur.

— Peu importe. Je n'y retournerai jamais.

— Moi c'est pareil, avoua Devra.

Elle se leva.

— On va commencer par trouver où se loger. Ensuite on essaiera de contacter Haydar.

Arkadine attrapa le bras de Devra, qui se détournait déjà.

— Une minute.

Elle le considéra d'un air perplexe, attendant qu'il continue.

— Si tu n'es pas mon ennemie, si tu ne m'as pas menti, si tu veux vraiment rester avec moi, alors il faut me prouver ta loyauté.

— Je t'ai dit que je ferais tout ce que tu me demanderais.

— Même tuer les gens qui montent la garde chez Haydar ?

— Donne-moi le flingue, dit Devra, sans ciller.

Veronica Hart habitait à Langley, en Virginie, dans une résidence qui, comme tant d'autres, servait de demeure temporaire à des centaines de fonctionnaires fédéraux, souvent en mission aux quatre coins du monde.

Hart occupait cet appartement depuis un peu plus de deux ans. Non pas que cela trahisse un désir de stabilité de sa part : depuis son arrivée dans ce district, sept ans plus tôt, elle avait changé de logement à plusieurs reprises. A ce stade de sa vie, elle avait dépassé l'envie de se poser. Telles étaient du moins ses pensées quand elle appuya sur le bouton de l'interphone pour laisser entrer Soraya dans le bâtiment. Une minute plus tard, on entendit un coup discret à la porte, et elle accueillit sa collaboratrice.

– Je n'ai pas été suivie, annonça aussitôt celle-ci. J'y ai veillé.

Veronica accrocha son manteau à un cintre, dans le placard de l'entrée, puis conduisit la jeune femme dans la cuisine.

— Pour le petit déjeuner, j'ai des céréales ou... des plats chinois froids. Les restes d'hier.

— Je n'aime pas trop les petits déjeuners conventionnels, avoua Soraya.

— Parfait. Moi non plus.

Hart saisit plusieurs récipients en carton léger, dit à son invitée où trouver des assiettes, des cuillères et des baguettes. Elles se dirigèrent vers le séjour, posèrent le tout sur une table basse, entre deux canapés qui se faisaient face.

Hart entreprit d'ouvrir les boîtes cartonnées.

— Pas de porc, n'est-ce pas ?

Soraya sourit, ravie que son hôtesse se souvienne des restrictions imposées par sa religion.

— Non, effectivement.

Veronica retourna dans la cuisine, mit de l'eau à bouillir pour le thé.

— J'ai de l'Earl Grey ou de l'Oolong.

— De l'Oolong pour moi, s'il vous plaît.

Hart finit de préparer le thé. Puis elle emporta la théière et deux petites tasses sans anse dans le salon. Les deux femmes s'assirent en tailleur sur le tapis aux motifs abstraits, de part et d'autre de la table basse. Soraya parcourut la pièce du regard : des meubles et des posters des plus banals. Ni photos, ni objets en rapport avec la famille ou le passé de Veronica. Et dans ce décor impersonnel, un piano droit.

— La seule chose qui m'appartienne vraiment, confessa Hart. C'est un Steinway K-52, ce qu'on appelle un Chippendale Hamburg. Sa table d'harmonie est plus grande que celle de bien des demi-queues, ce qui lui donne un son exceptionnel.

— Vous jouez ?

Hart se dirigea vers le piano, s'assit et attaqua un Nocturne de Chopin. Suivit un extrait de la Suite espagnole d'Isaac Albeniz, puis *Purple Haze* de Jimi Hendrix, qu'elle interpréta avec feu.

Soraya applaudit, tandis que la pianiste revenait s'asseoir face à elle.

— Mon seul talent, à part le renseignement.

Elle ouvrit l'un des cartons, et se servit du poulet sauce aigre-douce.

— Attention, je l'ai demandé très épicé.

— Tant mieux, dit Soraya, tout en se servant à son tour. Et j'ai toujours eu envie de faire du piano.

— En réalité, je voulais apprendre la guitare électrique, avoua Veronica. Mais mon père n'a pas voulu en entendre parler. Car selon lui, la guitare électrique n'est pas un instrument « féminin ».

— Il était sévère ? s'enquit Soraya avec sympathie.

— Et comment ! Colonel dans l'US Air Force. Il avait été pilote de chasse, dans sa jeunesse. Il ne supportait pas d'être devenu trop vieux pour voler. Il ne pouvait se plaindre à personne, à l'armée, alors il passait sa frustration sur ma mère et sur moi.

Soraya acquiesça, songeuse.

— Mon père est un musulman de la vieille école, strict et rigide. Comme beaucoup d'hommes de sa génération, il est un peu dérouté par le monde moderne, et ça le rend agressif. Je me sentais prisonnière, à la maison. Quand je suis partie, il m'a dit qu'il ne me pardonnerait jamais.

— Et finalement, il vous a pardonné ?

Soraya eut soudain l'air songeur.

— Je vois ma mère tous les mois, pour faire du

shopping. Il m'arrive de parler à mon père, au téléphone. Mais il ne m'a jamais invitée à revenir à la maison. Et je n'y suis jamais retournée.

Hart posa ses baguettes sur la table.

— Je suis désolée.

— Ne le soyez pas. C'est comme ça. Et vous, vous voyez encore votre père ?

— Oui, mais il ne me reconnaît pas. Ma mère est morte, heureusement. Elle n'aurait pas supporté de le voir dans cet état.

— Ce doit être dur pour vous, remarqua Soraya. Le pilote héroïque, réduit à ça.

— Il arrive un moment, dans la vie, où l'on doit se détacher de ses parents.

Veronica se remit à manger sans appétit.

— Pour moi, l'homme allongé dans ce lit n'est pas mon père. Je considère qu'il est mort depuis longtemps.

Soraya baissa les yeux sur sa nourriture. Puis déclara :

— Et comment avez-vous découvert l'existence de la maison secrète de la NSA ?

— Ah, cet odieux repaire, fit Hart, dont le visage s'éclaira.

A l'évidence, elle semblait heureuse de changer de sujet.

— A l'époque où je travaillais pour Black River, la NSA louait souvent nos services. C'était avant qu'ils ne déploient leurs propres unités à l'étranger pour leurs opérations sensibles. Cet arrangement leur convenait. Ils appelaient ça « préparation du terrain avant l'arrivée des troupes. » Et la Maison Blanche n'allait pas voir plus loin.

La DCI s'essuya la bouche, s'appuya contre le canapé.

— Enfin, un jour, après une mission, j'ai découvert le pot aux roses. On m'avait envoyée rendre compte de nos résultats à la NSA. Vu qu'il s'agissait d'une opération clandestine, le rapport s'est fait dans leur tanière, en Virginie. Et pas dans la jolie bibliothèque où l'on vous a reçue, Soraya, mais dans l'un des bureaux du sous-sol, une espèce de cube en béton brut, sans fenêtres. On se croirait dans un bunker, là-dedans.

— Et qu'avez-vous vu ?

— Ce n'est pas ce que j'ai vu, mais entendu, dit Hart. Leurs chambres fortes sont insonorisées, mais pas les portes, sans doute pour que les gardes, dans les couloirs, puissent savoir ce qui s'y passe. Ce que j'ai entendu était affreux. Des sons à peine humains.

— L'avez-vous dit à vos patrons, à Black River ?

— Quel intérêt ? Ils s'en fichaient, et même si cela les avait choqués, qu'est-ce qu'ils auraient pu y faire ? Demander une enquête du Congrès sur la base des bruits que j'avais surpris ? La NSA leur aurait coupé l'herbe sous le pied. Ils se seraient retrouvés chassés du marché en un rien de temps.

Veronica secoua la tête.

— Non, ce sont des hommes d'affaires, point final. Ils cherchent à soutirer de l'argent au gouvernement.

— Mais maintenant nous pouvons agir, ce que Black River ne se serait jamais risqué à faire.

— C'est exact, dit Hart. Je veux des preuves matérielles de ce que fait la NSA dans ces sous-sols : des photos, des vidéos à soumettre au Président. C'est là que Tyrone et vous intervenez.

Elle repoussa son assiette.

— Je veux la tête de Luther La Valle. Et je vais l'avoir, je vous le promets.

19.

Bourne abandonna la Volga, à cause du cadavre et du sang sur les sièges. Mais avant, il prit le téléphone portable de Baronov, et son argent. Il faisait un froid glacial, et à la pénombre de cet après-midi d'hiver s'ajoutait la neige, qui tombait en rafales de plus en plus denses. Bourne savait qu'il lui fallait quitter le quartier au plus vite. Il sortit la carte SIM de son portable, la plaça dans celui de Baronov, puis jeta son propre téléphone dans un égout. Devenu Fiodor Ilianovitch Popov aux yeux de la loi, il ne pouvait se promener avec un téléphone américain.

Il marcha un moment, courbé dans la neige et le vent. Après avoir longé six pâtés de maisons, Bourne se réfugia dans l'embrasure d'une porte d'entrée et appela son ami Boris Karpov avec le téléphone de Baronov. La voix, à l'autre bout de la ligne, s'avéra aussi froide que le climat.

— Le colonel Karpov ne travaille plus pour la FSB.

Bourne se sentit traversé d'un frisson. La Russie n'avait pas changé : on vous congédiait d'une seconde à l'autre sur simple dénonciation.

— J'ai besoin de le contacter, insista-t-il.

— Il travaille à présent à la Brigade des stupéfiants.

L'homme lui donna un numéro puis raccrocha.

La Brigade des stupéfiants était dirigée par le *silovik* Viktor Cherkesov, et ce service était si influent qu'on l'avait rebaptisé FSB-2. Depuis quelque temps, la guerre sévissait au sein du gouvernement entre Cherkesov et Nikolai Patrouchev, le responsable de la FSB, version moderne de l'ancien KGB. Le *silovik* qui gagnerait cette guerre serait sans doute le prochain président de la Russie. Si Karpov était passé de la FSB à la FSB-2, c'était sans doute parce que Cherkesov avait eu l'avantage.

Bourne appela la Brigade des stupéfiants ; on lui répondit que Karpov était absent, et injoignable pour le moment.

Il envisagea de téléphoner à l'homme qui était venu chercher la Zil de Baronov sur le parking de Crocus City, puis se ravisa. Il ne voulait pas avoir d'autres morts sur la conscience.

Il poursuivit sa route jusqu'à un arrêt de tramway, et grimpa dans le premier wagon qui émergea du brouillard. Le foulard acheté à Crocus City lui permit de masquer la cicatrice laissée par le fil d'acier sur sa gorge. La plaie s'était refermée, et le sang coagulé au contact de l'air glacé.

Le tramway tanguait sur ses rails. Serré dans le véhicule bondé, bruyant et malodorant, Bourne accusait le coup. Non seulement un tueur de la Kazanskaïa l'avait attendu chez Tarkanian, mais son contact moscovite s'était fait étrangler par un agent de la NSA chargé de l'éliminer. Jamais il ne s'était senti aussi seul en terre étrangère. Des bébés criaient, des hommes lisaient des journaux dont les pages bruissaient, des femmes bavardaient côte à côte. Un vieillard, les mains posées sur le pommeau de sa canne, reluquait discrètement une jeune fille absorbée par la lecture de son manga. Et toute cette vie, tel un ruisseau, formait deux bras pour le contourner et se fondre à nouveau en un seul cours d'eau, alors qu'il restait en arrière.

Il pensait à Marie, comme toujours en pareil cas. Mais Marie était morte, et son souvenir ne lui apporta aucun réconfort. Ses enfants lui manquaient, et il se demandait si David Webb n'allait pas reprendre le dessus. Un vrai désespoir l'envahit, pour la première fois depuis qu'Alex Conklin l'avait sorti du caniveau pour lui fabriquer cette nouvelle identité, qu'il avait endossée comme une armure. Il sentit soudain le poids écrasant de la vie, de son existence triste et solitaire, qui n'avait qu'une issue possible.

Puis ses pensées se tournèrent vers Moira, dont il avait, un temps, mis la loyauté en doute. Mais Moira ne l'avait pas trahi. Bourne savait qu'elle l'aimait, et à présent, en ces instants de désarroi, il comprit qu'il l'aimait aussi. Il ressentait un sentiment de plénitude en sa présence. Elle ne pourrait jamais remplacer Marie, mais ce n'était pas ce qu'il cherchait : il voulait juste qu'elle soit elle-même.

Lorsqu'il descendit du tramway, dans le centre de Moscou, la neige, moins dense, formait comme des voiles de flocons brillants, que des coups de vent rageurs envoyaient valser sur ces places immenses. Les lumières tentaient d'éclairer cette longue soirée d'hiver, mais il faisait de plus en plus froid à mesure que le ciel se dégageait. Des files de taxis clandestins, Ladas ou Zils des années Brejnev, encombraient les rues, pare-chocs contre pare-chocs, bien décidés à ne pas rater une seule course. En argot moscovite, on les appelait les *bombili*, ceux qui vont aussi vite que des bombes, car ils fonçaient à travers la ville à une vitesse folle.

Bourne se rendit dans un cybercafé et tapa le nom qu'il avait vu inscrit sur le miroir. Kitaïski Liotchik Djao-Da, boîte en vogue fréquentée par les nantis, se trouvait au 25 de la Perspective Lubianski. Bourne sortit à la station de métro Kitai-Gorod, à quelques centaines de mètres du night-club. D'un côté il y avait un canal entièrement gelé ; de l'autre, des immeubles d'habitation et de bureaux. Le club s'avéra facile à repérer, vu le nombre impressionnant de BMW, Mercedes, Porsche et taxis garés devant. Des videurs à l'air féroce surveillaient la foule qui se trouvait derrière la corde de velours grenat, et le reste de la queue débordait du trottoir. Bourne se dirigea vers une Porsche Cayenne rouge, et frappa à la vitre. Le chauffeur l'abaissa, et Bourne lui agita trois cents dollars sous le nez.

— Quand je ressors, vous êtes prêt à m'emmener, d'accord ?

Le conducteur loucha sur les billets.

— Sans problème, monsieur.

En Russie, et particulièrement à Moscou, les dollars américains restaient plus convaincants que les mots.

— Et si votre client sort dans l'intervalle ?

— Aucun risque, affirma le chauffeur. Il va boire du champagne jusqu'à quatre heures du matin au moins.

Bourne s'immisça dans une foule excitée et braillarde et entra. A l'intérieur, il mangea au bar une salade orientale et un demi-poulet aux amandes. Depuis son perchoir, il voyait entrer et sortir les *siloviki* accompagnés de leurs *dievochkas* toutes scintillantes de diamants, en minijupes et manteaux de fourrure. Le nouvel ordre russe. Sauf que c'étaient toujours les mêmes – des ex du KGB qui tentaient de faire front contre les nouveaux riches. Ces *siloviki* – « les puissants » – avaient pris du galon pendant l'ère Poutine et occupaient désormais des postes de hauts fonctionnaires dans les ministères clés. Ils avaient renversé l'oligarchie de la période Eltsine et constituaient la nouvelle garde. Ces puissants étaient tous des criminels – meurtre, extorsion de fonds, chantage, torture. Ils avaient du sang sur les mains, mais aucun remords ni scrupule.

Bourne scruta la foule et fut surpris de voir une demi-douzaine de *dievs*, qui toutes correspondaient à l'image qu'il avait de Gala. Ces grandes blondes, minces, très belles, offraient un spectacle fascinant. Une théorie circulait pour expliquer cette profusion de filles sublimes, en Ukraine et en Russie. Les hommes âgés de vingt ans en 1947, dans ces pays, avaient survécu à l'une des plus grandes hécatombes de l'Histoire. Très minoritaires en nombre, ils avaient disposé d'un large choix de femmes. Et qui avaient-ils épousé, et fécondé ? On en voyait aujourd'hui les fruits dans les clubs branchés de Moscou et des grandes villes de Russie.

Sur la piste de danse gesticulait une foule compacte de jeunes gens. Bourne repéra une rousse solitaire, s'approcha d'elle, et lui demanda, par gestes, si elle voulait danser. La *house* que crachaient les haut-parleurs massifs rendait tout échange inaudible. La jeune femme hocha la tête et lui prit la main. Ils jouèrent des coudes, et trouvèrent un peu de place sur la piste. Les vingt minutes suivantes prirent des allures de séance de gymnastique intensive. Ils s'agitaient sans discontinuer sous les stroboscopes, la cage thoracique résonnant des basses excessives de Tequilajazz, un groupe local.

Un peu plus loin, Bourne aperçut une autre blonde. Elle dansait avec frénésie, mais semblait différente des autres. Il saisit la main de sa partenaire, et l'entraîna vers le centre de la piste. Les effluves de parfums se mêlaient aux odeurs de sueur et de métal chaud.

Sans cesser de danser, il contourna la blonde, afin d'être sûr de ne pas se tromper. Et effectivement, la jeune beauté qui ondulait devant le gangster aux épaules de boxeur était bien Gala Nematova.

— Ça ne sera plus comme avant, déclara le Dr Mitten.

— C'est-à-dire ? aboya Anthony Prowess à l'adresse de l'ophtalmologiste penché au-dessus de lui.

Il était assis sur une chaise inconfortable dans les locaux de la NSA aux abords de Moscou.

— Je ne pense pas que vous soyez en état d'entendre

un diagnostic complet, monsieur Prowess. Pourquoi ne pas attendre que le choc...

— Premièrement je ne suis plus sous le choc, mentit Anthony. Deuxièmement, je n'ai pas de temps à perdre.

Ce qui était vrai : il avait laissé filer Bourne, et devait retrouver sa trace au plus tôt.

Le Dr Mitten soupira. Cette réponse ne le surprenait pas, toute autre réaction l'aurait d'ailleurs étonné. Il tenait à se montrer franc avec son patient, même s'il travaillait pour la NSA.

— Cela veut dire que vous ne verrez plus jamais de cet œil-là. Du moins pas aussi bien.

Prowess garda la tête penchée en arrière, son œil abîmé tout engourdi par un collyre, afin que ce maudit ophtalmo puisse appuyer dessus.

— Des détails, je vous prie.

Mitten était un grand chauve sans carrure, dont la pomme d'Adam s'affolait de façon comique quand il parlait ou déglutissait.

— Vous réussirez à discerner des mouvements, à différencier le jour de la nuit.

— C'est votre dernier mot ?

— D'un autre côté, reprit le médecin, quand l'œdème se résorbera, vous pouvez aussi vous retrouver aveugle de cet œil-là.

— Au moins je sais à quoi m'attendre. Maintenant si vous pouviez parer au plus pressé, afin que je sorte d'ici.

— Je vous conseillerais...

— Je me fous éperdument de vos conseils, cracha Prowess. Faites ce que je vous dis, si vous ne voulez pas que je torde ce petit cou de poulet !

L'ophtalmo parut indigné, mais il évitait, par principe, de contrarier les agents secrets.

Le patient enrageait, tandis que le praticien s'occupait de son œil. Non seulement il n'avait pas tué Bourne, mais en plus il se retrouvait amoché à vie. Il se reprochait d'avoir fui, même s'il n'avait guère eu d'autre choix.

Prowess ne se le pardonnerait jamais. Moins à cause de la douleur, ou parce que Bourne avait pris l'avantage, qu'à cause de son œil – il craignait de devenir aveugle depuis son plus jeune âge. Son père avait perdu la vue en tombant d'un bus, ses deux rétines s'étant décollées sous le choc. A cette époque, la chirurgie était encore impuissante devant ce genre de blessures. Le petit Anthony, âgé de six ans, avait alors vu son père, géant enthousiaste, se recroqueviller et s'étioler après l'accident. A l'instant où Bourne lui avait rentré son pouce dans l'œil, ce traumatisme avait resurgi des replis de sa mémoire.

Tandis que Mitten s'activait au-dessus de lui, Prowess se promit de retrouver Bourne, et de le lui faire payer au centuple.

Le professeur Specter présidait une réunion de recteurs. Lorsque son téléphone vibra, il annonça une interruption de quinze minutes. Il quitta la pièce, remonta le couloir à grands pas, puis sortit sur le campus.

Il ouvrit son téléphone et prit la communication. Il reconnut la voix de Nemetsov, l'homme que Baronov avait appelé pour procéder à l'échange de voitures, sur le parking.

— Baronov est mort ? souffla Specter. Mais comment ?

Nemetsov lui relata l'agression dans la Volga, devant l'immeuble de Tarkanian.

— Un tueur de la NSA, conclut le Russe. Il attendait Bourne pour l'égorger, comme Baronov.

— Et Jason ?

— Il s'en est tiré. Mais l'assassin a pu s'enfuir.

Specter éprouva un immense soulagement.

— Retrouve ce type de la NSA avant qu'il ne mette la main sur Jason, et liquide-le. Compris ?

— Oui. Mais est-ce qu'on ne devrait pas essayer de contacter Bourne ?

Le professeur réfléchit un moment.

— Non. Il travaille mieux seul. Il connaît Moscou, parle russe, et dispose d'un faux passeport. Il fera ce qu'il convient de faire.

— Tout repose sur lui, alors, remarqua Nemetsov, dubitatif.

— Oui, et il n'y a pas lieu de s'inquiéter. Tu comprendrais pourquoi si tu le connaissais.

*

Gala et l'homme qui l'accompagnait quittèrent la piste de danse, enlacés et luisants de sueur. Bourne les suivit. Le couple se dirigea vers une table où se trouvaient deux hommes, avec qui ils s'assirent. La petite troupe entreprit de boire du champagne comme s'il s'agissait d'eau. Bourne attendit qu'ils aient de nouveau rempli leurs flûtes, puis s'approcha d'une démarche chaloupée, à la manière de ces nouveaux gangsters.

Il se pencha par-dessus l'homme et cria dans l'oreille de Gala :

— J'ai un message urgent pour vous !

— Hé ! hurla le malfrat en se dressant d'un bond, tu sors d'où toi ?

— Mauvaise question.

Bourne le défia du regard, et remonta la manche de sa veste, le temps qu'il entraperçoive son tatouage.

L'homme se mordit la lèvre et se rassit, tandis que Bourne tendait le bras et tirait la *diev* de sa chaise.

— On va sortir pour parler.

— Vous êtes fou !

Elle tenta de lui échapper en se tortillant.

— Il gèle, dehors !

Bourne l'entraîna vers la sortie.

— On parlera dans ma limousine.

— Bon, c'est déjà ça, grogna-t-elle en montrant les dents, furieuse.

Elle avait les dents très blanches, détartrées à la limite de l'abrasion, et de grands yeux marron foncé, dont les coins remontaient vers ses tempes, trahissant des origines asiatiques.

Un vent glacé arrivait du canal par rafales, à peine atténuées par le front de voitures de luxe et de *bombili*. Bourne tapota à la vitre de la Porsche. Le chauffeur le reconnut et déverrouilla les portières. Frissonnante, Gala resserra sur elle son manteau bien trop court pour la saison. Bourne demanda au chauffeur de monter le chauffage. Celui-ci s'exécuta, puis se rencogna dans son pardessus à col de fourrure.

— Je me fous de ce que vous avez à me dire, déclara-t-elle, désabusée. De toute façon, la réponse est non.

— Vous êtes sûre ?

Bourne se demandait où elle voulait en venir.

— Certaine. J'en ai marre qu'on me demande où est Leonid Danilovitch.

« Tiens, tiens, songea Bourne. Voilà un nom que le professeur n'a jamais mentionné. »

— Nous insistons parce qu'il est persuadé que vous le savez.

Il avait lancé cela au hasard, comptant sur la jeune femme pour l'éclairer.

— Je n'en sais rien, insista Gala, comme une petite fille butée. Et même si je le savais, je ne le balancerais pas. Vous pouvez dire ça à Maslov de ma part.

Dimitri Maslov, le chef de la Kazanskaïa. « Les choses se décantent », pensa Bourne. Mais pourquoi Maslov traquait-il Leonid Danilovitch, et quel rapport cela avait-il avec la mort de Piotr ? Il décida de creuser dans ce sens-là.

— Pourquoi utilisiez-vous l'appartement de Tarkanian avec Leonid Danilovitch ?

Il vit aussitôt son erreur. L'expression de Gala changea, et un son incrédule sortit de sa gorge.

— Mais qu'est-ce qui vous prend ? Vous savez très bien pourquoi on nous avait installés là-bas !

— Redites-le-moi, improvisa Bourne. Je n'ai eu que des échos de l'affaire. Il se peut qu'un détail m'ait échappé.

— Mais qu'est-ce que vous pourriez ignorer ? Leonid Danilovitch et Tarkanian sont très liés.

— C'est là que vous emmeniez Piotr, pour vos rendez-vous amoureux, tard le soir ?

— Ah, c'est pour ça. La Kazanskaïa enquête sur Piotr Zilber parce qu'il a commandité le meurtre de Boria Maks à Colonie 13. Qui a bien pu faire ça, sinon Leonid ? Pénétrer sur les lieux, tuer Boria, puis ressortir incognito. Maks était un tueur de la Kazanskaïa, un géant sanguinaire et invincible !

— C'est précisément ce que Maslov veut découvrir, dit Bourne, entrant dans le jeu de Gala.

La blonde se mordilla les ongles, réalisa ce qu'elle était en train de faire, et arrêta.

— Il soupçonne Leonid Danilovitch parce qu'il connaît son tableau de chasse, lâcha-t-elle. Et il pense que seul lui pouvait y arriver.

Bourne décida de la pousser dans ses retranchements.

— Il a raison, dit-il.

Gala haussa les épaules.

— Pourquoi protégez-vous Leonid ?

— Je l'aime.

— Comme vous aimiez Piotr ?

— Ne soyez pas bête.

La *diev* s'esclaffa.

— Je n'ai jamais aimé Piotr. Il s'agissait d'une mission, et Semion Icoupov payait bien.

— Tu as trahi Piotr et il l'a payé de sa vie.

Nematova sembla le considérer d'un œil nouveau.

— Qui êtes-vous ?

Bourne ignora sa question.

— Durant cette période, où rencontriez-vous Icoupov ?

— Je ne l'ai jamais rencontré. Leonid servait d'intermédiaire.

Il réfléchissait à cent à l'heure, réordonnait ces éléments épars.

— Vous savez que Leonid a tué Piotr, n'est-ce pas ?

Il n'en avait nullement la preuve, mais cette hypothèse, au vu des circonstances, semblait la plus logique.

— Non.

La jeune femme blêmit.

— C'est impossible.

— Parce que vous imaginez Icoupov en train de tuer Piotr tout seul, vous ?

Bourne vit la peur la gagner.

— A qui d'autre que lui Icoupov aurait-il pu se fier ? Leonid était la seule personne qui savait que vous espionniez Piotr pour le compte d'Icoupov.

Il avait visé juste. L'expression de Gala la trahit. Il profita de son désarroi pour continuer.

— Donnez-moi le nom entier de Leonid, s'il vous plaît.

— Quoi ?

— Répondez-moi. C'est peut-être le seul moyen de lui sauver la vie.

— Mais vous appartenez à la Kazanskaïa !

Bourne remonta sa manche, montra son faux tatouage à Gala.

— Un tueur de la Kazanskaïa attendait Leonid dans l'appartement de Tarkanian, ce soir.

— Je ne vous crois pas, dit Gala.

Elle écarquilla les yeux.

— Qu'est-ce que vous faisiez là-bas ?

— Tarkanian est mort, expliqua-t-il. Maintenant, voulez-vous vraiment sauver l'homme que vous prétendez aimer ?

— Mais je l'aime vraiment ! Je me fiche de ce qu'il a pu faire.

A cet instant, le chauffeur poussa un juron, se retourna sur son siège.

— Mon client arrive !

— Dépêchez-vous, insista Bourne. Ecrivez-moi son nom.

— Il a dû se passer quelque chose, grinça le chauffeur. Il a l'air furieux. Sortez tout de suite de la voiture !

Bourne empoigna le bras de Gala, ouvrit la portière donnant sur la rue, et faillit se faire renverser par un *bombila* arrivant à toute allure. Il l'arrêta avec une poignée de roubles, et passa, d'une courte enjambée, du luxe inouï de l'Occident à la misère de l'Est. Nematova lui faussa compagnie pendant qu'il montait dans la vieille Lada. Bourne empoigna le dos de son manteau de fourrure, mais elle s'en défit d'un coup d'épaules, et partit en courant. Le chauffeur du taxi mit les gaz. Bourne baissa sa vitre et vit les deux hommes qui s'étaient trouvés à la table de Gala sortir de la boîte. Ils regardèrent à gauche, puis à droite. L'un d'eux repéra la silhouette de la *diev* en fuite, fit signe à l'autre, et ils s'élancèrent à sa poursuite.

— Suivez ces hommes ! cria Bourne au taxi.

— Vous plaisantez, oui ?

Bourne lui lança une poignée de roubles supplémentaire.

— Je ne plaisante pas, non.

Le chauffeur haussa les épaules, passa la première, écrasa l'accélérateur.

A cet instant, les deux hommes rattrapèrent Gala.

20.

Au même instant, Leonid Danilovitch Arkadine et Devra cherchaient un moyen de contacter Haydar à l'insu de la Légion noire.

— Le mieux serait de le voir en dehors de son environnement, remarqua Arkadine. Mais pour ça, il faudrait connaître ses habitudes, et nous n'avons pas le temps de...

— J'ai une idée, dit Devra.

Ils étaient assis côte à côte sur un édredon, au rez-de-chaussée d'une petite auberge. Meublée d'une vieille commode, d'un fauteuil et d'un lit, la chambre n'avait rien d'extraordinaire, mais elle possédait sa propre salle de bains. Ils avaient pu prendre une douche chaude et, comble du luxe, la pièce était chauffée.

— Haydar a la passion du jeu, continua Devra. On le trouve tous les soirs dans l'arrière-salle d'un café local. Il connaît le propriétaire, qui les laisse jouer sans demander d'argent.

Elle consulta sa montre.

— A cette heure-ci, il y est sûrement.

— Quel intérêt pour nous ? Les gens de ton organisation doivent le protéger.

— Exact. C'est pour ça qu'on va rester à distance du café.

*

Une heure plus tard, ils attendaient dans leur voiture de location, sur le bas-côté d'une route à deux voies, tous phares éteints et complètement transis. La neige annoncée était tombée. Une lune à moitié pleine glissait dans le ciel, comme une lanterne éclairant les nuages effilés et les congères bleutées.

— C'est le chemin que prend Haydar pour se rendre au café et rentrer chez lui.

Devra inclina son poignet afin de placer sa montre dans la clarté de la lune, reflétée par la couche de glace du talus enneigé.

— Il devrait passer d'une minute à l'autre.

Arkadine était au volant.

— Montre-moi la voiture, je m'occupe du reste.

Il avait une main sur le contact, une autre sur le levier de vitesses.

— Il faut s'attendre à tout. Peut-être qu'il a une escorte.

— S'il a des gardes du corps, ils seront avec lui dans la voiture, remarqua Devra. Mais les routes sont si mauvaises que ça va être difficile de les suivre sans se faire repérer.

— Une seule voiture, alors, fit Arkadine, songeur. Parfait.

Quelques instants plus tard, une lueur mouvante apparut dans la nuit depuis le bas de la côte.

— Des phares ! souffla Devra.

— Tu reconnaîtrais sa voiture ?

— Oui, dit-elle. Il n'y en a pas beaucoup dans la région. On voit surtout des vieux camions de fret.

La lumière se fit plus vive. Puis la berline arriva au sommet de la côte.

— C'est lui, dit Devra.

— Sors, ordonna Arkadine. Et cours ! Maintenant !

— Continuez à rouler, dit Bourne. En première, jusqu'à ce que je vous donne d'autres instructions.

— Je ne crois pas que...

Mais Bourne avait déjà ouvert la portière et sauté sur le trottoir. Il sprintait en direction des deux hommes. L'un d'eux tenait Gala, l'autre s'était tourné, le bras levé, alertant peut-être l'une des voitures à l'arrêt. Bourne le frappa à hauteur du foie, lui appuya sur la tête et lança son genou pour lui percuter le menton. Les mâchoires du type claquèrent ; il bascula en avant, tête la première.

Le deuxième prit Gala pour s'en servir de bouclier. Il voulut dégainer, Bourne balança le poing. L'homme para le coup, mais la *diev* lui écrasa le pied avec son talon. Bourne la prit par la taille, la mit hors d'atteinte avant de lâcher un uppercut dans la pomme d'Adam du truand qui porta les mains à sa gorge, haletant. Bourne lui asséna deux coups au ventre, et le malfrat s'écroula sur le trottoir.

— Venez !

Bourne prit la main de Gala et l'entraîna en courant vers le taxi, qui avançait au pas, portière ouverte. Il la poussa à l'intérieur, grimpa derrière elle et claqua la portière.

— Allez-y ! Foncez ! cria-t-il au chauffeur.

Gala remonta la vitre, grelottante.

— Je m'appelle Yakov, dit ce dernier.

L'homme les reluqua dans son rétroviseur.

— Vous me donnez des émotions. Je vous emmène où ?

— Roulez, dit Bourne.

Quelques pâtés de maisons plus loin, il vit que la *diev* le fixait.

— Vous ne m'avez pas menti, dit-elle.

— Vous non plus. La Kazanskaïa a l'air de penser que vous savez où se trouve Leonid.

— Leonid Danilovitch Arkadine.

La jeune femme n'avait pas encore retrouvé son souffle.

— Vous vouliez connaître son nom, je crois.

— Ce que je veux, dit Bourne, c'est rencontrer Dimitri Maslov.

— Le chef de la Kazanskaïa ? Vous êtes fou !

— Leonid s'est associé à des gens sans scrupule. Il vous a mise en danger. Les hommes de Maslov vont s'acharner sur vous, sauf si je le persuade que vous ignorez où se trouve Arkadine.

Gala, qui tremblait de froid, enfila tant bien que mal sa fourrure.

— Pourquoi m'avez-vous sauvée ?

Elle resserra le manteau autour de son corps gracile.

— Je ne peux pas laisser Arkadine vous jeter dans la gueule du loup.

— Ce n'est pas ce qu'il a fait, protesta-t-elle.

— Et vous appelleriez ça comment ?

Elle ouvrit la bouche, la referma et se mordit la lèvre, comme si la douleur pouvait lui fournir une réponse.

Ils s'engagèrent sur la voie rapide, leur taxi allait pouvoir accélérer.

— On va où ? lança Yakov, sans se retourner.

Gala se pencha vers le chauffeur, lui donna une adresse.

— Et c'est où, ça ?

Autre particularité des *bombili* : ils ne connaissent pas Moscou. La *diev* lui donna des indications, comme si cela allait de soi.

— On ne peut pas retourner à l'appartement, alors on va chez une amie, dit-elle. Je l'ai déjà fait, elle sera d'accord.

— La Kazanskaïa connaît son existence ?

Gala fronça les sourcils.

— Je ne pense pas, non.

— Mieux vaut ne pas prendre le risque.

Bourne donna l'adresse d'un des nouveaux hôtels dirigés par des Américains, près de la place Rouge.

— C'est le dernier endroit où ils viendront vous chercher, expliqua-t-il.

Yakov passa la troisième et la voiture s'élança dans la nuit moscovite scintillante et glacée.

Seul dans la voiture, Arkadine déboîta, et fonça sur la voiture d'Haydar, allumant ses phares juste avant de rentrer dans le coin arrière droit. Il aperçut les gardes du corps par la lunette. La berline dériva sur la gauche. Il enfonça la portière arrière droite. Haydar lâcha le volant, perdit le contrôle du véhicule, qui fit un tour sur lui-même avant de quitter la route. Lorsque le coffre heurta un arbre, le pare-chocs se brisa, la carrosserie plia. On aurait dit un animal blessé. Arkadine se gara sur le bas-côté puis sortit, sans éteindre le moteur. Ses phares éclairaient l'habitacle de la voiture accidentée : Haydar se trouvait derrière le volant, conscient, mais en état de choc. On ne voyait plus qu'un homme à l'arrière, la tête renversée sur le dossier ; son visage ensanglanté brillait d'un éclat noir dans la lumière des phares.

Arkadine se dirigea vers les gardes du corps ; Haydar eut un mouvement de recul terrifié. Les deux portières arrière, très endommagées, ne s'ouvraient plus. D'un coup de coude, Arkadine fit voler en éclats la vitre de gauche, et regarda à l'intérieur. Suite à son coup de bélier, l'un des hommes avait été projeté dans l'habitacle, et gisait en partie sur les genoux de son ami encore assis. Aucun des deux ne bougeait.

Tandis qu'Arkadine se penchait pour tirer Haydar de derrière le volant, Devra jaillit des ténèbres. Lorsqu'il la reconnut, il écarquilla les yeux. Elle se jeta sur Arkadine, le plaqua contre la portière, le déséquilibra.

Ils roulèrent dans la neige, sous le regard éberlué du Turc. Devra frappa Arkadine, qui riposta aussitôt et reprit l'avantage. Elle recula et brandit un couteau, qui brilla dans la lumière des phares, et porta des coups vers le bas, à plusieurs reprises.

Lorsqu'elle se redressa, sa main était vide, et elle respirait avec peine. Haydar en conclut qu'elle avait poignardé son adversaire. Elle tituba quelques instants, épuisée par cette lutte au corps à corps. Puis elle se dirigea vers Haydar et ouvrit sa portière d'un coup sec.

— Ça va ? s'enquit-elle.

Il acquiesça, mais resta sur ses gardes.

— On m'avait dit que tu nous avais trahis !

Devra s'esclaffa.

— C'est ce que je voulais faire croire à ce fils de pute. Il a eu Chomenko, et Filia. Alors j'ai fait semblant d'être avec lui, en attendant de pouvoir le coincer.

Le passeur hocha la tête.

— Nous voilà tranquilles. Ça me faisait mal de t'imaginer dans l'autre camp. Certains pensent que tu en es arrivée là parce que tu as couché avec Piotr, mais pas moi.

Haydar commençait à se remettre. Son regard se faisait plus vif.

— Et le paquet ? dit-elle. Il est en sécurité ?

— Je l'ai remis à Heinrich ce soir, pendant la partie.

— Il est rentré à Munich ?

— Pourquoi s'attarderait-il ici ? Il déteste ces montagnes. Il roule vers Istanbul pour prendre son vol de nuit.

Le Turc plissa les yeux.

— Mais pourquoi tu me demandes ça ?

A ce moment-là, Arkadine bondit. Haydar poussa un cri. Son regard alla de la jeune femme à celui-ci, puis se posa de nouveau sur Devra.

— Qu'est-ce qui se passe ? fit-il. Je t'ai vu le poignarder à mort !

— Tu as vu ce que nous voulions que tu voies.

Arkadine tendit son pistolet à Devra, qui tua son ancien complice d'une balle entre les deux yeux.

Puis elle se tourna vers Arkadine et lui rendit son arme, en la tenant par le canon.

— C'est bon, j'ai fait mes preuves maintenant ? lança-t-elle d'une voix pleine de défi.

Bourne prit une chambre au Metropolia, sous le nom de Fiodor Ilianovich Popov. Le réceptionniste parut ne pas remarquer la présence de Gala, et ne lui demanda pas ses papiers ; l'identité de son compagnon semblait suffire. Le hall de l'établissement regorgeait de dorures, de lustres en cristal et autres excès somptueux qui rappelaient l'époque des tsars, comme un pied de nez à la brutalité glacée du réalisme soviétique.

Bourne et Gala prirent un ascenseur tendu de soie pour se rendre au dix-septième étage. Il ouvrit la porte de leur chambre avec une carte magnétique, fit une brève inspection des lieux, puis invita la jeune femme à entrer. Elle s'assit sur le lit. Sa minijupe remonta encore plus haut sur ses cuisses, ce dont elle ne semblait guère se soucier.

Elle se pencha vers l'avant, les coudes sur les genoux, et déclara :

— Merci de m'avoir sauvée de leurs griffes. Mais je me demande ce que je vais faire, maintenant.

Bourne tira le siège qui se trouvait devant le bureau, le tourna, s'assit face à la jeune femme.

— Vous allez déjà me dire où se trouve Arkadine, si vous le savez.

Gala regarda le tapis. Elle se frotta les bras, comme

si elle ne s'était toujours pas réchauffée. Il faisait pourtant bon dans la chambre.

— Bien, dit Bourne. Parlons d'autre chose. Que savez-vous de la Légion noire ?

Elle redressa la tête, sourcils froncés.

— C'est drôle que vous en parliez.

— Pourquoi ?

— Leonid y a déjà fait allusion.

— Il en fait partie ?

La *diev* eut un rictus de mépris.

— Vous plaisantez ! Non, il en parlait avec Ivan.

— Qui est Ivan ?

— Ivan Volkine. Un vieil ami de Leonid. Il a travaillé pour la mafia russe, et ses chefs viennent toujours le consulter. Il connaît tout le monde, c'est un peu l'historien du milieu. Leonid trouvait toujours ses renseignements auprès de lui.

Ce qui intéressa Bourne.

— Vous me le présenteriez ?

— Pourquoi pas ? Il vit la nuit. Leonid avait l'habitude de passer le voir jusque très tard.

Gala prit son téléphone portable dans son sac, fit défiler les noms figurant sur son répertoire et appela Volkine.

Après s'être entretenue quelques minutes avec son correspondant, elle interrompit la conversation, puis hocha la tête.

— Il peut nous voir dans une heure.

— Bien.

La jeune femme rangea son téléphone.

— N'allez pas croire qu'Ivan sait où est Leonid. Il n'a dit à personne où il allait, pas même à moi.

— Vous devez vraiment l'aimer.

— Oui.

— Et lui, il vous aime ?

Gala tourna la tête vers Bourne, les yeux remplis de larmes.

— Oui, il m'aime.

— C'est pour ça que vous avez accepté de l'argent pour espionner Piotr ? Et que vous draguiez cet homme, ce soir ?

— Ça, ça ne compte pas !

Il avança le buste vers elle.

— Je ne comprends pas. Pourquoi ça ne compte pas ?

La *diev* le dévisagea.

— Mais vous sortez d'où ? L'amour, vous savez ce que c'est ?

Une larme déborda de sa paupière, roula sur sa joue.

— Ce que je fais pour de l'argent me permet de vivre. Je me sers de mon corps, mais ça n'a rien à voir avec l'amour. L'amour dépend du cœur, et mon cœur appartient à Leonid Danilovitch. Cet amour est pur, sacré. Personne n'a le droit d'y toucher.

— Peut-être n'avons-nous pas la même vision de l'amour, soupira Bourne.

Gala secoua lentement la tête.

— Vous n'avez pas le droit de me juger.

— Certes, acquiesça-t-il. Mais ce n'était pas un jugement. L'amour reste pour moi une énigme.

La jeune femme inclina la tête sur le côté.

— Pourquoi ?

Bourne hésita un instant avant de continuer.

— J'ai perdu deux femmes, une fille, et de nombreux amis.

— Vous avez aussi perdu l'amour ?

— Je n'ai pas la moindre idée de ce que ça peut bien vouloir dire.

— Mon frère est mort pour m'avoir protégée.

Gala se mit à trembler à ce souvenir.

— Il était tout ce que j'avais. Personne ne m'aimera jamais comme il m'a aimée. Après le meurtre de nos parents, nous sommes devenus inséparables. Il a juré de veiller sur moi. Et cette promesse lui a coûté la vie.

Elle se redressa, toisa Bourne d'un air de défi.

— Vous comprenez, maintenant ?

Il songea qu'il l'avait sous-estimée. Et peut-être commis la même erreur avec Moira. Il avait fini par accepter ses sentiments pour elle, tout en restant persuadé qu'aucune femme ne possédait la force intérieure de Marie. Il se trompait, et cette jeune Russe lui ouvrait les yeux.

Elle l'observait. Sa colère était tombée.

— Vous ressemblez à Leonid Danilovitch, par certains côtés. Vous avez perdu confiance en l'amour, vous êtes un homme blessé. Vous vivez un enfer, et votre seul salut est de trouver quelqu'un à aimer.

— J'avais trouvé quelqu'un, dit Bourne. Mais elle est morte.

— Il n'y a personne d'autre ?

Il hocha la tête.

— Si. Peut-être.

— Dans ce cas aimez-la, au lieu de la fuir !

Gala joignit les mains.

— Vivez l'amour. C'est ce que je dirais à Leonid Danilovitch, s'il était là.

Yakov, le taxi qui avait déposé Bourne et Gala au Metropolia, s'était garé à deux cents mètres de l'hôtel. Il ouvrit son téléphone portable et appela un correspondant. Lorsqu'il entendit la voix familière, il déclara :

— Je les ai laissés au Metropolia il y a cinq minutes.

— Surveille l'entrée, dit la voix. Si tu les vois quitter l'hôtel, préviens-moi. Et surtout suis-les !

Yakov acquiesça, fit le tour du pâté de maisons et se positionna face au palace. Puis il composa un second numéro, et donna exactement la même information à un autre de ses clients.

— On a raté le paquet de peu, annonça Devra, comme ils s'éloignaient de l'épave. On ferait mieux d'aller à Istanbul. Le contact suivant, Heinrich, a au moins deux heures d'avance sur nous.

Ils roulaient dans la nuit noire, sur une route en lacet, avec pour seules compagnes les montagnes obscures, coiffées de neige scintillante. La route comptait autant d'ornières qu'une mauvaise piste en temps de guerre. A un moment, ils dérapèrent sur une plaque de verglas, mais Arkadine réagit avec sang-froid. Il laissa glisser la voiture, tout en donnant de légers coups de frein. Puis il se mit au point mort et coupa le contact. Ils finirent par s'arrêter contre une congère.

— J'espère qu'Heinrich rencontre les mêmes difficultés, remarqua la jeune femme.

Arkadine redémarra, mais la voiture patina sur le verglas. Il descendit, ouvrit le coffre, tandis que Devra se mettait au volant. Ne trouvant rien d'utile dedans, il alla casser quelques bonnes branches, qu'il plaça devant le pneu arrière droit. Il frappa le pare-chocs deux fois, et Devra mit les gaz. Le moteur toussa, gronda. Les pneus tournèrent et firent gicler des gerbes de neige granuleuse. Puis ils adhérèrent au bois, roulèrent dessus, redescendirent. La voiture était prête à repartir.

La jeune femme laissa le volant à Arkadine. Des nuages masquaient la lune, plongeant la route dans l'obscurité, tandis qu'ils se dirigeaient vers le col. Il n'y avait aucune voiture en vue. La seule lumière à des kilomètres à la ronde était celle de leurs phares. La lune finit par émerger des nuages, et le monde cerné d'ombres, autour d'eux, fut soudain baigné d'une clarté surnaturelle et bleutée.

— C'est dans des moments comme ceux-là que mon Américain me manque, dit Devra, en renversant la tête sur son siège. Il venait de Californie, il faisait du surf. Quel drôle de sport, quand même. Et moi je rêvais de ce pays, de soleil, de bains de mer toute l'année. D'autoroutes, de décapotables.

— Le rêve américain, dit Arkadine non sans ironie.

Sa compagne poussa un soupir.

— J'aurais voulu qu'il m'emmène avec lui, quand il est parti, avoua-t-elle.

— Mon pote Micha aussi voulait partir avec moi, se souvint Arkadine. Mais c'était il y a longtemps.

Devra tourna la tête vers lui.

— Et où allais-tu ?

— En Amérique.

Il eut un rire bref.

— Mais pas en Californie. Micha s'en fichait : il serait allé n'importe où aux Etats-Unis. C'est pour ça que je suis parti sans lui. Tu vas quelque part pour le boulot, puis tu tombes amoureux du pays, et tu n'as plus du tout envie de travailler.

Arkadine s'interrompit pour se concentrer sur un virage difficile.

— Mais ce n'est pas ce que je lui ai dit, reprit-il. Je ne voulais pas le blesser. On a grandi ensemble dans la zone. Une putain de vie. Je me suis fait cogner je ne sais combien de fois. Puis Micha est arrivé. Il était plus grand et plus fort que moi. Mais surtout, il m'a appris à me servir d'un couteau. Pas seulement à frapper avec, mais à le lancer. Il m'a emmené chez un type, tout petit mais musclé. En moins de deux, il m'avait plaqué au sol et coupé le souffle. Il m'a fait si mal que j'en ai pleuré. Micha m'a demandé si j'aimerais pouvoir faire ça, et j'ai aussitôt signé.

Les phares d'un camion trouèrent la nuit en face d'eux, lumière aveuglante qui les éblouit un instant. Arkadine ralentit, le véhicule passa en brinquebalant.

— Micha est mon meilleur ami, dit-il. Je ne sais pas ce que je deviendrais sans lui.

— Tu me le présenteras, quand on rentrera à Moscou ?

— Il est en Amérique, maintenant. Mais je t'emmènerai chez lui, sur le quai Frounzenskaïa, où j'ai habité. Son salon donne sur le parc Gorki, la vue est magnifique.

Il eut une brève pensée pour Gala, qui occupait toujours l'appartement. Mais ce serait facile de la chasser.

— Je vais adorer cet endroit, j'en suis sûre ! s'exclama Devra.

Enfin, Arkadine parlait de sa vie ! Enhardie par ses confidences, elle lui demanda :

— Tu faisais quoi comme travail, en Amérique ?

Arkadine se ferma, arrêta la voiture.

— C'est ton tour de conduire.

Ce n'était pas la première fois qu'il avait un brusque revirement d'humeur. Il contourna la voiture par l'avant, la jeune femme se glissa derrière le volant. Arkadine monta, claqua la portière. Devra mit le contact, se demandant quel point sensible elle avait pu toucher.

Ils repartirent. La route redescendait vers la plaine.

— L'autoroute n'est plus très loin, annonça-t-elle, afin de rompre le silence oppressant. J'ai vraiment hâte de me retrouver dans un lit bien chaud.

Vint le soir où Arkadine prit l'initiative, pendant que Marlene dormait. Il remonta le couloir à pas feutrés, puis força la serrure avec un fil de fer récupéré sur le bouchon du champagne qu'Icoupov servait au dîner – un jeu d'enfant. De confession musulmane, il s'abstenait de boire, mais ses invités n'obéissaient pas à de tels diktats. Arkadine avait proposé d'ouvrir la bouteille, et subtilisé le fil de plomb.

Le parfum de Marlene, un mélange de musc et de citron qui le troublait beaucoup, flottait dans la chambre. La lune était pleine, et basse sur l'horizon.

Il demeura immobile, écouta la respiration paisible de Marlene, émaillée de légers ronflements. Le couvre-lit en satin bruissa lorsqu'elle se tourna sur le côté droit, lui offrant son dos. Arkadine attendit que son souffle redevienne régulier avant de s'approcher du lit. Il s'agenouilla au-dessus de la dormeuse. La lune éclairait son visage et son épaule. Mais on ne voyait pas son cou, plongé dans l'ombre, comme s'il l'avait déjà décapitée. Cette vision le déstabilisa pour une obscure raison. Il respira profondément pour se calmer, mais ce fantasme l'oppressait et lui tournait la tête.

Quelque chose de dur et de froid le ramena à la réalité. Marlene était réveillée. Et le braquait avec un Glock de calibre 10.

— Il est chargé, précisa-t-elle.

Ce qui voulait dire qu'elle avait quatorze chances de l'achever si la première balle ne le tuait pas. Hypothèse très improbable, le Glock étant l'une des armes de poing les plus puissantes sur le marché. La jeune femme ne plaisantait pas.

— Reculez.

Il roula sur le drap, s'assit au bord du lit. Les seins nus de la psy brillaient dans le clair de lune, semi-nudité dont elle ne semblait pas se soucier.

— Vous ne dormiez pas.

— Je n'ai pas dormi une seule seconde depuis que je suis ici, avoua-t-elle. Je savais que vous finiriez par vous introduire dans ma chambre en pleine nuit.

Elle posa son Glock plus loin sur le drap.

— Venez vous coucher. Vous ne risquez rien, avec moi, Leonid Danilovitch.

Arkadine se mit au lit, comme hypnotisé, posa sa tête sur les seins chauds de Marlene, qui le berça comme un bébé. Sa chaleur pénétra son corps froid et crispé, et le cœur du jeune homme retrouva peu à peu un rythme régulier. Il finit par s'endormir, lové contre elle.

Un peu plus tard, Marlene le réveilla pour le libérer de son cauchemar. Il sursauta et la fixa, hagard. Il avait la gorge irritée d'avoir tant crié dans son sommeil. Il reconnut la femme qui le tenait dans ses bras, et dont le corps épousait le sien, et il se détendit.

— Rien ni personne ne peut vous faire du mal, ici, souffla-t-elle. Pas même vos cauchemars.

Il posa sur elle un regard dont l'étrange fixité aurait effrayé n'importe qui, mais pas Marlene.

— Qu'est-ce qui vous a fait hurler comme ça ? demanda-t-elle.

— Il y avait du sang partout... sur le lit !

— Sur votre lit ? On vous a frappé, Leonid ?

Arkadine cilla, et le charme fut rompu. Il tourna le dos à la psy, puis attendit les premières lueurs de l'aube.

21.

Par un bel après-midi ensoleillé, Tyrone conduisit Soraya Moore à la maison secrète de la NSA, nichée dans les collines de Virginie. Kiki était installée devant un terminal d'ordinateur, dans un cybercafé de Washington, prête à introduire dans le système de surveillance de la NSA le virus qu'elle avait créé.

« Les dernières images vidéo vont revenir en boucle, leur avait-elle expliqué. C'était la phase la plus simple à réaliser. Ce code fonctionnera dix minutes, puis il s'autodétruira. Il se scindera en minuscules fragments indétectables pour leur système. »

A partir de là, tout reposait sur un timing irréprochable. Un signal électronique émis depuis la maison de la NSA aurait aussitôt été repéré. Il fallait donc contaminer le réseau de l'extérieur. Restait, encore une fois, à respecter les horaires à la seconde près. Au moindre retard, les dix minutes d'impunité s'écouleraient sans qu'ils en aient profité. Mais c'était la seule solution.

Deron leur avait fourni des renseignements précieux sur l'organisation des lieux, d'après les plans d'architecte du bâtiment qu'il s'était procurés par miracle, Soraya elle-même n'ayant jamais pu y avoir accès.

Juste avant qu'ils ne s'arrêtent devant les grilles, elle demanda à Tyrone :

— Pas de regrets ?

Le jeune homme confirma, le visage impassible.

— Alors allons-y.

Le simple fait qu'elle ait songé à poser la question le hérissait. Si à l'époque un membre de son gang avait mis son courage en doute, c'en aurait été fini de lui. Il oubliait parfois qu'il avait quitté le ghetto. Soraya avait pris un risque inouï en l'arrachant à son environnement, en le civilisant, comme il disait lorsque ces lois lui pesaient trop.

Il lança un regard en coin à Soraya. Aurait-il jamais fait un pas dans le monde des Blancs s'il n'en était pas tombé amoureux ? Car cette femme de couleur, musulmane de surcroît, travaillait pour les Blancs. Et pas n'importe quels Blancs, des Blancs au carré, au cube, puissance dix. Si ça ne lui posait aucun problème à elle, pourquoi Tyrone aurait-il dû se sentir rejeté ? Il est vrai que Soraya avait eu une éducation de privilégiée. On avait pourvu à tous ses besoins, alors que ses parents à lui, très peu présents, avaient rarement accédé à ses désirs, ou s'en étaient révélés incapables. Soraya avait étudié à l'Université. Le seul professeur que lui avait eu, c'était Deron, qui, même s'il lui avait appris beaucoup de choses, ne pouvait remplacer cette éducation sophistiquée que Tyrone avait longtemps méprisée. Puis il avait rencontré Soraya, et mesuré toute l'étendue de son ignorance.

Les universitaires l'impressionnaient. Plus il les observait en société, plus lui apparaissait l'étroitesse de sa vie passée. Il possédait l'intelligence de la rue, ce qui suffisait pour naviguer dans le ghetto, mais la vie commençait au-delà du ghetto. Quand il réalisa cela, Tyrone voulut, comme l'avait fait Deron, s'aventurer hors des frontières de son petit univers.

Tout cela lui occupait l'esprit, quand soudain apparut la demeure de pierres et d'ardoises, entourée d'une clôture en fer de trois mètres de haut. La structure de l'édifice correspondait aux plans qu'il avait étudiés chez

Deron : symétrie parfaite, quatre grandes cheminées, fenêtres à pignon. Un gros bouquet d'antennes et de récepteurs satellites était le seul trait insolite.

— Tu es très beau dans ce costume, remarqua Soraya.

— C'est foutrement inconfortable, oui, grinça-t-il. Je me sens tout coincé, là-dedans.

— Comme tout bon agent de la NSA.

Le jeune homme s'esclaffa, tel un gladiateur romain pénétrant dans le Colisée.

— Ce qui était l'idée, ajouta son amie. Tu as le badge que t'a donné Deron ?

Il tapota son cœur.

— Bien au chaud, oui.

Soraya approuva d'un hochement de tête.

— OK. A nous de jouer.

Tyrone savait qu'il pouvait ne pas ressortir vivant, mais cela l'indifférait. Il n'avait encore rien accompli qui mérite des regrets. Il s'était élevé au-dessus de sa condition, à l'instar de Deron, ce qui en un sens pouvait suffire.

Soraya présenta les laissez-passer que La Valle lui avait envoyés le matin même par coursier. Cela n'empêcha pas deux gorilles en costard et aux mâchoires crispées de les regarder de haut en bas, avant de les inviter à passer d'un geste sec.

Comme Tyrone engageait l'auto dans l'allée sinueuse et gravillonnée, Soraya détailla à haute voix les appareils de surveillance et autres alarmes sophistiquées auxquels se verrait confronté un visiteur clandestin. En tant qu'invités, ces risques leur seraient épargnés, mais restait à déjouer de nombreux pièges, à l'intérieur. Quant à en réchapper, c'était une autre affaire.

Tyrone ralentit à hauteur du perron. Il avait à peine coupé le contact qu'un valet se précipitait pour garer la voiture – encore un militaire, qui n'aurait jamais l'air normal en civil.

Le général Kendall, ponctuel comme à son habitude, les attendait sur le seuil. Il serra brièvement la main de Soraya, puis dévisagea Tyrone.

— Votre garde du corps, je présume, dit-il non sans mépris. Pas franchement l'agent type.

— Pas plus qu'il ne s'agit d'un rendez-vous type, fit-elle remarquer.

Le Général haussa les épaules, serra à peine la main de Tyrone. Puis il tourna les talons et les précéda à l'intérieur du bâtiment. Ils traversèrent des pièces d'un luxe et d'un raffinement inouïs, tout en dorures d'un autre temps, et des couloirs moquettés, ornés de tableaux évoquant des faits de guerre. Par les fenêtres à meneaux filtrait une lumière d'hiver qui venait éclairer d'épais tapis bleu nuit. Tyrone prit note de chaque détail, comme s'il repérait les lieux en vue d'un casse de haut vol, ce qui était d'ailleurs le cas. Ils passèrent devant la porte des caves, qui ressemblait trait pour trait au dessin que Soraya avait réalisé de mémoire pour Deron.

Ils franchirent les derniers mètres qui les séparaient des portes en noyer de la bibliothèque. Un feu crépitait dans la cheminée. On avait disposé un ensemble de quatre fauteuils à l'endroit où Soraya avait pris le thé avec Kendall et La Valle. Willard les accueillit à l'entrée.

— Bonjour, madame Moore, dit-il. Quel honneur de vous avoir de nouveau parmi nous. Je vous sers votre Ceylan ?

— Avec plaisir, merci.

Tyrone, qui allait demander un Coca, se ravisa et commanda la même chose, par curiosité.

— Très bien, monsieur, dit Willard, qui se retira.

— Par ici, dit Kendall, avec un geste vers les sièges installés pour eux. La Valle était déjà assis et admirait le coucher de soleil.

Il avait dû les entendre approcher, car il se leva et

se tourna vers eux juste avant qu'ils n'arrivent à sa hauteur. Accueil bien orchestré, songea Soraya, aussi peu spontané que son sourire. Comme l'exigeait le protocole, Soraya présenta Tyrone, et tout le monde prit place dans les fauteuils.

— Avant que nous ne commencions, madame Moore, je tiens à préciser que nos archivistes ont pu mettre bout à bout certains fragments de l'histoire de la Légion noire. Son existence remonte au Troisième Reich. Elle était composée de prisonniers de guerre musulmans, qu'on a ensuite renvoyés en Allemagne, à l'époque des premières percées allemandes en Union soviétique. Musulmans turcophones pour la plupart, ils haïssaient Staline et étaient prêts à tout pour renverser son gouvernement, y compris devenir nazis.

La Valle hocha tristement la tête, comme un professeur relatant une période sombre de l'Histoire à des étudiants éberlués.

— C'est un événement de plus sur la longue liste des atrocités de l'époque. Quant à la Légion noire elle-même, rien ne prouve qu'elle ait perduré après la chute du régime qui l'avait engendrée. De plus, elle avait trouvé un soutien indéfectible en la personne d'Himmler, passé maître dans l'art de la propagande, surtout lorsqu'il s'agissait de se faire valoir aux yeux d'Hitler. La Légion noire n'aura joué qu'un rôle mineur sur le front de l'Est, certaines anecdotes le prouvent. Elle doit sa réputation sanguinaire à la seule machine propagandiste d'Himmler.

La Valle sourit, et le soleil émergea des nuages à cet instant.

— C'est donc à cette lumière que je vais étudier les renseignements interceptés par Typhon.

Soraya avait toléré cette introduction condescendante, qui discréditait ses sources et ses informations avant même d'en connaître la teneur. La jeune femme masqua son indignation et tenta de rester calme, concentrée sur sa mission. Elle plaça sa mallette sur ses genoux, composa la combinaison du cadenas. Puis elle sortit une chemise cartonnée rouge, barrée d'une épaisse bande noire dans le coin supérieur droit, comme sur tous les dossiers Secret-Défense.

Elle tendit les documents à La Valle, tout en le regardant dans les yeux.

— Excusez-moi, madame, intervint Tyrone, en levant la main. La bande électronique !

— Oh ! oui, j'oubliais, dit Soraya. Monsieur La Valle, voulez-vous bien rendre le dossier à monsieur Elkins ?

La Valle vit alors le ruban de métal qui scellait le document.

— Ne prenez pas cette peine. Je peux l'enlever moi-même.

— Pas si vous désirez connaître nos informations, le contra Tyrone. A moins que vous n'ouvriez la chemise avec ceci, dit-il en brandissant une barrette en plastique, elle s'autodétruira dans la seconde.

D'un hochement de tête, l'homme de la NSA marqua son approbation sur ces mesures de sécurité.

Comme il rendait le dossier au jeune homme, Soraya déclara :

— Depuis notre dernier entretien, mon personnel a intercepté de nouvelles communications émanant de la même entité, et il semble de plus en plus évident qu'il s'agisse du quartier général.

La Valle fronça les sourcils.

— Un quartier général ? Cela semble inhabituel pour un réseau terroriste, qui par définition a une organisation beaucoup plus informelle.

— C'est ce qui rend ces informations aussi fascinantes.

— Et suspectes, à mon avis, remarqua-t-il. Je suis impatient de voir ça.

Tyrone, qui avait tranché la bande de métal sécurisant le document, tendit celui-ci à La Valle, qui l'ouvrit, et commença à lire.

— Pourriez-vous m'indiquer les toilettes ? dit alors l'Afro-Américain.

La Valle fit un geste de la main vers Willard.

— Allez-y, dit-il sans lever les yeux des feuillets.

Kendall le regarda se diriger vers le domestique, qui arrivait avec les boissons, et lui demander des indications. Soraya suivait la scène du coin de l'œil. Si le plan se déroulait comme prévu, Tyrone se trouverait devant la porte de la cave d'ici quelques minutes, à l'heure où Kiki enverrait le virus dans le système de surveillance de la NSA.

Ivan Volkine était une espèce d'ours poivre et sel, les cheveux dressés sur la tête à la manière d'un fou. Il avait une grosse barbe blanche, des yeux gris pleins de malice et des jambes légèrement arquées, comme s'il avait passé sa vie à cheval. Son visage ridé lui conférait la dignité du sage.

Il les accueillit chaleureusement, dans un appartement qui paraissait exigu, envahi de livres et de magazines, jusque sur la gazinière et le lit.

Volkine les précéda dans le couloir pour leur faire de la place sur le sofa.

— Alors, dit-il, debout devant eux. Que puis-je pour vous ?

— Je cherche des informations sur la Légion noire, répondit Bourne. Si vous pouviez me dire ce que vous savez.

— Comment se fait-il que vous vous intéressiez à un point d'histoire aussi peu connu ?

Volkine le guigna d'un œil suspicieux.

— Vous n'avez pas une tête d'universitaire.

— Vous non plus, remarqua Bourne, ce qui déclencha un rire franc chez son hôte.

— Non, c'est sûr, admit ce dernier en s'essuyant les yeux. Réponse d'un vieux soldat à un autre vieux soldat, n'est-ce pas ?

Il tira une chaise vers lui et s'assit à l'envers, les bras sur le dossier.

— Que voulez-vous savoir au juste ?

— Comment ils ont réussi à survivre jusqu'au vingt et unième siècle.

Le visage de Volkine se ferma.

— Qui vous a dit que la Légion noire était toujours en activité ?

— Une source sûre, répondit Bourne, évasif.

Il préférait ne pas citer Specter.

— Ah oui ? Eh bien, cette personne se trompe.

— Pourquoi nier leur existence ?

Volkine se leva, se rendit dans la cuisine. On entendit des bruits de vaisselle. Lorsqu'il revint, il avait une bouteille de vodka glacée dans une main, et trois verres dans l'autre.

Il les leur tendit, dévissa le bouchon, puis remplit à moitié les verres. Après s'être servi, Volkine se rassit et posa la bouteille sur le tapis élimé.

— A votre santé.

Il but sa vodka en deux gorgées, fit claquer ses lèvres et se pencha pour se resservir.

— Ecoutez, si je devais admettre que la Légion noire existe encore, vous n'auriez plus jamais l'occasion de boire à ma santé.

— Et comment saurait-on que vous avez parlé ?

— Comment ? Ce n'est pas compliqué. Je vous raconte ce que je sais, puis vous sortez de chez moi, et les informations que je vous ai données vous incitent à agir de telle ou telle façon. Et le retour de bâton, c'est pour qui d'après vous ?

Volkine se frappa la poitrine avec son verre, renversant de la vodka sur sa chemise déjà tachée.

— Toute action génère une réaction, mon ami, et dans le cas de la Légion noire, toute réaction peut avoir des conséquences fatales.

L'homme ayant plus ou moins admis que la Légion noire n'avait pas disparu avec les nazis, Bourne orienta la conversation sur ce qui le souciait réellement.

— Pourquoi la Kazanskaïa est-elle impliquée dans l'histoire ?

— Pardon ?

— Je ne comprends pas pourquoi la Kazanskaïa s'intéresse à Mikhaïl Tarkanian. Je suis tombé sur l'un de leurs tueurs, dans son appartement.

Volkine le considéra d'un air soupçonneux.

— Que faisiez-vous dans son appartement ?

— Tarkanian est mort, dit Bourne.

— Quoi ! explosa son hôte. Je ne vous crois pas.

— J'étais présent quand c'est arrivé.

— Et moi je vous dis que c'est impossible.

— Les faits sont là, lui asséna Bourne. Sa mort est liée à son appartenance à la Légion noire.

Ivan croisa les bras sur sa poitrine, et ressembla soudain au gorille du zoo.

— Je vois. Vous voulez absolument me faire parler de la Légion noire.

— Exact, admit Bourne. La Kazanskaïa s'est en quelque sorte alliée à cette organisation, et ce n'est pas pour me rassurer.

— Je peux donner l'impression de posséder toutes les réponses, mais il n'en est rien.

Volkine le fixa, comme pour le défier de le traiter de menteur. Il en savait davantage qu'il ne voulait bien le dire, mais Bourne se garda d'exprimer ce sentiment à haute voix. Specter l'avait mis en garde contre la *grupperovka*, mais il était loin à présent, et Bourne ne voyait plus qu'un moyen de connaître la vérité.

— Dites-moi comment obtenir une entrevue avec Maslov.

Volkine fit non de la tête.

— Ce serait très imprudent. La Kazanskaïa est en pleine guerre avec les Azéris...

— Popov n'est qu'un nom d'emprunt, expliqua Bourne. En fait, je suis consultant pour Viktor Cherkesov.

Cherkesov, un des deux ou trois *siloviks* les plus puissants de Russie, dirigeait la Brigade des stupéfiants.

Volkine eut un mouvement de recul. Il lança un regard de reproche à Gala, comme si elle avait introduit un scorpion dans sa tanière. Se tournant vers Bourne, il demanda :

— Vous avez des preuves de ce que vous avancez, j'espère ?

— Ne soyez pas ridicule. Par contre, je peux vous donner le nom de mon contact : Boris Ilitch Karpov.

— Ah oui, vraiment ?

Volkine sortit un Makarov de sa poche, plaça l'arme sur son genou droit.

— Si vous mentez...

Il s'empara d'un téléphone portable, qu'il dénicha sous un tas de revues, et composa un numéro.

— On n'aime pas les amateurs, ici.

Après quelques instants, son correspondant décrocha.

— Boris Ilitch, j'ai ici un homme qui prétend travailler pour toi. Je peux te le passer ?

Volkine tendit le téléphone à son invité d'un air impassible.

— Boris, dit ce dernier. C'est Jason Bourne.

— Jason, mon ami ! s'exclama Karpov. Je ne t'ai pas revu depuis Reykjavik.

— Ça fait un bail, oui.

— Trop longtemps, si tu veux mon avis.

— Où étais-tu passé ?

— A Tombouctou.

— Qu'est-ce que tu fichais au Mali ? demanda Bourne.

— Oh, des choses et d'autres... Mais tu travailles pour moi, à ce que je vois.

— Exact.

— Ça fait des années que j'en rêve !

Karpov partit d'un grand rire.

— Il faut fêter ça à la vodka, mais pas ce soir, d'accord ? Repasse-moi ce bon vieux Volkine. J'imagine que tu es là pour lui demander quelque chose.

— Absolument.

— Il n'a pas cru un seul mot de ce que tu lui as raconté, mais je vais arranger ça. Garde en mémoire le numéro que je vais te donner, c'est mon portable. Appelle-moi quand tu seras seul. A bientôt, mon ami.

— Il veut vous parler, dit Bourne.

— Logique.

Volkine prit le téléphone, le colla à son oreille. Son expression changea presque aussitôt. Il regardait Bourne, bouche bée.

— Oui, Boris Ilitch. Oui, bien sûr, je comprends.

Volkine raccrocha et regarda Bourne en silence.

— Je vais appeler Dimitri Maslov, finit-il par dire. Mais j'espère que vous savez ce que vous faites, sinon c'est la dernière fois qu'on vous voit, mort ou vif.

22.

Tyrone s'enferma dans l'une des cabines des toilettes pour hommes. Il sortit le badge que Deron lui avait fabriqué et l'épingla au revers de son veston. Son costume était la copie conforme de ceux des agents de la NSA, son insigne au nom de Damon Riggs, agent spécial, attaché au bureau de Los Angeles. Damon Riggs existait réellement : il sortait tout droit de la base de données des Ressources humaines de la NSA.

Tyrone tira la chasse, ressortit de la cabine. Il adressa un sourire poli à un agent penché au-dessus d'un lavabo. L'homme jeta un coup d'œil à son badge.

— Ça doit vous changer de la Californie.

— Et en plus il fait un de ces froids ! dit l'Afro-Américain. Je préférerais descendre à Santa Monica en décapotable.

— Je veux bien le croire, dit l'homme en s'essuyant les mains.

Il se dirigea vers la porte.

— Bonne chance, ajouta-t-il avant de sortir.

Tyrone prit une profonde inspiration, puis expira lentement. Jusqu'ici tout se passait bien. Il regagna le couloir d'un pas décidé. Il croisa cinq ou six agents en chemin. Certains regardèrent son badge et le saluèrent d'un bref hochement de tête, d'autres l'ignorèrent.

« Tu dois donner l'impression de faire partie de la maison, lui avait expliqué Deron. Et de savoir où tu vas.

Comme ça tu te fonds dans le décor, et tu ne te fais pas remarquer. »

Tyrone arriva au niveau de la porte du sous-sol, mais passa son chemin car deux agents discutaient devant. Il s'arrêta un peu plus loin, regarda à droite et à gauche, puis revint sur ses pas. Il sortit un morceau d'adhésif transparent de sa poche, le colla sur le lecteur d'empreintes digitales. Puis il attendit que la grande aiguille atteigne le 12, sur le cadran de sa montre, et apposa l'index sur le papier collant, le cœur battant. La porte s'ouvrit. Il arracha l'adhésif, se glissa à l'intérieur du bunker. Sur la pellicule translucide se trouvait l'empreinte digitale de La Valle, que le jeune homme avait relevée au moment où il coupait la bande métallique de sécurité qui scellait le dossier. Soraya avait alors adressé la parole au chef de la NSA, afin de détourner son attention.

Il s'arrêta un moment en bas de l'escalier. Ni alarme, ni cavalcade : le programme de Kiki avait fonctionné ! C'était à son tour de jouer à présent.

Il longea le couloir en béton à pas feutrés. Les néons diffusaient une lumière sinistre. L'endroit était désert et plongé dans le silence, hormis le ronronnement de la ventilation.

Il enfila des gants en latex pour actionner les poignées de portes, toutes verrouillées. La dixième s'ouvrit. Il pénétra dans une pièce dotée d'une vitre encastrée dans un mur, à hauteur d'homme. Tyrone avait assez fréquenté les postes de police pour savoir qu'il s'agissait d'une glace sans tain. Elle donnait sur une pièce un peu plus grande que celle dans laquelle il se trouvait. Il put discerner une chaise en métal, fixée au sol par des boulons, et sous laquelle courait une large rigole. Scellée au mur, sur sa droite, une auge de la longueur d'un homme, équipée de menottes à chaque extrémité. Accroché au-dessus, un tuyau d'arrosage qu'on avait enroulé sur lui-même, et dont l'embout paraissait énorme. Tyrone reconnut le dispositif utilisé pour le supplice de la baignoire. Il prit le plus de photos possibles, afin de prouver que la NSA avait recours à la torture. Soraya lui avait confié son numérique haute résolution, dont la carte mémoire pouvait contenir jusqu'à six films vidéo de trois minutes chacun.

Tyrone poursuivit son exploration, son temps était compté. La salle suivante n'était pas vide : un homme était agenouillé par terre, les bras levés en arrière, les mains fixées sur le dessus d'une table, et une cagoule noire sans trous sur le visage. Il avait la posture du soldat vaincu contraint de baiser les pieds de son ennemi. Tyrone se sentit pris d'une rage inouïe. Il pensa aussitôt à ses ancêtres du golfe de Guinée, pourchassés par des tribus rivales, puis vendus aux Blancs, enchaînés et transportés jusqu'en Amérique. Deron l'avait confronté à ce passé terrible, afin qu'il puisse identifier la source de sa haine et s'en libérer peu à peu.

Il dut faire un effort pour se ressaisir. Il tenait la preuve qu'il avait espéré trouver : la NSA soumettait des prisonniers à la torture. Il prit toute une série de clichés, et filma la scène en vidéo avant de sortir.

Le couloir était toujours désert et silencieux. Ce n'était pas pour le rassurer : les agents de la NSA ne pouvaient avoir déserté les lieux.

Tyrone rebroussa chemin à la hâte, le cœur battant. Sa peur grandissait à chaque pas. Puis il se mit à courir.

Luther La Valle leva les yeux du document, puis déclara, menaçant :

— A quoi jouez-vous exactement, madame Moore ?

Soraya faillit sursauter.

— Je vous demande pardon ?

— Je viens de lire, deux fois de suite, ces communications censées émaner de la Légion noire. Or ce nom n'apparaît nulle part, pas plus que tout autre nom, d'ailleurs.

Willard s'avança, tendit une feuille de papier pliée au général Kendall, qui lut le message, imperturbable. Puis il s'excusa. Soraya le regarda sortir de la bibliothèque avec inquiétude.

La Valle sollicita son attention en agitant les documents comme un torero dans l'arène.

— Dites-moi la vérité. Ces échanges pourraient être ceux de gamins de dix ans qui jouent à la guerre.

Soraya se sentit piquée au vif.

— Mes agents m'ont assuré de leur authenticité, et ce sont les meilleurs. Si vous mettez en doute leurs capacités, je ne vois pas pourquoi vous voulez codiriger Typhon.

La Valle admit son point de vue, mais n'en poursuivit pas moins.

— Comment savez-vous qu'il s'agit de la Légion noire ?

— Information collatérale.

La Valle se rencogna dans son fauteuil.

— Information collatérale. Qu'entendez-vous par là, au juste ?

— Une source extérieure, sans rapport avec nos écoutes, sait que la Légion noire prépare un attentat visant le sol américain.

— La Légion noire dont l'existence n'est pas prouvée.

Soraya ressentait un malaise grandissant : la conversation virait à l'interrogatoire.

— J'ai apporté ces documents sur votre demande, afin de créer un climat de confiance entre nous.

— Peut-être, oui, dit La Valle, mais ces communications anonymes, aussi alarmantes qu'elles puissent paraître, me laissent sceptique, madame Moore. Je veux connaître la source de cette information dite collatérale.

— Je crains que ce soit impossible.

Soraya ne pouvait avouer qu'il s'agissait de Bourne.

— Néanmoins...

Elle prit le porte-documents qu'elle avait posé au pied de son fauteuil, en sortit plusieurs photos qu'elle tendit à La Valle.

— Un cadavre, remarqua-t-il. Je ne vois pas le sens de...

— Regardez le deuxième cliché, dit Soraya. C'est un gros plan de l'intérieur du coude de la victime. Que voyez-vous ?

— Un tatouage figurant trois têtes de cheval reliées à... mais attendez, on dirait la tête de mort SS !

— C'est exactement ça.

Soraya lui tendit une autre photo.

— Et voici l'insigne des soldats la Légion noire commandée par Heinrich Himmler.

La Valle eut une moue dubitative. Il remit les feuillets dans le dossier, et le rendit à Soraya.

— Cela ne prouve rien. Il s'agira d'un groupe qui a repris ce symbole, tout comme les skinheads avec la croix gammée. Rien ne prouve que nous ayons là des conversations entre des membres de la Légion noire. Et si c'est le cas, nous avançons en terrain miné, car cette organisation se cache derrière la Fraternité d'Orient, qui a le soutien de l'Occident. Imaginez le scandale si nous ripostons à tort. Nous ne pouvons nous permettre le moindre faux pas, surtout en ce moment. Suis-je bien clair ?

— Tout à fait, monsieur. Mais si nous n'agissons pas, et que l'Amérique se trouve de nouveau victime d'un attentat, de quoi aurons-nous l'air ?

La Valle se gratta le front.

— C'est choisir entre la peste et le choléra.

— Il est toujours préférable d'agir, vous le savez bien. Surtout dans une situation aussi explosive que celle-ci.

Soraya sentit que La Valle allait capituler. A ce moment-là, Willard reparut, silencieux comme un spectre. Il se pencha vers La Valle pour lui murmurer quelque chose à l'oreille.

— Merci, Willard. Ce sera tout.

Il reporta son attention sur la jeune femme.

— Il semble qu'on me demande de toute urgence, madame Moore.

Il se leva, adressa un sourire cynique à Soraya.

— Veuillez me suivre, fit-il d'un ton glacial.

C'était un ordre.

Yakov, le taxi garé face au Metropolia, avait dans sa voiture, depuis une heure, un homme qui semblait sortir d'un combat sauvage. Il avait le visage violacé et tuméfié du boxeur. Il portait un cache argenté sur un œil. Un sale type, estima le chauffeur dès qu'il le vit. L'homme lui avait remis une poignée de billets, puis s'était assis à l'arrière sans un mot, en s'affaissant sur la banquette.

L'atmosphère, dans le taxi, devint vite irrespirable. Yakov dut renoncer au peu de chaleur accumulée dans l'habitacle, et baisser sa vitre, par laquelle entra l'air glacé de la nuit moscovite. Il acheta un sandwich à un vendeur turc ambulant, et passa la demi-heure suivante à discuter avec Max, un ami taxi garé derrière lui, et toujours prêt à flemmarder.

Les deux hommes spéculaient sur les causes de l'assassinat d'un banquier célèbre, la semaine précédente, attaché, torturé, puis asphyxié dans le garage de sa luxueuse datcha. Yakov et son ami se demandaient pourquoi deux organes de justice se disputaient l'affaire – le bureau du procureur, et le tout nouveau Comité d'Investigation créé par le Président.

— Une histoire politique, purement et simplement, décréta Yakov.

— Une sale histoire, oui, rétorqua Max.

C'est alors que Yakov vit Jason Bourne et la blonde sortir d'un taxi, devant l'hôtel. Il frappa trois fois la portière arrière du plat de la main, sentit qu'on bougeait à l'intérieur.

— Le voilà, dit-il quand la vitre descendit.

*

Bourne s'apprêtait à déposer Gala au Metropolia, quand il aperçut, par la vitre du *bombila* où il était assis, le taxi qui les avait conduits, une heure plus tôt, du night-club à l'hôtel. Yakov, le chauffeur, adossé à la portière de son véhicule cabossé, mangeait un sandwich en bavardant avec un collègue.

Bourne accompagna donc la jeune femme, et vit Yakov lancer un regard dans leur direction, comme ils sortaient du taxi. Ils entrèrent dans le hall, puis Bourne demanda à Gala de l'attendre. Sur leur gauche se trouvait la porte utilisée par le personnel pour réceptionner les bagages. Il regarda de l'autre côté de l'avenue : Yakov avait passé la tête par la vitre, et parlait avec un homme, à l'arrière, invisible jusqu'alors.

Bourne et Gala prirent l'ascenseur pour se rendre dans leur chambre.

— Vous voulez manger quelque chose ? demanda-t-il. Moi je meurs de faim.

Haroun Iliev, l'homme que Semion Icoupov avait dépêché sur les traces de Jason Bourne, avait perdu un temps fou en recherches inutiles. Haroun avait finalement engagé Yakov, qui avait sauté sur l'occasion. En effet, quoi de plus lucratif que de jouer à l'espion ? Le taxi travaillait surtout pour les Américains : ils étaient assez naïfs pour croire qu'on pouvait tout acheter avec de l'argent, et savaient se montrer généreux. Le plus souvent, cette stratégie était payante, mais elle pouvait parfois leur coûter très cher.

Les autres clients de Yakov se moquaient des Yankees et de leur prodigalité. Yakov les soupçonnait d'en être jaloux, mais savait bien qu'il vaut mieux rire de ce qu'on ne possède pas que l'envier avec amertume.

Les barons d'Icoupov étaient les seuls à payer aussi bien que les Américains, mais ils faisaient moins souvent appel à lui. D'un autre côté, le taxi était sous contrat avec eux. Il connaissait bien Haroun Iliev, pour avoir souvent travaillé avec lui, et non seulement il l'appréciait, mais il le jugeait digne de confiance. Et puis ils étaient tous les deux musulmans...

Le taxi avait appelé Iliev juste après que l'attaché à l'ambassade des Etats-Unis l'eut contacté. Haroun avait un accès secret au Metropolia, par le biais de son cousin, responsable du service d'étage. Dès qu'il vit arriver une commande de la chambre 1728, celle de Bourne, il prévint Haroun.

— Nous manquons de personnel, ce soir, dit-il. Viens tout de suite. Je m'arrangerai pour que tu lui montes son dîner.

Iliev se présenta à son cousin et se vit confier une desserte habillée de lin blanc et chargée de plats recouverts de cloches en inox. Il se dirigea vers l'ascenseur de service, ravi de bénéficier d'une telle opportunité. Un homme attendait de monter – un cadre de l'hôtel, pensa-t-il. Puis la cabine arriva. L'homme y entra, se retourna, et Haroun vit son visage, tuméfié, et le cache argenté sur l'un de ses yeux. Il demanda le dix-septième étage. L'inconnu actionna le bouton suivant. L'ascenseur stoppa au quatrième : une femme de chambre s'y glissa avec son chariot. Elle descendit un étage plus haut.

L'appareil venait de dépasser le quinzième, lorsque l'homme au visage violacé abaissa la manette d'arrêt d'urgence. Iliev voulut demander des explications, mais l'inconnu l'abattit d'une balle en plein front, avec un Welrod 9 mm muni d'un silencieux. Haroun s'écroula sur le sol de la cabine.

Anthony Prowess épongea le peu de sang qui avait éclaboussé l'ascenseur avec l'une des serviettes qui se trouvaient sur le chariot. Il déshabilla rapidement sa victime, enfila l'uniforme du Metropolia. Il releva la manette d'arrêt d'urgence, et l'appareil repartit. Arrivé au dix-septième, il s'assura que le couloir était désert et sortit de la cabine. Il consulta un plan de l'étage, puis il traîna le corps à la lingerie. Après quoi il poussa son chariot jusqu'à la chambre 1728.

— Et si vous preniez une douche ? Une longue douche bien chaude, suggéra Bourne à Gala.

La jeune fille lui lança un regard malicieux.

— Je ne sais pas si je pue, mais ce n'est rien à côté de vous !

Elle ôta sa minijupe.

— Et si on en prenait une ensemble ?

— Une autre fois. J'ai des affaires à régler.

Gala parut dépitée.

— Dommage.

En riant, Bourne la regarda se diriger vers la salle de bains. Il entendit bientôt l'eau couler, et alluma la télévision, le son à fond.

On frappa. Il se leva pour aller ouvrir. Un serveur en uniforme, avec une casquette enfoncée sur le front entra, tête baissée, poussant devant lui sa table roulante chargée de plats. Bourne signa la note, l'homme fit un pas vers la porte, puis se retourna, un couteau à la main. Jason s'y attendait. Il arracha le couvercle d'un poêlon et le lui balança à la figure. L'agresseur se pencha pour esquiver, mais la cloche fit voler sa casquette. Bourne reconnut l'homme qui avait étranglé Baronov et tenté de le tuer.

L'assassin dégaina un Welrod et tira deux fois, avant que Bourne ne lui envoie le chariot dans l'estomac. Le type recula en vacillant. Bourne sauta par-dessus la table roulante, empoigna le devant de l'uniforme de Prowess, puis roula au sol avec lui.

Il fit valser le Welrod d'un coup de pied. L'autre le roua de coups pour l'entraîner dans la direction du flingue qu'il voulait récupérer. Le cache, sur son œil, trahissait les dégâts infligés.

Prowess cogna Bourne à la mâchoire, lui passa un fil autour du cou et le remit debout d'une traction violente. Bourne vacilla et heurta le chariot. Il saisit le poêlon et lança son contenu au visage de l'agent. La soupe brûlante fit l'effet d'une torche. L'homme hurla mais ne lâcha pas le fil. Tout au contraire il tira plus fort, attirant Bourne contre lui.

Ce dernier tomba à genoux. Ses poumons manquaient d'oxygène, il n'allait pas tarder à perdre connaissance.

Avec le peu de force qui lui restait, Bourne balança son coude dans l'entrejambe de son adversaire. Le fil prit assez de mou pour qu'il puisse se relever, puis donner un coup de tête à Prowess. Il entendit son crâne frapper le mur et sonner creux. Le fil se détendit encore, Bourne l'arracha, respira, et le passa autour du cou du tueur, qui se débattit comme un forcené. Il serra plus fort, l'autre faiblit, puis son corps se détendit et sa tête bascula d'un côté. Il ne relâcha la tension qu'après s'être assuré que l'homme n'avait plus de pouls, et laissa le corps glisser sur le sol.

Penché en avant, les mains sur les cuisses, il reprit son souffle. A ce moment-là, Gala sortit de la salle de bains, dans un halo de vapeur à la lavande.

— Seigneur ! souffla-t-elle.

Puis elle se retourna, et vomit sur ses pieds rosis par la chaleur.

23.

— Quel que soit l'angle sous lequel vous envisagiez la situation, cet homme a signé son arrêt de mort, déclara La Valle.

Soraya regardait à travers la glace sans tain, terrifiée. Tyrone se tenait dans une petite pièce où trônait une espèce de baignoire en forme de cercueil, équipée de menottes à chaque extrémité, pour les chevilles et les poignets. Sur le mur, au-dessus, on apercevait un tuyau d'arrosage. Au milieu de la salle d'interrogatoire, une table en acier rivée au sol, sous laquelle courait une rigole pour évacuer l'eau et le sang.

Le chef de la NSA brandit l'appareil photo numérique.

— Le général Kendall a trouvé ceci sur votre collègue.

Il actionna une commande et les photos que Tyrone avait prises défilèrent sur le tout petit écran.

— Ceci suffit pour l'inculper de trahison.

Soraya se demanda combien de clichés il avait pu faire avant qu'on ne l'arrête.

— Il va y laisser sa tête, gronda Kendall en montrant les dents.

Soraya éprouvait un malaise grandissant. Tyrone s'était déjà retrouvé en situation délicate, mais cette fois, elle l'avait exposé au danger en toute connaissance de cause. S'il lui arrivait quoi que ce soit, elle ne se le pardonnerait jamais.

— Et nous pouvons aussi vous inculper, ajouta La Valle.

Soraya ne pensait qu'à Tyrone, et au pétrin dans lequel elle l'avait mis.

— C'était mon idée, avoua-t-elle avec un air contrit. Vous pouvez le relâcher.

— Vous voulez dire qu'il ne faisait qu'obéir aux ordres ? railla Kendall. Mais nous ne sommes pas à Nuremberg, ici. Je ne vois pas quelle ligne de défense vous pourriez adopter, tous les deux. Sa culpabilité et son exécution ne font pas l'ombre d'un doute. Et vous êtes dans le même cas.

Ils la ramenèrent dans la bibliothèque. La voyant ainsi défaite, Willard lui apporta un thé. Ils s'installèrent tous les trois devant la fenêtre. A la vue du quatrième siège vide, la jeune femme éprouva un vif sentiment de culpabilité. Non seulement elle avait conduit cette mission de façon déplorable, mais elle avait sous-estimé La Valle.

La directrice de Typhon s'efforça d'endiguer la panique. Elle mit à profit le rituel du thé pour retrouver son calme. Contrairement à son habitude elle ajouta du sucre, du lait, et avala le tout comme une potion amère.

Le fait qu'on l'ait invitée à regagner la bibliothèque était encourageant. Si La Valle avait réellement eu l'intention de la faire condamner pour trahison, il l'aurait enfermée dans une cellule du sous-sol. Aussi décida-t-elle de se montrer conciliante, dans un premier temps.

Elle reposa sa tasse. Et La Valle attaqua.

— Votre responsabilité dans l'affaire me consterne, madame Moore. Je serais mortifié de perdre une alliée

– quoique vous n'ayez jamais été mon alliée, je m'en rends compte, à présent.

Ce petit discours n'avait rien de spontané. L'homme semblait avoir pesé chacun de ses mots.

— Vous n'avez jamais eu l'intention de passer à la NSA, n'est-ce pas ?

La Valle soupira, tel un doyen d'université sermonnant un étudiant brillant mais dissipé.

— C'est pourquoi je ne puis croire que vous ayez agi de votre propre initiative.

— Il y a fort à parier que vous avez reçu vos ordres d'en haut, renchérit Kendall.

— De Veronica Hart, continua La Valle. Et à la lumière de ce qui s'est passé aujourd'hui, peut-être rejoindrez-vous notre point de vue.

Soraya voyait où il voulait en venir.

— En quoi puis-je vous être utile ?

La Valle sourit, se tourna vers son acolyte.

— Tu vois, Richard, que madame Moore peut montrer de la bonne volonté.

Il reporta son attention sur Soraya, et reprit un air pincé.

— Le Général entend vous livrer tous les deux à la justice, et veiller à ce que vous ne bénéficiiez d'aucune clémence.

En d'autres circonstances, le numéro du gentil flic et du sadique aurait amusé Soraya, mais là ce n'était pas un jeu. Kendall la haïssait. Dépendre d'un supérieur de sexe féminin lui semblait non seulement impensable, mais grotesque. De plus, il avait traité Tyrone comme un moins-que-rien, et avait d'autant plus de mal à digérer son intrusion.

— Il est vrai que je me trouve dans une position impossible, se força-t-elle à déclarer, bien qu'il lui soit pénible de s'abaisser devant cet être abject.

— Parfait. Nous partirons donc de là.

La Valle fixa le plafond, comme s'il réfléchissait à la meilleure façon de procéder, alors qu'il avait déjà décidé de sa stratégie, songea Soraya.

Il la regarda droit dans les yeux.

— Nous avons ici deux problèmes. Vous, et votre ami.

— Seul le sort de Tyrone m'importe, déclara Soraya. Que puis-je faire pour qu'il sorte d'ici ?

— Examinons d'abord votre situation. Nous pourrions vous accuser de trahison, mais sans le témoignage de votre ami...

— Tyrone, le coupa-t-elle. Il s'appelle Tyrone Elkins.

La Valle ignora délibérément cette précision.

— Sans le témoignage de votre ami, reprit-il, nous n'irons pas bien loin.

— Il va témoigner, intervint Kendall. Dès qu'il aura subi le supplice de la baignoire.

— Non, dit Soraya. Vous ne pouvez pas faire ça !

— Et pourquoi ? ricana le Général. Parce que c'est illégal ?

La jeune femme se tourna vers La Valle.

— Il y a une autre solution, monsieur. Vous le savez très bien.

La Valle ne dit rien pendant quelques instants, laissant la tension se dissiper.

— Seriez-vous prête, madame Moore, à dévoiler votre source, celle qui attribue les propos interceptés par Typhon à la Légion noire ?

— Si je vous la donne, est-ce que vous relâcherez Tyrone ?

— Non, répondit-il. Mais vous serez libre de partir.

— Et Tyrone ?

La Valle croisa les jambes.

— Envisageons les problèmes les uns après les autres, d'accord ?

Soraya acquiesça : tant qu'elle se trouvait ici, sa marge de manœuvre était nulle.

— Mon informateur est Bourne.

La Valle parut interloqué.

— Jason Bourne ? Vous plaisantez ?!

— Non, monsieur. L'existence de la Légion noire, qui se cache derrière la Fraternité d'Orient, est pour lui un fait avéré.

— Et d'où lui viennent ces certitudes ?

— Même s'il avait voulu me le dire, il n'en aurait pas eu le temps. Il y avait trop d'agents de la NSA dans les parages.

— L'incident au Freer, grinça Kendall.

La Valle leva la main.

— Vous l'avez aidé à s'enfuir, madame Moore.

Soraya secoua la tête en signe de dénégation.

— Non, il a cru que je l'avais trahi.

— Intéressant, fit Kendall, en se tapotant doucement la lèvre. Et c'est toujours ce qu'il croit ?

Soraya jugea bon de glisser un petit mensonge dans sa confession.

— Je ne sais pas. Ce n'est pas impossible : Jason a des tendances à la paranoïa.

La Valle parut songeur.

— Utilisons cela à notre avantage.

Le général Kendall était écœuré.

— Alors toute cette histoire de Légion noire sort tout droit d'un cerveau malade.

— Je pense plutôt qu'il s'agit d'intox, remarqua La Valle.

Soraya secoua la tête.

— Pourquoi ferait-il cela ?

— D'une manière générale, on a du mal à comprendre le sens de ses actions, rétorqua La Valle.

Il but une gorgée de son whisky, à présent dilué par la glace fondue.

— Bourne était furieux lorsqu'il vous a parlé de la Légion noire. Il pensait que vous étiez passée à l'ennemi, vous l'avez reconnu vous-même.

— C'est juste.

Soraya était trop fine pour défendre Bourne face à ces gens. Plus on leur opposait d'arguments, plus ils durcissaient leur position. C'était la peur qui les avait amenés à discréditer Bourne, et non sa prétendue instabilité. Ils le craignaient et voulaient le détruire, car au lieu de braver leurs lois, ce à quoi la NSA aurait su réagir, il les moquait et leur ôtait tout pouvoir.

— Evidemment, dit La Valle, reposant son verre. Parlons maintenant de votre ami. Son cas est sans appel. Il aura le châtiment qu'il mérite. Quant à vous, vous allez vous faire pardonner.

D'un geste, il chassa Willard qui approchait.

— Madame Moore, vous allez nous fournir la preuve irréfutable que cette intrusion sur le territoire de la NSA a été commanditée par Veronica Hart.

Elle savait ce qu'il escomptait.

— Ainsi, vous envisagez un échange de prisonniers : Hart contre Tyrone.

— C'est tout à fait ça, dit La Valle, ravi.

— Je vais devoir y réfléchir.

Il acquiesça.

— C'est là une requête raisonnable. Je vais demander à Willard de vous préparer un repas.

Il jeta un coup d'œil à sa montre.

— Richard et moi avons rendez-vous. Nous serons de retour dans deux heures environ. Vous aurez donc tout le temps de vous décider.

— Je préfère réfléchir dans un autre contexte, dit Soraya.

— Vous vous êtes déjà moquée de nous, madame Moore. Nous ne pouvons guère nous montrer indulgents.

— Vous m'aviez promis de me laisser partir si je vous livrais l'identité de ma source.

— Et vous partirez quand vous aurez accepté de négocier selon mes termes, précisa La Valle.

Il se leva. Kendall l'imita.

— Votre ami et vous êtes venus ici ensemble. Aussi votre sort est-il lié au sien.

Bourne attendit que Gala soit remise de ses émotions. Elle s'habilla, frissonnante, sans jeter un seul regard au cadavre.

— Je suis désolé de vous avoir mêlée à tout ça, dit-il.

— Non, vous mentez. Sans moi, vous n'auriez jamais pu voir Ivan, dit-elle non sans hargne.

La jeune femme enfila ses chaussures.

— C'est un cauchemar, dit-elle comme pour elle-même. Je vais bientôt me réveiller.

Bourne la précéda jusqu'à la porte. Comme elle passait devant le corps de Prowess, Gala se remit à trembler.

— Il faut changer de fréquentations, remarqua-t-il.

— Alors celle-là, elle est bonne. Dans ce cas, il faut que j'arrête de vous fréquenter !

Quelques instants plus tard, Bourne lui fit signe de s'arrêter.

Il s'agenouilla, puis toucha, du bout du doigt, une tache humide sur la moquette.

— Qu'est-ce que c'est ?

Il examina l'extrémité de son index.

— Du sang.

Gala émit un petit cri apeuré.

— Et pourquoi du sang ?

— Bonne question, dit Bourne, qui s'avança dans le couloir.

Il repéra une tache devant une porte étroite, ouvrit celle-ci, actionna l'interrupteur.

— Seigneur, souffla Gala.

Un cadavre était tassé dans le placard, un trou au milieu du front. Il était nu, mais il y avait un tas de vêtements jetés dans un coin – sans doute ceux de l'agent de la NSA. Bourne s'agenouilla, fouilla les habits, mais ne trouva pas de papiers.

— Qu'est-ce que vous faites ? geignit Gala.

Un petit triangle de cuir dépassait de sous le corps. Bourne fit rouler le mort sur le côté, découvrit un portefeuille. Ces papiers tombaient à pic, car Fiodor Ilianovitch Popov était grillé : la dépouille d'Haroun Iliev était restée dans la chambre réservée à son nom, et la police allait bientôt lancer la recherche.

Il se releva, prit la main de Gala et l'entraîna vers l'ascenseur de service. Ils arriveraient dans la cuisine, et pourraient sortir par-derrière.

Dehors, il neigeait à nouveau. Un vent glacé balayait la place et leur arrivait dessus de plein fouet. Bourne héla un *bombila*, faillit lui donner l'adresse de l'amie de Gala, puis se ravisa : Yakov, le taxi à la solde de la NSA, connaissait cette adresse.

— Montez dans la voiture, dit-il à la jeune femme. Mais soyez prête à ressortir et à faire ce que je vous dirai.

Soraya n'avait pas besoin de deux heures pour se décider, ni même de deux minutes.

— D'accord, dit-elle. Je ferai ce que vous me demanderez. Mais je veux que Tyrone sorte d'ici.

La Valle se retourna, la regarda.

— En d'autres circonstances, une telle capitulation m'aurait fléchi, mais je connais votre duplicité, madame Moore. Il faut que vous sachiez quelles conséquences aurait une nouvelle trahison de votre part. Veuillez suivre le Général.

Soraya se leva, de même que Kendall.

— Et quand vous partirez d'ici, ajouta-t-il, vous aurez jusqu'à demain matin dix heures pour prendre une décision. Je vous attendrai pour cette heure-là. J'espère que c'est clair.

Le Général ouvrit la voie. Ils sortirent de la bibliothèque, longèrent le couloir. Lorsqu'elle comprit où il voulait l'emmener, Soraya se rétracta.

— Non ! s'exclama-t-elle. Je vous en prie. Ce n'est pas utile.

Mais le militaire ignora sa requête. Vu qu'elle hésitait devant la porte, il la prit par le coude, comme il aurait pu le faire avec un enfant, et l'obligea à descendre l'escalier.

Elle se retrouva derrière la glace sans tain. Tyrone était à genoux, les bras relevés dans le dos, les poignets fixés sur le dessus de la table. Position douloureuse et humiliante : son torse était bombé, ses omoplates saillaient.

Soraya était bouleversée.

— Cela suffit, dit-elle. J'ai compris !

— Oh, non, loin de là, se moqua le général Kendall.

Deux silhouettes se mouvaient dans l'ombre, de l'autre côté de la vitre. Tyrone les avait repérées, lui aussi. Il tenta de se retourner, pour voir ce qu'ils préparaient. L'un des geôliers lui glissa une cagoule noire sur la tête.

« Mon Dieu, songea Soraya. Mais qu'est-ce que l'autre tient dans la main ? »

Kendall la plaqua contre la glace sans tain.

— Ils ne font que s'échauffer, vous savez.

Deux minutes plus tard, ils commencèrent à remplir la baignoire. Soraya hurla.

*

Bourne pria le *bombila* de passer devant l'entrée principale du Metropolia. Tout paraissait calme. On n'avait donc pas encore découvert les cadavres. Ils allaient cependant s'inquiéter pour le garçon d'étage, et envoyer quelqu'un.

Bourne regarda de l'autre côté de l'avenue, cherchant Yakov. Il discutait toujours avec un collègue, adossé à son capot. Les deux hommes balançaient les bras d'avant en arrière, afin de se réchauffer. Bourne montra Yakov à Gala, qui le reconnut. Lorsqu'ils eurent dépassé la place, il demanda au *bombila* de se garer.

Il se tourna vers la jeune femme.

— Vous allez demander à Yakov de vous conduire à Universitetskaïa Plochad Vorobievi Gory.

C'était la seule colline de Moscou : sa vue panoramique en faisait le lieu de rendez-vous des étudiants et des amants, qui fumaient ou s'aimaient en contemplant la ville en contrebas.

— Attendez-moi sur place, et ne sortez de la voiture en aucun cas. Dites au taxi qu'on doit venir vous chercher.

— Mais c'est celui qui nous a espionnés ! s'exclama Gala, interloquée.

— Ne vous inquiétez pas, dit Bourne. J'arriverai peu après.

La vue de Vorobievi Gory n'avait rien d'extraordinaire. On apercevait d'abord la masse compacte du stade Loujniki, puis les tours du Kremlin, spectacle peu inspirant, même pour les amoureux les plus ardents. Mais à la nuit tombée, c'était tout de même l'endroit le plus romantique de Moscou.

Le *bombila* de Bourne suivait celui de Gala. Il savait qu'elle ne courait aucun danger, puisque la mission de

Yakov se limitait à la surveillance. De toute façon, la NSA s'intéressait à lui, et à personne d'autre.

Parvenu au point de vue, Bourne paya, descendit de voiture, ouvrit la portière passager du taxi de Yakov, et s'assit à côté de lui.

— Qu'est-ce que ça veut dire ? protesta le Russe.

Puis il reconnut Bourne, et se rua sur le Makarov qu'il cachait dans un holster de fortune, sous son tableau de bord déglingué.

Bourne écarta sa main et le plaqua contre son siège. Il s'empara de l'arme, la braqua sur Yakov.

— Tu bosses pour qui ?

— Essayez donc de gagner votre vie dans ce taxi ! se défendit le chauffeur. On passe ses soirées à tourner autour du Garden Ring, à descendre Tverskaïa au pas, et en plus, on se fait souffler des clients par les *bombili* kamikazes !

— Je me fiche de savoir pourquoi, dit Bourne. Tout ce que je veux, c'est le nom de celui qui t'emploie.

Yakov leva la main.

— Ecoutez, je viens de Bichkek, dans le Kirghizstan. On crève de faim, là-bas. Alors j'ai emmené ma famille en Russie. Je pensais que ce serait le paradis, que l'argent coulerait à flots. Mais à notre arrivée, on nous a traités comme des chiens. Dans la rue, les gens crachaient sur ma femme. Mes enfants se faisaient battre, insulter. Et puis impossible de trouver un boulot dans cette ville. « Moscou aux Moscovites », c'est la rengaine ici. Alors je suis devenu *bombila*, parce que je n'avais pas le choix. Mais c'est très dur, vous savez. Il m'arrive de rentrer avec cent roubles, après douze heures de travail, et parfois je reviens sans rien. Dans ces conditions, difficile de refuser l'argent des Américains. La Russie est corrompue, mais Moscou a la palme. Il n'y a pas de mots pour décrire ce qui se passe ici. Au gouvernement, c'est tous des gangsters et des criminels. Ils pillent les ressources naturelles du pays – pétrole, gaz, uranium. Tout le monde se sert pour avoir de grosses voitures étrangères, une *diev* différente tous les soirs, une datcha à Miami. Et pour nous, qu'est-ce qu'il reste ? Des betteraves et des patates, si on travaille dix-huit heures par jour et qu'on a de la chance !

— Je n'ai rien contre toi, dit Bourne. Tu as le droit de gagner ta vie.

Il tendit une poignée de dollars au taxi.

— Je ne vois personne, monsieur. Je vous jure. J'entends seulement leurs voix au téléphone. L'argent arrive par une boîte postale à...

Bourne appuya le canon du Makarov contre l'oreille de Yakov. L'homme gémit et l'implora du regard.

— Je vous en supplie, monsieur ! Qu'est-ce que j'ai fait ?

— Je t'ai vu devant le Metropolia avec l'homme qui a failli me tuer.

— Vous tuer ? On m'emploie pour surveiller des gens, et rapporter ce qu'ils font. Je ne suis pas au courant de...

Bourne le frappa.

— Arrête de mentir et dis-moi ce que je veux savoir !

— D'accord, d'accord.

Yakov tremblait de peur.

— L'Américain qui me paie s'appelle Low. Harris Low.

Bourne lui demanda une description précise de Low, puis il prit le portable du *bombila*.

— Sortez de la voiture, lui dit-il.

— Mais j'ai répondu à vos questions. Qu'est-ce que vous voulez de plus ?

Bourne se pencha sur lui, ouvrit la portière, le poussa dehors.

— C'est un lieu très fréquenté. Ça grouille de *bom-*

bili. Tu es riche, maintenant. Utilise quelques-uns des dollars que je t'ai donnés pour rentrer chez toi.

Bourne s'installa au volant de la Zil, débraya, puis repartit vers le centre-ville.

Harris Low était un homme sémillant, avec une fine moustache. Il avait les cheveux prématurément blanchis et le teint rougeaud des WASP de la côte Est. Stationné à Moscou depuis onze ans au service de la NSA, il marchait sur les traces de son père, qu'il avait idolâtré : aussi loin que remontaient ses souvenirs, il avait toujours voulu lui ressembler. Américain dans l'âme, comme lui, Low avait été arrière dans l'équipe de football de son université. Devenu agent actif, après avoir suivi un entraînement physique très rigoureux, il avait traqué des terroristes en Afghanistan et en Afrique de l'Ouest. Le combat à mains nues ne lui faisait pas peur, et il n'avait aucun scrupule à tuer pour sa patrie.

En onze ans, Low s'était lié avec beaucoup de gens, dont les fils de certains amis de son père. Il avait son réseau d'apparatchiks et de *siloviki*. Il ne se faisait aucune illusion sur la véritable nature de ces amitiés, qui reposaient sur des faveurs mutuelles, mais prenait plaisir à servir son pays. Un ami, au bureau du procureur, lui signala les meurtres perpétrés au Metropolia. Harris fut donc l'un des premiers à paraître sur le lieu de ces crimes.

Il ne s'attarda pas sur le corps enfermé dans le placard, mais reconnut tout de suite Prowess. Il s'isola dans l'escalier, sélectionna un numéro sur son portable. Quelques instants plus tard, Luther La Valle prenait la communication.

— On a un problème, lui annonça Low. Prowess ne nous sera plus d'un grand service.

— C'est très contrariant, répondit La Valle. Il y a

un traître lâché dans Moscou, qui a tué l'un des nôtres. Vous savez quoi faire, je pense.

Eliminer Bourne, pensa Low.

— Il a tué un citoyen américain, reprit La Valle. Je vais alerter la police de Moscou et le bureau du procureur, leur adresser sa photo. Vous la recevrez sur votre portable d'ici une heure.

Harris réfléchit quelques instants.

— Il va être difficile de le repérer d'après photos. Moscou a beaucoup de retard en matière de surveillance vidéo.

— Bourne va avoir besoin d'argent, remarqua La Valle. Il a dû entrer dans le pays avec la somme autorisée, c'était trop risqué d'en passer plus. Une provision doit l'attendre à la banque. Priez ces établissements de surveiller les clients avec toute l'efficacité nécessaire.

— C'est comme si c'était fait, dit Low.

— Et puis soyez plus malin que Prowess.

Bourne emmena Gala chez son amie, dont l'appartement était somptueux, même selon des critères américains. Lorraine, Américaine d'origine arménienne, avait un type exotique très marqué, des cheveux et des yeux noirs, la peau basanée. Elle étreignit Gala, puis serra la main de Bourne et lui proposa de rester boire quelque chose.

Il alla inspecter toutes les pièces.

— Il craint pour ma sécurité, expliqua Gala.

— Qu'est-ce qui s'est passé ? demanda Lorraine. Tu vas bien ?

Bourne reparut.

— Elle ne risque rien, assura-t-il. D'ici quelques jours, la situation se sera calmée.

Rassuré sur le sort de Gala, il prit congé, après avoir conseillé aux deux femmes de n'ouvrir à personne.

Ivan Volkine avait envoyé Bourne au 20, Novoslobodskaïa, lieu du rendez-vous avec Dimitri Maslov. Le *bombila* s'y rendit sans difficulté, et il comprit pourquoi : il s'agissait du Motorhome, une boîte courue par les jeunes Moscovites. Le night-club passait des matchs de base-ball et de football américain sur de grands écrans plats, au-dessus du bar central. Dans la salle principale, des billards occupaient la majeure partie de l'espace. Selon les directives de Volkine, Bourne se dirigea vers l'arrière-salle, aménagée comme un décor des Mille et Une Nuits : tapis mordorés, coussins en satin, narguilés transparents. Des hommes et des femmes fumaient, allongés sur des banquettes.

Deux videurs lui barrèrent le passage. Il déclara qu'il avait rendez-vous avec Maslov. L'un des gorilles lui désigna un homme en train de fumer le narguilé, dans le coin gauche de la salle.

— Maslov, dit Bourne lorsqu'il eut rejoint l'individu assis sur des coussins, devant une table basse.

— Je m'appelle Evgueni. Maslov n'est pas là.

L'homme désigna la banquette d'un geste.

— Mais prenez place, je vous en prie.

Bourne hésita, puis se posa sur un coussin.

— Où est-il ?

— Vous pensiez que ce serait aussi facile ? Un simple coup de fil et le voilà qui apparaît.

Le lieutenant de Maslov secoua la tête, offrit sa pipe à l'Américain.

— C'est du bon. Vous devriez essayer.

Bourne déclina. Le malfrat aspira une longue bouffée, la garda un moment dans ses poumons, puis expira avec un sifflement.

— Pourquoi voulez-vous voir Maslov ?

— Ça ne regarde que lui et moi.

Evgueni haussa les épaules.

— Comme vous voudrez. Maslov n'est pas à Moscou en ce moment.

— Dans ce cas, pourquoi m'a-t-on fait venir ici ?

— Pour vous juger, et voir si Maslov peut vous rencontrer.

— Maslov laisse les autres décider à sa place ?

— C'est un homme très occupé.

— Par exemple la guerre avec les Azéris.

Le Russe plissa les yeux.

— Vous pourrez peut-être rencontrer Maslov la semaine prochaine.

— Il faut que je lui parle avant, insista Bourne.

Evgueni soupira.

— Il n'est pas à Moscou, je le répète. Mais il se peut qu'il revienne demain.

— Et si vous vous en assuriez ?

— Je pourrais, dit Evgueni. Mais cela a un prix.

— Combien ?

— Dix mille.

— Dix mille dollars pour parler à Dimitri Maslov ?

Le mafieux fit non de la tête.

— Le dollar américain est trop instable. Dix mille francs suisses.

Bourne réfléchit. Il n'avait pas une telle somme sur lui, surtout en francs suisses. Cela dit, Baronov lui avait loué un coffre, à la Banque Moskva. Fiodor Ilianovitch Popov était sans doute recherché par la police, après l'épisode de l'hôtel Metropolia, mais il devait tenter sa chance, en l'absence d'autre option.

— J'aurai l'argent demain matin, annonça-t-il.

— Ça ira.

— Mais je le remettrai à Maslov, et à personne d'autre.

Evgueni acquiesça.

— Marché conclu.

Il écrivit quelque chose sur un morceau de papier, le montra à Bourne.

— Trouvez-vous à cette adresse demain, à midi.

Là-dessus le Russe craqua une allumette, plaça la flamme sur un coin de la feuille, et la réduisit en cendres.

Semion Icoupov, dans ses quartiers d'hiver de Grindelwald, fut très peiné d'apprendre le décès d'Haroun Iliev, le frère qu'il n'avait jamais eu. Icoupov suivait depuis toujours les sages conseils d'Haroun, et sa disparition l'accablait.

L'effervescence qui régnait autour de lui le tira de ses pensées. Une vingtaine de techniciens travaillaient devant des ordinateurs, reliés par satellite, à des systèmes de surveillance vidéo aux quatre coins du monde. L'attentat de la Légion noire étant imminent, il convenait d'analyser les données transitant par ces millions d'écrans, de repérer tout visage suspect, de le passer au crible d'un ensemble de programmes susceptibles de l'identifier. Les agents d'Icoupov tentaient de définir en temps réel le décor dans lequel aurait lieu l'attentat déjà planifié.

Icoupov réalisa soudain que trois de ses lieutenants se tenaient devant son bureau. Sans doute étaient-ils là depuis un bon moment.

— Qu'y a-t-il ? dit-il d'un ton irrité qui masquait mal son chagrin.

Ismaïl, le plus ancien de ses aides de camp, s'éclaircit la voix.

— Nous voulions savoir qui allait traquer Bourne, maintenant qu'Haroun...

Ismaïl n'acheva pas sa phrase.

Icoupov s'était posé la même question, et avait éliminé tous les candidats possibles pour divers motifs.

Mais c'étaient de fausses excuses et il le savait. Et soudain, comme Ismaïl le priait de se prononcer, Icoupov sut quoi décider.

Il fixa ses hommes, qui le couvaient d'un regard anxieux, et déclara :

— Ce sera moi. Je vais m'occuper de Bourne moi-même.

24.

Il faisait chaud dans la serre de l'Alter Botanischer Garten, et aussi humide que dans la jungle. Les gouttelettes formées par la condensation glissaient sur les immenses panneaux vitrés. Moira, qui avait déjà ôté ses gants et son long manteau, enleva l'épais chandail qui la protégeait du froid du rude hiver munichois qui glaçait les os.

La jeune femme préférait Berlin à Munich, scène vivante du rock d'avant-garde. Des idoles telles que David Bowie, Brian Eno et Lou Reed avaient retrouvé l'inspiration dans ce vivier de musiciens novateurs. Tout imprégné de son histoire récente, Berlin semblait se réinventer à chaque instant, tel un musée vivant.

Moira avait elle-même beaucoup fréquenté cette ville dans sa jeunesse, et pour les mêmes raisons que Bowie : oublier des habitudes sclérosantes, s'aérer l'esprit dans un lieu inédit. Très tôt dans sa vie, Moira avait préféré l'aventure à la routine. Et chaque fois qu'elle suivait tel ou tel groupe d'amis sans vraiment le désirer, elle se sentait comme amputée d'une part d'elle-même. Elle comprit finalement qu'ils renonçaient à leur individualité pour s'intégrer à un ensemble rassurant. Ces comportements grégaires lui faisaient horreur, et elle était partie à l'étranger.

Moira aurait pu choisir Londres ou Barcelone, mais

elle adorait Bowie et le Velvet Underground, et avait privilégié Berlin.

Le jardin botanique, construit en 1812 dans le centre-ville, fut transféré à l'extérieur de Munich en 1914. La jeune femme passa devant la fontaine de Neptune. Cette construction d'avant-guerre, d'allure massive, projetait comme une ombre sinistre sur l'endroit.

La serre abritait des spécimens colorés, dépaysement bienvenu dans cette ville lourde et terne qui abritait des hommes d'affaires aussi gris que leurs immeubles, et des usines crachant leur fumée dans un ciel couvert.

Moira consulta sa montre – neuf heures trente précises. Noah se dirigeait vers elle à grands pas. Garçon froid et introverti, mais doté d'un bon fond, Noah lui rappelait Johann, l'homme qui l'avait recrutée à l'Université par l'entremise de sa fiancée, car il pensait que Moira serait plus réceptive à la requête d'une femme. Intriguée par cette offre, l'étudiante avait finalement rencontré Johann. Le reste appartenait au passé. Enfin, pas exactement. Car elle n'avait jamais dit à quiconque, pas même à Martin ou à Bourne, pour qui elle travaillait, afin de respecter les accords signés avec la Firme.

Elle s'arrêta devant une orchidée rose et très ouverte, parsemée de taches orangées. Berlin avait aussi été le théâtre de sa première passion. Un envoûtement sensuel, de ceux qui vous font perdre la raison : un tourbillon fusionnel dans lequel elle avait été quasiment annihilée, son amant disposant d'elle à son gré.

Johann avait fini par l'arracher à cette spirale mortifère, mais elle ne renonça au plaisir qu'à grand-peine, pour redevenir elle-même. C'est alors que son amant mourut, et elle éprouva envers Johann un ressentiment violent, bien qu'irrationnel, qui ébranla leur amitié. Moira devait tirer des enseignements de cette épreuve, par exemple s'interdire de vivre avec Martin, qu'elle avait aimé et désiré. Avec Jason Bourne, la jeune femme se trouvait de nouveau emportée par la passion. Mais cette fois, elle ne se sentait pas diminuée, elle avait mûri et perdu de sa naïveté. De plus, cet homme n'avait pas d'exigences inconsidérées, et ne cherchait pas à la dominer. Moira alla admirer une autre orchidée, celle-ci noire comme la nuit, avec une minuscule lanterne jaune en son cœur. Et puis Jason, pourtant déchiré par des conflits intérieurs, ne doutait jamais de lui-même, songea Moira. Cela avait sur elle l'effet d'un aphrodisiaque et d'un antidote puissant à sa propre mélancolie.

Ironie du sort : si l'on avait interrogé Bourne, sans doute se serait-il dit pessimiste. Mais l'étant elle-même, Moira savait reconnaître un optimiste quand elle en croisait un. Bourne s'attaquait aux situations les plus désespérées et trouvait toujours une solution. Seuls les grands optimistes accomplissent ce genre d'exploit.

Entendant des pas, Moira se retourna. Noah parut, vêtu d'un pardessus en tweed, les épaules légèrement voûtées. Né en Israël, mais vivant à Berlin depuis des années, Noah passait pour allemand. Il avait été le protégé et l'ami de Johann, qu'il avait remplacé après sa mort.

— Salut, Moira.

Sous sa tignasse noire parsemée de cheveux blancs, le visage en lame de couteau de Noah affichait toujours une expression sérieuse, masquant bien son sens de l'humour.

— Pas de Bourne, à ce que je vois.

— J'ai pourtant tout fait pour qu'il vienne.

Noah sourit.

— Je n'en doute pas.

Il montra le chemin à la jeune femme. Ils partirent tous les deux du même pas. Peu de visiteurs sillonnaient les lieux en ce matin brumeux, aussi n'avaient-ils pas à craindre les curieux.

— D'après ce que tu m'as dit, c'était perdu d'avance.

— Et je ne le regrette pas. J'ai détesté jouer les rabatteuses, avoua Moira.

— Parce que tu as des sentiments pour lui.

— Et quand bien même ? rétorqua-t-elle, plus agressive qu'elle ne l'aurait souhaité.

— A toi de me le dire.

Noah l'observa attentivement.

— Beaucoup de gens chez nous pensent que tes émotions nuisent à ton travail.

— Où est-ce qu'ils vont chercher ça ? s'exclama-t-elle, interloquée.

— Je suis de ton côté, Moira.

La voix de son collègue rappelait celle d'un psychanalyste calmant une patiente agitée.

— Le problème, c'est qu'on t'attendait avant-hier.

Ils passèrent devant un jardinier qui arrangeait un parterre de violettes africaines. Lorsqu'ils furent hors de portée de voix, Noah continua.

— Et avec Bourne.

— Je n'ai pas pu le convaincre, je te l'ai dit.

— On ne ment pas à un menteur, Moira.

Il croisa les bras. Puis parla de façon solennelle.

— Tu te laisses distraire de tes priorités, Moira. Nous te confions des missions d'une importance vitale. La Firme a besoin de te savoir entièrement concentrée sur la tâche.

— Es-tu en train de me dire que tu veux me remplacer ?

— Nous y avons songé, oui, admit-il.

— Je n'y crois pas. Personne ne maîtrise le projet aussi bien que moi, et nous abordons la dernière ligne droite !

— Et une autre option a été discutée : abandonner le projet.

Moira était stupéfaite.

— Vous ne feriez pas cela ?

Noah continua à la fixer.

— Les associés ont jugé préférable, dans ce cas précis, de se retirer plutôt que d'échouer.

Moira sentit la colère monter.

— Vous ne pouvez pas renoncer, Noah. Je vais réussir !

— Je crains qu'une telle préoccupation ne soit plus de mise, déclara-t-il, parce que la décision est prise. A sept heures, ce matin, nous avons officiellement notifié NextGen de notre défection.

Il lui tendit une enveloppe.

— Voilà ta prochaine mission, Moira. Tu pars pour Damas cet après-midi.

Arkadine et Devra traversèrent le pont du Bosphore au moment où le soleil se levait. Depuis qu'ils avaient quitté les montagnes glacées, ils avaient ôté plusieurs couches de vêtements, et le temps se montrait des plus cléments. Des yachts et des pétroliers remontaient le détroit. Il était bon de pouvoir enfin baisser les vitres, de respirer un air frais et iodé, qui tranchait avec le froid qui régnait à l'intérieur des terres.

Durant la nuit, ils s'étaient arrêtés dans toutes les stations-service, motels et boutiques ouverts, la plupart des établissements qu'ils avaient croisés étant d'ailleurs fermés, dans l'espoir d'y trouver Heinrich, leur dernier contact dans le réseau Zilber.

Vint le moment où Arkadine remplaça Devra au volant. Elle s'installa sur le siège passager, appuya sa tête contre la portière, et sombra dans un profond sommeil. Elle rêva qu'elle était une baleine. Elle nageait dans des eaux noires et glacées, d'une profondeur abyssale. Quelques dizaines de mètres plus loin, avançait une forme ombreuse, qu'il lui semblait impératif de suivre, et d'identifier. Devra tenta de l'appeler, sans jamais recevoir de réponse. Ne voyant d'ailleurs aucun cétacé alentour, elle commença à s'affoler. Sa peur grandit, et prit des proportions hallucinantes.

Elle se réveilla en sursaut, assise à côté d'Arkadine. L'aube grise donnait au paysage un aspect angoissant.

Vingt-cinq minutes plus tard, ils pénétraient dans le centre d'Istanbul, bruyant et grouillant de monde.

— En général, Heinrich va passer quelques heures sur la plage de Kilyos, dans la banlieue nord, avant de prendre l'avion. Tu sais comment y aller ?

Arkadine acquiesça.

— Je connais l'endroit, oui.

Ils entrèrent dans Sultanahmet, le cœur de la vieille ville, et prirent le pont de Galata qui enjambe la Corne d'Or. Puis ils se dirigèrent vers Karaköy, au nord. A l'époque où Istanbul s'appelait encore Constantinople, Karaköy portait le nom de Galata, siège d'un important comptoir génois. Alors qu'ils arrivaient au milieu du pont, Devra regarda d'abord vers l'ouest, en direction de l'Europe, puis à l'est, de l'autre côté du Bosphore, vers Üsküdar et l'Asie.

Ils dépassèrent Karaköy et ses remparts du quinzième siècle, puis la tour de Galata, le palais de Topkapi et la Mosquée bleue.

Kilyos, plage de la mer Noire, se situait à une quarantaine de kilomètres d'Istanbul. L'été, l'endroit grouillait de monde, restaurants et boutiques étaient bondés. En hiver, Kilyos avait un côté sinistre, mais en cette matinée ensoleillée, sous ce ciel d'azur, le littoral était animé. On voyait des gens marcher au bord de la mer, de jeunes enfants courir vers l'eau, puis revenir vers leurs parents quand la vague déferlait, pour y retourner aussitôt. Un vieil homme, assis sur un pliant, fumait un cigare qui empestait le cuir brûlé.

Arkadine gara la voiture et sortit, puis s'étira après ce long trajet.

— Heinrich me reconnaîtrait immédiatement, dit Devra, qui resta dans l'auto.

Elle donna à son compagnon une description précise de l'Allemand.

— Il adore se tremper les pieds dans l'eau, ajouta-t-elle. Il dit que ça le calme.

Arkadine descendit sur la plage. La plupart des gens avaient ôté leur veste. Un homme d'une cinquantaine d'années s'était assis face à la mer, torse nu, et fixait le soleil. Des enfants creusaient le sable avec des pelles en plastique jaune, puis remplissaient leurs seaux. Deux amoureux, arrêtés au bord de l'eau, s'embrassaient passionnément.

Arkadine continua à avancer. A quelques mètres du couple, un homme se tenait debout, les pieds dans l'eau, le pantalon retroussé. Il avait laissé ses chaussures sur le sable, un peu plus haut. Il regardait l'horizon bleuté où flottaient des tankers, aussi petits que des Lego.

Heinrich. La description de Devra collait, au détail près.

La Banque Moskva, au rez-de-chaussée d'un immeuble très ouvragé, comme on en voit beaucoup à Moscou, avait des allures de palais. Ce bâtiment se trouvait à un jet de pierre de la place Rouge, dans un quartier animé où se pressaient Moscovites et touristes.

Il était presque neuf heures. Bourne sillonnait les rues à pied depuis une vingtaine de minutes, mais n'avait pas repéré de suiveurs. Ce qui ne voulait pas dire que la banque n'était pas surveillée. D'ailleurs, les voitures de police lui paraissaient plus nombreuses que d'habitude.

Alors qu'il approchait de l'établissement, Bourne en vit passer une. Il se réfugia dans un magasin. Les policiers s'arrêtèrent cent mètres plus loin, derrière une auto garée en double file. Quelques minutes plus tard, deux agents sortirent du véhicule, et se dirigèrent d'une démarche chaloupée vers la berline en infraction.

Bourne en profita pour continuer son chemin sur le trottoir noir de monde. Les gens ressemblaient à des ballots de vêtements ambulants. Leur souffle formait de petits nuages blancs, tandis qu'ils se hâtaient, courbés contre le vent. Bourne passa à hauteur de la voiture de patrouille, jeta un coup d'œil à l'intérieur, vit son visage sur une affichette, distribuée, à l'évidence, à tous les policiers de la ville. D'après la légende, on le recherchait pour le meurtre d'un haut fonctionnaire américain.

Il fit demi-tour, et disparut au coin de la rue avant que les agents n'aient regagné leur véhicule.

Il téléphona à Gala, qui attendait son appel dans la Zil de Yakov, cinq cents mètres plus loin. La jeune fille se glissa dans la circulation, tourna à droite, puis à gauche. Le trafic était lent, comme ils l'avaient prévu.

Gala consulta sa montre : elle devait laisser encore une minute à Bourne. Alors qu'elle arrivait au carrefour proche de la banque, elle repéra une cible plausible : une limousine scintillante, qui avançait lentement vers l'intersection, venant de sa droite.

Gala fonça vers la luxueuse conduite intérieure, sachant qu'elle avait des pneus lisses : Bourne s'en était assuré en arrivant chez Lorraine. La conductrice écrasa la pédale de frein, dérapa sur la chaussée verglacée, et vint heurter le pare-chocs de la grosse berline.

Le flot de la circulation s'interrompit dans un concert de klaxons. Des piétons s'approchèrent pour constater les dégâts. En trente secondes, trois voitures de police avaient convergé sur le lieu de l'accident.

Bourne profita de la confusion générale pour franchir la porte à tambour de la banque. Il déboucha dans une salle sous voûte tout en marbre éclairée par trois énormes lustres dorés. Il lui sembla pénétrer dans un mausolée.

Au milieu de la salle, une cloison d'un mètre cinquante de haut faisait office de comptoir. De l'autre côté, une longue rangée de bureaux, derrière lesquels somnolait un bataillon de fainéants, le nez penché sur des documents. Avant de s'approcher, Bourne balaya les lieux du regard, sans rien voir de suspect. Il sortit le passeport de Popov, puis écrivit le numéro du coffre sur un bordereau prévu à cet effet.

L'employée lui lança un regard rapide, prit son passeport et le bordereau. Elle verrouilla son tiroir, pria le visiteur d'attendre. Puis elle s'adressa à l'un des bureaucrates, lui montra les papiers de Bourne. L'homme vérifia que le numéro du coffre figurait bien sur sa liste. Puis il regarda le passeport, hésita, tendit la main vers le téléphone. Voyant que le client l'observait, il reposa l'appareil sur son support, dit quelque chose à la guichetière, puis se leva.

— Monsieur Popov, dit-il en rendant le passeport. Vassili Leguev, à votre service.

Leguev avait un sourire affable et se frottait sans arrêt les mains, comme si elles avaient quelque chose à se reprocher. Il avait l'air aussi sincère qu'un arracheur de dents.

Il ouvrit une porte dans le comptoir, invita Bourne à le suivre de l'autre côté.

— Je vais me faire un plaisir de vous accompagner à notre chambre forte.

Il conduisit Bourne jusqu'au fond de la salle. Une porte discrète ouvrait sur un couloir feutré avec une épaisse moquette au sol et des colonnes en enfilade de chaque côté. Aux murs, de mauvaises reproductions de paysages célèbres. On entendait le bruit assourdi de sonneries de téléphones. La chambre forte se trouvait un peu plus loin. Sur la gauche, un escalier en marbre menait aux étages supérieurs.

Vassili Leguev entra avec Bourne dans la chambre forte. Les charnières de la porte faisaient soixante centimètres de haut, et avaient le diamètre d'un biceps d'athlète. Des casiers métalliques tapissaient les murs du sol au plafond.

Leguev précéda Bourne jusqu'au coffre qu'il était censé avoir loué. Et qui possédait deux serrures. Le banquier introduisit sa clé dans la serrure de gauche, Bourne son passe dans celle de droite. Ils effectuèrent chacun un demi-tour. On pouvait à présent sortir le coffre de sa niche. Leguev l'emporta dans l'une des petites salles réservées aux clients, et le posa sur l'étagère courant le long du mur. Il hocha la tête à l'adresse de son client, sortit, puis tira le rideau derrière lui.

Bourne ne prit pas la peine de s'asseoir. Il ouvrit le coffre, y trouva une grosse somme d'argent en billets : dollars américains, euros, francs suisses et autres monnaies. Il empocha dix mille francs suisses, ainsi que quelques centaines de dollars et d'euros, puis referma le coffre, ouvrit le rideau, et se retrouva dans la chambre forte.

Deux policiers en civil l'attendaient à l'entrée de la salle. L'un d'eux braqua un Makarov sur lui.

L'autre lui dit, avec un mauvais sourire :

— Veuillez nous suivre, *gospadin* Popov.

Arkadine longea le littoral, les mains dans les poches. Il croisa un chien qui jappait, tout heureux qu'on l'ait détaché, puis une jeune femme qui lui sourit.

Lorsqu'il fut à une dizaine de mètres de Heinrich, le tueur se déchaussa et retroussa son pantalon. Puis il avança sur la bande de sable mouillé par le ressac. Il s'approcha de l'Allemand en diagonale, afin que ce dernier l'entende arriver.

Sentant quelqu'un à proximité, Heinrich tourna la tête, la main en visière, pour se protéger du soleil. Il adressa un bref salut à Arkadine, puis reporta son attention sur l'horizon.

Feignant de trébucher au moment où une vague déferlait, Arkadine se rapprocha encore.

— Je ne suis donc pas le seul à aimer l'eau froide, remarqua-t-il.

Heinrich ne réagit pas.

— C'est agréable, de sentir l'eau vous lécher les pieds.

Heinrich lui jeta un coup d'œil.

— J'essaie de méditer, si ça ne vous ennuie pas.

— Si, ça m'ennuie, dit Arkadine en même temps qu'il lui plantait une lame dans le foie.

L'homme écarquilla les yeux, tituba, mais Arkadine le rattrapa. Ils s'assirent ensemble dans l'eau, comme deux vieux amis communiant avec la nature.

Le mourant haletait. Arkadine ne put s'empêcher de le comparer à un poisson hors de l'eau.

— Que... Que...

Arkadine le maintint contre lui d'une main, et fouilla sous sa veste de l'autre. Par sécurité, Heinrich avait gardé le document sur lui, un petit cylindre cartonné, doté d'un immense pouvoir.

— Ce document a déclenché une véritable hécatombe.

— Et il tuera encore beaucoup de gens avant que ce ne soit fini, réussit à articuler Heinrich. Qui êtes-vous ?

— La mort, répondit Arkadine.

Il plongea de nouveau son couteau dans le flanc d'Heinrich, tourna la lame entre les côtes. Sa respiration se fit sifflante, heurtée, puis cessa.

Arkadine laissa son bras autour de ses épaules, comme un bon camarade, et quand Heinrich s'affaissa contre lui, il l'empêcha de glisser tout à fait. Les vagues les immergeaient jusqu'à la taille, puis se retiraient.

Le tueur fixa l'horizon, comme l'avait fait sa victime, certain qu'après la ligne de démarcation s'ouvrait un abîme obscur et sans fond.

Bourne sortit docilement de la chambre forte avec les deux inspecteurs en civil. Comme ils s'engageaient dans le couloir, du tranchant de la main il frappa le poignet du flic armé. Le pistolet tomba et glissa un peu plus loin sur le sol. Bourne pivota sur ses talons et donna un grand coup de pied à l'autre policier, qui partit en arrière, heurta l'arête d'une colonne carrée. Il empoigna le bras de son collègue, lui balança son coude dans les côtes, puis lui administra une grande claque sur la nuque. Les deux flics gisant à terre, il s'élança dans le couloir, mais un autre homme parut, qui courait dans sa direction et lui bloquait l'accès à la banque. Il correspondait à la description que Yakov lui avait faite de Harris Low.

Bourne fit volte-face et bondit dans l'escalier, qui formait une large courbe. Il gravit les marches trois par trois, déboucha sur le palier du premier étage. Il avait mémorisé le plan des lieux afin de se ménager une deuxième porte de sortie.

Comme il se précipitait dans le couloir, il se trouva face à l'un des vigiles de l'établissement. Il le saisit par le devant de son uniforme, le souleva de terre, puis le jeta dans l'escalier, sur l'agent de la NSA à ses trousses.

Bourne sprinta jusqu'au bout du couloir, ouvrit la porte de l'escalier de secours et entreprit de grimper.

Il fila comme une flèche vers les étages supérieurs. Il arrivait au quatrième lorsqu'il entendit la porte de l'escalier s'ouvrir à la volée et des pas précipités résonner sur le métal, derrière lui. Sa manœuvre, avec le garde, avait ralenti Harris, sans toutefois le neutraliser.

Bourne se trouvait à mi-hauteur du cinquième étage quand l'agent lui tira dessus. Il plongea en avant, la balle ricocha sur le métal. Il accéléra encore, entendit un nouveau projectile lui siffler aux oreilles. Puis il atteignit la porte qui menait sur le toit, la franchit, et la claqua derrière lui.

Harris Low enrageait. Avec tous les hommes dont il disposait, il n'avait pas réussi à coincer Bourne. « La faute aux Russes », songea-t-il en montant l'escalier à toute allure. Hors les interventions de choc, il ne fallait rien leur demander. Ces deux policiers en civil, par exemple, s'étaient précipités au lieu de l'attendre, et ils avaient tout fait capoter.

Il arriva devant la porte du toit, tourna la poignée, puis ouvrit le battant d'un coup de pied. Le sol goudronné brillait d'un éclat faible, sous ce ciel de neige. Walther PPK au poing, Low fit un pas sur le toit, courbé en deux. A cet instant, la porte lui claqua au nez, le renvoyant sur le petit palier.

Bourne rouvrit le battant à la volée et se jeta sur Low. Il le frappa à l'estomac, puis deux fois au poignet, l'obligeant à lâcher son arme. Le Walther dégringola dans l'escalier, et atterrit sur une marche en contrebas.

Déchaîné, Low balança son poing dans le rein de Bourne, qui tomba à genoux. Il le fit basculer sur le dos à coups de pied, puis l'immobilisa, à califourchon sur lui. Après quoi il referma ses mains sur sa gorge et serra.

Bourne essaya de se dégager, mais il n'avait aucune prise, et l'oxygène commençait à manquer. Il bascula le bassin, leva les jambes, les ramena en arrière et coinça la tête de son adversaire entre ses mollets. L'autre eut beau se débattre, il ne put se libérer. Bourne balança ses jambes sur la gauche, et cogna la tête de Low contre le mur. Ayant à présent les mains libres, il les claqua d'un geste sec sur ses oreilles.

Low hurla de douleur. Il s'enfuit en rampant, se dirigea vers le Walther. Bourne bondit, sauta par-dessus la cage d'escalier et atterrit sur son ennemi, qui tenta de le frapper au visage avec le canon de son arme. Bourne recula, l'agent le plaqua contre la rampe et le fit ployer en arrière, dans le vide. Bourne aperçut la dalle de béton, quatre étages plus bas. Ils luttaient au corps à corps. Low rapprochait son flingue de la tête de Bourne, qui lui appuyait sur le front pour l'éloigner.

Low se dégagea et voulut assommer son adversaire avec son arme. Mais Bourne fléchit les genoux, glissa un bras sous son entrejambe et le souleva. Low tenta encore de le frapper, mais Bourne en mobilisant ses dernières forces le balança par-dessus la rambarde. L'agent tomba en tourbillonnant, puis s'écrasa au sol.

Bourne tourna les talons, remonta sur le toit. Comme il le traversait en courant, il entendit la plainte familière des sirènes de police. Du dos de la main, il essuya le sang sur sa joue. Parvenu à l'autre extrémité du bâtiment, il grimpa sur le parapet, puis sauta par-dessus le vide sur le toit de l'immeuble voisin. Il répéta l'opération trois fois. Après quoi il estima pouvoir regagner la rue sans danger.

25.

Soraya n'avait jamais connu la panique, bien qu'elle ait passé son enfance avec une tante sujette aux crises d'angoisse : elle se terrait dans un fauteuil, ou au creux de son lit, et avait l'impression de suffoquer. Cela avait toujours laissé Soraya perplexe.

A présent, elle comprenait de quoi il s'agissait.

Elle sortit du bâtiment de la NSA sans Tyrone, les mains tremblant sur le volant, tandis que les grilles de fer coulissaient derrière elle. Elle suait à grosses gouttes, oppressée, l'esprit vide. Elle se força à respirer, éprouva soudain de violentes nausées, et dut s'arrêter en catastrophe. Elle jaillit de la voiture, vomit son thé entre deux arbres.

Ses décisions hâtives avaient placé Tyrone, Jason et Veronica dans une situation critique. Et elle doutait à présent de ses capacités. Elle s'interrogeait depuis qu'elle avait vu Tyrone dans cette cellule.

Elle roula jusqu'à Alexandria, se gara. Puis elle posa son front moite sur le volant et éclata en sanglots. Comment allait-elle annoncer à Deron que son protégé était entre les griffes des bourreaux de la NSA ? D'autre part, le marché imposé par La Valle, Tyrone contre Veronica, était inacceptable.

Soraya finit par se calmer assez pour sortir de sa voiture. Les passants se hâtaient autour d'elle, la terre continuait de tourner, et cela lui était insupportable.

Elle entra dans un salon de thé, chercha son téléphone dans son sac. Son regard s'attarda un instant sur ses cigarettes. Non, songea-t-elle, ressortir fumer ne ferait que mettre l'accent sur son malaise. Elle posa son portable sur sa serviette et le fixa, comme s'il était vivant. Puis elle commanda une camomille. Elle composa alors le numéro de Deron, qui répondit. Soraya le pria de lui passer Kiki, car elle avait le pressentiment qu'il lui serait plus facile de se confier à une femme.

Kiki prit la communication, et la directrice de Typhon lui demanda de la rejoindre au salon de thé le plus vite possible.

— Arrête de culpabiliser, dit la belle Masaï, quand Soraya lui eut relaté les faits en détail. Ta culpabilité te paralyse, et pour sortir Tyrone de là, nous allons avoir besoin de ta matière grise.

Soraya leva les yeux de sa tisane.

Kiki lui sourit, hocha la tête en signe d'encouragement. Avec sa robe carmin et ses grosses boucles d'oreilles dorées, elle paraissait plus majestueuse que jamais.

— Je vais devoir tout dire à Deron, et je crains sa réaction.

— Sa réaction ne sera pas aussi terrible que tu le crois, la rassura Kiki. Et puis Tyrone est grand. Il savait les risques qu'il prenait. Il aurait pu refuser.

Soraya secoua la tête.

— Non, justement, il ne pouvait pas refuser.

Elle tournait sa cuiller dans sa tasse, retardant le moment de parler. Puis elle leva la tête, s'humecta les lèvres.

— En fait, il est amoureux de moi.

— Sans blague !

Soraya fixa Kiki, décontenancée.

26.

Le hangar dans lequel Maslov avait donné rendez-vous à Bourne disparaissait parmi des centaines d'autres, dans cette banlieue noire de suie. On apercevait des milliers de caisses et de cartons, sur des piles de palettes, du sol au plafond. Rangé dans un coin, un chariot élévateur. Et à côté, un panneau d'affichage couvert de prospectus, factures et publicités. Des ampoules nues, au bout de tiges en métal flexibles, brillaient tels des soleils miniatures.

Après s'être assurés qu'il n'avait sur lui ni armes à feu ni micros cachés, deux Russes baraqués conduisirent Bourne dans des toilettes carrelées empestant l'urine et la sueur. Il y avait là une série de cabines, et un long lavabo en forme d'abreuvoir, au fond duquel courait un filet d'eau. On le fit entrer dans le dernier box, dépourvu de cuvette de WC, qui servait de passage secret. Son escorte l'entraîna dans un dédale de bureaux, dont l'un se trouvait deux mètres au-dessus du sol, sur une plate-forme en acier fixée au mur. Les trois hommes gravirent l'escalier, puis Bourne poursuivit son chemin seul : les deux autres restèrent sur l'estrade pour monter la garde.

Maslov était assis à une table ancienne en bois sculpté, flanqué de deux cerbères, rappelant ceux qui veillaient à l'entrée. Dans un coin, sur une chaise, un homme peu avenant, vêtu d'une chemise hawaïenne flamboyante. Bourne sentait une autre présence derrière lui, sans doute un vigile adossé à la porte.

— Ainsi vous vouliez me parler, déclara Maslov.

Ses yeux brillaient d'un éclat jaune dans cette lumière crue.

— Mais il y a déjà quelqu'un qui souhaite vous voir.

L'homme stationné derrière lui bondit. Bourne fit volte-face, s'accroupit, et reconnut le malfrat qui l'avait attaqué dans l'appartement de Tarkanian. Le tatoué se jeta sur lui, un couteau à la main. Bourne esquiva le coup, saisit le mafieux par le poignet, le tira vers lui en usant de son élan et lui rentra son coude dans la figure.

L'homme tomba. Bourne écrasa son poignet avec sa chaussure, jusqu'à ce qu'il lâche le couteau, qu'il ramassa. Les deux gardes du corps bondirent, Glock au poing. Bourne les ignora, plaça le couteau dans sa paume ouverte, poignée tournée vers l'extérieur. Puis il le tendit à Maslov, au-dessus du bureau.

Celui-ci lança un regard au type à la chemise hawaïenne, qui se leva et prit l'arme posée sur la main de l'Américain.

— Je suis Dimitri Maslov, annonça-t-il.

L'homme assis derrière le bureau lui laissa la place, et récupéra le poignard que Maslov lui tendait.

— Emmenez Evseï, et faites-lui arranger le nez, lâcha-t-il, sans s'adresser à personne en particulier. Et fermez la porte !

L'un des gardes du corps obéit, puis s'adossa au battant. Il secoua son paquet de cigarettes, en tira une, l'alluma.

— Asseyez-vous, dit Maslov à Bourne.

Le mafieux ouvrit un tiroir. Il en sortit un Mauser, qu'il posa à portée de main sur le bureau. Puis il reporta son attention sur son visiteur.

— Mon ami Vania m'a dit que vous travailliez pour Boris Karpov, et que vous aviez des renseignements sur certaines personnes qui menaceraient d'empiéter sur mon territoire.

Il pianota sur la crosse du Mauser.

— Mais je ne suis pas naïf au point de penser que j'obtiendrai ces informations sans contrepartie. Alors que voulez-vous ? Je vous écoute.

— Savoir en quoi vous êtes lié à la Légion noire.

— Moi ? Mais en rien.

— Mais vous connaissez leur existence.

— Evidemment que je connais leur existence.

Maslov fronça les sourcils.

— Où voulez-vous en venir ?

— Vous avez posté Evseï, votre lieutenant, dans l'appartement de Mikhaïl Tarkanian, qui appartenait à la Légion noire.

Le chef de la Kazanskaïa parut perplexe.

— Qui vous a dit ça ?

— Certaines personnes contre qui il complotait. Des amis à moi.

Maslov haussa les épaules.

— C'est possible, je ne suis pas au courant. Mais je peux vous assurer que Tarkanian n'appartenait pas à la Légion noire.

— Dans ce cas, que faisait Evseï dans son appartement ?

— Ah, nous y voilà, fit Maslov en frottant son pouce contre son index et son majeur. Montrez-moi l'argent, comme ça je verrai si vous bluffez ou pas.

Le mafieux sourit, mais son regard resta distant et malveillant.

— Quoique je doute qu'il s'agisse d'une question d'argent. Et puis pourquoi la Brigade des stupéfiants voudrait-elle m'aider ? C'est le monde à l'envers.

Bourne finit par approcher une chaise et s'asseoir. Il repensait à la conversation téléphonique qu'il avait eue avec Boris, chez Lorraine, et à ce que Karpov lui avait dit du climat politique à Moscou.

— C'est une histoire politique, qui n'a rien à voir avec les stups, déclara-t-il. Cherkesov a la mainmise sur ce service, qui est actuellement le théâtre d'une lutte de pouvoir, assez semblable à la vôtre : la guerre des *siloviki*. Et le Président semble avoir déjà choisi son successeur.

— Mogilovitch, un nul, cracha Maslov. Et alors ?

— Alors Cherkesov ne l'aime pas : dans le passé, Mogilovitch a travaillé pour le président à Saint-Pétersbourg, à l'administration de la ville. On lui avait confié la direction de VM, le fabricant de pâte à papier. C'est vite devenu, grâce à Mogilovitch, l'entreprise russe la plus performante dans ce domaine. Or l'un des plus gros fabricants de papier américain vient de racheter cinquante pour cent du capital de VM, pour plusieurs centaines de millions de dollars.

Le truand avait sorti une lime, et nettoyait ses ongles manucurés, tout en écoutant Bourne avec la plus grande attention.

— Cette nouvelle est officielle. Que m'apporte-t-elle ?

— Mogilovitch a pris des parts dans la société, quand la banque RAB a orchestré la privatisation de VM. A l'époque, on s'est interrogé sur les relations exactes entre Mogilovitch et cette banque, mais ces questions ont été vite étouffées. L'année dernière, VM a racheté les vingt-cinq pour cent du capital que RAB avait acquis, afin d'en sécuriser la privatisation. La transaction a reçu la bénédiction du Kremlin.

— Du Président, donc, déclara Maslov.

— Exact, dit Bourne. Ainsi, Mogilovitch est en position de se tailler la part du lion dans cette affaire avec les Américains, et par des moyens que le Président souhaiterait voir tenus secrets.

— Qui sait le rôle qu'a joué le Président dans cette affaire ?

Bourne hocha la tête d'un air entendu.

— Attendez, dit Maslov. La semaine dernière, un cadre de la banque RAB a été retrouvé ligoté, torturé et asphyxié dans le garage de sa datcha. Je m'en souviens parce que le bureau du procureur a prétendu qu'il s'était suicidé. Ça nous a bien fait rire.

— Il se trouve que la victime s'occupait de gérer les prêts accordés à l'industrie du papier.

— Et possédait les preuves qui pouvaient entraîner la ruine de Mogilovitch, et du coup, discréditer le Président, conclut Maslov.

— Mon patron me dit que ce type avait accès aux preuves, mais qu'il ne les a jamais eues en sa possession. Son assistant a pris la fuite avec, trois jours avant qu'on ne l'assassine, et reste introuvable.

Bourne rapprocha sa chaise du bureau.

— Quand vous l'aurez retrouvé, et avec lui les documents incriminant Mogilovitch, mon patron mettra un terme à cette guerre entre vous et les Azéris une bonne fois pour toutes. Et vous seriez gagnant.

— Et comment va-t-il réussir ce tour de force ?

Bourne ouvrit son téléphone portable et fit écouter à Maslov le document MP3 que Boris lui avait adressé : une conversation entre le chef des Azéris et l'un de ses lieutenants, où le parrain ordonnait l'exécution du cadre de la banque RAB. C'était bien le genre de Boris, et du caractère russe, que de fournir les moyens d'agir contre quelqu'un, plutôt que d'arrêter la personne.

Un grand sourire illumina le visage de Maslov.

— Merde, dit-il. Là on se comprend !

Arkadine finit par réaliser que Devra était debout derrière lui. Il lui passa la petite boîte cylindrique qu'il avait trouvée sur Heinrich.

— Sors de l'eau, lui dit-elle.

Arkadine ne bougea pas. La jeune femme alla s'asseoir sur un monticule de sable, un peu plus loin.

L'Allemand était étendu sur le dos, comme endormi. L'eau avait fait disparaître tout le sang.

Au bout d'un moment, Arkadine se leva. Il traversa la bande de sable mouillé, puis alla rejoindre Devra, plus haut sur la plage. Elle vit alors qu'il lui manquait trois orteils au pied droit.

— Mon Dieu, dit-elle. Mais qu'est-ce qui est arrivé à ton pied ?

Ce fut ce qui avait perdu Marlene, le pied mutilé : elle avait voulu savoir ce qui s'était passé.

— Un accident, avait répondu Arkadine, avec une fausse désinvolture. Pendant mon premier séjour en prison. Une machine offset s'est enrayée, et j'ai reçu le cylindre sur le pied. Mes orteils ont été écrasés. On a dû les amputer.

C'était bien sûr un mensonge, mais inspiré d'un incident réel, durant l'une de ses incarcérations. Un détenu qui travaillait à l'imprimerie avait volé les cigarettes qu'il cachait sous son matelas. Arkadine avait saboté sa machine, afin que le cylindre lui tombe dessus, quand il l'allumerait, le lendemain. L'homme avait hurlé de douleur, et on avait dû l'amputer jusqu'au genou.

De ce jour, Arkadine se méfia de Marlene. Il savait qu'il lui plaisait. Elle avait d'ailleurs en partie abandonné son rôle de psy. Mais elle n'en restait pas moins clairvoyante, et il la soupçonnait d'avoir établi un rapprochement entre ses cauchemars et les orteils manquants, peu convaincue par sa version de l'accident et bien décidée à le libérer de son passé. Mais personne ne pouvait l'aider ; car jamais il n'avouerait ce qui lui était arrivé.

— Parlez-moi de votre père et de votre mère, lui demanda Marlene. Et oubliez les inventions dont vous avez abreuvé le psy qui m'a précédée.

Ils se trouvaient sur le lac de Lugano, par une belle journée d'été. Le jeune femme portait un bikini rouge à pois roses, des sandales en caoutchouc rose et une visière pour protéger ses yeux du soleil. Leur bateau à moteur avait jeté l'ancre à cent mètres du rivage. Des vaguelettes les berçaient doucement, chaque fois que des hors-bord passaient à proximité, fendant l'eau cristalline. Le village de Campione d'Italia, construit en terrasses à flanc de colline, rappelait un gâteau à étages recouvert d'un glaçage.

Arkadine toisa son interlocutrice d'un air furieux. Il ne parvenait pas à l'impressionner, alors qu'il intimidait la plupart des gens. C'est ce qui lui avait permis de survivre après la mort de ses parents.

— Vous voulez des détails sur la mort de ma mère ?

— J'aimerais savoir comment elle était de son vivant, répondit Marlene, d'un ton plein de douceur.

— Elle vous ressemblait beaucoup.

Marlene le fixa.

— Je vous assure, persista-t-il. Ma mère était une femme très dure. Elle savait tenir tête à mon père.

Marlene s'engouffra dans la brèche.

— Pourquoi devait-elle lui tenir tête ? Il se montrait violent ?

Arkadine haussa les épaules.

— Pas plus qu'un autre, j'imagine. Il s'en prenait à elle chaque fois qu'il était contrarié.

— Et vous trouvez cela normal.

— La normalité est une notion que je ne conçois pas.

— Mais vous êtes habitué à la violence ?

— Objection, question orientée !

— Que faisait votre père ?

— Il était *consigliere* pour la Kazanskaïa, la famille qui contrôle le marché de la drogue et la revente de voitures volées, à Moscou.

En réalité, le père d'Arkadine n'avait jamais travaillé pour la mafia. Ouvrier métallurgiste, pauvre et triste, il buvait sans discontinuer, comme tout le monde, à Nijni Taguil.

— Il avait donc l'habitude de l'insulte et de la violence.

— Il ne travaillait pas dans la rue, précisa Arkadine, peaufinant son mensonge.

Marlene lui adressa un petit sourire entendu.

— Très bien. Alors à votre avis, d'où viennent ces accès de rage qui vous submergent ?

— Si je vous le disais, je serais obligé de vous tuer.

Elle lui adressa un sourire.

— Allons, Leonid Danilovitch. M. Icoupov croit en vous. Vous voulez donc le décevoir ?

— Bien sûr que non. Je veux qu'il ait confiance en moi.

— Dans ce cas parlez-moi.

Le jeune homme s'accorda un répit. Il goûta la chaleur du soleil, écouta battre son cœur, telle une douce musique intérieure. Puis son passé remonta, et lui mit comme un coup dans l'estomac.

Avec une lenteur délibérée, le tueur délaça ses tennis, puis les enleva. Il ôta ses chaussettes blanches, et son pied gauche apparut, avec ses deux orteils et ses trois moignons, du même rose que le maillot de Marlene.

— Voilà ce qui s'est passé, dit-il. Quand j'avais quatorze ans, ma mère a frappé mon père avec une poêle à frire. Il venait de rentrer ivre mort, et il sentait la femme. Il était affalé sur le ventre, dans le lit, bras et jambes écartés, et ma mère s'est déchaînée sur lui. Elle l'a cogné avec cette poêle, si longtemps, et si fort, qu'après il avait le crâne en bouillie.

La psy sembla rapetisser sur son siège. Et avoir de la peine à respirer.

— Ce n'est pas encore une histoire inventée ? finit-elle par dire.

— Non, fit Arkadine. C'est la vérité.

— Et où étiez-vous ?

— A la maison. J'ai assisté à la scène.

Marlene porta sa main à sa bouche.

— Mon Dieu !

Une part du poison expulsée, Arkadine éprouva un vif sentiment de libération. Mais il savait ce qui allait suivre.

— Et que s'est-il passé après ?

Il prit une profonde inspiration.

— Je l'ai bâillonnée, je lui ai attaché les mains derrière le dos, puis je l'ai enfermée dans le placard de ma chambre.

— Et ensuite ?

— Je suis sorti et je ne suis jamais revenu.

— Quoi ?!

Marlene était horrifiée.

— Mais comment avez-vous pu faire ça ?

— Je vous dégoûte, à présent, hein ?

Arkadine avait dit cela sans haine, comme résigné. Pourquoi Marlene n'aurait-elle pas été dégoûtée ? Et encore, elle ne connaissait pas toute la vérité.

— Reparlez-moi de l'incident en prison.

Elle allait tenter de repérer des failles dans son récit. Technique d'interrogatoire classique. Mais elle n'aurait jamais le fin mot de l'histoire, songea Arkadine.

— Allons nager, dit-il tout à coup.

Il ôta son short et son tee-shirt.

La jeune femme secoua la tête.

— Non, je n'en ai pas envie. Vous irez nager si...

Il la poussa par-dessus bord, se redressa, puis plongea. Il la trouva sous l'eau, en train de battre des jambes pour remonter à la surface. Il lui coinça la tête entre ses cuisses, puis noua les chevilles, afin d'assurer sa prise. Après quoi il remonta, et s'accrocha au bateau, tandis que Marlene se débattait entre ses jambes. Des hors-bord passèrent à proximité. Arkadine salua deux jeunes filles dont les cheveux flottaient au vent, comme de longues crinières. Il aurait aimé fredonner une chanson romantique, mais ne pensa qu'au *Pont de la rivière Kwaï*.

Au bout d'un moment, Marlene cessa de lutter. Le tueur sentit son poids onduler dans le flot. Il n'avait pas eu l'intention de la tuer. Mais l'image de son ancien appartement avait ressurgi, un taudis de l'ère soviétique grouillant de vermine.

Leur indigence n'empêchait pas son père de coucher avec d'autres femmes. Et un jour, l'une d'elles se retrouva enceinte, et décida de garder l'enfant. Il était d'accord et promit de l'aider. Mais en réalité il voulait le bébé parce que son épouse était stérile. Quand le garçon naquit, il l'arracha à la mère et le ramena à sa femme afin qu'elle l'élève.

— Voilà le fils que j'ai toujours voulu avoir, mais que tu n'as pas pu me donner, lui dit-il.

Elle éleva Arkadine sans se plaindre, sachant son destin scellé. Cependant, quand son mari s'absentait, elle se vengeait sur l'enfant, l'enfermait dans le placard de sa chambre pendant des heures. C'était sa façon d'évacuer la colère qu'elle ne pouvait passer sur son père.

Ce fut durant l'une de ces longues punitions qu'Arkadine se réveilla avec une affreuse douleur au pied droit.

Il n'était pas seul dans le placard. Une demi-douzaine de rats couraient sur lui, piaillant et montrant les dents. Il réussit à tous les tuer, mais pas avant qu'ils n'aient fini ce qu'ils avaient commencé. Ils lui avaient mangé trois orteils.

27.

— Tout a commencé avec Piotr Zilber, dit Maslov. Ou plutôt avec son jeune frère, Alexeï. Un voyou. Il a tenté de s'imposer auprès de l'une de mes sources, pour le commerce des voitures étrangères. Il y a eu des morts, dont plusieurs de mes hommes, et ma source. Alors je l'ai fait liquider.

Bourne et son hôte s'étaient installés dans la serre de Maslov, sur le toit de l'entrepôt. Les fleurs tropicales embaumaient : tiarés, oiseaux de paradis, anthuriums écarlates, héliconias. Le malfrat, avec sa chemise bariolée, s'intégrait parfaitement au décor. Il ne souffrait pas de la chaleur humide – contrairement à Bourne, qui avait remonté ses manches. Une bouteille de vodka trônait sur la table, ainsi que deux verres vides.

— Zilber avait des relations. Il a envoyé l'un de mes hommes en prison, Boria Maks. Au pénitencier de haute sécurité de Nijni Taguil. Vous en avez entendu parler ?

Bourne acquiesça. Conklin avait souvent mentionné cet endroit.

— C'est l'enfer, paraît-il.

Maslov se pencha, remplit à nouveau leurs verres. Il en tendit un à Bourne, et prit l'autre pour lui.

— Pourtant Zilber n'a pas jugé cela suffisant. Il a engagé un tueur, et le meilleur, pour s'introduire dans la prison et buter Maks. Arkadine était le seul qui pouvait réussir cet exploit sans y laisser sa peau.

L'alcool avait revigoré Bourne, après les événements du matin.

— Parlez-moi d'Arkadine.

Le mafieux émit un grognement haineux.

— Ce fils de pute a tué Piotr Zilber, on peut d'ailleurs se demander pourquoi. Ensuite il a disparu de la surface de la terre. J'avais posté Evseï dans l'appartement de Micha Tarkanian, j'espérais qu'Arkadine y reviendrait. Mais c'est vous qui êtes venu.

— En quoi la mort de Zilber vous pose problème ? s'enquit Bourne. D'après ce que vous m'avez dit, vous n'étiez pas les meilleurs amis du monde.

— Je n'ai pas besoin d'aimer quelqu'un pour faire affaire avec lui.

— Si vous vouliez travailler avec Zilber, il ne fallait pas tuer son frère.

— J'ai une réputation.

Dimitri but une gorgée de vodka.

— Piotr savait dans quoi Alexeï trempait, et il n'a pas levé le petit doigt. Cette exécution était une question d'honneur. Piotr l'a prise bien trop à cœur. Il a réagi comme son frère, tête baissée.

On calomniait à nouveau Zilber ; un incapable, de l'avis général. Alors pourquoi avait-il dirigé un réseau clandestin ? s'interrogea Bourne.

— Quel genre d'affaires vous liaient ?

— Je convoitais son réseau. A cause de la guerre avec les Azéris, je cherchais à écouler mes produits en lieu sûr. Le réseau de Zilber était la solution idéale.

Bourne repoussa son verre de vodka.

— Et pourquoi aurait-il voulu collaborer avec la Kazanskaïa ?

— Vous venez de trahir l'étendue de votre ignorance.

Maslov considéra Bourne avec curiosité.

— Zilber avait besoin de fonds, pour son organisation.

— Vous voulez dire son réseau.

— Non. Son organisation.

Il fixa Bourne pendant de longues secondes.

— Piotr Zilber était membre de la Légion noire, déclara-t-il.

Comme un marin qui sent venir la tempête, Devra se retint de questionner Arkadine sur son pied mutilé. Il émanait de lui une tension extrême. Elle reporta son attention sur le corps d'Heinrich, exposé à un soleil qui plus jamais ne le réchaufferait. Elle sentait une présence inquiétante, à ses côtés, et se souvint de son rêve : cette créature inconnue, ce sentiment de désolation, cette peur grandissante.

— Nous avons le paquet, dit-elle. Mission accomplie.

Pendant un moment, Arkadine ne répondit rien, et Devra se demanda si elle n'avait pas trop tardé à changer de sujet, et s'il n'allait pas s'en prendre à elle pour l'avoir interrogé à propos de son pied.

La rage la plus folle s'empara d'Arkadine, le fit trembler si fort qu'il entendit ses dents claquer. Il aurait été si facile de se tourner vers elle, de lui sourire et de lui briser le cou. Un simple geste. Cependant quelque chose l'arrêta, fit retomber sa colère : sa propre volonté. Il ne voulait pas la tuer. Du moins pas tout de suite. Il aimait beaucoup être assis là avec Devra. Et il y avait peu de choses, dans la vie, qui lui faisaient plaisir.

— Il me reste à démanteler le réseau, finit-il par dire. Piotr s'était entouré de losers : des drogués, des joueurs, des hommes sans honneur. C'est un miracle que cette organisation ait fonctionné. De toute façon, ça aurait implosé à un moment ou à un autre.

Mais qu'en savait-il ? Arkadine n'était qu'un soldat engagé dans une guerre secrète. Il n'avait pas de questions à se poser.

Il sortit son téléphone portable, composa le numéro d'Icoupov.

— Où es-tu ? lui demanda son patron. J'entends du bruit en arrière-plan.

— À la plage, répondit Arkadine.

— Comment ça ? Quelle plage ?

— Kilyos. Dans la banlieue d'Istanbul.

— Tu profites du soleil, alors qu'on est en plein chaos.

L'attitude du tueur changea aussitôt.

— Que s'est-il passé ?

— Ce bâtard a fait tuer Haroun, voilà ce qui s'est passé.

Arkadine connaissait les sentiments d'Icoupov pour Haroun Iliev. Une profonde amitié, comme celle qui le liait lui-même à Micha, son dernier rempart contre la folie.

— La bonne nouvelle, c'est que j'ai le paquet.

Icoupov eut une courte inspiration.

— Enfin ! Ouvre-le, ordonna-t-il. Dis-moi si le document est à l'intérieur.

Arkadine fit ce qu'on lui demandait. Il brisa le sceau de cire, fit sauter, non sans difficulté, la petite capsule en plastique qui fermait le tube. Les plans d'architecte qu'il trouva à l'intérieur, en fins rouleaux serrés, s'ouvrirent telles des voiles. Il y en avait quatre. Il les parcourut, et son front se couvrit de sueur.

— J'ai sous les yeux les plans d'un bâtiment.

— C'est la cible.

— L'Empire State Building, dit Arkadine.

LIVRE TROIS

28.

Bourne mit un quart d'heure à obtenir la communication avec les Etats-Unis, puis attendit que les hommes de Specter le tirent du lit. Il était cinq heures du matin à Washington. Maslov était redescendu dans son bureau pour gérer ses affaires, laissant Bourne passer ses coups de fil dans la serre. Ce dernier mit à profit le temps d'attente pour considérer les révélations qu'il venait d'entendre. Si Piotr avait réellement été membre de la Légion noire, cela pouvait impliquer deux choses. D'une part, il avait mené ses propres opérations à l'insu du professeur. Cette hypothèse était inquiétante, mais la seconde l'était plus encore : Specter en personne pouvait lui-même faire partie de l'organisation. Mais dans ce cas, pourquoi les néonazis l'avaient-ils attaqué ? Bourne avait vu le tatouage incriminant sur le bras du kidnappeur.

A cet instant, il entendit la voix du professeur dans le haut-parleur.

— Jason, dit-il tout essoufflé, qu'est-il arrivé ?

Bourne le mit au courant des derniers événements, lui annonça que Piotr était membre de la Légion noire.

Pendant un long moment, il n'entendit que des grésillements sur la ligne.

— Ça va, professeur ?

Specter s'éclaircit la voix.

— Ça va.

Mais Bourne sentit qu'il accusait le coup.

— Je suis désolé pour Baronov, professeur. Le meurtrier n'était pas un homme de la Légion noire, mais un agent de la NSA. Et il me visait moi.

— J'apprécie ta franchise, Jason, dit finalement Specter. La mort de Lev m'a beaucoup attristé, mais il savait les risques qu'il courait. Il s'est engagé dans cette guerre en toute connaissance de cause. Comme toi.

Il y eut un autre silence, plus étrange encore que le premier.

— Je crains de ne pas t'avoir dit toute la vérité. Piotr Zilber était mon fils.

— Votre fils ?! Mais pourquoi me l'avoir caché ?

— Par peur. Je tenais son identité secrète depuis tant d'années que c'était devenu une habitude. Il me fallait protéger Piotr de ses ennemis, et donc des miens, les hommes qui ont tué ma femme. Donner une autre identité à Piotr restait la meilleure parade. C'est comme ça qu'à l'été de ses six ans, Alexeï Specter s'est noyé tragiquement, et a pris le nom de Piotr Zilber. Je l'ai laissé à des amis, puis j'ai tout quitté, et je suis venu à Washington pour repartir de zéro. Sans lui. Ç'a été la chose la plus douloureuse que j'aie jamais eue à accomplir. Comment renoncer à son fils, quand on ne peut l'oublier ?

Bourne connaissait cela. Il avait pensé parler à Specter du réseau de Piotr et de ses malfaiteurs, mais le moment paraissait mal choisi.

— Alors vous l'avez aidé, devina Bourne. En secret.

— Oui. Personne ne pouvait établir de lien entre nous, ni savoir que mon fils était toujours vivant. Je me devais de faire cela pour lui. Je ne l'avais pas revu depuis ses six ans.

Percevant la douleur dans la voix du professeur, Bourne attendit quelques instants.

— Qu'est-il arrivé ?

— Il a fait une chose idiote : il a décidé de s'attaquer, seul, à la Légion noire. Il a passé des années à infiltrer l'organisation, puis a découvert qu'ils préparaient un attentat terroriste de grande envergure sur le sol américain. Il a voulu en savoir plus, alors il a volé les plans de leur cible. Nous usions d'infinies précautions pour communiquer, et je lui ai suggéré d'utiliser son réseau pour me tenir informé des initiatives de la Légion noire. Il devait me faire parvenir les plans par ce biais.

— Pourquoi ne les a-t-il pas simplement photographiés ? Il aurait pu vous les envoyer par mail.

— Il a essayé, mais ça n'a pas marché. Le papier sur lequel les plans sont dessinés est recouvert d'une substance qui rend toute copie impossible, de quelque nature qu'elle soit. Il fallait donc qu'il me procure les originaux.

— Il vous aura forcément dit ce qu'ils représentaient.

— Il allait m'en parler, mais il s'est fait enlever. On l'a emmené dans la villa d'Icoupov, où il s'est fait torturer à mort par Arkadine.

Bourne considéra les implications de ces événements à la lumière de ce qu'il venait d'apprendre.

— Pensez-vous qu'il leur ait dit qu'il était votre fils ?

— Je me pose la question, depuis leur tentative d'enlèvement. Je crains qu'Icoupov ne soit au courant.

— J'espère que vous prenez des précautions, professeur.

— Mais certainement, Jason. Je quitte Washington dans une heure. En attendant, mes hommes ont bien travaillé. Je sais qu'Icoupov a envoyé Arkadine récupérer les plans, et qu'il laisse de nombreux cadavres dans son sillage.

— Où est-il, à présent ?

— En Turquie. Mais cette information ne t'apportera rien, car le temps que tu arrives là-bas, il sera déjà reparti. Cela dit, il est plus urgent que jamais que tu le retrouves, car nous avons confirmation qu'il a récupéré les plans du passeur qu'il a tué à Istanbul, et la date de l'attentat approche.

— D'où venait le passeur ?

— De Munich. C'était le dernier maillon de la chaîne, avant que les plans ne me parviennent.

— D'après ce que vous me dites, la mission d'Arkadine est double. D'une part, s'approprier les plans, d'autre part, anéantir le réseau de Piotr en tuant ses membres les uns après les autres.

— Dieter Heinrich, le passeur de Munich, était le dernier survivant.

— A qui Heinrich était-il censé remettre les plans, à Munich ? demanda Bourne.

— A Egon Kirsch. L'homme m'est dévoué, dit Specter. Je l'ai déjà prévenu du danger.

Bourne réfléchit quelques instants.

— Arkadine peut reconnaître Kirsch ?

— Non. Pas plus que la jeune femme qui l'accompagne. Elle s'appelle Devra. Elle travaillait pour Piotr, mais maintenant elle aide Arkadine à éliminer ses anciens collègues.

— Et pourquoi fait-elle ça ?

— Je n'en ai pas la moindre idée, avoua le professeur. Il s'agit d'une pauvre fille – pas d'amis, pas de famille. Elle a quitté Sébastopol pour suivre Arkadine. Jusqu'à présent, mes hommes n'ont rien trouvé d'utile la concernant. Mais dans tous les cas, il faut éloigner Kirsch de Munich.

Bourne n'était pas d'accord.

— Non, laissez-le en place, dit-il. Trouvez-lui un endroit sûr, en ville, qu'il ne reste pas dans son appartement. Je vais prendre le premier vol pour Munich.

Faites-moi parvenir le maximum d'informations sur lui avant mon départ – lieu de naissance, enfance, amis, famille, écoles, tous les détails qu'il pourra vous donner. J'étudierai cela dans l'avion, puis j'irai le voir.

— Jason, je n'aime pas le tour que prend cette conversation. Tu veux te substituer à Kirsch, et je te l'interdis. Je ne te laisserai pas t'exposer ainsi à la fureur d'Arkadine. C'est beaucoup trop dangereux.

— Il est un peu tard pour revenir en arrière, professeur, remarqua Bourne. Je dois absolument récupérer ces plans, vous l'avez dit vous-même. Alors faites votre boulot, et laissez-moi faire le mien.

— C'est de bonne guerre, concéda Specter après un moment d'hésitation. Mais tu dois savoir que je vais activer un contact sur Munich.

Bourne n'appréciait pas cette nouvelle donne.

— Comment ça ?

— Tu préfères travailler en solo, je sais. Mais cet homme, Jens, assurera tes arrières. Il a une grande habitude de ce genre de travail.

« Un tueur à gages », pensa Bourne.

— Je vous remercie, professeur, mais je préfère...

— Ce n'est pas une requête, Jason, dit Specter sur un ton qui ne souffrait pas la contradiction. C'est ma condition, si tu veux prendre la place d'Egon. Je ne te laisserai pas te jeter dans la gueule du loup sans renfort. Ma décision est prise.

Dimitri Maslov et Boris Karpov s'étreignirent comme de vieux amis, tandis que Bourne demeurait en retrait. Rien ne l'étonnait plus, ici, en matière de politique. Pourtant, voir un haut gradé de la Brigade des stupéfiants embrasser l'un des plus grands trafiquants de drogue de Russie restait surprenant.

Cette étrange entrevue eut lieu au Bar-Dak, non loin de la Perspective Lénine. Le club avait ouvert dans l'après-midi pour Maslov – il en était propriétaire. « Bar-Dak » signifiait à la fois « bordel » et « chaos » en argot. L'endroit n'était pourtant pas un bordel, même s'il offrait un spectacle de strip-tease très couru. La scène réservée à cet effet arborait de grandes barres métalliques, ainsi qu'une étrange balançoire en cuir qui rappelait un harnais de cheval.

Pour l'heure, le manager auditionnait des filles. Une longue file de blondes pulpeuses courait le long des quatre murs peints en noir. Bouteilles de vodka alignées sur des étagères en verre, haut-parleurs géants et stroboscopes composaient l'essentiel du décor.

Quand les deux hommes se furent embrassés, ils traversèrent la salle de spectacle en compagnie de Bourne, puis s'engagèrent dans un couloir lambrissé sentant le cèdre et le chlore. Ils franchirent une porte en verre dépoli, débouchèrent dans un vestiaire.

— Le sauna est à droite, dit Maslov, en le montrant du doigt. On se retrouve là-bas dans cinq minutes.

Le chef de la Kazanskaïa avait tenu à voir Karpov avant de conclure avec Bourne, qui avait appelé son ami, tout en jugeant une telle rencontre improbable. Et pourtant, Boris avait aussitôt accepté.

Ils se trouvaient à présent tous les trois dans le sauna, une serviette nouée autour des reins. La pièce était tapissée de cèdre, comme le couloir. Des bancs à lattes couraient sur trois des cloisons. Dans un coin, un seau d'eau froide pendait au-dessus d'un empilement de pierres brûlantes. Maslov tira sur la corde, aspergeant les pierres d'eau. La vapeur s'éleva en volutes, puis retomba lentement, créant comme un brouillard dans la pièce.

— Le Colonel s'est engagé à régler mon problème si je m'occupe du sien, dit Maslov. A savoir Cherkesov.

Le chef de la Kazanskaïa était un petit homme noueux tout en muscles. Il ne portait ni chaîne en or, ni diamants, mais il avait le torse entièrement tatoué. Les dessins représentaient des dragons crachant du feu, ailes déployées, griffes écartées.

— Il y a quatre ans, j'ai passé six mois à Tokyo, déclara-t-il. Les seuls tatouages dignes de ce nom se font au Japon. Enfin, c'est mon opinion.

Boris explosa de rire.

— Alors c'est là-bas que tu étais fourré ! J'ai passé toute la Russie au peigne fin pour te retrouver.

— Et pendant ce temps-là, à Ginza, je buvais des sakés à ta santé, et à celle de tes petits soldats, poursuivit Maslov. Je savais que tu ne me retrouverais pas. Mais ce malentendu appartient au passé. Le vrai coupable a avoué avoir commis les meurtres dont on m'accusait. Et depuis, c'est la Glasnost, entre nous deux.

— Parlez-moi de Leonid Danilovitch Arkadine, dit Bourne.

Maslov écarta les mains.

— Il a été des nôtres, à une époque, puis il lui est arrivé quelque chose, je ne sais pas quoi, et il a rompu avec la *grupperovka*. Ceux qui font ça ne survivent pas, en général. Mais Arkadine est un homme à part, sans cœur. Personne n'ose le toucher. Son nom n'évoque que le meurtre et la cruauté. Comme pour nous tous, pourriez-vous me dire. Mais il n'a pas d'âme non plus. Le Colonel vous dira la même chose.

Boris hocha la tête, solennel.

— Cherkesov le craint, le Président aussi. Il n'y a pas un homme, au FSB 1 ou au FSB 2, qui voudrait l'affronter, sans parler de survivre à l'expérience. Arkadine tue les tueurs, comme les grands requins blancs.

— Vous n'exagérez pas un peu ?

Maslov se pencha en avant, les coudes sur les genoux.

— Ecoutez, mon vieux, Arkadine est né à Nijni Taguil. Vous connaissez l'endroit ? Non. Eh bien sachez que cette ville du sud de l'Oural est l'enfer sur terre, truffé de hauts fourneaux crachant des fumées sulfureuses. « Misérable » ne serait pas assez fort pour décrire les conditions de vie. Les gens fabriquent une vodka maison qui est presque de l'alcool pur, et ils s'écroulent ivres morts en pleine rue. Nijni Taguil est entourée de pénitenciers de haute sécurité sur le modèle des goulags, cernés de miradors. On relâche les détenus sans même leur donner l'argent pour s'acheter un billet de train, alors ils s'installent là. Vous ne pouvez pas imaginer la brutalité, la rudesse des gens qui vivent dans ces cloaques. Personne, excepté les pires criminels, n'ose sortir après dix heures du soir.

Maslov essuya la sueur sur ses joues.

— Voilà l'endroit où Arkadine a vu le jour, et où il a grandi. Et il s'y est fait un nom en chassant les résidents des immeubles sordides de l'ère soviétique, et en revendant les appartements à des criminels. Toutefois, ce qui est arrivé à Arkadine là-bas, dans sa jeunesse, et je ne prétends pas savoir quoi, continue à le hanter. Alors croyez-moi quand je vous dis que vous n'avez jamais rencontré un homme comme lui, et que vous avez tout intérêt à l'éviter.

— Je sais où il est, dit Bourne. Et je vais le retrouver.

— Seigneur, dit Maslov, en secouant la tête. Vous ne devez pas tenir beaucoup à la vie.

— Tu ne connais pas mon ami ici présent, intervint Boris.

Maslov reluqua Bourne.

— Je ne tiens pas à le connaître plus que ça.

Puis il se leva.

— L'ombre de la mort le précède déjà.

29.

L'homme qui débarqua de l'avion, à l'aéroport de Munich, et attendit sagement son tour à la douane, ne ressemblait en rien à Semion Icoupov. D'après son passeport, il était de Franz Richter, citoyen allemand. Mais sous le maquillage et les postiches, Semion Icoupov restait le même.

Ses ennemis étaient partout, il le savait. Dès l'instant où il avait mis le pied dans l'avion, il avait eu l'intuition d'une catastrophe imminente, et cette impression continuait à le hanter. Comme s'il avait rendez-vous avec la mort.

Son chauffeur l'attendait dans la zone de débarquement. L'homme, armé jusqu'aux dents, prit le bagage qu'Icoupov lui désigna sur le tapis roulant. Il lui ouvrit la voie dans la foule du grand hall, et tous deux sortirent dans le crépuscule munichois. Il ne faisait pas aussi froid qu'en Suisse, mais l'humidité glaçait le sang comme la prémonition d'Icoupov.

Il n'avait pas vraiment peur de mourir. Sa seule crainte était de ne pas connaître l'issue de la bataille, et de voir son ennemi l'emporter. Et alors il ne laverait pas l'honneur de son père, ne vengerait pas son assassinat.

Icoupov s'installa à l'arrière de la Mercedes gris perle, et réfléchit à la question. Certes, l'autre camp avait également essuyé des pertes. On entrait dans la phase finale du jeu : l'échec et mat le guettait. On l'avait d'ailleurs manipulé dès le départ. Corruption, idéaux brisés : la Fraternité d'Orient ne deviendrait sans doute jamais l'organisation puissante dont son père avait rêvé. Icoupov s'était laissé déborder par son ennemi, et ses chances de l'emporter s'amenuisaient. Elles se résumaient à Arkadine, les plans de l'attentat contre l'Empire State Building, et Jason Bourne. Sans l'aide de l'Américain, il était perdu.

Il contemplait le ciel gris par la vitre fumée. Il ne put s'empêcher de frissonner lorsqu'il songea qu'il revenait où tout avait commencé, après la chute du Troisième Reich, quand la Fraternité d'Orient avait échappé aux tribunaux alliés.

A cette époque, Ibrahim Sever et le père de Semion, Farid, étaient à la tête de ce qui restait des Légions de l'Est. Jusqu'à la capitulation nazie, Farid, l'intellectuel, avait dirigé le réseau d'espionnage qui avait infiltré l'Union soviétique, tandis qu'Ibrahim, le guerrier, commandait les légions qui combattaient sur le front de l'Est.

Six mois avant la capitulation des Allemands, les deux hommes se rencontrèrent à l'extérieur de Berlin. Ils sentaient que la fin était proche. Aussi décidèrent-ils d'une stratégie pour épargner à leurs soldats les représailles d'après-guerre. Ibrahim commença par déplacer ses troupes. A ce stade, les bombardements alliés avaient déjà affaibli l'infrastructure nazie. Il fut donc assez simple, pour lui, de redéployer ses hommes en Belgique, au Danemark, en Grèce et en Italie, où elles se trouveraient à l'abri de la violence d'une première vague d'envahisseurs alliés.

Farid et Ibrahim, témoins des atrocités qu'il avait commises, méprisaient Staline et comprenaient pourquoi les Alliés nourrissaient une telle peur à l'égard du communisme. Farid argua du fait que des soldats seraient inutiles aux Alliés, mais qu'un réseau de renseignements déjà constitué pourrait se révéler précieux. Il voyait dans le communisme l'antithèse du capitalisme, et dans cette alliance entre Soviétiques et Américains une entente dictée par la nécessité. Les deux parties ne pouvaient que devenir les pires ennemis à l'issue du conflit.

Ibrahim dut se ranger à l'avis de son associé, ne trouvant aucun argument à lui opposer. Ils manipulèrent les services de renseignements implantés sur le territoire allemand, afin de garder le contrôle de leurs troupes. Ainsi, les Légions de l'Est prospérèrent dans l'Allemagne d'après-guerre.

Farid découvrit cependant un mode opératoire violent qui le troubla : les officiers allemands qui n'acquiesçaient pas à ses arguments en faveur du maintien des Légions de l'Est sur leur territoire se voyaient aussitôt remplacés. Ce seul fait lui semblait curieux. Puis il s'aperçut que ces gradés rebelles avaient disparu.

Il passa outre la bureaucratie allemande exsangue, pour aller exposer ses craintes aux Américains. Leur indifférence le stupéfia. Personne ne semblait se soucier de la disparition de ces officiers. Tous étaient trop occupés à défendre leur part de Berlin pour s'en inquiéter.

Vu l'antagonisme grandissant entre Américains et Soviétiques, Ibrahim lui proposa, à cette époque, de déménager l'état-major des Légions de l'Est à Munich. Farid s'empressa d'accepter, las de l'inertie américaine.

Ils trouvèrent la ville dévastée par la guerre. Parmi les immigrants musulmans de la ville, Ibrahim recruta pour son organisation, devenue la Fraternité d'Orient. Quant à Farid, il trouva la communauté américaine basée à Munich bien plus réceptive à ses arguments. Elle compatit à son sort et à celui de son réseau. Enhardi par ce soutien, Farid proposa les services de la Fraternité d'Orient, dont les agents opéraient derrière le rideau de fer, s'ils enquêtaient sur la disparition d'officiers allemands dont il leur donna la liste.

Cela prit trois mois, mais il finit par recevoir une convocation d'un certain Brian Folks, officiellement attaché américain à une administration quelconque. En réalité, Folks dirigeait l'OSS de Munich, et recevait des informations du réseau de Farid posté en Union soviétique.

Folks lui annonça que l'enquête requise était close. Il lui tendit un mince dossier et s'assit sans ajouter un mot, tandis que son visiteur en prenait connaissance. Il trouva la photo des officiers allemands concernés, tous tués d'une balle dans la nuque, ainsi qu'un bref commentaire. Il leva les yeux du dossier, à la fois furieux et frustré.

— C'est tout ? s'exclama-t-il. Vous n'avez rien d'autre ?

Folks observait Farid derrière ses lunettes à monture d'acier.

— C'est tout ce qui apparaît dans le rapport, oui, mais ce n'est pas tout ce que nous avons trouvé.

L'Américain tendit la main, reprit la chemise. Puis il pivota sur sa droite, fit passer les feuilles une par une dans un broyeur. Quand il eut terminé, il jeta le dossier vide dans la corbeille à papiers, dont le contenu était incinéré tous les soirs, à dix-sept heures précises.

Après avoir effectué ce rituel, Folks plaça ses mains sur son bureau, et dit à Farid :

— Nous avons la preuve formelle que tous ces meurtres, et cela vous intéressera sans doute, sont l'œuvre d'Ibrahim Sever.

Tyrone voulut changer de position, mais ses fluides corporels avaient rendu le sol glissant. L'un de ses genoux se déroba et le prisonnier s'étala, en criant de douleur. Bien entendu, personne n'accourut. Il était seul dans cette salle de torture du bunker de la NSA, au fin fond de la Virginie. Il tenta de se remémorer l'itinéraire emprunté avec Soraya pour arriver là. Etait-ce il y a trois jours, ou trois heures ? Il avait perdu la notion du temps. La cagoule le désorientait totalement. Cette impression de confusion l'entamait bien plus que la douleur, même s'il n'avait encore jamais souffert de façon aussi intense et prolongée.

Il songea aux membres de son ancien gang, puis à Kiki, à Deron, mais rien n'y fit. Ces proches s'évaporaient comme neige au soleil sur son écran mental. Tyrone était au bord d'un gouffre qui menaçait de l'aspirer à tout instant. Seule l'image de Soraya, qu'il recréa en pensée avec une infinie minutie, l'empêcha de basculer dans la folie.

Alors qu'il se contorsionnait pour retrouver une position moins douloureuse, il entendit des cliquetis et redressa la tête. Il reconnut l'odeur des œufs au bacon et se mit à saliver. Depuis qu'il souffrait dans cette pièce, Tyrone n'avait mangé que des flocons d'avoine à l'eau, servis à des heures très irrégulières afin d'entretenir son sentiment de désorientation.

Il perçut le bruit de semelles en cuir sur le sol – deux hommes, se dit-il.

Puis la voix du général Kendall, déclarant, d'un ton impérieux :

— Posez la nourriture sur la table, Willard. Ici, oui. Ce sera tout, merci.

Bruits de pas. La porte se referma, une chaise grinça – Kendall s'asseyait, sans doute.

— Voyons un peu ce que j'ai dans mon assiette, dit-il. Oh, tout ce que j'aime ! Des œufs, du bacon, des toasts beurrés.

Puis le bruit de couverts qu'on saisit.

— Tu aimes les toasts, Tyrone ? Les œufs, le bacon ?

Le prisonnier n'était pas encore assez entamé pour se révolter.

— La seule chose que j'aime encore mieux c'est la pastèque, mec.

— Bravo. Le ghetto comme si on y était.

Kendall parlait en mangeant.

— C'est drôlement bon. Tu veux goûter ?

L'estomac de Tyrone émit un tel gargouillis que le Général dut l'entendre.

— Pour ça, il suffit de me dire ce que Moore et toi maniganciez.

— Je ne suis pas une balance, répondit le jeune homme, amer.

— Hum.

Bruit de déglutition.

— C'est ce que vous dites tous. Au début.

Le Général prit le temps de mâcher.

— Car ce n'est que le début, et tu le sais, n'est-ce pas ? Et ne compte pas sur Moore pour voler à ton secours. Elle te laissera tomber. C'est là une certitude absolue, de même que ces toasts sont les meilleurs que j'aie jamais mangés. Et tu sais pourquoi ? Parce que La Valle lui a demandé de choisir entre toi et Bourne. Or tu connais leurs relations. Elle a beau jurer qu'il ne l'a pas baisée, nous savons ce qu'il en est, toi et moi.

— Elle n'a jamais couché avec lui ! protesta Tyrone, qui le regretta aussitôt.

— Oui, bien sûr, c'est ce qu'elle t'a raconté. Que pouvait-elle te dire d'autre ?

Ce fils de pute lui torturait l'esprit, mais il disait vrai. Soraya avait des sentiments pour Bourne, cela se lisait dans son regard chaque fois qu'elle le voyait, ou que son nom venait dans la conversation. Et cela affectait terriblement Tyrone. Il lui enviait sa liberté, son savoir encyclopédique, et son amitié avec Deron. Il pouvait encore s'en accommoder, mais l'amour que Soraya lui portait, en revanche, lui brisait le cœur.

Kendall quitta sa chaise, et vint s'accroupir à côté de lui.

— Je dois reconnaître que tu sais encaisser les coups, dit-il. Tu as tenu bon, et cela mérite une récompense, je crois. On a eu ici des suspects qui pleuraient, qui réclamaient leur mère au bout de vingt-quatre heures. Toi non.

Bruit du métal sur la porcelaine.

— Tu veux du bacon et des œufs ? J'en avais une sacrée portion, je ne pourrai pas tout manger. Alors je vais t'en donner un peu.

On souleva sa cagoule juste assez pour dégager sa bouche, on lui délia les mains, et le prisonnier se sentit déchiré : sa raison lui soufflait de refuser, son estomac vide lui criait d'accepter. Il humait les senteurs divines du bacon, imaginait déjà les aliments dans sa bouche.

— Alors mec, qu'est-ce que t'attends ?

« Et merde », se dit Tyrone. La nourriture provoqua une explosion de sensations sur sa langue. Il faillit gémir de plaisir, engouffra avidement les premières fourchettées. Puis il se força à mâcher lentement, méthodiquement, afin de goûter les arômes de la viande et du jaune d'œuf.

— C'est bon, hein, dit Kendall.

Il avait dû se relever, car sa voix venait de plus haut.

— C'est vraiment bon, n'est-ce pas ?

Le jeune homme allait acquiescer, mais une douleur violente lui scia le ventre. Puis une autre. Le troisième coup de pied remplit son office. Tyrone vomit tout ce que Kendall lui avait donné, perdant sa cagoule, que le Général ne remit pas avant de sortir.

— Le passeur de Munich est le dernier du réseau, dit Devra. Il s'appelle Egon Kirsch, mais c'est tout ce que je sais. Je ne l'ai jamais rencontré. Piotr avait fait en sorte que ce maillon reste isolé. Et autant que je sache, Kirsch traitait directement avec lui.

— Et cet homme transmet ses renseignements à qui ? Qui se trouve à l'autre bout de la chaîne ?

— Je n'en ai aucune idée.

Arkadine la crut.

— Heinrich le retrouvait dans un endroit particulier ?

— Je l'ignore, dit la jeune femme.

Durant le vol entre Istanbul et Munich, Arkadine laissa son épaule entrer en contact avec celle de Devra, et se demanda ce qui lui prenait. Elle lui avait dit tout ce qu'elle savait, il avait les plans, il arrivait à la phase ultime de sa mission. Restait à remettre les documents à Icoupov, puis à trouver Kirsch et à le persuader de l'amener à son dernier contact. Un jeu d'enfants.

Quant à Devra, il avait décidé de la tuer, comme il avait tué Marlene, et tant d'autres. Sa décision était prise, il avait arrangé les détails dans sa tête. Un diamant auquel il ne manquait qu'un coup de chiffon pour en révéler tout le brillant. Arkadine entendait déjà la détonation du pistolet, voyait les feuilles tomber sur le cadavre de la jeune femme et la recouvrir peu à peu.

Devra, placée côté couloir, se leva et se dirigea vers les toilettes, au fond de l'appareil. Arkadine ferma les yeux, se retrouva dans les puanteurs et la suie de Nijni Taguil, parmi les hommes aux dents creuses et aux tatouages baveux, les femmes vieillies avant l'âge, les jeunes filles au regard apeuré. Et la fosse commune...

Ses yeux s'ouvrirent d'un coup. Il avait le souffle court. Il se leva avec peine, marcha à pas lents vers les toilettes. Devra était seule à attendre. La porte en accordéon s'ouvrit. Une quinquagénaire corpulente en sortit et les frôla tous les deux dans le passage étroit. Devra entra dans la cabine, ferma la porte, la verrouilla. Le mot « occupé » apparut sur le battant.

Arkadine attendit un moment, puis frappa doucement.

— Une minute, dit-elle.

Il s'approcha.

— C'est moi, souffla-t-il.

Puis :

— Ouvre.

Quelques instants plus tard, la porte coulissa. Devra se tenait devant lui.

— Je veux entrer, dit-il.

Ils se fixèrent l'espace de quelques battements de cœur, chacun tentant d'évaluer les intentions de l'autre.

Puis Devra recula, se colla contre le minuscule lavabo. Arkadine pénétra dans la cabine, et tira le verrou derrière lui.

30.

— C'est le fin du fin, dit Günther Müller. Garanti.

Moira et lui circulaient, un casque sur la tête, dans les ateliers semi-automatisés de Kaller Steelworks Gesellschaft. Cette usine avait fabriqué la pièce qui allait permettre l'amarrage des supertankers dans le terminal GNL de Long Beach.

Müller, responsable de l'équipe qui avait réalisé ce projet et vice-président de Kaller, était un homme de petite taille, vêtu d'un costume trois-pièces à fines rayures. Il portait une cravate noir et or, les couleurs du Saint-Empire. Il avait la peau d'un rose très vif, comme s'il sortait d'un sauna, et d'épais cheveux bruns, grisonnant aux tempes. Il articulait chaque mot, dans un anglais presque parfait.

Il exposa à sa cliente les diverses étapes du processus de fabrication, cela avec une fierté évidente. Il avait étalé sur la table les dessins de la pièce en acier, ainsi que les documents détaillant ses caractéristiques techniques, auxquels il se référait de temps à autre.

Moira n'écoutait que d'une oreille. La Firme ayant renoncé au projet, NextGen allait devoir assurer elle-même la sécurité des opérations effectuées sur le site du terminal de Long Beach, et elle s'était vue confier une nouvelle mission. Cependant, elle n'avait jamais eu l'intention de se rendre à Damas, décidée à poursuivre ce projet jusqu'au bout et à convoyer la pièce à destination. Chez Kaller, on ignorait qu'elle travaillait pour la Firme, et une seule personne de NextGen le savait. Moira disposait de quelques heures, avant que celle-ci ne lui demande pourquoi elle continuait à s'occuper du terminal. Et elle espérait bien convaincre, d'ici là, le président de NextGen du bien-fondé de sa décision.

Müller emmena la jeune femme dans la zone de chargement, où l'on emballait les seize parties de la pièce-relais avant de les transporter à l'aéroport, puis de les charger à bord de l'avion de NextGen.

— Comme spécifié dans le contrat, notre équipe d'ingénieurs vous accompagnera jusqu'à Los Angeles.

Müller roula les dessins, glissa un élastique autour, puis les tendit à Moira.

— Ils se chargeront de monter la pièce sur place, puis de l'installer. Tout va bien se passer.

— Il vaudrait mieux, remarqua Moira. Le supertanker doit accoster dans trente heures.

Elle lança un regard peu amène à Müller.

— Ce qui laisse une marge de sécurité très faible à vos ingénieurs.

— Ne vous inquiétez pas, Fräulein Trevor, lança-t-il gaiement. Ils sont à la hauteur de la tâche.

— Je l'espère, dans l'intérêt de notre société.

Elle glissa le rouleau sous son bras, se prépara à partir.

— Puis-je vous dire le fond de ma pensée, Herr Müller ?

— Mais bien entendu.

— Je ne serais pas ici aujourd'hui si vous aviez respecté les délais de fabrication.

Le sourire de l'Allemand semblait inamovible.

— Ma chère Fräulein, comme je l'ai expliqué à vos supérieurs, ces retards étaient inévitables. La Chine a momentanément réduit ses exportations d'acier, et les Sud-Africains économisent l'énergie, si bien que les mines de platine ne travaillent qu'à cinquante pour cent de leurs capacités.

Il ouvrit les mains, en signe d'impuissance.

— Je peux vous assurer que nous avons fait de notre mieux pour respecter les délais.

Son sourire se fit encore plus radieux.

— Et à présent nous approchons du dénouement. La pièce-relais arrivera à Long Beach dans dix-huit heures. Sept heures après, elle sera opérationnelle pour recevoir votre tanker de GNL.

Müller échangea une poignée de main avec Moira.

— Tout est bien qui finit bien, n'est-ce pas ?

— Mais oui. Merci, Herr Müller.

— Tout le plaisir est pour moi, Fräulein.

Ils traversèrent l'usine en sens inverse. Moira le quitta devant les grilles de l'usine, puis remonta l'allée jusqu'à la voiture dans laquelle l'attendait son chauffeur.

Ils quittèrent le périmètre de Kaller Steelworks, prirent l'autoroute en direction de Munich. Cinq minutes plus tard, le chauffeur dit à Moira :

— Une voiture nous suit, Fräulein.

La jeune femme se retourna, regarda par la lunette. Une petite Volkswagen noire, à cinquante mètres, leur fit un appel de phares.

— Garez-vous.

Moira remonta légèrement sa longue jupe, sortit le Sig Sauer du holster fixé à sa cheville.

Le chauffeur s'arrêta sur le bas-côté. La Volkswagen se rangea derrière. Moira attendit la suite des événements : son expérience lui interdisait de sortir du véhicule.

Finalement, la Volkswagen quitta le remblai et s'enfonça dans les sous-bois. Quelques minutes plus tard, un homme ressortait des buissons et s'approchait de leur voiture d'un pas lourd. Grand, mince, et en manches de chemise, malgré le froid. Il n'avait pas d'arme sur lui. Moira se pencha vers la portière, lui ouvrit. L'homme se glissa à l'intérieur.

— Je m'appelle Hauser, Fräulein Trevor. Arthur Hauser.

Il avait une expression amère.

— Pardonnez mon incivilité, mais le mélodrame s'avérait nécessaire.

Hauser jeta un coup d'œil en direction de l'usine, l'air anxieux.

— Je n'ai pas beaucoup de temps, aussi irai-je droit au fait. Il y a un défaut dans la pièce-relais. Non pas dans le matériau, d'une parfaite solidité, mais dans le programme informatique. Rien qui puisse interférer avec le fonctionnement de la pièce, je vous rassure. Il s'agit plutôt d'une question de sécurité. Un vice de forme. Un facteur de risque, si vous préférez. Il passera sans doute inaperçu, mais existe tout de même.

Il regarda de nouveau par la lunette : une voiture approchait. Il serra les dents. Le véhicule les dépassa, continua sa route, et l'employé de chez Kaller se détendit.

— Herr Müller ne vous a pas dit la vérité. C'est ce défaut dans le logiciel qui a occasionné des retards. Je suis bien placé pour le savoir, je dirige l'équipe informatique. Nous avons cherché une parade, mais c'était un vrai casse-tête. Et puis le temps manquait.

— Est-ce un problème grave ou pas ? s'enquit Moira.

— Pas si vous êtes de nature optimiste.

Hauser baissa la tête, embarrassé.

— Comme je le disais, il se peut qu'on ne s'en aperçoive jamais.

Moira regarda dehors, songea qu'elle n'avait pas à poser cette question, car la firme ne s'occupait plus de la sécurité du terminal, Noah avait été clair sur ce point.

Pourtant elle demanda :
— Et si j'étais pessimiste ?

Peter Marks trouva Rodney Feir à la cafétéria de la CIA, devant une soupe aux praires. Le responsable de la logistique leva la tête de son plat et lui fit signe de le rejoindre. Peter avait été promu directeur adjoint après l'éviction de Batt.

— Comment ça va ? s'enquit Feir.

— D'après toi ?

Marks s'assit en face de son collègue.

— Je cherche la taupe dans les contacts de Batt. Un travail de titan. Et toi ?

— Epuisé, moi aussi.

Rodney émietta un cracker dans son bol.

— Je briefe la nouvelle DCI sur tout ce qu'il y a à savoir : depuis nos agents actifs jusqu'à la société de nettoyage qui bosse pour nous depuis vingt ans.

— Tu crois qu'elle va s'en sortir ?

— Je dois admettre qu'elle a le sens du détail, répondit Feir, prudent. Elle ne laisse rien au hasard.

— C'est rassurant.

Peter fit tourner une fourchette entre ses doigts.

— Une nouvelle crise nous coulerait. Alors si elle peut redresser la barre, tant mieux.

— Tout à fait d'accord.

— J'ai un problème de personnel, Rodney. Des défections. Je comptais débaucher nos jeunes diplômés, mais ils ont tous préféré Typhon. Il me faut du renfort.

Feir mâcha une bouchée de fruits de mer sableux. Il avait accaparé lesdites recrues, et attendait depuis que son collègue le sollicite.

— En quoi puis-je t'aider ?

— J'aimerais qu'une partie des hommes de Dick Symes soient réaffectés chez moi.

Dick Symes était le chef des services secrets.

— A titre provisoire. Jusqu'à ce que j'aie trouvé quelques bleus.

— Tu en as parlé à Dick ?

— Pour quoi faire ? Il va m'envoyer promener. Mais toi tu peux plaider ma cause auprès de Hart. Tu es le mieux placé pour l'approcher et obtenir satisfaction. Si c'est elle qui prend la décision, Dick pourra hurler tant qu'il voudra, ça n'y changera rien.

Feir s'essuya la bouche.

— Tu aurais besoin de combien d'hommes, Peter ?

— Vingt, vingt-cinq à tout casser.

— Ça fait du monde, tout de même. Hart va demander des explications.

— J'ai rédigé un argumentaire, dit Marks. Je te l'envoie par mail. Tu le défendras auprès d'elle.

Feir acquiesça.

— Ça devrait pouvoir s'arranger.

Peter ne put cacher son soulagement.

— Merci, Rodney.

— Mais je t'en prie.

Il plongea sa cuiller dans son plat. Et comme Marks se levait, il lança :

— Saurais-tu par hasard où se trouve Soraya ? Elle n'est pas dans son bureau, et son portable ne répond pas.

— Non.

Peter se rassit.

— Pourquoi ?

— Oh, juste comme ça.

Quelque chose, dans la voix de Feir, l'alerta.

— Juste comme ça ?

— Il y a des rumeurs, ici, tu sais.

— Du genre ?

— Que vous êtes très proches, Soraya et toi.

— C'est ce que tu as entendu dire ?

— Oui.

Feir plaça sa cuiller dans son bol vide.

— Mais si ce n'est pas le cas...

— Je ne sais pas où elle est, Rodney.

Le regard de Marks se fit lointain.

— Mais nous n'avons jamais eu ce genre de relation, non.

— Pardonne-moi, je ne voulais pas me montrer indiscret.

Peter eut un geste de la main pour lui signifier que ses excuses étaient superflues.

— Aucune importance, dit-il. Mais tu voulais lui parler de quoi ?

— De budgets. Elle a pas mal d'agents sur le terrain, et Hart demande un compte rendu de ses dépenses, ce qui n'a pas été fait depuis la mort de Martin.

— C'est légitime, vu ce qui s'est passé ces derniers temps.

Feir haussa les épaules, pour montrer qu'il compatissait.

— Je vais m'en charger. Soraya a du boulot pardessus la tête, j'imagine. Mais je ne sais même pas où sont les dossiers.

Il allait ajouter : « Tu le sais, toi ? », mais se ravisa.

Marks réfléchit une minute.

— Je peux sans doute t'aider.

— Ton épaule te fait encore mal ? demanda Devra.

Arkadine, qui la tenait serrée dans ses bras musclés, lui dit :

— Je ne sais pas quoi te répondre. J'ai un seuil de tolérance à la douleur très élevé.

La jeune femme sourit, tandis que la main d'Arkadine remontait, lentement, du creux de ses reins jusque sur sa nuque. Il se pencha sur elle, la renversa doucement sur le lavabo. Une pointe d'émotion s'alluma en lui, comme une flamme dans ce vide sans âme.

Sa bouche entra en contact avec celle de Devra, dont les lèvres s'ouvrirent à son baiser. La langue de la jeune fille chercha celle d'Arkadine, d'abord hésitante, puis avec avidité. Arkadine en trembla. Il n'avait jamais rien ressenti de tel en embrassant une femme. Il avait d'ailleurs l'habitude d'éviter cette étape : cet échange de salive lui apparaissait aussi peu exaltant qu'un acte médical, heureusement indolore et vite expédié.

Mais ce baiser-là l'électrisa. Il ne sut comment interpréter ces tremblements dans ses genoux. Les doux gémissements de Devra le grisèrent. Et soudain il la désira comme un fou.

Arkadine n'avait jamais connu le désir. Seulement le besoin, impératif pulsionnel qui avait dominé sa vie : obligation de se venger sur sa mère, de fuir la maison, de vivre seul, quelle que soit cette vie. Nécessité de tuer ses rivaux, ses ennemis, et quiconque découvrait ses secrets. Et voilà qu'il découvrait le désir avec Devra.

Il souleva sa jupe, glissa sa main entre ses cuisses. Elle avança son bassin vers lui, le libéra de ses vêtements avec des doigts tremblants. Puis il perdit toute notion du temps.

Ils regagnèrent leurs sièges sous une salve de regards réprobateurs. Une fois assise, Devra éclata de rire. Espiègle, heureuse. Jamais inquisitrice. Arkadine s'était pourtant conduit en novice, ébloui par des sensations inédites. Mais elle ne l'interrogeait pas, savait goûter le moment présent. Encore une particularité qui séduisait Arkadine.

Il avait soudain conscience de sa présence à ses côtés, qui ne tenait qu'à un fil. Il suffisait d'une balle pour la tuer. Horrifié à cette pensée, il se promit de la préserver de tout danger.

Le voyant se rapprocher, la jeune femme lui sourit.

— Tu sais, Leonid, je me sens en sécurité pour la première fois de ma vie. Je joue les braves, mais c'est juste une manière de tenir les autres à distance.

— Tu sais te montrer dure, comme ta mère.

Elle secoua la tête.

— Non. Ma mère semblait forte, mais à l'intérieur elle tremblait de peur.

Devra renversa la tête sur l'appui du fauteuil.

— En fait, elle puait la peur. Mais peut-être étais-je la seule à le sentir. Elle me racontait souvent un conte ukrainien sur les neuf cercles de l'enfer, selon la gravité de nos péchés. Je n'ai jamais su si c'était pour me terroriser ou partager ses peurs avec moi. Je ne le saurai jamais.

— Le premier, le moins grave, c'est l'enfer brûlant. Le deuxième est glacé : tu gèles toutes les nuits, et tu dégèles le matin, prisonnier au sommet d'une montagne. Le troisième est inondé d'une lumière aveuglante, le quatrième plongé dans le noir complet, et le cinquième traversé de vents glacés qui te scient les os comme des lames de couteau. Dans le sixième, on te transperce de flèches. Dans le septième, une armée de fourmis t'enterre avec une lenteur effroyable. Et dans le huitième, on te crucifie.

— Mais c'était le neuvième qui terrifiait le plus ma mère. Celui où des bêtes sauvages se gavaient de cœurs humains.

Arkadine vit toute la cruauté du procédé, persuadé que sa mère lui aurait raconté le même conte si elle avait été ukraïnienne.

— Je riais de son histoire, ou au moins j'essayais, dit Devra. Je ne voulais pas croire à des conneries pareilles. Mais c'était avant qu'on fasse l'expérience de certains enfers.

Arkadine éprouva alors une profonde empathie pour Devra. Le désir de la protéger le reprit, tandis qu'il s'efforçait de voir les implications d'un tel sentiment. Se trouvait-il enfin confronté à quelque chose d'assez grand, lumineux et puissant pour calmer ses démons ?

Après la mort de Marlene, Icoupov avait compris le message : il avait cessé de vouloir percer ses secrets. Il l'avait envoyé en Amérique, afin de le faire rééduquer. « Reprogammer », selon ses propres termes. Arkadine avait passé dix-huit mois dans un établissement de la banlieue de Washington, et suivi un programme de réhabilitation créé par un ami d'Icoupov, qui dirigeait le centre en question. Il en était ressorti changé sur bien des plans, même si son passé continuait à le hanter. Comme il aurait aimé que le programme l'efface tout entier ! Mais ce n'était pas l'idée. Icoupov se souciait avant tout de l'avenir du jeune homme, et à cet égard, la cure s'avéra idéale.

Le tueur s'endormit en pensant au programme, mais rêva qu'il était de retour à Nijni Taguil et qu'on le poussait dans le vide, depuis des hauteurs vertigineuses.

A Nijni Taguil, il n'y avait qu'un seul bar ouvert tard le soir : Crespi, dans une cave peuplée d'hommes tatoués en survêtement, avec des chaînes en or autour du cou, et de femmes en minijupes, outrageusement maquillées.

Ce fut là qu'on le tabassa pour la première fois. Ses agresseurs, quatre types au front fuyant, le laissèrent pour mort. Arkadine avait alors treize ans. Trois mois plus tard, après avoir soigné ses blessures, il retourna chez Crespi et fit sauter la cervelle des quatre ordures, qui éclaboussèrent les murs. Un voyou tenta de lui arracher son arme, mais il le tua d'une balle à bout portant dans la figure. Ce spectacle découragea quiconque, dans le bar, de l'approcher, et lui valut une réputation qui lui permit d'acquérir par la suite un mini-empire immobilier.

Mais dans cette ville de fer en fusion et de salopes, on subissait la rançon du succès un jour ou l'autre. Pour Arkadine, elle prit la forme de Stas Kouzine, l'un des barons locaux du crime. Kouzine l'aborda dans un bar, quatre ans plus tard : il se battait avec un géant, et avait parié une bière qu'il l'emporterait.

Ayant démoli son adversaire, Arkadine descendit la moitié de sa chope, se retourna et se trouva face à Stas Kouzine. Il le reconnut aussitôt ; tout le monde, à Nijni Taguil, le connaissait. Le mafieux avait un physique affreux : une tête minuscule sur un cou de taureau, des cheveux noirs épais qui lui descendaient au ras des yeux. Et puis cette espèce de zézaiement, qui rendait souvent ses propos incompréhensibles, dû à une fracture de la mâchoire mal soignée, sans doute en prison.

Kouzine était flanqué de deux hommes aux mines patibulaires, avec des yeux caves et de grossiers tatouages sur le dos des mains : des chiens, qui les désignaient comme liés à vie à leur maître.

— On va parler, dit-il en inclinant sa tête monstrueuse vers une autre table.

A son approche, les clients assis là se levèrent comme un seul homme, et filèrent à l'autre bout du bar. Il tira une chaise avec son pied, et s'assit. Il garda les mains sur les genoux, comme prêt à dégainer.

Il se mit à parler, mais il fallut plusieurs minutes à Arkadine, alors âgé de dix-sept ans, pour trouver un sens à son discours. Il finit par comprendre qu'on lui proposait une association : la moitié de son patrimoine immobilier, contre dix pour cent des affaires de Kouzine.

Quelles étaient réellement les activités de Kouzine ? Personne n'était sûr de rien, mais les rumeurs allaient bon train. Il revendait, disait-on, du matériel nucléaire périmé à la pègre de Moscou, et donnait dans le proxénétisme et le trafic de stupéfiants. Arkadine écarta les spéculations les plus folles, retenant ce qui rapportait à Nijni Taguil, à savoir la drogue et la prostitution. Tout homme, en ville, avait besoin d'une femme, et pour ceux qui avaient les moyens, la coke s'avérait préférable à la bière, ou à la vodka maison.

Encore une fois, le choix d'Arkadine fut moins dicté par la volonté que par la nécessité. Il n'irait pas plus loin en solitaire, ne gagnant pas assez pour tenter la grande aventure moscovite. Dehors s'élevaient les cercles de l'enfer : les cheminées de brique et leur fumée mortifère, les miradors et leurs fusils d'assaut, leurs projecteurs aveuglants, leurs sirènes hurlantes.

Arkadine accepta le marché, et pénétra dans le neuvième cercle de l'enfer.

31.

Pendant qu'il attendait à la douane de Munich, Bourne téléphona à Specter, qui lui assura que tout était prêt. Quelques instants plus tard, il entrait dans le champ des caméras de surveillance interne de l'aéroport. Son image apparut également au quartier général d'Icoupov, et avant même qu'il ait terminé sa communication avec le professeur, il avait été identifié.

Icoupov fut aussitôt prévenu. Son contingent munichois entra en action, et alerta les employés de l'aéroport à sa solde. Le douanier chargé d'orienter les passagers à l'arrivée dans une file ou une autre vit apparaître une photo de Bourne sur l'écran de son ordinateur, juste à temps pour le diriger sur le guichet 3.

L'agent des douanes écouta la voix qui lui donnait des instructions dans son oreillette. Quand Jason Bourne, l'Américain qui lui avait été signalé, lui tendit son passeport, l'homme posa les questions usuelles : « Combien de temps comptez-vous rester en Allemagne ? Est-ce un voyage d'affaires ou d'agrément ? », tout en feuilletant le document d'identité. A l'abri des regards, il passa la photo sous une lumière violette émettant un léger bourdonnement et glissa un petit disque métallique de l'épaisseur d'un ongle au dos du passeport, sous la couverture. Puis il le referma, en lissa le dessus et le dessous, et le rendit à Bourne.

— Je vous souhaite un agréable séjour à Munich, dit-il de façon mécanique, déjà tourné vers le passager suivant.

Bourne avait le sentiment d'être observé, comme à Cheremetievo. Arrivé dans le centre-ville, il changea deux fois de taxi. Il traversa Marienplatz, noire de monde, admira les deux tours de la Marienkirche, cathédrale de l'archevêché de Munich et Freising.

Il se glissa finalement dans un groupe de touristes, rassemblés devant un bâtiment dont la façade arborait le blason de la ville : un moine aux bras grands ouverts. Au XIIe siècle, Henri le Lion, duc de Saxe et de Bavière, édifia un pont sur l'Isar pour récupérer la taxe sur le sel, perçue jusque-là par l'archevêque de Freising, et fonda un village à proximité, où s'installa un monastère bénédictin. Grâce à sa position stratégique sur la route du sel, il ne tarda pas à prospérer. La ville est jusqu'à aujourd'hui restée fidèle à cette tradition marchande.

Quand Bourne eut la certitude de n'être pas suivi, il s'éloigna des touristes et prit un taxi, qui le déposa à un kilomètre du palais des Wittelsbach.

Egon Kirsch avait souhaité le rencontrer dans un lieu public, et avait opté pour le musée d'art égyptien, sur la Hofgartenstrasse, qu'abritait le palais des Wittelsbach, avec sa façade rococo. Bourne inspecta les rues autour du bâtiment, guettant des hommes en planque. Mais c'était la première fois qu'il venait à Munich, car il n'avait pas cette impression de déjà-vu qu'il lui arrivait d'éprouver dans certains lieux où il avait séjourné. Ce qui le mettait en position d'infériorité par rapport à un Munichois ayant une parfaite connaissance des lieux.

Bourne haussa les épaules et entra dans le musée.

Deux gardes armés se tenaient derrière le détecteur de métaux, et fouillaient les sacs. Deux statues se dressaient de part et d'autre du vestibule : Horus, dieu à tête de faucon, et Isis, sa mère. Bourne se plaça derrière la statue d'Horus et observa, dix minutes durant, les allées et venues des visiteurs. Il photographia mentalement tous ceux dont l'âge se situait entre vingt-cinq et cinquante ans. Et en compta dix-sept.

Il entra alors dans les salles d'exposition, passant devant une gardienne armée, et trouva Kirsch, comme convenu, qui observait un bas-relief antique représentant une tête de lion. Bourne le reconnut aussitôt ; Specter lui avait envoyé une photo où il apparaissait avec Egon sur le campus de l'Université. Le correspondant du professeur était un petit homme nerveux et chauve, aux sourcils noirs et fournis, aux yeux mobiles, d'un bleu très pâle.

Bourne passa devant lui sans s'arrêter, puis alla admirer des sarcophages, tout en s'assurant qu'aucun des dix-sept visiteurs entrés après lui ne l'avait suivi. Satisfait sur ce point, il revint sur ses pas et s'arrêta derrière Kirsch.

— Cette sculpture vous rappelle quelque chose ? lui demanda-t-il.

— La Panthère Rose, dit Bourne, parce que c'était la réponse convenue.

Son interlocuteur hocha la tête.

— Je suis heureux de vous voir sain et sauf.

Il tendit les clés de son logement à Bourne, lui communiqua le code d'entrée et l'itinéraire précis. Cela fait, Kirsch parut soulagé, comme s'il se déchargeait du fardeau de sa propre vie.

— Je vais vous expliquer comment vous repérer dans ma maison.

Comme Egon parlait, ils se dirigèrent vers une sculpture de granit de Sénenmout agenouillé, précepteur de la famille royale et architecte sous la dix-huitième dynastie.

— Les habitants de l'Egypte ancienne avaient une bonne philosophie de la vie, remarqua l'Allemand. Ils ne craignaient pas la mort. Pour eux, il s'agissait seulement d'un voyage d'un genre différent, à ne pas prendre à la légère, certes, mais tout de même garant d'une vie dans l'au-delà.

Kirsch tendit la main, comme pour toucher la statue, ou peut-être s'imprégner d'une part de son pouvoir.

— Regardez cette statue. Elle rayonne encore d'énergie des milliers d'années après. Pendant des siècles, l'Egypte n'a connu aucun rival.

— Jusqu'à ce qu'elle soit conquise par Alexandre, puis par Octave.

— Et cependant, ce sont les Romains qui ont été marqués par la culture égyptienne, et pas le contraire. On vénérait Isis dans tout l'Empire romain, alors que l'Egypte passait sous domination hellénique, puis romaine. Il est probable que les premiers chrétiens, incapables de se débarrasser d'elle et de ses adorateurs, s'en soient inspirés pour créer leur Vierge immaculée, symbole d'amour et de paix.

— Leonid Arkadine ferait bien de vénérer un peu plus Marie, ironisa Bourne.

Kirsch haussa les sourcils.

— Que savez-vous de lui ?

— Il fait peur à beaucoup de gens.

— Et c'est justifié, remarqua Egon. Ce type est un tueur en puissance. Il est né à Nijni Taguil, un nid de fous dangereux.

— C'est ce qu'on m'a dit, oui.

— Et sans Tarkanian, il y serait resté.

Bourne dressa l'oreille. Il avait pensé que Maslov avait posté un homme dans l'appartement de Tarkanian parce que Gala vivait là.

— Attendez. En quoi Tarkanian a-t-il un rapport avec Arkadine ?

— Sans lui, Arkadine n'aurait jamais pu s'échapper de Nijni Taguil. C'est Tarkanian qui l'a amené à Moscou.

— Sont-ils tous les deux membres de la Légion noire ?

— C'est ce qu'on m'a laissé entendre. Mais vous savez, je ne suis qu'un artiste. Je fais ce travail parce que j'ai besoin d'argent. Cette mission sera d'ailleurs le dernier service que je rends à Specter.

Les yeux d'Egon furetaient dans tous les coins.

— Un service qui prend tout son sens, car Arkadine a tué Dietrich Heinrich.

Bourne se raidit. Selon Specter, Tarkanian avait appartenu à la Légion noire, et Kirsch venait de le confirmer. Cependant Maslov avait juré du contraire. Quelqu'un mentait.

Il allait interroger Egon pour en savoir plus, mais il repéra du coin de l'œil l'un des hommes qu'il avait vus entrer dans le musée juste après lui. Il s'était arrêté quelques secondes dans le hall, comme s'il cherchait à s'orienter, avant de s'éloigner d'un pas décidé vers les salles d'exposition.

Vu que l'inconnu se trouvait à portée de voix, Bourne prit le bras de Kirsch, et l'entraîna dans la galerie d'en face.

— Venez par là, dit-il.

Il le poussa derrière une énorme statue en calcite représentant deux jumeaux de l'époque de la huitième dynastie. La pierre était usée, fissurée par endroits.

Bourne demeura devant la statue pour observer les mouvements de l'intrus qui regardait autour de lui avec une fausse désinvolture.

— Restez là, souffla-t-il à Kirsch.

— Qu'y a-t-il ? s'enquit celui-ci.

Sa voix avait tremblé.

— Arkadine est là ?

— Quoi qu'il arrive, restez derrière la statue. Vous y serez en sécurité jusqu'à ce que je revienne vous chercher.

L'homme entra dans la galerie au moment où Bourne contournait les jumeaux de pierre pour pénétrer dans la salle contiguë. L'inconnu parcourut les lieux avec nonchalance, feignit de n'y rien voir d'intéressant, et suivit Bourne d'un pas sautillant.

Cette galerie comptait plusieurs vitrines sur pied, et une statue de femme vieille de cinq mille ans, à qui il manquait la moitié de la tête. La salle se situait tout au bout du musée, raison pour laquelle, peut-être, il s'y trouvait seul avec cet homme, qui se tenait entre lui et la sortie.

Bourne se posta derrière une haute vitrine séparée en deux par un panneau vertical. De petits objets, scarabées sacrés en turquoise et bijoux en or, y étaient accrochés. Il observait l'homme à son insu à travers une fine ouverture, au centre du présentoir.

Il attendit que l'individu apparaisse au coin de la vitrine, puis se jeta sur lui.

Il plaqua le type contre le mur, mais celui-ci réagit : il tira un couteau à manche de céramique d'un fourreau qu'il avait sous le bras, et fit jouer la lame afin de tenir son adversaire à distance.

Bourne feinta, partit sur la droite, revint sur la gauche, et saisit la main qui tenait le couteau. Il prit l'homme à la gorge, qui tenta de le frapper à l'entrejambe avec son genou. Bourne sauta pour esquiver le coup, libérant malgré lui la main meurtrière. Le couteau lui arriva dessus, il le bloqua, et les deux hommes se retrouvèrent face à face, dans une impasse.

— Bourne, dit finalement l'inconnu. Je m'appelle Jens. Je travaille pour Dominic Specter.

— Prouvez-le !

— Vous avez rendez-vous ici avec Egon Kirsch. Vous venez affronter Arkadine.

Bourne ôta sa main du cou de Jens.

— Rangez ce couteau.

L'homme fit ce qu'on lui demandait, et Bourne relâcha son étreinte.

— Et maintenant, où est Kirsch ? Il faut que je le sorte d'ici, et que je le mette dans l'avion pour Washington.

Bourne emmena Jens dans la galerie adjacente, s'approcha de la statue des jumeaux.

— La voie est libre, Egon. Vous pouvez vous montrer.

Comme il restait invisible, Bourne regarda derrière la statue. Il le trouva recroquevillé sur le sol, une balle dans la nuque.

Semion Icoupov surveillait le récepteur lié à la puce électronique glissée dans le passeport de Bourne. Arrivant aux abords du musée des antiquités égytiennes, il pria son chauffeur de ralentir. Un sentiment d'excitation le saisit : il imaginait l'Américain montant dans sa voiture sous la menace d'une arme. Et contraint de l'écouter.

A ce moment-là, son téléphone sonna. Icoupov prit la communication, tout en guettant l'apparition de Bourne.

— Je suis à Munich, annonça Arkadine. J'ai loué une voiture. Je viens de quitter l'aéroport.

— Bien. On a posé un mouchard sur Jason Bourne, l'homme que notre vieil ami a envoyé récupérer les plans.

— Où est-il ? Je vais m'occuper de lui.

— Non. Je m'en charge. Je le veux vivant. En attendant, reste à disposition. Je te rappelle tout à l'heure.

Bourne s'agenouilla à côté de Kirsch et examina le cadavre.

— Il y a un détecteur de métaux à l'entrée, remarqua Jens. Comment ont-ils pu passer une arme dans le musée ? Et puis on n'a rien entendu.

Bourne tourna la tête du mort, examina l'arrière de son crâne.

— La balle est entrée ici, dit-il en désignant l'orifice, mais elle n'est pas ressortie. Ç'aurait été le cas si on avait tiré à bout portant.

Il se releva.

— L'assassin a utilisé un silencieux.

Il sortit de la galerie d'un pas décidé.

— Et travaille ici comme garde. Le personnel de sécurité est armé.

— Ils sont trois, dit Jens qui marchait derrière lui.

— Exact. Deux à l'entrée, un troisième qui surveille les salles.

Ceux du hall se trouvaient toujours devant le détecteur de métaux. Bourne se dirigea vers l'un d'eux.

— J'ai perdu mon portable dans le musée, dit-il, et la gardienne de la galerie doit m'aider à le chercher. Mais je ne la vois nulle part.

— Petra, dit l'homme. Oui, elle vient de partir déjeuner.

Bourne et Jens sortirent, descendirent l'escalier, regardèrent de chaque côté. Cent mètres plus loin, sur la droite, une femme en uniforme s'éloignait d'un pas vif. Ils s'élancèrent à sa poursuite. Elle tourna au coin d'un immeuble : ils sprintèrent pour la rattraper. Une Mercedes les dépassa lentement, alors qu'ils approchaient du bâtiment.

Icoupov s'irrita de voir Bourne sortir du musée avec Franz Jens. Ainsi son ennemi ne laissait rien au hasard. Jens avait pour mission de protéger Bourne de ses hommes. Il pourrait alors récupérer les plans sans difficulté, et Icoupov devait à tout prix l'en empêcher.

Assis sur la banquette arrière, il dégaina son Luger.

— Accélère, dit-il au chauffeur.

Icoupov se colla à la portière, se préparant à tirer. Il baissa la vitre au dernier moment, visa la silhouette de l'Allemand qui courait, mais celui-ci le sentit, et ralentit pour le regarder. Bourne le précédait de quelques mètres, Icoupov pouvait donc faire feu. Il tira à deux reprises.

Jens tomba sur un genou, puis s'écroula dans le caniveau. Semion tira une troisième fois, pour être sûr de l'achever. Puis il remonta sa vitre.

— Fonce ! lança-t-il au chauffeur.

La Mercedes partit comme une flèche dans un crissement de pneus.

32.

Rob Batt, assis dans sa voiture, surveillait la rue à la jumelle infrarouge, tout en ressassant les événements de ces derniers jours comme on mastique un chewing-gum insipide.

Dès l'instant où il avait admis sa trahison devant Hart, Batt s'était senti comme anesthésié. Il n'avait plus éprouvé de haine pour la DCI, mais de la pitié. La rancœur vint plus tard, lorsqu'il réalisa qu'il s'était jeté dans la gueule du loup, qu'il s'était fié à des gens à qui il n'aurait jamais dû accorder sa confiance. Halliday et La Valle allaient gagner la partie. Rempli de dégoût pour lui-même, Batt avait passé la nuit à boire.

Au matin, il se gava d'aspirine pour soigner sa gueule de bois, et trouva le moyen de se venger. Il peaufina son plan tout en buvant de grands verres d'eau parfumée à l'angostura afin de calmer ses maux d'estomac. Il allait faire tomber La Valle et Kendall et ressusciter sa carrière : un doublé magistral.

Assis au volant de sa voiture, il balayait la rue du Pentagone à la jumelle, guettant le Général, le maillon faible de l'étrange duo. Kendall obéissait aux ordres, trop attaché à La Valle, trop soumis. Le désir de plaire rend vulnérable, et entraîne à la faute.

Batt voyait soudain la vie avec les yeux de Bourne, dont il connaissait l'héroïsme. Il n'avait cependant pas hésité à minimiser ses exploits, à soutenir la version officielle, le disant paranoïaque et dangereux, même si la CIA n'avait aucun scrupule à l'utiliser en dernier recours, comme un pion. Batt, pour sa part, ne se laisserait plus jamais manipuler.

Le Général sortit par une porte latérale. Emmitouflé dans son imperméable, il se hâta de regagner sa voiture garée sur le parking. Batt ne le quitta pas des yeux, la main posée sur le contact. Au moment précis où Kendall se pencha vers l'avant, Batt alluma lui aussi son moteur, afin que le Général ne l'entende pas démarrer.

Comme ce dernier sortait du parking, Batt posa ses jumelles sur le siège passager et démarra. La nuit paraissait calme, mais peut-être n'était-ce que le reflet de l'humeur de Batt, sentinelle de métier, fier d'avoir été formé par le Vieux. C'était d'ailleurs sa fierté qui l'avait amené à se rebeller contre Veronica Hart, parce qu'elle avait obtenu le poste qu'il convoitait et blessé son orgueil. Ce défaut, La Valle l'avait identifié, puis exploité. Rendu à l'humilité par son éviction, Batt réalisait à présent la gravité de ses agissements pour la CIA.

Il restait à distance de la voiture du Général, et changeait souvent de file, afin de ne pas se trahir. Kendall ne soupçonnait sans doute pas qu'on le suivait, mais la prudence s'imposait. Batt avait décidé de racheter ses péchés commis contre son propre service : une insulte à la mémoire de son ancien patron.

Le Général tourna au coin d'un immeuble moderne, dont le club de gymnastique « In-Tune » occupait le rez-de-chaussée. Il se gara, puis sortit de son véhicule, un sac de sport à la main. Rien d'intéressant jusqu'ici, mais Batt avait appris à se montrer patient, habitué à rester en planque des heures durant.

Il n'avait plus qu'à attendre que Kendall ressorte. Il fixa l'enseigne, IN-TUNE, pendant qu'il déballait un Snickers. Pourquoi ce nom lui paraissait-il aussi familier ? Il n'était jamais venu dans ce club, pas plus que dans cette partie de Fairfax, d'ailleurs.

Cinquante minutes plus tard, Kendall n'avait toujours pas reparu. Batt décida d'observer les clients aux jumelles. Des hommes seuls, pour la plupart. Parfois deux femmes sortaient en discutant, parfois un couple émergeait, puis se dirigeait vers une voiture.

Un quart d'heure plus tard, toujours personne. Puis la porte du club s'ouvrit, et Batt plaça les jumelles sur ses yeux. Et vit sortir Feir. « Je rêve ! », se dit-il.

Rodney passa sa main dans ses cheveux humides, et tout s'éclaira : Batt avait vu ce nom, « In-Tune », sur le panneau d'affichage au bureau : les cadres devaient indiquer où ils se trouvaient en dehors des heures de service, afin qu'on puisse évaluer, le cas échéant, le temps qu'il leur faudrait pour rejoindre le quartier général.

Batt regarda Feir monter en voiture. Il fréquentait le même club de gym que Kendall – or les coïncidences n'existaient pas, dans ce métier.

Rodney resta assis derrière son volant. Curieux, se dit Batt, mais peut-être attendait-il quelque chose. Ou quelqu'un.

Dix minutes plus tard, le général Kendall franchit le seuil du club. Et se dirigea aussitôt vers sa voiture. Il monta, mit le contact, déboîta. Feir démarra, et sortit du parking derrière lui.

« Et voilà !, pensa Batt, ravi. C'est parti ! »

Bourne se retourna après le deuxième coup de feu. Une troisième balle toucha Jens à la tête, et Bourne détala : il ne pouvait plus rien pour son compagnon. Arkadine avait dû suivre Jens jusqu'au musée, et attendre qu'il ressorte.

Il tourna au coin de l'immeuble, sur les traces de Petra, qui s'était arrêtée et retournée, après les détonations. A la vue de Bourne, elle se remit à courir, s'engouffra dans une allée adjacente. Il la suivit. Elle sauta par-dessus une barricade en acier ondulé qui protégeait l'accès d'un chantier.

L'Américain escalada l'obstacle à son tour et atterrit dans la terre tassée, de l'autre côté. Petra sprinta vers un bulldozer. Il s'élança à sa poursuite. Elle grimpa dans la cabine, se glissa derrière le volant, puis tenta de mettre le contact, les doigts tremblants. Bourne arrivait. Le moteur rugit. Elle passa en marche arrière, recula droit sur lui. Mais elle avait choisi un véhicule peu maniable et Bourne bondit sur un côté, agrippa une poignée et se hissa dans la cabine. Le bulldozer fit une embardée et les vitesses grincèrent, comme la conductrice passait en première. Mais Bourne était déjà à l'intérieur.

Elle voulut dégainer tout en conduisant. Bourne lui claqua la main, le revolver tomba sur le plancher. D'un coup de pied, il le chassa hors de portée. Puis il se pencha et coupa le contact. Au même instant, Petra se couvrit le visage de ses mains et éclata en sanglots.

— C'est toi qui as provoqué tout ça, remarqua Deron.

Soraya hocha la tête.

— Je sais.

— Tu es venue nous solliciter, Kiki et moi.

— Mea culpa.

— Les responsabilités sont partagées, Soraya, dit Deron. Nous aurions pu refuser, mais nous avons dit oui, et maintenant nous sommes tous en danger. Pas seulement Tyrone et Jason.

Ils se trouvaient dans le salon du faussaire. Un canapé d'angle faisait face à une cheminée de pierre et à un écran plasma. Il y avait des verres et des bouteilles sur la table basse en bois, mais personne n'y avait touché. Deron et Soraya étaient assis en vis-à-vis, Kiki installée dans le coin du sofa, les jambes remontées sous les fesses, un peu comme un chat.

— Tyrone est foutu, déclara Soraya. J'ai vu ce qu'ils lui font.

— Doucement, dit Deron en se penchant vers elle. Il y a une différence entre les apparences et la réalité. Ne te laisse pas impressionner. Ils n'abîmeront pas Tyrone. C'est leur seul argument pour t'obliger à leur livrer Jason.

Soraya était bouleversée, et incapable d'avoir les idées claires. Elle se servit un scotch et huma les arômes qui rappelaient le cuir et le caramel. Jason lui avait dit que certaines senteurs, expressions, images ou intonations, faisaient ressurgir en lui des souvenirs enfouis.

Elle but une gorgée, et sentit la brûlure de l'alccol jusque dans l'estomac. Elle aurait donné n'importe quoi pour se trouver ailleurs, et dans une autre vie que celle-ci. Mais elle avait fait un choix, et devait l'assumer : elle ne pouvait pas abandonner ses amis, pour commencer.

Deron avait vu juste : La Valle et Kendall ne l'avaient pas emmenée dans la salle d'interrogatoire par hasard, mais pour qu'elle imagine le pire, jusqu'au moment où, n'y tenant plus, elle appellerait Jason et l'enverrait dans la gueule du loup. Ils le mettraient alors en garde à vue, et le présenteraient au Président comme la preuve criante de la supériorité de La Valle sur la CIA, incapable de le retrouver, et dont ils pourraient alors revendiquer la direction.

Soraya but une autre gorgée. Ses amis gardaient le silence, attendant qu'elle digère son erreur et sans doute qu'elle propose une contre-attaque, ainsi que Deron l'avait suggéré : « C'est toi qui as provoqué tout ça », avait-il remarqué.

— Il faut battre La Valle à son propre jeu, déclara-t-elle.

— Et tu suggères quoi ? s'enquit Deron.

Soraya baissa les yeux sur son verre. C'était bien le problème : elle n'en avait pas la moindre idée.

Le long silence qui suivit fut soudain brisé par Kiki, qui se leva et dit :

— J'en ai assez de cette ambiance sinistre. Rester assis à ruminer n'apportera rien à Tyrone, et ne fera pas avancer les choses. Je vais aller voir mes amis, au club de jazz.

Son regard alla de Soraya à Deron, puis se posa de nouveau sur elle.

— Qui vient avec moi ?

Bourne perçut le hurlement des sirènes de police. Il se trouvait dans le bulldozer avec l'employée du musée. De près, elle paraissait plus jeune. Ses cheveux blonds, tirés en arrière et serrés en un chignon, s'étaient dénoués et pendaient de chaque côté de son visage tout pâle. Elle avait de grands yeux verts, rougis par les larmes, et un regard d'une tristesse infinie.

— Enlevez votre blouson, lui dit-il.

— Quoi ? fit la femme, interloquée.

Bourne l'aida à ôter son vêtement. Il remonta ses manches, examina l'intérieur de ses coudes, mais n'y trouva pas l'emblème de la Légion noire. Une peur sourde se lisait sur le visage de l'inconnue.

— Quel est votre nom ? demanda-t-il d'une voix douce.

— Petra Alexandra Eichen, répondit-elle d'une voix tremblante. Mais tout le monde m'appelle Petra.

Elle s'essuya les yeux, lança à Bourne un regard de biais.

— Vous allez me tuer ?

Les sirènes de police se rapprochaient et Bourne voulait s'en éloigner le plus vite possible.

— Pourquoi je ferais ça ?

— Parce que je...

La voix de Petra s'étrangla sous le coup de l'émotion.

— J'ai tué votre ami.

— Et pourquoi est-ce que vous avez fait ça ?

— Pour l'argent, dit-elle. J'avais besoin d'argent.

Bourne la crut : elle n'avait ni l'attitude ni le discours d'une professionnelle.

— Qui vous a payée ?

Elle le fixa, les traits déformés par la peur.

— Je... je ne peux pas vous le dire. J'ai juré de me taire. Il a dit qu'il me tuerait si je parlais.

Bourne entendit des voix, ce langage bref et sec qu'utilise la police dans le monde entier. Les flics les traquaient. Il ramassa le revolver, un Walther P 22, petit calibre discret.

— Où est le silencieux ?

— Je l'ai jeté dans une bouche d'égout, comme on m'a dit.

— Continuer à obéir aux ordres ne va pas arranger votre cas. Les gens qui vous ont engagée vont se débarrasser de vous, de toute façon.

Bourne la força à descendre du bulldozer.

— Vous êtes dans le pétrin jusqu'au cou.

L'employée du musée tenta de se dégager. Il l'empoigna par le bras.

— Je vous laisse avec la police, si vous voulez. Ils seront là dans une minute.

Petra ouvrit la bouche mais aucun son n'en sortit.

Les voix se rapprochaient. Les policiers se trouvaient derrière la barricade en tôle ondulée. Bourne entraîna la jeune femme dans le sens opposé.

— Il y a une autre issue ?

Petra hocha la tête, lui montra un chemin en diagonale. Ils traversèrent le chantier au pas de course, se faufilant entre des matériaux de construction, les tas de gravier et les ornières. Bourne n'avait pas besoin de se retourner pour savoir que les flics venaient de sauter la barrière. Il appuya sur la tête de Petra et se baissa lui-même pour qu'on ne les repère pas. Ils se trouvaient derrière une baraque d'ouvriers posée sur des blocs de béton. Des lignes électriques provisoires passaient à travers le toit en tôle.

L'employée du musée se glissa sous le baraquement ; il l'imita. Les cubes de béton surélevaient la construction juste assez pour leur permettre de ramper. Bourne aperçut une brèche dans la clôture, de l'autre côté.

Ils s'y faufilèrent, atterrirent dans une ruelle pleine de bacs à ordures. Tuiles cassées, fragments de carrelage et pièces de métal tordues débordaient des conteneurs, vestiges de l'immeuble qui auparavant se dressait à l'endroit du chantier.

— Par ici, souffla Petra.

Ils descendirent la ruelle, puis s'engagèrent dans une avenue résidentielle. Ils marchèrent jusqu'à une voiture, dont elle ouvrit la portière.

— Donnez-moi les clés, lui dit Bourne. C'est vous qu'ils recherchent.

Elle lui lança le trousseau. Ils montèrent dans le véhicule, roulèrent quelques centaines de mètres. Un véhicule de police arrivait en sens inverse. La passagère se mit à trembler, terrifiée.

— Nous allons les croiser, dit-il. Ne les regardez pas.

Ils n'échangèrent plus un mot, jusqu'à ce que Bourne déclare :

— Ils ont fait demi-tour. Ils nous prennent en chasse.

33.

— Je vais te déposer quelque part, dit Arkadine au volant de la BMW de location. Je ne veux pas que tu te retrouves dans la mêlée.

Devra le regarda, étonnée.

— Ça ne te ressemble pas.

— Ah oui ? Et ça te rappelle qui ?

— Il faut coincer Egon Kirsch, remarqua-t-elle, sans prêter attention à sa question.

Arkadine tourna au coin d'une avenue. Ils arrivaient dans le centre de Munich, truffé d'églises et de vieux bâtiments. On se serait cru dans un conte de Grimm.

— Les choses se compliquent, dit-il. Le roi adverse vient d'arriver sur l'échiquier. Il s'appelle Jason Bourne et il est à Munich.

— Raison de plus pour que je reste avec toi.

Devra s'assura du bon fonctionnement de l'un des Luger qu'Arkadine s'était procurés auprès d'un correspondant local d'Icoupov.

— Un tir croisé présente de nombreux avantages.

Arkadine s'esclaffa.

— Tu ne manques pas de cran, toi.

Encore une chose qui l'attirait, chez Devra : ce courage, très masculin. Mais il lui avait promis de la protéger, et se l'était juré. Cela lui procurait une étrange satisfaction. Lorsqu'il se trouvait en sa compagnie, le tueur se sentait libéré des ténèbres dans lesquelles il était né, et que tant d'incidents violents avaient encore assombries. Pour la première fois de sa vie, il goûtait la chaleur du soleil sur son visage, et connaissait un sentiment de bien-être et d'harmonie.

Ils s'arrêtèrent à un feu, et Arkadine la regarda. Des rayons de soleil pénétraient dans l'habitacle et donnaient à son visage un ton de rose très délicat. A cet instant précis, il se sentit habité par un sentiment puissant. Devra se tourna, comme si elle le sentait aussi, et lui sourit.

Le feu passa au vert et Arkadine s'engagea dans une rue transversale. La sonnerie de son téléphone retentit. Il jeta un coup d'œil au numéro qui s'affichait mais ne répondit pas. C'était Gala, il n'avait aucune envie de lui parler maintenant.

Trois minutes après, il recevait un texto : « Micha mort, tué par Jason Bourne ».

Après avoir suivi Rodney Feir et le général Kendall sur le « Key Bridge », puis dans Washington, Rob Batt s'assura que son Nikon à focale variable était chargé. Il fit une série de clichés avec un appareil numérique mais seulement pour son usage personnel : n'importe qui aurait pu les retoucher sur Photoshop en un rien de temps. Pour éviter toute suspicion de preuve trafiquée, il allait remettre une pellicule non développée : devenu *persona non grata* à la CIA, pour des raisons légitimes, Batt se trouvait soudain très isolé. Il avait entretenu d'excellents rapports avec la plupart de ses collègues, mais tous lui avaient tourné le dos : pour ces hommes-là, il avait cessé d'exister. Alors venir dénoncer une nouvelle trahison avec des preuves douteuses lui vaudrait soit l'indifférence, soit des ricanements. Quant à tenter d'approcher Hart, c'était également hors de question. A supposer qu'il y parvienne, renouer avec elle reviendrait à s'abaisser, et Batt n'avait jamais rampé. Il n'allait pas commencer maintenant.

Mais pourquoi ses anciens amis auraient-ils accepté de communiquer avec lui ? Il les avait trahis. A leur place, il aurait éprouvé la même animosité. Il allait donc s'employer à briser la carrière de La Valle et de Kendall, pour se venger. Ceux-ci l'avaient lâché dès qu'ils n'avaient plus eu besoin de lui.

Batt avait pour eux une profonde inimitié. Et une fois de plus, il se demanda comment il avait pu passer à l'ennemi. Il lui semblait qu'un étranger avait agi à sa place. Ils l'avaient manipulé, et ils allaient le payer.

Les deux hommes venaient de redémarrer, et Batt poursuivit sa filature. Après avoir roulé une dizaine de minutes, les deux voitures se rangèrent sur le parking bondé de La Pantoufle de Vair. Batt continua sa route. La Valle et Kendall sortirent de leurs véhicules respectifs et entrèrent dans l'établissement. Batt fit le tour du pâté de maisons pour se garer dans une rue adjacente. Il ouvrit la boîte à gants, saisit un minuscule Leica, comme ceux qu'utilisait le Vieux à l'époque de ses premières planques. Un outil de la vieille école, fiable et facile à dissimuler. Batt y mit une pellicule, le glissa dans la poche de sa chemise avec l'appareil numérique, puis quitta sa voiture.

Un vent froid balayait la nuit. Des saletés s'élevaient des caniveaux en tourbillons, et retombaient un peu plus loin. Batt enfonça ses mains dans les poches de son manteau, remonta la rue d'un pas vif, puis entra dans le club. Sur la scène, un musicien jouait un blues déchirant à la guitare, avant l'arrivée des stars de la soirée, qui comptaient plusieurs CD à leur actif.

Batt connaissait l'endroit de réputation. Il savait que ce club appartenait à Drew Davis, car celui-ci faisait parler de lui en œuvrant pour les Afro-Américains du district. Grâce à son influence, les asiles de nuit étaient devenus des lieux plus sûrs, et l'on avait construit des centres de réhabilitation pour détenus. Dans toutes ses entreprises, Drew Davis n'employait que d'anciens repris de justice, et s'en vantait souvent dans la presse. Ainsi, les prisonniers libérés en conditionnelle devaient exceller dans leur nouvelle vie, et tiraient le meilleur parti de cette seconde chance.

Batt ignorait l'existence du bordel. Aussi fut-il très étonné, après avoir fait le tour des lieux, dont une incursion dans les toilettes pour hommes, de ne trouver Feir et Kendall nulle part.

Craignant qu'ils ne soient ressortis par-derrière, il regagna le parking : leurs voitures se trouvaient là où ils les avaient garées. Batt retourna à La Pantoufle de Vair, refit une inspection des lieux, pensant les avoir ratés la première fois. Mais il ne vit personne. Au fond de la salle, un Noir baraqué discutait avec un client. Après quelques paroles, il ouvrit une porte que Batt n'avait pas repérée, et le client se glissa à l'intérieur. Rob se dirigea vers la porte et son cerbère, devinant que Feir et Kendall se trouvaient de l'autre côté.

C'est alors qu'il vit Soraya entrer dans l'établissement.

Bourne essayait de semer les flics et faisait souffrir la boîte de vitesses.

— Doucement, geignit Petra. Vous allez me casser ma voiture !

Il regrettait de ne pas avoir mieux étudié le plan de la ville. Une rue bloquée par des tréteaux passa dans son champ de vision, sur la gauche. Le revêtement goudronné avait été arraché, laissant apparaître la chaussée défoncée, dont un bulldozer, un peu plus loin, détachait les fragments les plus abîmés.

— Accrochez-vous, dit Bourne qui fit demi-tour et s'engagea dans la rue en travaux.

Il fonça sur les tréteaux : l'un fut écrasé, les autres valsèrent. La voiture bondit sur la route dénudée et ils furent secoués comme dans un shaker. Bourne sentait ses dents s'entrechoquer ; Petra s'efforçait de ne pas hurler.

Derrière eux, la voiture de police avait encore plus de difficulté à maintenir le cap. Elle se déportait d'un côté et de l'autre, afin d'éviter les creux les plus profonds. Bourne accéléra encore, prit de l'avance. Puis il regarda devant lui. Une bétonnière était rangée en travers du chemin, au bout de la rue. S'ils poursuivaient dans cette direction, ils allaient rentrer dedans.

Bourne continua à foncer, se rapprochant dangereusement du camion.

— Mais qu'est-ce que vous faites ? s'écria Petra. Vous êtes fou !

Il se mit au point mort, écrasa la pédale de frein et passa en marche arrière en accélérant à fond. La voiture vibra, le moteur gronda, mais la transmission s'opéra et le véhicule repartit en arrière à toute allure. La voiture de police leur arrivait dessus, le chauffeur accroché à son volant, terrifié. Bourne contourna l'obstacle qui fonçait sur la bétonnière.

Il ne regarda même pas, trop occupé à sortir de la rue en marche arrière. Il roula sur les tréteaux dispersés, s'engagea dans l'avenue et freina. Puis il débraya et démarra en trombe.

— Mais qu'est-ce que tu fais là ? s'enquit Noah. Tu devrais être en route pour Damas.

— Mon avion décolle dans quatre heures.

Moira gardait ses mains dans ses poches, pour qu'il ne voie pas qu'elle serrait les poings.

— Tu n'as pas répondu à ma question, dit-elle.

Noah soupira.

— Ça ne changera rien.

La jeune femme eut un rire amer.

— Tu travailles pour Black River depuis assez longtemps pour savoir comment nous fonctionnons, ajouta-t-il.

Ils descendaient Kaufingerstrasse à pied, une rue embouteillée du centre de Munich. Apparut l'enseigne de l'Augustiner Bierkeller. Ils entrèrent dans une immense salle voûtée qui sentait fort la bière et les saucisses bouillies. Et vu le bruit, on pouvait parler sans risque. Ils traversèrent la salle, gagnèrent l'une des pièces adjacentes et s'assirent sur des bancs en bois. Le client le plus proche, un vieil homme, lisait son journal en tirant sur sa pipe.

Ils commandèrent deux *Hefeweizen*, bière de froment que la levure en suspension rendait trouble. La serveuse portait le costume folklorique : longue jupe plissée, chemisier court serré à la taille, tablier, bourse brodée.

— Noah, dit Moira quand les bières eurent été servies, je n'ai plus aucune illusion sur nos motivations, mais comment est-ce que je pourrais ne pas tenir compte de cette information que j'ai eue à la source ?

Il prit une grande gorgée de *Hefeweizen*, s'essuya les lèvres avant de répondre. Puis il énuméra ses arguments en comptant sur ses doigts.

— Premièrement, cet homme, Hauser, t'a dit que ce défaut était quasiment indétectable. Deuxièmement, il n'y a plus aucun moyen de vérifier ce qu'il t'a raconté. Il peut s'agir d'un employé rancunier qui cherche à se venger de Kaller Steelworks. As-tu envisagé cette possibilité ?

— Nous pourrions pratiquer nos propres tests.

— Nous n'avons plus le temps, Moira. Le tanker arrive au terminal dans moins de quarante-huit heures.

Et puis comment effectuer des contrôles sans attirer l'attention de NextGen ? Ils se retourneraient contre Kaller Steelworks, et cela nous placerait dans une position gênante. Et pour finir, dans « Nous avons notifié à NextGen que nous abandonnons le projet », qu'est-ce que tu ne comprends pas ?

La jeune femme s'écarta légèrement de la table, prit une profonde inspiration.

— Il s'agit d'un renseignement fiable, Noah. Nous risquons un attentat. Alors comment peux-tu...

— Tu dépasses les bornes, là. Alors va poser tes fesses dans cet avion, et concentre-toi sur ta nouvelle mission. Sinon, tu es finie à Black River.

— Il est préférable qu'on ne se rencontre pas pour le moment, dit Icoupov.

Arkadine bouillait à l'intérieur et avait un mal fou à contenir sa rage. Et encore, il n'y parvenait que grâce à Devra, qui lui plantait ses ongles dans la paume de la main. Elle le comprenait, ne posait pas de question, ne tournait pas autour de son passé comme un rapace.

— Et les plans ? fit-il.

Ils se trouvaient dans un bar minable saturé de fumée. Cette partie de la ville n'avait rien d'engageant.

— Je vais venir les chercher.

La voix d'Icoupov semblait lointaine, dans l'écouteur, bien qu'il se trouve à proximité.

— Je suis en train de filer Bourne. Je vais me charger de lui.

Arkadine avait du mal à comprendre.

— Je croyais que c'était mon boulot !

— Ton boulot est terminé. Tu as les plans et tu as éliminé tous les membres du réseau de Piotr.

— Tous sauf Egon Kirsch.

— Son cas est réglé.

— C'est moi le tueur, grinça Arkadine. Je vous donne les plans, puis je m'occupe de Bourne.

— Je ne veux pas qu'on le descende. Je te l'ai dit.

Le tueur émit un grondement animal.

« Mais Bourne doit être éliminé », songea-t-il. Devra planta ses griffes plus profondément dans sa chair, si bien qu'il sentit l'odeur de son sang. « Et c'est à moi de le faire. Il a tué Micha. »

— Tu m'écoutes ? dit Icoupov d'un ton sec.

Arkadine ravala sa colère.

— Oui, monsieur, je vous écoute. Mais dites-moi tout de même où vous comptez accoster Bourne. C'est la moindre des choses, pour votre sécurité. Je ne vais pas rester inactif alors que vous risquez le pire.

— D'accord, soupira Semion, après un moment d'hésitation. Pour l'instant il bouge. Je peux donc venir chercher les plans.

Il donna une adresse à Arkadine.

— J'y serai dans un quart d'heure, précisa-t-il.

— Ça me prendra un peu plus de temps.

— Dans une demi-heure, alors, dit Icoupov. Et dès que je sais où intercepter Bourne, je te préviens. Est-ce que ça te va, Leonid Danilovitch ?

— Tout à fait.

Arkadine referma son téléphone, lâcha la main de Devra, puis se dirigea vers le bar.

— Un *Oban on the rocks*. Double.

Le barman, un colosse avec des tatouages plein les bras, le regarda en plissant les yeux.

— C'est quoi un Oban ?

— Un scotch pur malt, pauvre con.

L'homme, qui essuyait un verre, répondit en ronchonnant.

— On n'a pas de ça, ici. C'est pas un palace.

Le tueur bondit, lui arracha le verre des mains, le lui écrasa sur le nez. Et comme le sang commençait à couler, il tira le géant à moitié sonné sur le comptoir, et entreprit de le réduire en purée.

— Je ne peux pas retourner à Munich, dit Petra. En tout cas pendant un moment. C'est ce qu'il m'a dit.

— Pourquoi avoir compromis votre avenir en tuant quelqu'un ?

— Je vous en prie ! Même un clochard ne pourrait pas vivre avec ce qu'ils me paient, dans ce musée.

Elle avait repris le volant, et ils se trouvaient sur l'autoroute. Munich et sa banlieue étaient déjà derrière eux. Cela ne le gênait pas, bien au contraire : il devait éviter la ville le temps que l'affaire se tasse. Egon avait un faux passeport sur lui, mais la police découvrirait vite sa véritable identité. Cependant, Bourne espérait avoir récupéré les plans et être rentré à Washington d'ici là. Pour l'heure, on allait le rechercher comme témoin des meurtres de Kirsch et de Jens.

— Tôt ou tard, il faudra que vous me disiez qui vous a engagée, remarqua-t-il.

Petra ne répondit pas, mais ses mains se mirent à trembler, contrecoup de leur fuite effrénée.

— Où allons-nous ? demanda-t-il.

Il savait qu'il devait entretenir le dialogue, car il sentait qu'elle avait besoin de communiquer à un niveau plus personnel pour s'ouvrir et lui avouer qui était son commanditaire. Bourne saurait alors s'il existait un rapport entre cet homme et celui qui avait abattu Jens.

— Chez moi, dit Petra. J'aurais préféré ne jamais y retourner.

— Et pourquoi ça ?

— Je suis née à Munich parce que ma mère y a accouché. Mais je suis originaire de Dachau.

La ville avait donné son nom au camp de concentration tout proche.

— Aucune mère n'a envie de voir inscrit Dachau sur le certificat de naissance de son enfant. Alors elles viennent accoucher à Munich.

Rien d'étonnant à cela : deux cent mille personnes avaient péri à Dachau, le premier camp construit par les nazis.

La ville elle-même, située à une vingtaine de kilomètres de Munich, au bord de la rivière Amper, se révéla charmante, avec ses lanternes anciennes et ses rues tranquilles bordées d'arbres.

— Les gens ont l'air heureux, ici, dit Bourne à Petra.

Cette dernière eut un rire amer.

— Ils vivent dans un brouillard permanent, hantés par leur passé meurtrier.

Elle traversa Dachau, puis elle partit vers le site de l'ancien village d'Etzenhausen. Là, au sommet d'une colline sinistre, s'étendait un cimetière désert. Ils sortirent de la voiture, passèrent devant la stèle commémoratrice. La pierre était abîmée, et en partie recouverte de lichens. Les sapins alentour s'élevaient si haut qu'ils masquaient la lumière du soleil, même en cette matinée radieuse de février.

Ils marchèrent lentement entre les tombes.

— C'est le « KZ Friedhof », le cimetière du camp, dit Petra. A Dachau, ils jetaient les morts dans des fours et les brûlaient. Mais à la fin, c'était la pénurie de charbon. Alors ils ont amené les corps ici.

Bourne avait visité de nombreuses nécropoles dans sa vie, et les avait toujours trouvées paisibles. Mais ici, au KZ Friedhof, il lui semblait entendre des murmures qui lui glaçaient les sangs. Ce lieu était vivant, comme gémissant dans son silence douloureux. Il s'arrêta, s'accroupit, puis il effleura, du bout des doigts, l'inscription figurant sur l'une des tombes. L'érosion de la pierre rendait le nom illisible.

— Vous réalisez que vous avez tué un homme ?

Petra se retourna vers lui.

— J'avais besoin d'argent. J'ai agi par nécessité.

Bourne regarda autour de lui.

— C'est ce qu'ont dit les nazis quand ils ont enterré leurs dernières victimes ici.

Petra fulminait : la colère avait chassé sa tristesse.

— Je vous déteste !

— Pas autant que vous vous détestez vous-même, remarqua Bourne.

Il se leva, lui tendit son arme, qu'il avait gardée.

— Tenez, pourquoi ne pas vous tuer, et mettre un terme à tout cela ?

Elle prit son revolver et le braqua sur lui.

— Ou vous tuer vous !

— Me tuer ne fera qu'aggraver votre situation. Et puis...

Bourne ouvrit la main et lui montra les balles qu'il avait retirées du Walther.

Elle rengaina son arme. Son visage et ses mains paraissaient verts, dans le peu de lumière qui filtrait à travers les grands conifères.

— Vous pouvez racheter ce que vous avez fait, dit Bourne, si vous me dites qui vous a engagée.

Petra lui lança un regard sceptique.

— Je ne vous donnerai pas l'argent, si c'est ce que vous visez.

— Votre argent ne m'intéresse pas. Mais l'homme que vous avez tué allait me donner une information capitale. C'est sans doute pour ça qu'on vous a payée pour l'abattre.

Elle se détendit un peu.

— Vraiment ?

Bourne acquiesça.

— Je ne voulais pas le tuer, dit-elle.

— Mais vous avez tiré.

Elle détourna les yeux.

— Je n'ai pas envie d'y repenser.

— Dans ce cas vous ne valez pas mieux que tous ces nazis.

Des larmes inondèrent ses yeux, elle prit son visage dans ses mains. Ses gémissements n'étaient pas sans rappeler les échos du cimetière de Leitenberg.

Après quelques minutes, Petra finit par se calmer.

— Je voulais être poète, avoua-t-elle. J'ai toujours comparé les poètes aux révolutionnaires. Je voulais changer le monde, ou du moins agir pour que le monde regarde l'Allemagne autrement, et essayer d'extraire cette culpabilité de nos âmes.

— Vous auriez dû devenir exorciste.

C'était une plaisanterie, mais vu son humeur, Petra ne trouva pas cela drôle.

— Ce serait l'idéal, n'est-ce pas ?

Elle le regarda avec des yeux encore brillants de larmes.

— Est-ce si naïf de vouloir changer le monde ?

— Irréaliste serait plus juste.

Elle inclina la tête.

— Vous êtes un cynique, n'est-ce pas ?

Bourne ne répondit pas.

— Les mots peuvent changer les choses, j'en suis persuadée.

— Alors pourquoi ne pas écrire, au lieu de tirer sur les gens pour de l'argent ? Ce n'est pas une façon de gagner sa vie.

Petra resta muette si longtemps qu'il se demanda si elle l'avait entendu.

Et finalement elle s'écria :

— Et merde ! L'homme qui m'a engagée s'appelle Spangler Wald : il est très jeune, vraiment, pas plus de vingt-deux, vingt-trois ans. Il traînait dans les bars. On a pris un café deux ou trois fois. Il disait qu'il étudiait, à l'Université, l'économie entropique.

— Je ne pense pas qu'on puisse faire de l'économie entropique, dit Bourne.

— Sans doute pas, non.

Petra renifla.

— Je crois tout ce qu'on me raconte.

Elle haussa les épaules.

— Je n'ai jamais été très douée pour les rapports humains. Je communique mieux avec les morts.

— Vous charger de la colère et de la souffrance de tant de gens, reviendrait à vous enterrer vivante.

Elle regarda les rangées de tombes affaissées.

— Qu'est-ce que je peux faire d'autre ? On les a tous oubliés. La vérité repose avec eux. Et nier la vérité est pire que mentir.

Comme il ne relevait pas, Petra haussa les épaules et tourna les talons.

— Maintenant que vous êtes venu ici, je veux que vous voyiez ce qu'on montre aux touristes.

Ils retournèrent à la voiture, la jeune femme prit le volant. Elle redescendit la colline déserte en direction du mémorial de Dachau, le monument officiel.

Il régnait en ces lieux une atmosphère sinistre. Une sculpture en fer, représentant des prisonniers squelettiques qui semblaient faits de barbelés, les accueillit à l'entrée.

Dans un bâtiment qui avait abrité les services administratifs du camp, on avait reconstitué des cellules, et exposé des chaussures dans des boîtes, ainsi que d'autres objets : tout ce qui restait des déportés.

Elle l'emmena voir les fours, qui paraissaient effrayants, même après tant d'années. Ils donnaient l'impression de scintiller, depuis un univers parallèle d'une horreur indicible. Bourne et Petra finirent par sortir du crématorium. Ils arrivèrent dans une longue pièce, dont les murs étaient couverts de lettres, certaines écrites par les prisonniers, d'autres par leurs familles, désespérées de ne pas avoir de nouvelles. Il y avait aussi des petits mots, des dessins, et des avis de recherche plus formels. Tous ces textes étaient en allemand. Pas un seul n'avait été traduit dans une autre langue.

Bourne les lut tous. Dans cette pièce résonnait encore l'écho de la souffrance humaine, de la mort, des atrocités perpétrées ici. Et le silence n'était pas le même que celui de Leitenberg. On entendait juste le murmure des semelles de chaussures avançant doucement, tandis que les touristes se traînaient d'une lettre à l'autre. Une telle inhumanité laissait les visiteurs sans voix, tout commentaire paraissait superflu et déplacé.

Bourne et Petra se mouvaient lentement dans la salle. Il voyait bouger les lèvres de la jeune femme, qui lisait une lettre après l'autre. A l'extrémité du mur, une missive attira le regard de Bourne, fit battre son cœur. L'auteur avait mis au point un gaz, plus efficace, d'après lui, que le Zyklon B, et personne, parmi les administrateurs du camp, n'avait jugé bon de le solliciter, s'insurgeait-il. Peut-être parce qu'on n'utilisa jamais de gaz à Dachau. Mais l'en-tête du feuillet retint l'attention de Bourne : trois têtes de chevaux formant une roue, au centre de laquelle figurait la tête de mort SS.

Petra le rejoignit, fronça les sourcils.

— Je connais ce dessin.

Il se tourna vers elle.

— Comment ça ?

— Je me souviens d'un homme, le vieux Pelz. Il disait qu'il habitait en ville, mais je pense qu'il était à la rue. Il venait dormir dans l'abri antiaérien de Dachau, surtout l'hiver.

Elle glissa une mèche de cheveux rebelle derrière son oreille.

— Il parlait tout seul, comme les fous. Il m'a montré un fragment du même insigne, je m'en souviens très bien. Il disait que c'était celui de la Légion noire.

Le rythme cardiaque de Bourne s'accéléra.

— Et qu'est-ce qu'il en a dit ?

La jeune femme haussa les épaules, indifférente.

— Vous haïssez les nazis, dit Bourne, mais savez-vous que d'autres ont repris le flambeau ?

— Les néonazis, oui.

Il lui montra l'insigne du doigt.

— La Légion noire existe toujours, Petra. Elle est dangereuse. Sans doute plus encore aujourd'hui qu'à l'époque où le vieux Pelz en a eu connaissance.

Elle secoua la tête, incrédule.

— Il parlait sans s'arrêter. Je n'ai jamais su s'il s'adressait à moi, ou à lui-même.

— Vous pouvez m'emmener le voir ?

— Bien sûr. Mais il est peut-être mort. Il buvait comme un trou.

Dix minutes plus tard, ils descendaient Augsburgerstrasse en voiture, et arrivaient au pied d'une colline du nom de Karlsburg.

— La ville que je méprise le plus au monde est devenue l'endroit le plus sûr pour moi, grinça Petra. Quelle ironie... !

Elle se gara sur le parking, derrière l'église Saint-Jacques, dont le clocher octogonal dominait la ville. A côté se trouvait le grand magasin Hörhammer.

— Vous voyez l'escalier qui descend sur la droite du magasin ? dit-elle comme ils sortaient de la voiture. Il conduit à l'abri antiaérien, un bunker qui émerge à peine de la colline. Mais on ne peut pas y arriver par ce chemin.

Elle emmena Bourne à Saint-Jacques. Ils entrèrent dans l'église, traversèrent la nef baroque, dépassèrent le chœur. Non loin de la sacristie se trouvait une porte en bois foncé qu'on ne remarquait pas immédiatement. Elle ouvrait sur un escalier menant à une crypte, qui se révéla étonnamment petite, vu la taille de l'édifice religieux.

Derrière la crypte s'étendait tout un labyrinthe de pièces et de couloirs. Petra alluma la lumière ; une rangée d'ampoules, sur le mur de droite, éclaira en partie les lieux.

— Mes grands-parents se sont réfugiés dans ce bunker quand les Alliés ont bombardé la capitale secrète du Troisième Reich.

Elle parlait de Munich, mais Dachau se trouvait suffisamment près pour avoir senti le contrecoup des explosions.

— Si vous détestez autant votre pays, pourquoi y rester ?

— Parce que je l'adore aussi, expliqua Petra. C'est toute la complexité de l'âme allemande : un mélange de fierté et de haine de soi.

Elle haussa les épaules.

— Que voulez-vous ? Nous avons les cartes que nous distribue le destin.

Bourne connaissait ce sentiment. Il regarda autour de lui.

— Vous venez souvent ici ?

Elle poussa un profond soupir, comme si toute cette colère l'avait épuisée.

— Quand j'étais petite, mes parents m'emmenaient à la messe du dimanche. Ils craignent Dieu. Quelle blague ! Ça fait longtemps qu'il nous a abandonnés.

« Enfin, un dimanche matin, je m'ennuyais tellement que j'ai quitté mon banc en douce. A cette époque-là, j'étais obsédée par la mort, mais est-ce qu'on peut me le reprocher ? J'ai grandi avec la puanteur de la mort dans les narines.

Petra leva les yeux, regarda Bourne.

— Je venais ici communier avec les morts. Mais il n'y en avait pas assez, alors j'ai continué mon exploration, et j'ai trouvé le bunker de Dachau.

Petra posa la main sur le mur, caressa la pierre brute comme le flanc d'un amant.

— Cet endroit est devenu mon sanctuaire, mon univers secret. Je n'étais heureuse que sous terre, en compagnie de ces soixante-dix mille morts. Je les sentais. Je croyais que leurs âmes étaient emprisonnées ici. Et ça me semblait si injuste que je cherchais le moyen de les libérer.

— La seule façon d'y arriver, je crois, est de vous libérer vous-même, dit Bourne.

Petra ne releva pas.

— La crèche du vieux Pelz est par là, dit-elle avec un geste de la main.

Ils s'engagèrent dans un tunnel obscur.

— Ce n'est pas très loin. Il aimait bien rester près de la crypte, car il était persuadé que certains de ces morts étaient d'anciens copains. Il allait s'y asseoir et leur parlait des heures durant, sa bouteille à la main. Comme s'ils étaient vivants, et qu'il pouvait les voir. Et qui sait ? Peut-être que oui ? On a déjà vu des choses encore plus bizarres.

Après quelques dizaines de mètres, le tunnel ouvrait sur un dédale de pièces. Des odeurs de whisky et de sueur rance flottaient dans l'air.

— C'est la troisième pièce sur la droite, dit Petra.

Mais avant qu'ils n'y pénètrent, une énorme silhouette s'encadra dans l'ouverture, les cheveux dressés sur la tête comme des épines de porc-épic. Le vieux Pelz braqua sur eux ses yeux de dément.

— Qui c'est ? lâcha-t-il d'une voix rauque.

— C'est moi, Herr Pelz. Petra Eichen.

Mais le vieillard fixait, horrifié, le pistolet qu'elle portait à la hanche.

— Sûrement pas !

Il se saisit d'un fusil.

— Des sympathisants nazis, oui ! hurla-t-il.

Et il tira.

34.

Kiki entra à La Pantoufle de Vair la première. Suivirent Soraya, puis Deron. Kiki avait téléphoné pour annoncer leur visite, et Drew Davis, le patron, les accueillit avec effusion. C'était un vieil homme aux cheveux blancs et aux yeux malicieux. Son sourire exercé servait ses justes causes et désarçonnait ses adversaires en politique. Mais il émanait de lui une authentique chaleur humaine, et il savait écouter.

Drew étreignit la belle Masaï, qui l'embrassa sur les deux joues. Ensuite, lorsqu'ils furent installés à l'une des meilleures tables, et qu'on leur eût servi du champagne, Kiki donna des précisions à ses amis sur la relation qu'elle entretenait avec lui.

— Quand j'étais petite, notre tribu a subi une sécheresse si grave que la plupart de nos aînés et de nos bébés sont morts. Au bout de quelques jours, un petit groupe de Blancs est venu à notre secours. Ils nous ont dit qu'ils appartenaient à une organisation humanitaire, et ont promis de nous envoyer de l'argent tous les mois. Ils avaient apporté de l'eau, mais il n'y en avait pas assez, naturellement.

« Après leur départ, le désespoir nous a repris, on ne croyait pas aux promesses. Puis on nous a livré de l'eau, et les pluies sont arrivées, si abondantes qu'elles nous auraient suffi. Mais ces gens ne nous ont jamais laissé tomber. Avec leur argent, on payait les enseignants, on achetait des médicaments. Et chaque mois, les enfants recevaient une lettre de leur parrain.

« Quand j'ai su écrire, j'ai commencé à répondre aux lettres de Drew, et nous avons entamé une correspondance. Des années plus tard, j'ai voulu faire des études, il a organisé ma venue au Cap et m'a inscrite au lycée. Par la suite, il m'a fait venir aux Etats-Unis, et m'a payé l'Université. Il ne m'a jamais rien demandé en échange, sauf de bien travailler. Drew est un deuxième père pour moi.

Ils sirotèrent du champagne, en regardant le spectacle de pole dance, qui s'avéra moins vulgaire que ne l'avait pensé Soraya.

Elle continuait à boire, sans vraiment profiter de l'instant. Elle n'aurait rien aimé tant que suivre le conseil de Kiki : oublier ses problèmes, boire, se défouler. Seulement, elle s'en savait incapable. « Ce que je devrais faire, songea-t-elle tout en fixant une rousse à la poitrine défiant les lois de la gravité, c'est enlever mon bustier et les rejoindre sur la scène. » Puis l'absurdité de cette idée la fit sourire. Cela n'avait jamais été son genre, même dans sa jeunesse. Fille sage, puis femme réservée, Soraya avait toujours bridé son impulsivité et la plupart de ses désirs. Elle lança un regard à Kiki, dont le visage magnifique rayonnait de plaisir, et son sérieux la déprima.

Là-dessus elle leva les yeux et vit Rob Batt se diriger droit sur elle. Que faisait-il là ?

Elle s'excusa, se leva et partit dans la direction opposée, vers les toilettes des dames. Batt réussit toutefois à la rattraper, et se planta devant elle. La directrice de Typhon tourna les talons, se faufila entre les tables. Mais Batt la rattrapa encore une fois.

— Il faut que je vous parle, Soraya.

Elle le repoussa, poursuivit son chemin. Elle sortit, puis s'éloigna sur le parking. Il tombait de la neige fondue, et les gouttes glacées s'écrasaient sur sa tête et ses épaules nues.

Elle regretta soudain d'être venue. Elle ne pouvait même pas se réfugier dans sa voiture, puisqu'elle était montée dans celle de Kiki. La vue de cet homme qu'elle avait apprécié, et qui avait trahi sa confiance, la dégoûtait. Batt était passé à l'ennemi, du côté des forces de l'ombre, car elle pensait à la NSA en ces termes, tant ce service symbolisait les dysfonctionnements du système américain – abus de pouvoir au mépris de la démocratie.

— Soraya ! Attendez !

Batt l'avait rattrapée.

— Fichez le camp ! cracha-t-elle sans s'arrêter.

— Mais il faut que je vous parle !

— Nous n'avons plus rien à nous dire.

— Il s'agit d'une question de Sécurité nationale.

Soraya secoua la tête, incrédule, ricana avec amertume.

— Vous êtes mon seul espoir. Vous seule avez l'esprit assez ouvert pour m'écouter.

Elle leva les yeux au ciel, se retourna.

— Vous ne manquez pas de toupet. Retournez donc lécher les bottes de votre nouveau maître.

— La Valle m'a lâché, Soraya, vous le savez.

Il lui lança un regard implorant.

— J'ai cru sauver la CIA. Mais je me suis trompé sur toute la ligne.

Soraya n'en croyait pas ses oreilles, et lui rit au nez.

— Quoi ? Vous ne pensez tout de même pas que je vais croire ça !

— J'ai été formé par le Vieux. Je n'avais pas confiance en Hart. Je...

— N'importe quoi ! Si vous aviez eu le moindre respect pour le Vieux, vous ne vous seriez pas vendu à la NSA. Vous nous auriez aidés à résoudre le problème au lieu d'aggraver la situation.

— Je me suis laissé embobiner par Halliday. J'ai fait une erreur, d'accord ? Je l'admets.

— Votre trahison est inexcusable.

Batt leva les mains, paumes vers le ciel.

— Vous avez raison, mais regardez où j'en suis. J'ai été bien puni.

— Comment ça ?

— J'ai perdu mon travail, et je n'ai aucun espoir d'en trouver un autre. Mes amis refusent de me parler au téléphone, et si je les croise dans la rue, ils m'ignorent. Ma femme a quitté la maison avec les enfants.

Batt se passa une main dans les cheveux.

— Je dors dans ma voiture depuis. Je suis réduit à néant. Le pire des châtiments.

Soraya se sentit touchée malgré elle, mais n'en montra rien. Elle attendit qu'il poursuive.

— Ecoutez ce que j'ai à dire, plaida-t-il.

— Je ne veux pas le savoir.

Il lui fourra un appareil photo dans la main.

— Jetez au moins un coup d'œil là-dessus.

La jeune femme faillit rendre le compact, puis se ravisa et découvrit des clichés de Kendall dans divers lieux : des photos de surveillance, de toute évidence.

— Pourquoi le suivre ? Quel intérêt ?

— Je l'observe depuis qu'ils m'ont viré, expliqua Batt. Je vise La Valle, à travers lui.

Soraya le dévisagea. Ses yeux brillaient d'une ferveur qu'elle ne lui avait jamais vue.

— Et pourquoi donc ?

— Kendall est un type amer. Il a des rêves de grandeur, mais il est brimé par La Valle. Ça le rend plus facile à coincer.

Soraya se sentit intriguée malgré elle.

— Qu'avez-vous découvert ?

— Allez-y, regardez.

Elle fit défiler les photos. Et s'arrêta d'un coup, bouche bée.

— Mais c'est Rodney Feir !

Batt acquiesça.

— Il a dîné avec Kendall. Et maintenant ils sont à La Pantoufle de Vair.

Soraya leva les yeux de l'appareil.

— Ils sont là tous les deux ?

— Leurs voitures sont là, en tout cas, répondit Batt avec un geste de la main. Il y a une salle clandestine. Je ne sais pas ce qui s'y passe, mais je l'imagine. Le général Kendall est pratiquant, très actif dans sa paroisse. Il retrouve La Valle et sa famille à la messe, tous les dimanches.

Soraya vit soudain la lumière au bout de son propre tunnel. Elle tenait là le moyen d'arracher Tyrone aux griffes du diable, et d'y échapper elle-même.

— D'une pierre deux coups.

— Oui, dit Batt. Reste à entrer là-dedans pour les photographier, mais ça ne va pas être facile.

Un sourire illumina le visage de Soraya.

— Je vais arranger ça.

Après que Kendall eut frappé Tyrone pour le faire vomir, il ne se passa rien pendant un long moment. Le prisonnier avait une perception faussée du temps, qui lui semblait ralentir de façon accablante. C'était la stratégie de ses bourreaux, qui visait à l'épuiser, et à le décourager pour l'amener à parler.

Depuis qu'il avait émis le désir de travailler pour Soraya, Tyrone avait étudié divers procédés permettant de garder la raison dans les pires situations. Notamment se réfugier en soi-même, lorsque la réalité devient insupportable, comme là, à genoux, les mains liées dans le dos, une cagoule sur la tête, par exemple. Mais le plus effrayant restait cet abreuvoir : s'ils l'y plongeaient, c'en était fini, il avait toujours eu peur de l'eau.

A ce moment-là, on tira les verrous et il sursauta. L'un des zombies de la NSA entra, avec ses yeux vides et son haleine fétide. Il posa la nourriture sur la table, sans même jeter un regard au prisonnier. Cela faisait partie du plan de ses ennemis : lui donner le sentiment qu'il était transparent.

Tyrone se dirigea vers son repas, le même que d'habitude : des flocons d'avoine froids. Peu importait, il avait faim. Il se saisit de la cuiller en plastique, la plongea dans les céréales grumeleuses. Et faillit s'étrangler avec la deuxième bouchée, ayant mâché autre chose que de l'avoine. Sachant qu'on filmait le moindre de ses gestes, il recracha le tout dans le bol, puis utilisa sa fourchette pour déplier un petit carré de papier, sur lequel figuraient quelques mots. Tyrone se pencha pour discerner les lettres.

« TIENS BON ».

Il relut le message trois fois, n'en croyant pas ses yeux. Puis il prit ce fragment de papier avec une cuillerée d'avoine, le mâcha longtemps, et l'avala.

Il se dirigea vers les toilettes, s'assit sur la cuvette et se demanda qui avait écrit ce message. Cet encouragement, venu du monde extérieur, lui avait rendu son équilibre. Le temps avait repris son cours et Tyrone sentait à nouveau son sang battre dans ses veines.

*

Devra sortit Arkadine du bar avant qu'il finisse de le démolir. Il se laissa faire. Non pas qu'il se soucie des patrons aux allures de voyous qui le dévisageaient avec stupeur, regardant le massacre se dérouler sous leurs yeux comme un film d'horreur. Mais il se méfiait des flics, assez présents dans ce genre de quartier. Depuis qu'ils étaient entrés dans le café, Arkadine avait vu passer trois voitures de police.

Ils roulèrent en plein soleil, dans des rues jonchées d'immondices. Des chiens aboyaient, des hommes criaient. La présence de Devra le rassurait. Cette femme l'aidait à maîtriser en partie sa rage. Il lui pressa la main, et repensa soudain à son passé avec une fiévreuse intensité.

Arkadine était entré dans le neuvième cercle de l'enfer en toute inconscience. Ce jour-là, Stas Kouzine lui confirma que ses affaires se résumaient à la prostitution et à la drogue. De l'argent facile, songea le jeune homme, qui en retira un sentiment de sécurité illusoire.

Son rôle s'avéra simple et bien défini : mettre une partie de ses immeubles à disposition de son associé, et les transformer en bordels. Arkadine s'attela à la tâche avec méthode. C'était d'une simplicité enfantine, et les premiers mois, il se félicita d'avoir passé un accord aussi lucratif. De plus, ce partenariat lui valait divers passe-droits : verres gratuits dans les bars et faveurs des adolescentes de l'écurie de Kouzine, en expansion constante.

Ce furent ces jeunes prostituées qui menèrent Arkadine en enfer. Lorsqu'il n'approchait pas des bordels, il était facile de fermer les yeux sur ce qui s'y passait et de s'occuper à compter son argent. Cependant, chaque fois qu'il s'autorisait une incursion dans les maisons, il voyait combien les filles étaient jeunes, effrayées, souvent droguées, leurs bras fins couverts de bleus, et leurs yeux cernés.

Tout cela n'aurait jamais ébranlé Arkadine s'il ne s'était pas attaché à l'une d'elles : Helena, une fille à la peau blanche et aux yeux de braise. Elle avait un naturel joyeux, et à l'inverse des autres, n'éclatait pas en sanglots sans raison apparente. Helena riait des plaisanteries d'Arkadine et restait au lit avec lui après l'amour, le visage niché contre sa poitrine. Il aimait la sentir dans ses bras. Sa chaleur se diffusait en lui, comme la meilleure des vodkas, et il prit goût à son corps, qui épousait parfaitement le sien. Et puis avec elle, il dormait d'une traite jusqu'au matin, ce qui ne lui était pas arrivé depuis des années.

A cette époque, Kouzine le convoqua, le félicita pour son travail lucratif, et lui proposa une plus grosse part sur les bénéfices.

— Evidemment, précisa-t-il, il faudra que tu t'impliques davantage dans l'organisation. Les affaires marchent si bien qu'il me faut plus de filles. C'est là que tu interviens.

Kouzine mit Arkadine à la tête d'une équipe qui avait pour seule fonction de démarcher des adolescentes de Nijni Taguil. Arkadine s'y employa avec son efficacité coutumière, qui faisait froid dans le dos. Ses visites chez Helena le comblaient toujours autant, mais devenaient moins idylliques : son amante avait constaté plusieurs disparitions et s'inquiétait. Les filles s'évaporaient du jour au lendemain, on ne parlait plus jamais d'elles, et ses questions restaient sans réponse. Arkadine ne tint pas vraiment compte de ses craintes ; les prostituées étaient très jeunes, après tout, pourquoi ne seraient-elles pas parties ? Mais Helena n'en démordait pas : elles n'avaient pas simplement fui, on les avait fait disparaître. Arkadine ne put dissiper son angoisse, et dut lui promettre de la protéger.

Au bout de six mois, Kouzine le prit à part.

— Tu fais un boulot magnifique, déclara-t-il, son débit ralenti par la cocaïne et la vodka. Mais j'ai besoin d'autres services.

Ils se trouvaient dans l'un des bordels, dont la population semblait curieusement décimée à l'œil exercé d'Arkadine.

— Où sont passées les filles ? demanda-t-il.

Le mafieux eut un geste désinvolte.

— Parties, enfuies, va savoir ? Dès qu'elles ont un peu de fric en poche, ces salopes filent comme le vent.

— Je vais aller les chercher avec mes hommes, dit Arkadine, pragmatique.

— Perte de temps.

La tête minuscule de Kouzine tangua sur ses grosses épaules.

— Trouve-m'en d'autres.

— Ça devient difficile. Certaines filles ont peur et ne veulent pas venir avec nous.

— Emmène-les quand même.

Arkadine fronça les sourcils.

— Je ne te suis pas.

— OK, je vais t'expliquer. Tu mets tes hommes dans cette foutue camionnette, tu sillonnes les rues, et tu fais venir les filles de force.

— C'est du kidnapping, ça.

Le gangster éclata de rire.

— Putain, il a compris !

— Et les flics ?

Kouzine rit encore plus fort.

— Je les ai dans la poche. Et de toute façon, ce serait facile de les acheter. Ils gagnent à peine de quoi bouffer.

Durant les trois semaines qui suivirent, Arkadine et ses sbires travaillèrent de nuit pour fournir le bordel en filles, de gré ou de force. Par la suite, ces adolescentes se montraient souvent maussades et agressives. Jusqu'à l'heure où Kouzine les emmenait dans une pièce à part, où aucune d'entre elles ne voulait remettre les pieds. Le monstre ne touchait pas à leur visage : cela aurait nui au commerce. Il se limitait à leurs membres, couverts de bleus.

Arkadine assistait à cette violence froide, mais se persuadait qu'il n'y était pour rien. Il se contentait de compter son argent, qui à présent rentrait à un rythme soutenu. Or c'était ce trésor, et Helena, qui lui assuraient des nuits sans angoisse. Chaque fois qu'il retrouvait la jeune femme, il regardait ses jambes et ses bras, craignant d'y voir des bleus. Il lui fit promettre de ne pas se droguer, ce qui l'amusa.

— Enfin, Leonid, dit-elle. Tu crois qu'on a de quoi s'acheter de la drogue ?

Arkadine savait que son amie plaisantait. Elle était plus riche que toutes les filles du bordel réunies : il lui donnait régulièrement de l'argent.

Il l'exhortait à s'offrir des chaussures, de nouveaux vêtements, mais cela restait sans effet : Helena lui souriait d'un air entendu. Et au fond, elle avait raison de rester discrète.

Un soir, Kouzine accosta Arkadine alors qu'il sortait de la chambre de la jeune femme.

— J'ai un problème, et j'ai besoin de ton aide tout de suite, dit-il.

Ils quittèrent l'immeuble. Une grosse fourgonnette attendait en bas, dont le moteur tournait. Kouzine grimpa à l'arrière, Arkadine suivit. Deux des filles du bordel se trouvaient là, sous bonne garde.

— Elles ont essayé de s'échapper, expliqua-t-il. Nous venons de les rattraper.

— Elles ont besoin d'une leçon, déclara Arkadine, car sans doute était-ce la remarque qu'attendait son associé.

— Trop tard, cracha Kouzine, en faisant signe au chauffeur de démarrer.

Arkadine, assis à l'arrière, s'interrogeait sur leur destination. Il se gardait toutefois de poser des questions, car il ne voulait pas passer pour un imbécile. Une demi-heure plus tard le véhicule ralentit, bifurqua sur un chemin de traverse qui devait être étroit, car des branches ne cessaient de fouetter les flancs de la camionnette.

Ils finirent par s'arrêter. Les portières s'ouvrirent, et tout le monde descendit. La nuit était d'un noir d'encre, éclairée seulement par les phares de la voiture. Au loin, les flammes des hauts fourneaux jaillissaient dans l'atmosphère comme des giclées de sang, ou des jets de lave, rouges et brûlants. A Nijni Taguil, on ne voyait jamais le ciel, et quand il neigeait, les flocons devenaient gris foncé, après avoir traversé la couche de pollution industrielle.

Arkadine suivit Kouzine et les deux gardes qui poussaient les filles dans le sous-bois. L'odeur de résine était si forte qu'elle en arrivait presque à masquer la puanteur soufrée.

A cent mètres du chemin, les deux monstres attrapèrent les gamines par le col de leur manteau, et les tinrent fermement. Kouzine sortit son pistolet et en tua une, d'une balle dans la nuque. La gamine bascula dans une fosse remplie de feuilles mortes. L'autre petite hurlait et se débattait, voyant la mort arriver.

Kouzine tendit son arme à Arkadine.

— Quand tu appuieras sur la détente, dit-il, nous deviendrons associés à parts égales.

Il y avait quelque chose, dans ses yeux, qui vu d'aussi près terrifia Arkadine. Le sourire du diable, dénué de toute humanité, généré par un plaisir pervers. Le jeune homme pensa alors aux pénitenciers qui encerclaient Nijni Taguil, et se vit enfermé dans sa propre prison à perpétuité.

Le vieux Luger gravé d'une croix gammée était tout chaud, comme s'il avait gardé l'empreinte de la folie furieuse de Kouzine. Arkadine leva l'arme au niveau de la tête de la fille, qui gémissait et pleurait. Il avait fait beaucoup de choses dans sa vie, dont certaines impardonnables, mais il n'avait encore jamais abattu une enfant de sang-froid. A présent, afin de prospérer et de survivre à Nijni Taguil, il lui fallait tuer.

Le regard cruel de Kouzine le perçait, brûlant comme le feu des fonderies toutes proches, puis il sentit un canon sur sa nuque, et sut que le chauffeur se tenait derrière lui, sur ordre de son patron.

— Tire, lui souffla Kouzine, parce que d'ici dix secondes, quelqu'un va faire feu.

Arkadine arma le Luger. L'écho de la détonation retentit longtemps dans la forêt profonde et oublieuse, et la fille glissa le long des feuilles, dans le trou, avec son amie.

35.

Un bruit de culasse résonna dans l'abri antiaérien de Dachau. Puis ce fut le silence.

— Merde ! s'écria le vieux Pelz en regardant le Mauser K98 8 mm. J'ai oublié de le charger !

Petra dégaina son arme, la braqua sur le plafond, actionna la détente. Elle aussi sans résultat. Le vieil homme balança son fusil par terre.

— « Scheiße ! », lâcha-t-il d'un ton dégoûté.

La jeune femme s'approcha de lui.

— Herr Pelz, dit-elle gentiment, je suis Petra, vous vous souvenez de moi ?

Le vieillard cessa de marmonner et la regarda avec attention.

— Vous ressemblez terriblement à une Petra-Alexandra que j'ai connue, à une époque.

— Petra-Alexandra.

Elle s'esclaffa, l'embrassa sur la joue.

— Oui, c'est moi !

Il se rétracta un peu, porta sa main à sa joue, là où elle avait posé ses lèvres. Puis il regarda Bourne en plissant les yeux.

— Et ce connard de nazi, c'est qui ?

Il serra les poings.

— Je vais lui chauffer les oreilles !

— Non, Herr Pelz, c'est un ami. Un Russe.

Elle cita le nom que Bourne lui avait donné, et qui figurait sur le passeport fourni par Boris Karpov.

— Pour moi, les Russes ne valent pas mieux que les nazis, déclara le vieux.

— En fait, je suis américain, mais je voyage avec un passeport russe.

Bourne s'était exprimé en anglais ; il répéta sa phrase en allemand.

— Vous parlez drôlement bien anglais pour un Russe, répondit Pelz en anglais.

Là-dessus il partit d'un grand rire, découvrant des dents jaunies par le tabac. La vue d'un Américain sembla le ragaillardir, comme s'il sortait de plusieurs décennies de somnolence. Il n'était pas fou, mais naviguait plutôt entre un présent improbable et un passé flamboyant.

— J'ai embrassé les Américains quand ils sont venus nous libérer de la tyrannie, poursuivit-il avec fierté. Je les ai aidés à retrouver les nazis qui feignaient d'être de bons Allemands.

— Dans ce cas que faites-vous ici ? demanda Bourne. Vous n'avez pas un endroit où habiter, à Dachau ?

— Bien sûr que si.

Le vieux Pelz fit claquer sa langue, comme s'il goûtait le souvenir de son ancienne vie.

— J'ai une très belle maison à Dachau. Blanche et bleue, avec des fleurs tout le long de la clôture. Il y a un cerisier derrière, qui fait de très bons fruits, en été. La maison est louée à un jeune couple avec deux enfants. Ils envoient le loyer à date fixe, à mon neveu de Leipzig, un avocat réputé.

— Herr Pelz, je ne comprends pas, dit Petra. Pourquoi est-ce que vous n'habitez pas votre villa ? Ce n'est pas un endroit où vivre, ici.

— Le bunker est mon assurance contre la mort.

Le vieil homme lui lança un regard malicieux.

— Si je retournais à Dachau, ils viendraient m'enlever en pleine nuit, et on n'entendrait plus jamais parler de moi.

— Qui vous enlèverait ? s'enquit Bourne.

Pelz sembla chercher ses mots, comme s'il cherchait à se souvenir d'un texte qu'il aurait lu dans sa jeunesse.

— J'étais un chasseur de nazis, je vous l'ai dit. Et sacrément doué, avec ça. A cette époque, je vivais comme un roi, ou un prince, n'exagérons pas. Puis j'ai voulu traquer la Légion noire, et c'est ça qui m'a été fatal : j'ai tout perdu, même la confiance des Américains, qui avaient davantage besoin de ces gens-là que de moi. La Légion noire m'a balancé dans le caniveau d'un coup de pied, comme un déchet. De là aux entrailles de la terre, la pente était toute tracée.

— C'est pour vous parler d'eux que je suis venu, dit Bourne. Je suis un chasseur, moi aussi. La Légion noire est une organisation terroriste, aujourd'hui.

Le vieux Pelz se frotta le menton.

— Ça ne me surprend pas. Ces salopards savaient s'y prendre avec tout le monde : Allemands, Anglais, Américains. Ils les ont tous manipulés après la guerre. Les services secrets occidentaux leur faisaient les yeux doux. Trop heureux d'avoir des espions derrière le rideau de fer.

« Ces ordures ont préféré les Américains, poursuivit Pelz, parce qu'ils avaient les moyens, et qu'ils payaient bien, contrairement aux Anglais.

Le vieillard ricana.

— Mais ça, c'est l'Amérique, hein ?

N'attendant pas de réponse à sa question évidente, il continua.

— Donc la Légion noire s'est liée avec les services secrets américains. Au départ, il leur a été facile de les convaincre qu'ils n'étaient pas des nazis, mais des ennemis de Staline. Et c'était vrai, jusqu'à un certain point, mais après la guerre, ils ont eu d'autres idées en tête. Ce sont des musulmans, après tout, et ils n'ont jamais été à l'aise dans la société occidentale. Ils voulaient construire pour l'avenir, et ils ont établi leur pouvoir grâce aux dollars des Américains.

Il regarda Bourne du coin de l'œil.

— Ainsi votre pays a favorisé, malgré lui, la création des réseaux terroristes.

Le vieil homme se remit à marmonner, puis à chanter, et les paroles étaient si tristes que ses yeux se remplirent de larmes.

— Herr Pelz, dit Bourne pour le ramener à la réalité. Vous parliez de la Légion noire.

— Appelez-moi Vergil, dit Pelz, qui secoua la tête comme s'il s'ébrouait. C'est mon nom de baptême. Et je vous parlerai de ceux qui ont brisé ma vie. Je vieillis, il faut bien que je me confie à quelqu'un. Et le hasard veut que ce soit vous.

— Ils sont de l'autre côté, dit Bev à Drew Davis. Tous les deux.

C'était une petite femme de cinquante ans à l'esprit vif, qui faisait office à la fois de confidente et de directrice.

— C'est surtout le Général qui les intéresse, dit Davis, n'est-ce pas, Kiki ?

Elle acquiesça. Elle se trouvait dans le bureau mansardé de Drew, avec Deron et Soraya, au premier étage du club. Le martèlement des basses était énorme. La pièce sans fenêtre rappelait un grenier, et les photos, aux murs, évoquaient les rencontres d'une vie : Drew Davis avec Martin Luther King, Nelson Mandela, et quatre présidents américains, ainsi qu'une brochette de stars d'Hollywood et divers dignitaires et ambassadeurs africains. On le voyait devant Kiki enfant, à Masaï Mara.

Après avoir parlé avec Batt sur le parking, Soraya était revenue exposer son plan à Kiki et Deron. La musique était très forte. Ils avaient donc pu parler sans être entendus, même par leurs voisins immédiats. Vu la longue amitié qui la liait au maître des lieux, on envoya Kiki tâter le terrain. Il accepta aussitôt de les recevoir dans son bureau.

— Il faut que vous me garantissiez l'immunité, dit-il à Soraya. Et que notre nom n'apparaisse nulle part, à moins que vous ne vouliez m'attirer des ennuis, ce qui reviendrait à mettre la moitié des élus du district dans une situation fâcheuse.

— Vous avez ma parole, lui assura-t-elle. Nous voulons coincer ces deux types-là, point final.

Drew Davis jeta un coup d'œil à Kiki, qui lui confirma la bonne foi de son amie d'un mouvement des paupières.

Il se tourna alors vers Bev.

— Voilà mes conditions, dit-elle. A part les clients et les filles, personne n'entre chez moi. N'espérez pas faire irruption là-bas. Si j'autorise ça, je n'ai plus qu'à mettre la clé sous la porte.

Drew approuva d'un hochement de tête. Soraya vit ses espoirs ébranlés : leur entreprise visait à surprendre le Général en situation. Puis elle eut une idée.

— Je vais m'introduire en me faisant passer pour une fille.

— Ça m'étonnerait, dit Deron. Feir et le général te connaissent. S'ils te voient, ils vont tout de suite comprendre.

— Mais moi ils ne me connaissent pas.

Toutes les têtes se tournèrent vers Kiki.

— Hors de question, dit Deron.

— Du calme, fit celle-ci en riant. Je ne vais rien faire, seulement entrer.

Elle fit le geste de prendre des photos. Puis elle se tourna vers Bev.

— Comment est-ce que je peux pénétrer dans la chambre du Général ?

— Vous ne pouvez pas y entrer. L'accès à nos chambres est strictement interdit. Vous comprendrez pourquoi. Et de toute façon, le Général et Feir ont déjà choisi leur partenaire pour la soirée.

Bev pianota sur le dessus du bureau.

— Mais pour le Général, il y a un moyen, je crois.

*

Vergil Pelz emmena Bourne et Petra dans le tunnel principal du bunker, qui aboutissait à un espace circulaire en béton brut. Il y avait là des bancs, une petite gazinière, un réfrigérateur.

— Quelqu'un a oublié de couper l'électricité, remarqua Petra. Vous avez de la chance.

— De la chance, oui, c'est ça.

Pelz s'assit sur un banc.

— Mon neveu paie un officiel de la ville en sous-main pour qu'il laisse la lumière.

Le vieil homme leur offrit à boire, whisky ou vin, mais ils refusèrent. Il se servit lui-même un scotch, et le but d'une traite. Il appréciait la compagnie, à l'évidence : la présence d'autres humains devait l'aider à s'extraire de ses fantasmes.

— La plupart des choses que je vous ai dites sur la Légion noire sont des faits historiques, si l'on sait où regarder. Mais deux hommes auront permis à cette organisation de se tailler une place sur l'échiquier géopolitique de l'après-guerre : Farid Icoupov et Ibrahim Sever.

— Cet Icoupov est sans doute le père de Semion Icoupov, remarqua Bourne.

Pelz acquiesça.

— En effet.

— Ibrahim Sever avait-il aussi un fils ?

— Deux fils, répondit le vieillard, mais j'anticipe.

Il se lécha les lèvres, regarda la bouteille d'alcool, mais résista à la tentation.

— Farid et Ibrahim étaient les meilleurs amis du monde. Ils avaient grandi ensemble, tous deux n'avaient que des sœurs. Peut-être est-ce là l'origine de leur amitié : un lien très fort, qui a duré presque toute leur vie. Mais Ibrahim était un guerrier dans l'âme, et Farid un intellectuel, ce qui tôt ou tard allait les diviser. Pendant la guerre, le partage du pouvoir a très bien fonctionné. Ibrahim commandait la Légion noire sur le front de l'Est, tandis que Farid organisait les services de renseignements en Union soviétique. Les choses se sont gâtées après la guerre. Privé d'offensives militaires, Ibrahim a eu le sentiment que son pouvoir s'amenuisait.

Pelz claqua sa langue contre son palais.

— Ecoutez bien. Si vous vous intéressez à l'Histoire, vous savez comment César et Pompée, alliés au départ, sont devenus ennemis suite aux trahisons de leurs proches, dévorés par l'ambition. Avec le temps, Ibrahim a fini par se convaincre, sans doute encouragé par les plus virulents de ses barons, que son ami de toujours voulait le supplanter. Contrairement à César, qui se trouvait en Gaule quand Pompée lui déclara la guerre, Farid habitait la maison d'à côté. Ibrahim Sever et ses hommes sont venus le surprendre en pleine nuit pour l'assassiner. Trois jours plus tard, le fils de Farid, Semion, a abattu Ibrahim dans sa voiture. En représailles, le fils d'Ibrahim, Asher, a tenté d'abattre Semion dans un night-club de Munich. Semion a riposté. Asher a réussi à s'enfuir, mais son frère cadet a été tué dans la fusillade.

Pelz se gratta la joue.

— Vous voyez ce qu'il en est, mon ami ? Ce bain de sang de proportions bibliques rappelle une vendetta dans la Rome antique.

— Je connaissais l'existence de Semion Icoupov, dit Bourne, mais j'ignorais celle d'Asher. Où est Asher Sever, aujourd'hui ?

Le vieillard haussa les épaules.

— Mystère. Mais si Icoupov le savait, Sever serait probablement mort, à l'heure qu'il est.

Bourne se tut quelques instants, songeant à l'agression de la Légion noire contre Specter, et à d'autres questions préoccupantes : pourquoi avoir utilisé des incapables pour récupérer les plans de l'attentat ? Arkadine et Micha Tarkanian étaient-ils membres de l'organisation terroriste ? Il se tourna vers Pelz.

— Vergil, dit-il. J'ai quelques questions à vous poser.

— Je vous écoute.

Les yeux du vieux brillaient de curiosité.

Bourne hésitait. Parler de sa mission ou de son passé à un étranger allait à l'encontre de tout ce qu'on lui avait enseigné, et revenait à étouffer son propre instinct. Mais il n'avait pas le choix.

— Je suis sur la piste de la Légion noire, qui prépare un attentat contre mon pays. Son chef, Semion Icoupov, a tué Piotr, le fils d'un de mes amis.

Pelz parut surpris.

— Asher Sever, dit-il, a utilisé son atout majeur : un réseau de renseignements hérité de son père, qui couvre l'Europe et l'Asie, pour évincer Semion Icoupov. Il ne dirige plus la Légion noire depuis longtemps. Autrement, il ne serait plus de ce monde, aujourd'hui. Contrairement à Asher, Semion est un homme raisonnable.

— Vous les connaissez donc tous les deux ?

— Oui, dit Pelz. Pourquoi ?

Bourne sentit son sang se glacer dans ses veines, tandis qu'il envisageait l'impensable. Specter lui avait-il menti depuis le départ ? Etait-il membre de la Légion noire ?

« Procédons par étapes », songea-t-il en sortant son portable. Il chercha une photo, la montra à Pelz.

— Reconnaissez-vous ces hommes, Vergil ?

Le vieillard plissa les yeux.

— Non, fit-il, en secouant la tête.

Puis il examina l'instantané de plus près, tapota l'écran avec son index.

— Je n'en suis pas sûr, dit-il, parce qu'il n'a plus vraiment la même tête, mais...

Il plaça le téléphone de façon à ce que Bourne puisse le voir avec lui. Puis il posa le doigt sur le visage du professeur Specter.

— Je pense qu'il s'agit d'Asher Sever.

36.

Peter Marks, directeur adjoint du contre-espionnage, compulsait un dossier d'informations confidentielles dans le bureau de Veronica Hart lorsqu'ils vinrent la chercher. Luther La Valle, armé de son mandat d'arrêt et accompagné de deux agents fédéraux, avait passé tous les postes de sécurité de la CIA. La première équipe de gardes, au rez-de-chaussée, avait toutefois pu avertir Veronica par le téléphone intérieur, deux minutes avant l'arrivée du chef de la NSA. C'était une attaque-surprise, contre laquelle Hart se trouvait démunie.

Elle fit part de la situation à Peter, puis elle se leva pour affronter ses accusateurs avant que ceux-ci ne pénètrent dans son bureau, et ne lui présentent l'ordre exécutoire.

— Veronica Rose Hart, déclara un agent aux traits figés, vous êtes en état d'arrestation pour avoir conspiré avec un dénommé Jason Bourne à des fins outrepassant le règlement de la CIA.

— Sur la base de quelles preuves ? s'enquit-elle.

— Des photos de surveillance de la NSA, sur lesquelles on vous voit remettre un paquet à Bourne à l'entrée de la Freer, répondit l'agent d'un ton monocorde.

Marks s'était levé.

— C'est inadmissible ! s'insurgea-t-il. Vous ne pensez tout de même pas...

— Fermez-la, Peter, cracha Luther La Valle, sans craindre de riposte. Ou vous serez l'objet d'une enquête interne.

Marks allait répliquer, mais Hart lui lança un regard d'avertissement. Il se contenta de serrer les dents, ivre de rage.

La DCI contourna son bureau, et le plus jeune des agents lui passa les menottes, mains dans le dos.

— Est-ce indispensable ? lâcha Marks.

La Valle pointa son doigt sur lui, menaçant. Les policiers emmenèrent Veronica.

— Prenez le relais, dit-elle à son adjoint. C'est vous le chef, à présent.

Luther sourit.

— Mais pas pour longtemps.

Après leur départ, Marks s'écroula sur son siège. Sentant ses mains trembler, il les pressa l'une contre l'autre, comme en prière. Son cœur battait si fort qu'il avait de la peine à réfléchir. Il se posta devant la fenêtre et contempla Washington. Monuments éclairés, rues et avenues encombrées de voitures. Paysage familier ou univers parallèle ? Il n'avait pas assisté à la scène de l'arrestation, la NSA n'allait pas annexer la CIA. Mais lorsqu'il se retourna et vit le bureau vide, la réalité s'imposa à lui, et il se laissa tomber dans le grand fauteuil de Hart, les jambes flageolantes.

Puis il se rappela pourquoi il occupait ce siège, les devoirs qui lui incombaient, et il appela Stu Gold, avocat attitré de la CIA.

— Ne bougez pas, j'arrive, lui dit l'avocat. La Valle se croit tout permis, on dirait.

Puis Marks passa une série de coups de fil. La soirée risquait de se prolonger jusque tard dans la nuit.

*

Rodney Feir vivait un moment fabuleux. Il précéda Afrique dans l'une des chambres de La Pantoufle de Vair avec un délicieux sentiment de toute-puissance. Là-dessus il avala un Viagra, décidé à réaliser quelques fantasmes. Pourquoi se refuser cela ?

Il se dévêtit, un petit sourire aux lèvres. Peter Marks lui avait adressé, par courrier interne, les informations demandées sur les agents Typhon. Feir les avait sur lui, et entendait les remettre au Général avant la fin de la soirée, devant une coupe de champagne.

Afrique était allongée sur le lit, les yeux mi-clos, mais elle s'activa dès que son client la rejoignit. Le corps de Feir réagit aussitôt, et son esprit s'évada. Dominer Peter Marks lui procurait autant de plaisir que d'honorer cette jolie femme. Dans sa jeunesse, des intellos bien bâtis, comme Peter ou Batt, lui avaient tenu la dragée haute et empoisonné la vie, avec leurs amis haut placés, leurs fiancées sexy et leurs belles voitures. Lui était l'intello, le petit gros, un objet de moquerie qu'on laissait sur la touche. Et malgré son intelligence, il se trouvait incapable de répliquer et de se défendre comme il aurait fallu.

Depuis son entrée à la CIA, Feir avait gravi les échelons, mais pas sur le terrain. Responsable du soutien logistique, il centralisait, classait et redistribuait la paperasserie générée par le travail des autres, ces hommes de terrain auxquels il rêvait de ressembler. Dans son bureau, on venait déposer et récupérer des papiers urgents et confidentiels. Il arrivait que Rodney réussisse à se prendre au sérieux, mais la plupart du temps, il se voyait tel qu'il était : un type qui brassait des listes de données, des requêtes directoriales, des budgets, des factures de fournitures, des emplois du temps, des feuilles de missions – une machine à gérer et à digérer des tonnes d'informations sans intérêt. Un moins-querien, en fait.

Mais pour l'heure, il baignait dans le plaisir. Il ferma les yeux et eut un soupir voluptueux.

Au départ, il s'était contenté d'être un rouage anonyme. Puis, les années passant, tandis qu'il s'élevait dans la hiérarchie, il comprit qu'un homme, un seul, voyait sa valeur : son patron, à l'origine de toutes ses promotions. Les autres s'adressaient à lui quand ils avaient besoin de quelque chose. Le reste du temps, ils l'ignoraient. S'il répondait à leurs exigences sur l'heure, Feir n'entendait plus parler d'eux jusqu'à la fois suivante. En revanche, s'il y avait le moindre retard, même indépendant de sa volonté, ils lui tombaient dessus et le harcelaient jusqu'à ce qu'ils obtiennent satisfaction. Puis de nouveau il n'existait plus et se trouvait en marge d'une communauté habituellement solidaire.

Il était devenu l'un de ces Américains qu'on rappelle à l'ordre et qui ne disent rien. Ces soirées avec Kendall mettaient un peu de folie dans sa vie : les rendez-vous au club de gym, les barbecues, puis les virées à La Pantoufle de Vair, où pour une fois il se voyait traité en privilégié. Se sachant condamné à un triste destin, Rodney Feir s'oublia dans le lit d'Afrique.

Le général Kendall fumait un cigare dans le corral, la salle où les filles défilaient devant les clients, et passait un très bon moment. Il avait éloigné La Valle de ses pensées, même s'il imaginait parfois, avec une joie mauvaise, la tête de Luther s'il le découvrait là. Quant à sa famille, le Général l'avait oubliée. Contrairement à Feir, qui choisissait toujours la même compagne de jeu, Kendall aimait le changement. Et ici, il n'avait que l'embarras du choix.

Assis sur le sofa de velours grenat, un bras étendu sur le dossier, Kendall assistait, les yeux mi-clos, à cette lente parade charnelle. Il avait déjà trouvé son bonheur.

La jeune femme se trouvait dans sa chambre, elle se déshabillait. Cependant, lorsque Bev s'approcha, et lui suggéra une équation plus corsée, le Général n'hésita pas. Il repéra aussitôt sa proie : grande, fine, la peau très foncée, et si belle qu'il en eut des suées.

Il attira l'attention de Bev, qui s'approcha, à l'écoute de ses désirs.

— C'est elle que je veux, déclara-t-il en montrant la beauté divine du doigt.

— Je crains que Kiki ne soit pas disponible, répondit Bev.

Ce refus fit monter le désir en flèche. La salope, elle le tenait ! Et en plus vénale. Il sortit un billet de cinq cents dollars.

— Elle pourrait venir tout de suite ? fit-il.

Bev empocha l'argent, fidèle à elle-même.

— Je vais arranger ça, promit-elle.

L'intendante se fraya un passage entre les professionnelles, et arriva près de Kiki, qui se tenait un peu à l'écart du groupe. Kendall les vit parlementer, son cœur tambourinait dans sa poitrine. Il transpirait tellement qu'il dut essuyer les paumes de ses mains sur l'accoudoir du canapé. Et si la belle Africaine refusait ? Mais elle regardait dans sa direction et elle lui souriait, ce qui fit monter sa température de plusieurs degrés.

Comme en transe, il la vit traverser la pièce et venir vers lui, d'un pas chaloupé, un vague sourire aux lèvres. Il se leva avec quelque difficulté. Il avait l'impression d'être à nouveau puceau. Il prit la main de Kiki, terrifié à l'idée que sa moiteur la répugne, mais rien ne vint troubler son sourire énigmatique.

Il passa avec elle devant les autres filles, et se délecta des regards d'envie qu'elles lançaient à Kiki.

— Dans quelle chambre êtes-vous ? lui souffla-t-elle à l'oreille, d'une voix de velours.

Il découvrit alors son odeur musquée, et eut de la peine à retrouver sa voix. Il lui désigna la pièce d'un geste, et il l'entraîna à sa suite, comme au bout d'une laisse. Elle s'arrêta devant la porte.

— Etes-vous sûr de vouloir deux filles, ce soir ? s'enquit-elle, en lui frôlant la hanche. J'ai toujours contenté les hommes avec qui j'ai été.

Le Général sentit un délicieux frisson lui parcourir l'échine et se loger entre ses cuisses. Il entra dans la chambre. Lena se tortilla sur le lit, entièrement nue. Kendall entendit la porte se refermer derrière lui. Il se dévêtit, enjamba le tas de vêtements à ses pieds. Puis il prit la main de Kiki et gagna le lit d'un pas alourdi par le désir. Il s'y agenouilla, elle lâcha sa main, et il s'écroula sur Lena.

Kendall sentit les mains de Kiki sur ses épaules, et s'enfonça dans le corps voluptueux de Lena avec un râle animal. Il imagina la longue déesse lovée contre lui, et son plaisir grandit.

Le Général prit tout d'abord ces brefs éclairs pour des éblouissements dus à son état d'excitation. Ivre de désir, il tourna lentement la tête, et subit une nouvelle salve de flashes, tout en continuant à se mouvoir, en rythme, dans le corps complaisant de Lena.

Puis la lumière l'aveugla, il plaça sa main en visière, et la réalité, en la personne de Kiki encore habillée, le foudroya. La jeune femme continua à le mitrailler.

— Souriez, Général, dit-elle d'une voix suave. C'est tout ce qu'il vous reste à faire.

— J'ai une telle colère en moi, avoua Petra. C'est comme ces maladies qui vous rongent de l'intérieur.

— Dachau est un endroit toxique pour vous, dit Bourne. Il faut que vous partiez.

Elle passa sur la voie de gauche, accéléra. Ils rentraient à Munich avec la voiture que le neveu de Pelz avait achetée pour lui, à son propre nom. La police les recherchait peut-être encore, mais leur seule piste, c'était l'appartement munichois de Petra, et elle n'entendait pas s'en approcher. Elle pouvait donc raccompagner Bourne en ville. Tant qu'elle ne sortait pas du véhicule, elle ne risquerait rien.

— Et pour aller où ? dit-elle.

— Quittez l'Allemagne, carrément.

Petra eut un rire grinçant.

— Fuir, vous voulez dire.

— Pourquoi voir les choses comme ça ?

— Parce que je suis allemande, parce qu'ici c'est chez moi.

— Vous êtes recherchée par la police, lui rappela Bourne.

— Et s'ils me trouvent, eh bien, je purgerai ma peine pour avoir tué votre ami.

Elle fit un appel de phares à la voiture qui les précédait, l'invitant à se rabattre.

— En attendant, j'ai de l'argent. De quoi vivre.

— Mais que ferez-vous ?

Elle esquissa un sourire.

— Je vais m'occuper de Vergil. Il a besoin de prendre l'air, et d'avoir quelqu'un auprès de lui.

A l'approche de la ville, Petra se mit sur la droite afin de pouvoir quitter l'autoroute.

— Les flics ne me trouveront pas, déclara-t-elle, avec une certitude farouche, parce que je vais l'emmener loin d'ici. Vergil et moi, nous allons apprendre à vivre autrement, comme deux hors-la-loi en rémission.

L'appartement d'Egon Kirsch se trouvait au nord de la ville, dans le quartier étudiant.

Ils dépassèrent la grande place de Schwabing, puis Petra se rangea le long du trottoir.

— Quand j'étais plus jeune, je venais traîner ici avec mes amis. Nous étions des activistes, et nous aimions bien ce quartier parce que le Freiheitsaktion Bayern, l'un des plus célèbres groupes de résistants, y avait installé Radio Munich, vers la fin de la guerre. Ils encourageaient les Munichois à arrêter les chefs nazis locaux, et à agiter des draps blancs à leurs fenêtres pour manifester leur désaccord avec le régime.

— Voilà de quoi être fier, remarqua Bourne.

— Sans doute, oui, concéda Petra. Mais de ce groupe d'amis, je suis la seule à être restée révolutionnaire dans l'âme. Les autres sont devenus cadres ou femmes au foyer. Je les vois, parfois, sur le chemin du boulot, le pas lourd, l'air avachi, mais ils ne lèvent même pas les yeux. En fin de compte, ils m'ont tous déçue.

L'appartement de Kirsch était situé au dernier étage d'une très belle maison en stuc coloré, et au toit de tuiles rouges. Entre deux fenêtres, une niche abritait une Vierge à l'enfant.

Petra se gara devant l'immeuble.

— Je vous souhaite bonne chance, dit-elle. Merci pour tout.

— Croyez-le ou non : nous avons eu de la chance de tomber l'un sur l'autre, dit Bourne en sortant de la voiture. Bonne chance, Petra.

Quand elle se fut éloignée, il tourna les talons, gravit les marches du perron et composa le code donné par Kirsch. L'intérieur était impeccable, comme neuf. Le vestibule lambrissé embaumait la cire. Bourne monta l'escalier en bois ouvragé jusqu'au dernier étage. Il ouvrit la porte avec la clé de Kirsch. Même si l'appartement était très haut de plafond et lumineux, avec ses nombreuses fenêtres donnant sur la rue, il baignait dans un tel silence qu'il évoquait les fonds sous-marins. Il n'y avait ni télévision ni ordinateur. La bibliothèque, qui occupait tout un pan de mur, contenait des ouvrages de Nietzsche, Kant, Descartes, de grands mathématiciens, biographes et écrivains. Sur les autres murs, les dessins encadrés de Kirsch, si fins qu'ils rappelaient des plans d'architecte. Puis Bourne réalisa qu'il s'agissait de représentations abstraites, à la frontière du réel et de l'imaginaire.

Après avoir rapidement visité les lieux, il s'installa dans un fauteuil, devant le bureau de Kirsch, et songea au professeur. Qui était Dominic Specter ? L'ennemi juré de la Légion noire, comme il le prétendait, ou bien son chef Asher Sever ? Si le vieil ami de Bourne n'était autre qu'Asher Sever, il était à l'origine de cet attentat, qui avait déjà fait un certain nombre de victimes. Pouvait-il s'être engagé dans un tel crime ? S'il était à la tête de la Légion noire, sans nul doute. D'autres questions préoccupaient Bourne : pourquoi Specter avait-il utilisé une bande d'incapables pour récupérer les plans de l'attentat ? Et s'il était effectivement Asher Sever, pourquoi n'avait-il pas déjà ces plans en sa possession ? Il ne trouva aucune réponse à ces questions. La situation paraissait absurde, mais il lui manquait des éléments pour comprendre. Et pourtant, il avait le sentiment qu'on lui montrait deux réalités différentes, comme sur un tableau d'Egon Kirsch, et qu'il ne pouvait distinguer le vrai du faux.

Il orienta ses pensées vers un détail qui le tracassait depuis l'incident du musée. Seul Jens l'avait suivi à l'intérieur : comment Arkadine pouvait-il savoir que Bourne s'y trouvait ? Car c'était le Russe, à l'évidence, qui avait tué Jens, et reçu l'ordre d'abattre Kirsch. Mais encore une fois, comment avait-il su où frapper ?

La réponse à ces questions s'imposa soudain à Bourne. On ne l'avait pas suivi : il se promenait avec un mouchard sur lui ! Mais qui avait placé ce dispositif, et quand ?

Sollicitant sa mémoire photographique, il se repassa dans les moindres détails son voyage entre Moscou et l'Allemagne. A Munich, le douanier avait gardé son passeport hors de sa vue pendant plus d'une minute. Bourne le sortit de sa poche, tâta les pages, et finit par découvrir l'émetteur miniature sur l'intérieur de la couverture, coincé dans un pli de la doublure.

37.

— Quel bonheur de se retrouver à l'air libre ! s'exclama Veronica Hart, lorsqu'elle posa le pied sur le trottoir, devant le Pentagone.

— Pour respirer les gaz d'échappement, oui, ironisa Stu Gold. Et en plus il fait nuit.

— Je savais que les accusations de La Valle ne tiendraient pas, dit-elle alors qu'ils traversaient pour rejoindre la voiture de l'avocat. Elles sont montées de toutes pièces.

— Ne nous emballons pas. Il veut montrer ces photos de vous avec Bourne au Président, et vous faire destituer.

— Enfin, Stu, ce sont des conversations entre Martin Lindros et Moira Trevor, une civile. Il n'y a rien dedans. La Valle mise sur du vent !

— Il a le secrétaire à la Défense de son côté, remarqua l'avocat. Vu les circonstances, ça suffit pour vous attirer des ennuis.

Hart repoussa les cheveux que le vent lui rabattait dans la figure.

— Faire irruption à la CIA et me sortir entre deux agents, menottes aux poignets... Luther a commis une grossière erreur en jouant les dictateurs.

Veronica se retourna, et contempla le siège de la NSA, où elle avait été incarcérée jusqu'à ce que Stu Gold vienne la chercher, muni d'un ordre de mise en liberté provisoire. Elle y était tout de même restée trois heures.

— Il paiera pour m'avoir humiliée de la sorte.

— Pas d'actes inconsidérés, Veronica.

Gold ouvrit la portière, côté passager, aida sa cliente à monter. Puis il contourna l'avant de la voiture, s'assit au volant et démarra.

— On ne peut pas laisser passer ça, insista-t-elle. Sinon il va se croire tout permis.

Ils traversèrent le pont d'Arlington. Le mémorial Lincoln apparut quelques centaines de mètres plus loin.

— Je me suis promis quelque chose, quand j'ai accepté ce poste, dit Veronica.

Elle avait très envie de contempler la statue du grand homme, et demanda à Gold de s'arrêter.

— Le jour où j'ai pris la direction du contre-espionnage, je me suis rendue sur la tombe du Vieux. Etes-vous déjà allé au cimetière d'Arlington, Stu ? C'est à la fois émouvant et exaltant de penser à tous ces héros garants de notre liberté.

Ils se garèrent sur le parking du mémorial, descendirent de voiture, puis se dirigèrent vers la statue de granit illuminée par les projecteurs. Ils s'arrêtèrent devant le visage sévère de Lincoln. A ses pieds, quelqu'un avait laissé un bouquet de fleurs, dont les corolles défraîchies frissonnaient dans le vent.

— Je suis restée devant la tombe du Vieux un long moment, poursuivit Hart, songeuse. Et j'ai senti sa présence, je vous assure.

Les yeux de Veronica se posèrent sur l'avocat.

— Il existe une tradition d'intégrité, à la CIA. Et je me suis juré d'empêcher quiconque d'attenter à ce legs précieux.

Elle prit une profonde inspiration.

— Et je renouvelle ce serment, quelles qu'en soient les conséquences.

Gold soutint son regard sans faiblir.

— Avez-vous conscience de ce que vous exigez ?

— Oui, j'en ai conscience.

— Très bien, Veronica, si c'est là votre volonté.

Rodney Feir, revigoré par ses ébats sexuels, retrouva le général Kendall dans le salon où l'on servait le champagne, une pièce réservée aux privilégiés qui venaient de goûter aux plaisirs de la chair, et qui souhaitaient s'attarder.

Les deux hommes étaient installés sur un canapé, comme des pachas. On leur servit le champagne de leur choix. Feir comptait remettre à Kendall les informations sur les agents de Typhon. Mais d'abord, il entendait profiter de ce moment hors du temps : dès qu'il poserait le pied dehors, la réalité reprendrait ses droits, avec toutes ses tracasseries, ses humiliations, et l'angoisse qui l'habitait dès qu'il tentait de favoriser la position de La Valle sur l'échiquier des services secrets.

Kendall, son téléphone à la main, se tenait assis un peu raide, comme il sied à un militaire : sans doute était-il mal à l'aise dans cet environnement luxueux, songea Feir. Les deux hommes bavardèrent un moment. Ils échangèrent des vues sur les stéroïdes, le base-ball, le cours de la bourse. Mais ils évitèrent de parler politique.

Quand la bouteille fut presque vide, le Général consulta sa montre.

— Qu'avez-vous pour moi, Rodney ?

Ce dernier prit les feuillets dans la poche intérieure de son manteau, imaginant déjà la réaction de Kendall : une surprise ravie mêlée de reconnaissance. Le papier restait le moyen le plus sûr pour sortir des contenus confidentiels des murs de la CIA, car tout objet assez grand pour contenir un disque dur, et donc un volume substantiel de données, était détecté par les caméras de surveillance.

Feir eut un large sourire.

— Le nec plus ultra. Tous les détails sur les agents de Typhon !

Il brandit l'enveloppe.

— Maintenant parlons de ce que j'obtiens en échange.

— Que voudriez-vous ? s'enquit Kendall, sans grand enthousiasme. Un grade plus élevé, davantage de pouvoir ?

— Davantage de respect de la part de La Valle.

Un étrange sourire apparut sur le visage du Général.

— Je ne peux pas m'avancer, mais je vais essayer d'arranger ça.

Comme Kendall se penchait pour saisir les documents, il se demanda pourquoi son compagnon se montrait si solennel, ou maussade plutôt. Il allait l'interroger à ce sujet, lorsqu'une grande Noire élégante, un appareil photo à la main, les mitrailla.

— Mais qu'est-ce qui vous prend ? s'exclama-t-il, entre deux éclairs de flash.

Il vit alors Soraya Moore, debout à leur droite, la liasse de documents confidentiels à la main.

— Vous risquez de garder un mauvais souvenir de cette soirée, Rodney, remarqua-t-elle.

Soraya se saisit du téléphone portable du Général, pianota dessus. La conversation entre Kendall et Feir avait été enregistrée. Elle la repassa en actionnant le micro.

— Je pense que l'aventure s'arrête ici pour vous.

— Je n'ai pas peur de mourir, dit Devra. Si c'est ça qui t'inquiète.

— Je ne suis pas inquiet, protesta Arkadine. Qu'est-ce qui te fait dire ça ?

Elle mordit dans la glace au chocolat qu'il lui avait achetée.

— Cette ride verticale, entre tes deux yeux, qui s'est creusée.

Elle avait eu envie d'une glace, malgré le froid. Peut-être avait-elle envie de chocolat, pensa Arkadine. La contenter avec de petites choses lui faisait plaisir, comme si de son bonheur dépendait le sien.

— Je ne suis pas inquiet, dit-il. J'ai la rage.

— Parce que ton patron t'a interdit de t'approcher de Bourne.

— Je vais le faire quand même.

— C'est ton patron qui aura de bonnes raisons d'avoir la rage, alors.

— Tant pis pour lui.

Ils se trouvaient dans le centre de Munich. Ainsi, lorsqu'il saurait à quel endroit Icoupov allait rencontrer Bourne, il serait sur place plus vite.

— Je n'ai pas peur de mourir, répéta Devra. La seule chose qui m'ennuie, c'est de perdre mes souvenirs. Qu'est-ce qu'on devient, sans mémoire ?

Arkadine lui lança un regard surpris.

— Comment ça ?

— Quand tu regardes un mort, qu'est-ce que tu vois ?

Elle mordit de nouveau dans sa glace, laissant la marque de ses dents dans le reste du cône.

— Rien, non ? Plus rien. La vie s'est envolée, elle a emporté avec elle tous les souvenirs engrangés au fil des années.

Elle le regarda.

— A ce moment-là, tu cesses d'être humain. Alors tu es quoi, au juste ?

— On s'en fout, dit Arkadine. Ce sera un sacré soulagement de ne plus avoir de souvenirs.

Soraya se présenta à la maison secrète de la NSA un peu avant dix heures.

— Un petit déjeuner, madame ? s'enquit Willard, comme ils allaient du même pas, sur l'épaisse moquette.

— Je crois que je vais en prendre un ce matin, oui. Une omelette aux fines herbes. Avec de la baguette, si vous avez.

— Nous en avons, madame.

— Parfait, dit-elle, la main serrée sur le dossier à charge contre le général Kendall.

— Et du Ceylan, s'il vous plaît, Willard.

Soraya se dirigea vers la table où l'attendait La Valle, devant son café du matin. Il avait tourné ses regards vers la fenêtre, et contemplait les premiers bourgeons. Il faisait très chaud dans la pièce, et la cheminée ne contenait que des cendres.

La Valle ne se retourna pas lorsqu'elle s'assit. Elle plaça le dossier brûlant sur ses genoux, puis s'adressa à lui sans préambule.

— Je suis venue chercher Tyrone.

Son interlocuteur l'ignora.

— Votre Légion noire n'existe pas, déclara-t-il. Et l'activité terroriste actuelle ne présente rien d'alarmant pour notre pays.

— Vous avez entendu ce que j'ai dit. Je viens chercher Tyrone.

— Il ne bougera pas d'ici, grinça La Valle.

Soraya sortit le téléphone de Kendall, repassa la conversation qu'il avait eue avec Feir à La Pantoufle de Vair.

— Et alors ? s'exclama-t-il avec un brusque mouvement de tête vers Soraya.

Il avait la prunelle sombre.

— C'est le problème de Feir, pas le mien.

— Peut-être.

Soraya fit glisser le dossier vers lui.

— Mais je crains que cela vous concerne tout de même.

La Valle la fixa un long moment, l'air venimeux. Il tendit la main vers le dossier, l'ouvrit. Et découvrit une douzaine de photos du général Kendall, nu comme un ver, au milieu de ses ébats avec une jeune Noire.

— Pensez-vous que la publication de ces photos d'un bon chrétien père de famille aura un impact positif sur l'image de vos services ?

Willard arriva avec le petit déjeuner de Soraya, déplia la nappe avec élégance, disposa les éléments du repas sur la table. Dès qu'il eut terminé, il se tourna vers La Valle.

— Autre chose pour vous, monsieur ?

Le directeur de la NSA le chassa d'un geste, puis contempla le jeu de clichés une nouvelle fois. Après quoi il prit un portable dans sa poche, le posa sur la table, et le poussa vers Soraya.

— Appelez Bourne, dit-il.

La jeune femme se figea, une fourchettée d'omelette en suspens.

— Je vous demande pardon ?

— Je sais qu'il est à Munich. Notre base sur place l'a identifié via le système de vidéosurveillance de l'aéroport. J'ai des hommes là-bas, prêts à l'arrêter. Il suffit que vous lui tendiez le piège adéquat.

Soraya ne put s'empêcher de rire, en reposant sa fourchette.

— Vous rêvez, La Valle ! C'est moi qui vous tiens, pas le contraire. Si la presse s'empare de ces photos, votre bras droit verra sa vie et sa carrière brisées. Or nous savons l'un et l'autre que vous ne laisserez pas faire cela.

Luther réunit les photos, les rangea. Puis il sortit un stylo, nota un nom et une adresse sur l'enveloppe. Il appela Willard d'un geste, lequel s'approcha à pas feutrés.

— Je veux qu'on scanne ces documents, puis qu'on les adresse par mail au *Drudge Report*, et au *Washington Post* par coursier.

— Très bien, monsieur.

Willard coinça l'enveloppe sous son bras, disparut dans une autre partie de la bibliothèque.

La Valle composa un numéro local sur son téléphone portable.

— Gus, c'est Luther La Valle. Bien, bien. Comment va Ginnie ? Parfait, transmets-lui mes amitiés. Et aux enfants aussi... Ecoute, Gus, j'ai un scoop pour toi. Des preuves contre le général Kendall. Oui... Il est l'objet d'une enquête interne depuis des mois. Son renvoi a pris effet aussitôt. Il ne travaille plus pour la NSA. Oui, je te fais parvenir les photos en ce moment même. Bien sûr que tu as l'exclusivité, Gus. Et franchement, je suis choqué, très choqué. Et tu le seras aussi, quand tu auras vu les clichés. Je t'envoie un communiqué officiel dans trois quarts d'heure au plus tard. Oui, évidemment. Je t'en prie, Gus. C'est toujours à toi que je réserve mes meilleures infos.

Soraya regarda ce show avec un sentiment de malaise grandissant et une franche incrédulité.

— Mais comment pouvez-vous ? s'exclama-t-elle, lorsqu'il eut raccroché. Kendall est votre second, votre ami. Tous les dimanches, vous allez à l'église en famille !

— Je défends surtout mes intérêts, et parfois mes amis, déclara La Valle. Prenez-en de la graine, madame Moore. Vos services y gagneraient en efficacité.

Soraya sortit un autre jeu de photos de son sac, sur lesquelles on voyait Rodney Feir tendre une enveloppe au général Kendall.

— Il s'agit de la liste des agents actifs de Typhon, avec leur localisation.

— Et vous pensiez que cela m'intéresserait d'en prendre connaissance ? répondit-il avec mépris.

La jeune femme dut à nouveau masquer sa surprise.

— C'est la preuve que votre bras droit s'empare des données confidentielles de la CIA.

— Pour ça, voyez avec vos collègues, pas avec moi.

— Niez-vous avoir donné l'ordre au général Kendall d'utiliser Rodney Feir comme informateur à votre profit ?

— Oui, je le nie.

Soraya en avait le souffle coupé.

— Je ne vous crois pas, finit-elle par dire.

Luther lui adressa un sourire glacé.

— Ce que vous croyez ou non m'indiffère au plus haut point. Seuls comptent les faits.

Il repoussa les photos.

— Le Général aura agi de sa propre initiative. Je ne suis pas au courant.

Ce retournement de situation laissait Soraya médusée. La Valle poussa le téléphone vers elle.

— Maintenant appelez Bourne.

Elle eut le sentiment d'étouffer. Le sang lui battait aux oreilles. Elle entendit quelqu'un qui avait sa voix demander :

— Et pour lui dire quoi ?

Le chef de la NSA lui montra un feuillet sur lequel figuraient une heure et une adresse.

— Il faut qu'il soit à cet endroit à l'heure indiquée. Dites-lui que vous êtes à Munich, que vous avez une information capitale concernant l'attentat de la Légion noire, et que vous tenez à le voir.

Soraya avait la main tellement moite qu'elle dut l'essuyer sur sa serviette avant de prendre le portable.

— Il va se douter de quelque chose, si je l'appelle

sur un autre téléphone que le mien. Il se peut même qu'il ne réponde pas.

La Valle acquiesça. Soraya prit son téléphone.

— J'écouterai la conversation, dit-il. Si vous tentez de le prévenir, votre ami Tyrone ne sortira pas vivant de cette maison. Est-ce bien clair ?

Soraya hocha la tête, mais ne fit rien de plus.

— Il vous est pénible de faire ça, n'est-ce pas ? dit-il, sadique. Mais vous allez appeler Bourne et lui tendre un piège. J'obtiens toujours ce que je veux, madame Moore, contrairement à vous, qui vous préoccupez surtout de sentiments. C'est incompatible avec le renseignement, et ça finira par nuire à votre carrière.

Soraya avait cessé de l'écouter : elle rassemblait ses forces. « Une chose à la fois, se dit-elle. Oublie Tyrone et ta culpabilité. Concentre-toi sur ce coup de fil, et fais en sorte de protéger Jason du piège que tu lui tends. »

C'était mission impossible, mais de telles pensées ne pouvaient que l'enfoncer. Comment allait-elle s'en tirer ?

— Après ce coup de fil, dit La Valle, vous resterez ici, sous surveillance constante. Jusqu'à ce que Bourne soit sous les verrous.

Soraya ouvrit son téléphone sous le regard de La Valle, et appela Jason.

Lorsque son portable sonna, Bourne était à la fenêtre de l'appartement d'Egon Kirsch. Le numéro de Soraya s'afficha sur l'écran, et il prit la communication.

— Salut, c'est moi, Soraya.

— Où es-tu ?

— En fait, je suis à Munich.

Il se percha sur l'accoudoir d'un fauteuil.

— En fait ? A Munich ?

— C'est ce que je viens de dire.

Il fronça les sourcils, sollicité par des souvenirs fuyants.

— Je suis très surpris.

— Le système de surveillance de la CIA a capté ton image à l'aéroport.

— Je ne pouvais pas faire autrement.

— Je sais. Mais je ne suis pas ici en mission officielle. Nous continuons à écouter la Légion noire, et nous avons enfin quelque chose de précis.

Bourne se leva.

— Ah oui ? Quoi ?

— Je préfère ne rien dire par téléphone. Il vaut mieux qu'on se voie.

Elle lui indiqua l'heure et l'endroit.

Il consulta sa montre.

— Dans un peu plus d'une heure, donc.

— Je peux y être, pas de problème. Et toi ?

— Je pense pouvoir m'arranger, dit-il. A tout à l'heure.

Bourne coupa la communication et se remit à la fenêtre. Il s'accouda sur le rebord, puis se repassa la conversation dans sa tête, au mot près.

Il éprouvait une étrange impression de dédoublement, comme si cet échange avait mis en scène un autre lui-même. Mais où, quand ? Et puis comment interpréter cette conversation à la lumière des événements présents ?

L'interphone le fit sursauter, le tirant de ses pensées. Il se détourna de la fenêtre, traversa le living et actionna le bouton qui déclenchait l'ouverture de la porte extérieure. L'heure du face-à-face avec Arkadine avait sonné. Arkadine, l'assassin légendaire, qui allait tuer dans les prisons de haute sécurité et qui en sortait indemne. L'homme qui avait supprimé Piotr et tous ses lieutenants.

On frappa à la porte. Bourne déverrouilla, et se plaça sur le côté, sans même regarder dans le judas. Le battant s'ouvrit vers l'intérieur, et un homme bien mis, à la peau basanée sous une barbe carrée, entra dans l'appartement.

— Retournez-vous très lentement, lui dit Jason.

L'inconnu pivota et lui fit face. C'était Semion Icoupov.

— Bourne, dit-il.

Ce dernier sortit son passeport, montra la couverture au Russe.

Icoupov acquiesça d'un hochement de tête.

— Je vois, dit-il. Et maintenant vous allez me tuer sur ordre de Specter ?

— Vous voulez dire Asher Sever.

— Alors là vous me surprenez. Vous avez découvert quelque chose que personne ne sait. Je me demande d'ailleurs comment.

Bourne resta de marbre.

— Et peu importe. Vous savez que Sever s'est moqué de vous. C'est l'essentiel. On peut donc passer à la suite. Ça nous fera gagner du temps.

— Qu'est-ce qui vous fait croire que je vais écouter ce que vous avez à dire ?

— Maintenant que vous êtes au courant du double jeu de Sever, vous possédez des éléments sur l'histoire récente de la Légion noire. Vous savez qu'Asher et moi nous avons grandi ensemble. Et nous sommes devenus des ennemis mortels. Il n'y a qu'une seule issue possible, vous comprenez ?

Bourne ne dit rien.

— Je veux empêcher ses hommes d'attaquer votre pays, est-ce bien clair ?

Icoupov le fixa.

— Je comprends que vous soyez sceptique, je le serais aussi à votre place.

Il approcha sa main gauche du bord de son manteau, en écarta doucement un pan. Une enveloppe dépassait de la poche intérieure.

— Avant qu'il n'arrive quelque chose de fâcheux, jetez donc un coup d'œil à ce que j'ai ici.

Bourne se pencha, retira le Sig Sauer du holster qu'Icoupov portait à la ceinture, puis il se saisit de l'enveloppe et la décacheta.

— Je me suis donné bien de la peine pour voler ceci à ma bête noire, déclara-t-il.

Les plans d'architecte de l'Empire State Building.

Il leva les yeux. Icoupov l'observait avec intérêt.

— Le site visé par la Légion noire, remarqua Bourne. Vous savez quand ils comptent frapper ?

— Oui, je le sais.

Le Russe consulta sa montre.

— Dans trente-six heures et vingt-six minutes très exactement.

38.

Veronica Hart lisait le *Drudge Report*, quand Stu Gold amena le général Kendall dans son bureau. Elle était assise à sa table de travail, l'écran de son ordinateur tourné vers la porte, afin que le militaire puisse distinguer ses récents exploits à La Pantoufle de Vair.

— Et encore, ce n'est qu'un site parmi de nombreux autres, annonça-t-elle, invitant ses visiteurs à prendre place sur les sièges qu'on avait disposés devant son bureau.

Lorsque les deux hommes se furent installés, Veronica s'adressa à Kendall.

— Que va dire votre famille, Général ? Votre pasteur et la congrégation ?

Elle gardait une expression neutre pour cacher sa joie.

— Ils ne sont pas nombreux à apprécier les Afro-Américaines, même comme domestiques. Ils préfèrent les filles de l'Est, n'est-ce pas ?

Le Général ne répondit pas. Il était assis le dos droit et les mains nouées entre les genoux.

Hart aurait aimé que Soraya soit là, mais elle n'était toujours pas rentrée de la maison secrète de la NSA, ce qui devenait inquiétant, d'autant plus que son portable ne répondait pas.

— Le Général n'a plus qu'une issue : associer La Valle au détournement de renseignements, dit Gold.

Hart lui sourit aimablement.

— Qu'en pensez-vous, Général ?

— Rodney Feir a été recruté à ma seule initiative, déclara Kendall, impassible.

Elle se pencha vers lui.

— Vous voudriez nous faire croire que vous vous êtes lancé dans cette entreprise de votre propre chef ?

— Après le fiasco de Batt, je devais faire un coup d'éclat et prouver ma valeur à La Valle. J'ai pensé avoir de bonnes chances de convaincre Feir.

— Tout cela ne nous mène nulle part, remarqua la DCI.

Gold se leva.

— Vous avez raison. Le Général se sacrifie pour l'homme qui l'a perdu. Je ne sais pas à quoi attribuer cela. Il y a plusieurs raisons possibles.

— Ce sera tout ? demanda Kendall en regardant droit devant lui. Vous en avez fini avec moi ?

— Nous, oui, dit Hart, mais pas Rob Batt.

Ce nom provoqua une réaction chez le Général.

— Batt ? Mais qu'est-ce qu'il vient faire là ? Il est sur la touche !

— Je ne pense pas, non.

Hart se leva pour se placer derrière la chaise de Kendall.

— Il vous surveille depuis que vous avez brisé sa vie. Ces photos de vous et de Feir à la sortie du club de gym, et à La Pantoufle de Vair, sont l'œuvre de Batt.

— Et il y a d'autres preuves à charge, ajouta Gold, en levant son porte-documents.

— J'ai bien peur, reprit Hart, que votre séjour à la CIA ne se prolonge un peu, Général.

— Combien de temps ?

— Qu'est-ce que ça peut vous faire ? lança-t-elle. Plus rien ni personne ne vous attend.

Comme Kendall demeurait dans la pièce, surveillé par deux agents, Hart et Gold se rendirent dans le bureau d'à côté, où se trouvait Rodney Feir, lui aussi sous bonne garde.

— Le Général réalise l'ampleur des dégâts ? s'enquit ce dernier, tandis que Hart et l'avocat prenaient place en face de lui. C'est une journée à marquer d'une pierre noire, pour lui.

Il fut le seul à rire de sa plaisanterie.

— Avez-vous idée de la gravité de votre situation ? lui demanda Stu Gold.

Rodney sourit.

— Je crois savoir, oui.

Hart et son conseil échangèrent un regard. Une telle désinvolture les surprenait.

— Vous allez passer de longues années à l'ombre, monsieur Feir, remarqua l'avocat.

Feir croisa les jambes.

— Je ne pense pas, non.

— Dans ce cas vous vous leurrez, déclara Gold.

— Rodney, dit Veronica, vous avez détourné des informations confidentielles au profit d'un service de renseignements rival.

— Oh, arrêtez ! s'exclama Feir. Je sais très bien ce que j'ai fait. D'ailleurs vous m'avez grillé. Ce que j'essaie de vous dire, c'est que tout cela n'a aucune importance.

Il les toisait d'un air assuré, comme s'il avait toutes les cartes en main.

— Expliquez-vous, dit Gold d'un ton cassant.

— J'ai déconné, admit Feir. Mais je n'ai aucun remords. Je regrette juste de m'être fait coincer.

— Cette attitude ne va guère arranger vos affaires, remarqua Hart, caustique.

Elle en avait assez de se voir manipulée par Luther La Valle et ses sbires.

— Je ne connais pas le remords. Mais mon attitude, de même que vos preuves, importent peu. Si j'étais repentant, comme Rob Batt, est-ce que vous vous montreriez plus cléments avec moi ?

Il secoua la tête.

— Non. Alors ne nous racontons pas d'histoires. Ce que j'ai fait et ce que j'en pense appartient au passé. Parlons de l'avenir.

— Vous n'avez aucun avenir, dit Veronica, acerbe.

— Ça reste à voir.

Rodney ne se départait toujours pas de ce sourire horripilant.

— Je vous propose un arrangement.

Gold n'en croyait pas ses oreilles.

— Vous voulez dire un marché ?

— Un échange équitable, rectifia Feir. Vous abandonnez toutes charges contre moi, vous me donnez une généreuse indemnité et une lettre de recommandation qui m'ouvre les portes du secteur privé.

— Ce sera tout ? ironisa Hart. Pourquoi pas une maison de vacances dans la baie de Chesapeake et le yacht qui va avec ?

— C'est une offre généreuse, répondit Rodney, très sérieux. Mais je ne suis pas un profiteur.

— C'est inadmissible !

— Calmez-vous, maître. Vous ne savez pas encore ce que j'ai à proposer.

— Je ne suis pas intéressé.

Gold fit signe aux agents armés.

— Ramenez-le dans la cellule.

— Je ne ferais pas ça, à votre place.

Les gardes le saisirent chacun par un bras, et le hissèrent sur ses pieds sans qu'il oppose la moindre résistance. Il se tourna vers Hart.

— Vous êtes-vous jamais demandé pourquoi Luther

La Valle n'a pas tenté d'annexer la CIA du temps du Vieux ?

— Il était trop puissant, et trop bien entouré.

— Certes, mais il y a une raison bien précise.

Feir regardait les agents avec arrogance. Hart lui aurait volontiers tordu le cou.

— Lâchez-le, dit-elle.

Gold s'interposa.

— Je vous recommande vivement de...

— Ça ne coûte rien d'entendre ce qu'il a à dire, Stu.

Elle adressa un hochement de tête au prisonnier.

— Allez-y, Rodney. Vous avez une minute.

— En réalité, La Valle a fait plusieurs offensives. Mais il a échoué à chaque fois, et vous savez pourquoi ?

Feir toisa ses interlocuteurs, affichant de nouveau ce sourire de vainqueur.

— Parce que le Vieux avait une taupe à la NSA. Indétectable.

Hart le considéra, éberluée.

— Quoi ?

— C'est des conneries, lâcha l'avocat. Il essaie de nous embobiner !

— Hypothèse astucieuse, maître, mais non fondée. Je connais l'identité de la taupe.

— Et comment pourriez-vous savoir cela ?

Rodney ricana.

— Parfois, ça a du bon d'être le documentaliste en chef de la CIA.

— Votre fonction est bien plus...

— C'est exactement ce que je suis, madame ! s'écria-t-il, ulcéré, sous l'effet d'une humiliation trop longtemps refoulée. Aucun titre ronflant n'y changera quoi que ce soit.

Feir eut un geste fataliste, sa colère envolée.

— Mais peu importe. Des documents me passent entre les mains, je suis le seul à y avoir accès. Le Vieux avait assuré ses arrières, au cas où il se ferait tuer, mais vous savez cela mieux que moi, maître.

Gold se tourna vers Veronica.

— Il avait laissé plusieurs enveloppes scellées, à l'intention des divers chefs de service, au cas où il disparaîtrait.

— L'une de ces enveloppes, dit Feir, celle qui dévoilait l'identité de la taupe, était destinée à Rob Batt, ce qui semblait logique, puisque Batt était alors directeur adjoint. Mais ce pli ne lui est jamais parvenu. J'y ai veillé.

— Vous...

Hart, de colère, ne put achever sa phrase.

— Je pourrais dire que je le soupçonnais déjà, à l'époque, de travailler pour la NSA, continua Rodney, mais je mentirais.

— Ainsi vous nous avez caché cette information, et vous avez continué à vous taire, même après ma nomination !

— Il me fallait une monnaie d'échange. Je sentais que j'en aurais besoin un jour ou l'autre, pour éviter la prison.

Et à nouveau ce sourire, qui donnait envie de le gifler. Hart se contint, non sans peine.

— Et dans l'intervalle, vous laissez le directeur de la NSA nous mettre à mal. A cause de vous, on m'a sortie de mon bureau les menottes aux poignets. Par votre faute, la tradition d'intégrité de la CIA est ébranlée !

— Eh bien, ce sont des choses qui arrivent. Que pouvez-vous y faire ?

— Je vais vous dire ce que je peux faire, répliqua Hart.

Elle attira l'attention des deux gardes, qui se saisirent à nouveau du prisonnier.

— Vous envoyer en prison pour le reste de votre vie !

Et cependant Rodney Feir demeurait imperturbable.

— Je sais qui est la taupe. De plus, et je crois que cela vous intéressera, je sais où cet homme opère.

Hart était trop excédée pour relever.

— Emmenez-le !

On entraîna Feir vers la porte.

— Il est dans la maison secrète de la NSA, lança le traître avant de sortir.

Elle sentit son cœur s'emballer. Non seulement le maudit sourire de Feir devenait compréhensible, mais il s'avérait justifié.

*

« Trente-trois heures et vingt-six minutes », songea Bourne. Puis il perçut un mouvement sur le palier, devant la porte entrebâillée : il y avait quelqu'un dehors.

Il prit Icoupov par le coude, tout en lui parlant. Ils traversèrent le living. Et une fenêtre explosa. Un homme fit irruption dans les lieux. Bourne braqua sur lui le SIG d'Icoupov.

— Posez le SIG par terre, dit une voix de femme, dans son dos.

Il tourna la tête : une jeune fille livide le tenait en respect avec un Luger.

— Leonid, mais qu'est-ce que tu fais là ? geignit Icoupov, au bord de l'apoplexie. Je t'ai donné des ordres précis...

— C'est Bourne qui a tué Micha.

Arkadine s'avança, les éclats de verre craquèrent sous ses pas.

— C'est Bourne qui a tué Micha, répéta-t-il.

— Est-ce vrai ? demanda Semion en se tournant vers l'intéressé. Vous avez tué Mikhaïl Tarkanian ?

— Il ne m'a pas laissé le choix.

— Lâchez ce SIG, cracha Devra, visant sa tête. Je ne le répéterai pas !

Icoupov tendit la main à Bourne.

— Donnez-le-moi.

— Restez où vous êtes ! ordonna Arkadine, son propre Luger dirigé sur Icoupov.

— Mais qu'est-ce qui te prend ? s'écria ce dernier.

Arkadine l'ignora.

— Fais ce qu'elle dit, Bourne. Lâche le SIG.

Il s'exécuta. Dès l'instant où il se défit de son arme, Arkadine balança la sienne par terre et bondit sur lui. Bourne arrêta son genou avec l'avant-bras droit, mais en ressentit une douleur jusque dans l'épaule. Les deux hommes échangèrent des coups violents et des feintes subtiles : chaque attaque rencontrait la parade adéquate dans l'autre camp. Dans les yeux d'Arkadine, Bourne voyait se refléter ses actes les plus vils, toute la destruction semée dans son sillage.

La lutte les entraîna vers le couloir, Bourne perdait l'avantage. Ils franchirent la voûte qui donnait dans la cuisine. Arkadine s'empara d'un couperet et le dirigea sur Bourne, comme une faux. Il l'esquiva et tendit la main vers un bloc en bois dans lequel étaient plantés plusieurs couteaux. Arkadine abattit son arme sur le comptoir, manquant les doigts de Bourne de quelques centimètres. Il continua à fendre l'air pour l'empêcher d'accéder aux couteaux.

Bourne prit une assiette dans l'égouttoir et la lui balança comme un frisbee, l'obligeant à baisser la tête. Le projectile se fracassa sur le mur derrière lui. Bourne tira un couteau de son fourreau. Il abaissa son arme et voulut frapper son adversaire au ventre, qui lui opposa sa lame. Ils lâchèrent leurs armes et reprirent la lutte à mains nues.

Pendant trois longues minutes, ils combattirent au corps à corps, couverts de sang, mais aucun des deux ne parvenait à prendre le dessus. Bourne n'avait encore jamais rencontré un homme à la hauteur de ses qualités physiques et mentales. Dans ce combat, il tentait d'effacer une image négative de lui-même, reflétée par ce regard d'un vide abyssal, comme le miroir de son désespoir et de son passé oublié.

Dans un effort suprême, Bourne se dégagea de l'emprise d'Arkadine et lui balança son poing dans l'oreille. Arkadine recula, heurta une colonne. Bourne s'échappa de la cuisine par le couloir. Il entendit qu'on armait un pistolet et plongea dans la chambre de Kirsch. Une balle fit éclater l'encadrement de la porte, juste au-dessus de sa tête.

Il se remit debout et se dirigea droit sur la penderie, tandis qu'Arkadine criait à la fille de ne pas tirer. Bourne repoussa les vêtements, chercha en tâtonnant le panneau de contreplaqué dont lui avait parlé Kirsch. Juste au moment où Arkadine se ruait dans la pièce, il trouva les verrous, ôta la cloison. Puis il s'accroupit et pénétra dans un lieu obscur.

Devra se retourna, après avoir tiré, et se retrouva face au canon d'un SIG Sauer. Icoupov avait ramassé l'arme par terre.

— Espèce d'idiote ! cracha ce dernier. Ton petit ami et toi vous allez tout faire foirer.

— Ce que fait Leonid ne regarde que lui.

— Sûrement pas ! Leonid agit uniquement sur mon ordre.

Elle quitta le couloir, pénétra dans le salon. Son Luger était pointé sur Icoupov.

— Leonid en a fini avec vous, dit-elle. Sa servitude s'arrête là.

Le vieil homme s'esclaffa.

— C'est ce qu'il t'a dit ?

— C'est ce que je lui ai dit, moi.

— Dans ce cas, tu es encore plus bête que je ne pensais !

Ils se firent face, se défièrent, tournant autour d'un cercle imaginaire, aux aguets.

Devra adressa un sourire glaçant à Semion.

— Il a changé depuis qu'il a quitté Moscou. C'est un autre homme.

Icoupov ricana.

— Leonid est incapable de changer. Je le sais, j'ai passé des années à essayer de le rendre meilleur. Et j'ai échoué. Il est psychotique. Il a perdu une partie de lui-même à Nijni Taguil, et il ne la retrouvera jamais.

Icoupov montra la porte à Devra avec le canon du SIG.

— Va-t'en maintenant. File tant que tu en as encore la possibilité : il te tuera, comme il a tué toutes celles qui ont tenté de pénétrer dans son intimité.

— Vous vous trompez ! cracha-t-elle. Vous êtes comme tous les chefs, corrompu par le pouvoir. Vous vivez dans un monde à part, et vous croyez influer sur la réalité.

Elle fit un pas vers Icoupov, qui se raidit.

— Vous pensez pouvoir me tuer avant que je ne vous tue ? A votre place, je ne miserais pas là-dessus.

Elle rejeta ses cheveux en arrière.

— De toute façon, vous avez beaucoup plus à perdre que moi. J'étais déjà à moitié morte quand j'ai rencontré Leonid.

— Ah, je comprends mieux, à présent. Il t'a sauvée, arrachée à la rue.

— Leonid est mon protecteur.

— Et tu me traites de naïf !

Le sourire froid de Devra reparut.

— L'un d'entre nous se trompe, fatalement. Reste à savoir lequel.

« La pièce est remplie de statues, avait dit Egon Kirsch, lorsqu'il avait décrit son atelier à Bourne. Elles ont des yeux, et je les laisse donc plongées dans l'ombre : quelle créature pourrait regarder son créateur sans devenir folle ou aveugle ? »

Bourne se déplaça à pas feutrés dans l'atelier, évitant de heurter ces étranges mannequins, pour ne pas faire de bruit, ou, comme Kirsch aurait pu le penser, pour ne pas les effrayer.

« Vous me prenez sans doute pour un cinglé, mais ça m'est égal. Un artiste considère toujours que ses œuvres sont vivantes. Après avoir passé des années à dessiner des motifs abstraits, j'ai donné forme humaine à ma création. »

Bourne entendit un bruit, se figea derrière une statue. Puis il avança un instant la tête et perçut un léger mouvement dans l'obscurité : Arkadine avait trouvé le passage secret.

Bourne pensait avoir de meilleures chances de l'emporter ici que dans l'appartement. La pénombre serait son alliée : il connaissait la disposition des lieux, pourrait frapper le premier et prendre le tueur par surprise.

Cette stratégie en tête, Bourne contourna la statue, puis s'avança vers le Russe à pas feutrés. La pièce était comme un champ de mines. Il y avait trois mannequins entre Arkadine et lui. Le premier était assis, une petite toile entre les mains, comme s'il lisait un livre. Un autre ressemblait à un coureur saisi en pleine course, buste penché vers la ligne d'arrivée. Et le dernier avait la position du tireur, debout, jambes écartées.

Bourne arriva à hauteur du sprinteur. Arkadine, accroupi, attendait que ses yeux s'habituent à l'obscurité pour bouger. Bourne avait fait de même quelques minutes plus tôt. Le Russe lui apparut de nouveau comme son double : un autre lui-même, décidé à tuer.

Il accéléra le pas afin de couvrir la distance qui le séparait de son ennemi. Il dépassa le tireur sans bruit, et il allait fondre sur Arkadine quand la sonnerie de son portable retentit. Le numéro de Moira s'afficha sur l'écran, qui s'illumina.

Il bondit. Arkadine se tourna vers la source sonore et Bourne rencontra un paquet de muscles animé par une volonté folle de le détruire. Il heurta la hanche du mannequin de plein fouet. Enragé, il lui planta son couperet dans le bras. La lame traversa la peau en acrylique et alla se loger dans la feuille d'acier. Bourne balança un coup de pied à son adversaire, qui essayait de libérer la lame, et le toucha à la poitrine. Puis dans un effort surhumain il fit basculer sur lui le lourd mannequin. Arkadine partit à la renverse et resta coincé dessous.

— Votre ami ne m'a pas laissé le choix, dit-il. Il m'aurait tué si je n'avais pas réagi le premier.

Arkadine émit un son crépitant. Bourne ne comprit pas immédiatement qu'il s'agissait d'un rire.

— Avant de mourir, Micha vous a dit que je vous tuerais, n'est-ce pas ?

Bourne allait répondre, mais il vit briller un Sig Mosquito dans la main de son adversaire. Il se coucha. La balle de 22 lui passa au-dessus de la tête.

— Il avait raison, ajouta Arkadine.

Bourne fit volte-face. Courbé en deux, il se faufila entre les statues, qu'il utilisa pour rester à couvert. Trois balles lui sifflèrent aux oreilles. Des miettes de plâtre tombèrent à côté de lui, comme il plongeait derrière l'établi. Arkadine râlait, essayant de se dégager du poids du mannequin.

Bourne savait que la porte se trouvait sur sa gauche. Il se redressa, passa le coin du mur en sprintant. Un autre coup partit.

Il ouvrit la porte, bondit dans le couloir. L'entrée de l'appartement apparut un instant dans son champ de vision.

*

— Nous n'arriverons à rien sous la menace des armes, remarqua Icoupov. Réglons la situation de façon rationnelle.

— Non, dit Devra. La vie n'a rien de rationnel. C'est un ignoble chaos. Vous pensez tout contrôler, mais vous vous trompez. Vous ne maîtrisez rien de plus que les autres.

— Vous ne savez pas ce que vous faites. Un meurtre a toujours des conséquences. Si vous tuez Bourne, il y aura des répercussions terribles !

— Pour vous, pas pour nous. Encore un vice des puissants : ne penser qu'à ses propres intérêts.

Puis ils entendirent les coups de feu – le Mosquito d'Arkadine, songea Devra. Elle vit le doigt d'Icoupov se crisper sur la détente du SIG, et se plaça en position de tir, genoux fléchis. Si l'Américain paraissait le premier, elle le tuerait.

La situation arrivant à son paroxysme, Icoupov prit peur.

— Devra, réfléchissez avant de tirer ! Leonid n'a pas tous les éléments. Bourne doit rester vivant. Ce qu'il a fait à Micha est abominable, mais oublions nos sentiments personnels. Tous ces efforts, tous ces morts n'auront servi à rien si Leonid tue Bourne. Laissez-moi négocier. Je vous donnerai ce que vous voudrez. Tout ce que vous voudrez !

— Vous pensez pouvoir m'acheter ? L'argent n'a aucune valeur pour moi. C'est Leonid que je veux.

Devra dit cela au moment où Bourne émergeait du couloir.

Elle fit volte-face et hurla, croyant Arkadine mort, et braqua aussitôt son arme sur lui.

Bourne repartit dans le couloir. Devra le suivit en tirant à plusieurs reprises, et manqua l'instant crucial où Icoupov dirigea le SIG dans sa direction.

— Je vous avais prévenue, dit-il en lui tirant une balle en pleine poitrine.

Devra tomba à la renverse.

— Pourquoi n'avez-vous pas écouté ? lança-t-il, en tirant une nouvelle fois.

Le corps de Devra fut secoué d'un spasme.

— Comment avez-vous pu vous laisser séduire par un monstre pareil ?

Elle leva vers lui des yeux injectés de sang. Chaque inspiration lui coûtait un flot de sang.

— C'est la question que je lui ai posée à propos de vous. Si Leonid est un monstre, alors vous êtes pire que lui.

La main de Devra se crispa. Icoupov, pris par son discours, ne la vit pas tirer. Une balle lui cisailla l'épaule droite. Il fut plaqué au mur sous l'impact, lâcha le SIG. La voyant réarmer son Luger, Icoupov quitta l'appartement au pas de course, dévala l'escalier, et se précipita dehors.

39.

Willard se relaxait dans le salon du personnel, adjacent à la bibliothèque. Il sacrifiait à son rituel du milieu de la matinée : lecture du *Washington Post* et café au lait. Son portable sonna, le numéro de son fils s'afficha. En réalité, ce n'était pas son fils qui l'appelait, mais seul Willard le savait.

Il reposa le journal, guetta l'apparition de la photo sur l'écran : deux hommes devant une église de campagne, le clocher tronqué par la partie supérieure du cadre. Il ignorait qui étaient ces gens, et où ils se trouvaient, mais peu importait. Le protocole secret offrait six choix possibles, et cette photo correspondait au choix trois : deux individus plus un clocher. Si ces gens s'étaient trouvés devant une voûte, Willard aurait effectué une soustraction, deux moins un, au lieu d'une addition. Il disposait de divers indices visuels. Un immeuble en brique, par exemple, impliquait de diviser par deux le nombre de personnes ; un pont, de le multiplier par deux, et ainsi de suite.

Willard effaça le cliché, prit la troisième partie du *Post* et attaqua le premier article de la page trois. Il partit du troisième mot, et entreprit de déchiffrer le message qui lui donnerait la marche à suivre. Tandis qu'il avançait dans sa tâche, substituant certaines lettres à d'autres, l'agent dormant sentit l'émotion monter. Il avait été les yeux et les oreilles du Vieux pendant trente ans, et sa mort l'avait beaucoup affligé. Puis il avait assisté, impuissant, à la dernière tentative d'annexion de ses services par Luther La Valle, et attendu de voir, pendant des mois, une nouvelle photo s'afficher sur l'écran de son portable. Pourquoi Hart ne l'avait-elle pas sollicité ? Ignorait-elle son existence ? Cette dernière hypothèse paraissait vraisemblable, surtout après la mésaventure de Soraya Moore et de son complice, toujours incarcéré sur le pont inférieur, nom que donnait Willard aux salles de torture du sous-sol. Il avait fait ce qu'il avait pu pour le jeune Tyrone, même si ce n'était pas grand-chose. Cela dit, même l'espoir le plus infime, savoir qu'on n'est pas seul, suffit à redonner courage à un cœur vaillant, et s'il savait juger un homme, Tyrone était un cœur vaillant.

Willard avait toujours voulu devenir acteur : il avait adulé Lawrence Olivier pendant des années. Mais même dans ses rêves les plus fous, il n'avait pas imaginé faire un jour carrière dans le monde du renseignement. Un soir où il paraissait sur scène, avec la troupe de son université, dans le rôle d'Henri V, il se vit proposer un emploi d'agent dormant par le Vieux, qui lui avoua par la suite recruter dans les milieux les plus divers.

Après avoir achevé son décryptage, Willard remercia les pouvoirs en place de ne pas l'avoir mis à l'écart après la mort du Vieux. Il retrouva les émotions familières à son personnage, même s'il n'avait pas foulé les planches depuis plus de trente ans. Encore une fois, on lui confiait un grand rôle, qu'il endossait avec bonheur.

Willard replia le journal, le glissa sous son bras, puis il prit son téléphone et sortit du salon. Il lui restait vingt minutes de pause, ce qui suffisait pour accomplir sa mission : retrouver le numérique de Tyrone. Il passa un instant la tête dans la bibliothèque, regarda si La Valle était toujours assis en face de Soraya. Rassuré sur ce point, il s'éloigna dans le couloir.

C'était Alex Conklin qui lui avait appris son métier. Connu pour entraîner les agents destinés à tuer, Conklin se chargeait également des taupes. Willard passa un an avec lui, sans jamais paraître au QG de la CIA, ce qui allait ensuite faciliter son entrée à la NSA, et le placer au-dessus de tout soupçon. Il fut l'une des recrues de Treadstone, projet ultrasecret dont la plupart des agents ignoraient l'existence.

Ces souvenirs lui revinrent en mémoire, tandis qu'il longeait les couloirs du domaine secret de la NSA. Il croisa plusieurs agents en chemin, et songea qu'il avait accompli son devoir à la perfection : incarner un homme d'apparence insignifiante, mais indispensable.

Il savait où se trouvait l'appareil de Tyrone, car il avait assisté à la conversation entre Kendall et La Valle, lorsqu'il s'était agi de dissimuler les preuves. Cependant Willard l'aurait découvert : l'objet incriminant ne pouvait quitter l'enceinte de la maison, pas même sur la personne de La Valle, sans qu'on ait d'abord transféré les photos sur le serveur informatique du site, ou qu'on les ait effacées du disque dur de l'appareil. Ce qui avait peut-être été fait, mais semblait peu probable. Kendall avait quitté les lieux avant que l'appareil n'entre en possession de la NSA. Quant à La Valle, il s'échinait à coincer Bourne, et menaçait Soraya Moore à cette fin.

Willard savait tout de lui : il avait lu les dossiers de Treadstone, y compris ceux qu'on avait détruits, car les informations qu'ils contenaient avaient fini par représenter un risque pour Conklin et la CIA. Il connaissait des éléments de Treadstone que même son ancien patron avait ignorés. Telle était la méthode Conklin, pour qui le « secret » était sacro-saint. Quant au but ultime de Treadstone, cela resterait un mystère à jamais.

Willard inséra son passe dans la serrure du bureau de La Valle, puis composa le code – il gardait en mémoire tous les codes d'accès de la maison. La porte s'ouvrit vers l'intérieur, et il entra d'un mouvement furtif, puis referma à clé derrière lui.

Il se dirigea vers la table de travail, en ouvrit chaque tiroir dans l'espoir de trouver un double-fond. N'ayant rien vu, il inspecta la bibliothèque, puis le petit buffet, avec ses dossiers suspendus et ses bouteilles d'alcool. Il souleva les cadres des gravures, pour chercher des cachettes sur l'envers, mais ne découvrit rien.

Willard s'assit sur un coin du bureau et parcourut la pièce du regard. Il balança sa jambe d'avant en arrière, tout en réfléchissant à une cachette plausible. Et soudain, le meuble sonna creux contre sa chaussure. Il redescendit d'un bond, contourna le bureau, puis se glissa dans l'ouverture centrale. Il cogna doucement le panneau du fond, qui reproduisit le même son. Il y avait là un vide secret.

A tâtons, Willard finit par trouver le minuscule verrou. Il le poussa et ouvrit le panneau mobile. L'appareil de Tyrone était là. L'agent allait s'en emparer lorsqu'il entendit un bruit métallique.

La Valle était en train d'ouvrir la porte.

— Dis-moi que tu m'aimes, Leonid Danilovitch.

Devra lui sourit, comme il s'agenouillait à côté d'elle.

— Qu'est-ce qu'il s'est passé, Devra ? Qu'est-ce qu'il s'est passé ?

Ce fut tout ce qu'il parvint à dire.

Arkadine avait réussi à se dégager, puis il avait foncé dans le séjour quand avaient retenti les détonations. Le sang avait éclaboussé les murs, et Devra gisait dans une mare rouge, le Luger dans la main.

— Leonid Danilovitch, souffla-t-elle.

Il venait d'apparaître dans son champ de vision déjà rétréci.

— Je t'attendais !

La jeune femme commença à lui raconter ce qui s'était passé, mais des bulles de sang apparurent aux coins de sa bouche. Arkadine souleva sa tête, la posa avec précaution sur ses genoux. Il repoussa ses cheveux collés sur son front et ses joues, qui laissèrent des traînées rouges, comme une peinture de guerre.

Devra voulut continuer, mais se tut. Son regard se brouilla, et il crut l'avoir perdue. Puis ses yeux s'éclaircirent, son sourire revint, et elle dit :

— Tu m'aimes, Leonid ?

Le tueur se pencha sur elle et lui glissa quelques mots à l'oreille. Etait-ce « Je t'aime » ? Possible. Peu importe : il avait promis de la protéger et il avait échoué. Il fixa les yeux de Devra, le sourire de Devra, mais il ne vit, encore une fois, que des images de son passé.

— Il me faut plus d'argent, déclara Helena, un soir, lovée contre lui.

— Pour quoi faire ? Je t'en donne assez comme ça.

— Je ne supporte plus d'être ici. C'est comme une prison ! Les filles pleurent à longueur de journées, on les bat, et après je ne les revois pas. Avant je me faisais des amies, je discutais, mais maintenant je ne parle plus à personne. A quoi bon ? Elles disparaissent toutes au bout d'une semaine !

Ce besoin insatiable de filles nouvelles, chez Kouzine, préoccupait d'ailleurs Arkadine.

— Quel rapport avec l'argent que je te donne ?

— Si je n'ai plus d'amies, dit Helena, je veux de la drogue.

— Pas de drogue, Helena, je te l'ai déjà dit, grinça Arkadine.

Il rompit leur étreinte, s'assit au bord du lit.

— Si tu m'aimes, tu me sortiras d'ici.

— Si je t'aime ?

Il se retourna, la dévisagea.

— Qui a parlé d'amour ?

Helena se mit à pleurer.

— Je veux vivre avec toi, Leonid. Je ne veux plus te quitter !

Sentant sa gorge se serrer, Leonid se leva, et se rhabilla.

— Bon sang, dit-il, mais où tu vas chercher des idées pareilles ?

Il l'abandonna à ses pleurs, et s'en fut chercher d'autres proies. Stas Kouzine l'intercepta juste avant qu'il n'atteigne l'entrée du bordel.

— Les sanglots d'Helena perturbent les autres filles, dit-il. C'est mauvais pour les affaires.

— Elle veut s'installer avec moi, dit Arkadine. Tu imagines ?

Kouzine éclata de rire : un son qui rappelait des ongles crissant sur un tableau noir.

— Je me demande ce qui serait le pire, dit-il. Une femme qui insisterait pour savoir où tu passes tes nuits, ou ces gamines qui piaillent et t'empêchent de dormir.

Ils s'esclaffèrent, et Arkadine n'y pensa plus. Il travailla sans relâche trois jours durant, écumant la ville de Nijni Taguil à la recherche de nouvelles filles, afin de renouveler le stock du bordel. Là-dessus il dormit vingt heures d'affilée, puis alla directement voir Helena. Dans sa chambre, il trouva une autre adolescente, qu'il avait emmenée de force, deux jours plus tôt.

— Où est Helena ? demanda-t-il en arrachant les couvertures.

La gamine le regarda, éberluée, comme une chauve-souris en plein jour.

— C'est qui Helena ? fit-elle, la voix engluée de sommeil.

Arkadine sortit de la chambre, gagna le bureau de Stas Kouzine. Assis derrière une table en métal gris, il fit signe à Arkadine de s'asseoir pendant qu'il terminait son coup de fil. Mais il préféra rester debout, agrippa une chaise en bois pour s'accouder au dossier.

Kouzine finit par raccrocher.

— Que puis-je pour toi, mon ami ?

— Où est Helena ?

— Qui ça ?

Il fronça ses épais sourcils, ce qui le fit ressembler à un cyclope.

— Ah, oui, la brailleuse.

Il sourit.

— Elle ne t'embêtera plus.

— Comment ça ?

— Pourquoi poser une question dont tu connais déjà la réponse ?

Le téléphone sonna, Kouzine répondit.

— Ne quittez pas, dit-il dans le micro.

Puis il leva les yeux vers son associé.

— Ce soir, on fête ta libération, Leonid Danilovitch. Une vraie soirée entre hommes, d'accord ?

Puis il reprit sa communication.

Le temps se figea – et Arkadine se vit condamné à revivre ce moment jusqu'à la fin de ses jours. Sans un mot, il sortit du bureau, puis de l'immeuble qu'il possédait à parts égales avec Kouzine. Sans même avoir conscience de ce qu'il faisait, il monta dans sa voiture. Il partit vers le nord, roula jusqu'à la forêt de sapins. Il n'y avait pas de soleil. Les hauts fourneaux se dressaient dans le ciel. Une brume rouge vif flottait au loin, dans l'air saturé de soufre et de carbone.

Le jeune homme se gara dans le chemin de traverse et finit à pied, suivant la route empruntée par la camionnette, quelques mois plus tôt. Puis il se mit à courir entre les sapins, et l'odeur de la mort se faisait de plus en plus présente, comme si elle venait à sa rencontre.

Il s'arrêta au bord de la fosse. On avait versé de la chaux vive par endroits. Son regard flotta sur les corps, jusqu'à ce qu'il la voie. Helena gisait repliée sur elle-même, à l'endroit où elle était tombée quand on l'avait poussée, d'un coup de pied, dans le charnier. Trois gros rats avançaient dans sa direction.

Tétanisé par l'horrible spectacle, Arkadine émit un bruit rappelant le jappement d'un chiot dont on aurait écrasé la patte. Les yeux remplis de larmes, il se laissa glisser le long de la paroi. Ignorant la puanteur, il remonta Helena, puis la posa sur le sol de la forêt, un lit d'aiguilles de pin aussi doux que le sien. Après quoi il retourna à sa voiture, ouvrit le coffre, et sortit une pelle.

Il l'enterra à un kilomètre de la fosse, dans une clairière paisible et difficile d'accès. Il la porta sur son épaule tout le long du chemin, et lorsqu'il eut fini son triste ouvrage, il empestait la mort. Accroupi, le visage ruisselant de sueur, il se demanda s'il se déferait jamais de cette odeur. S'il avait su une prière par cœur, il l'aurait dite, à ce moment-là. Mais il ne connaissait que des obscénités, qu'il proféra avec ferveur. La ferveur du damné.

Un homme d'affaires aurait pris la décision qui s'imposait. Arkadine réagit à l'instinct, et scella sa destinée. Il retourna à Nijni Taguil, ses deux Stechkins chargés, des munitions plein les poches. Arrivé au bordel, il monta l'escalier et tua les deux brutes qui surveillaient l'entrée, sans leur laisser le temps de dégainer. Stas Kouzine apparut dans l'embrasure de la porte, une arme à la main.

— Mais qu'est-ce que tu fous, Leonid ?

Ce dernier lui tira une balle dans chaque genou. Kouzine s'écroula en hurlant, et voulut braquer son revolver sur son associé, qui lui écrasa le poignet avec sa chaussure. Il laissa échapper un grognement de douleur, mais ne lâcha pas son arme. Arkadine lui donna un coup de pied dans le genou. Le cri fit sortir les dernières filles de leurs chambres.

— Fuyez ! leur lança Arkadine, sans quitter Kouzine des yeux. Prenez votre argent, retournez dans vos familles. Parlez-leur de la fosse remplie de chaux, au nord de la ville.

Elles partirent en courant, et l'on n'entendit plus un bruit.

— Salaud ! s'écria le mafieux.

Arkadine ricana et lui tira dans l'épaule droite. Puis il rengaina les Stechkins et se dirigea vers l'escalier, tirant la brute affaiblie derrière lui. Il descendit les marches, émergea à l'air libre. L'une des camionnettes de Kouzine s'arrêta devant eux dans un crissement de pneus. Arkadine vida ses deux chargeurs dessus. Le pare-brise éclata, le véhicule tressauta. Puis le klaxon retentit, actionné par le chauffeur tombé mort sur le volant. Personne ne sortit.

Arkadine traîna Kouzine jusqu'à sa voiture et le balança sur la banquette arrière. Il quitta la ville, reprit le chemin de la forêt et tourna dans le sentier criblé d'ornières. Arrivé au bout, il arrêta la voiture. Il amena l'ordure jusqu'au bord de la fosse.

— Va te faire foutre, Arkadine ! Va te...

Arkadine lui tira à bout portant dans l'épaule gauche, fracassant l'articulation, puis il envoya Kouzine rejoindre ses victimes.

Du sang coulait de sa bouche.

— Tue-moi ! hurla-t-il. Tu crois que j'ai peur de mourir ? Vas-y, tire !

— Ce n'est pas à moi de te tuer, Stas.

— Je te dis de tirer, bordel. Finis ce que t'as commencé !

Arkadine lui désigna les cadavres d'un geste.

— Tu mourras dans les bras de tes victimes, l'écho de leurs malédictions dans les oreilles.

— Et tes victimes à toi, alors ? hurla Kouzine, comme Arkadine s'éloignait. Tu mourras étouffé dans ton propre sang !

Il ne lui prêta aucune attention. Il monta dans sa voiture, sortit de la forêt. Il commençait à pleuvoir, des gouttes couleur de plomb, pareilles à des balles tombant d'un ciel ensanglanté. Les hauts fourneaux se mirent en marche dans un bruit de canonnade. On allait lui faire la peau, à présent. A moins qu'il ne réussisse à quitter Nijni Taguil, autrement que dans une housse à cadavres.

40.

— Où es-tu, Jason ? s'enquit Moira. Ça fait un moment que j'essaie de te joindre.

— A Munich.

— Oh, génial ! Il faut que je te voie.

Elle semblait essoufflée.

— Dis-moi où tu es. Je viendrai à ta rencontre.

— Je me dirige vers le Jardin anglais, répondit Bourne tout en surveillant les alentours du coin de l'œil.

— Qu'est-ce que tu fais à Schwabing ?

— C'est une longue histoire. Je te raconterai quand on se verra.

Il consulta sa montre.

— J'ai rendez-vous avec Soraya à la pagode dans dix minutes. Elle a du nouveau sur l'attentat de la Légion noire.

— Moi aussi. C'est curieux.

Bourne pressa le pas, traversa la rue, toujours aux aguets.

— Je te retrouve sur place, dit Moira. Je suis au volant, là. J'y serai dans un quart d'heure.

— Je préfère qu'on se voie plus tard.

Bourne ne voulait pas exposer son amie au danger.

— Je t'appelle dès que j'ai fini et on pourra...

Il parlait dans le vide : la jeune femme avait coupé la communication. Bourne rappela, tomba sur le répondeur. Il eut un geste d'énervement.

Il arrivait aux abords du Jardin anglais, deux fois plus grand que Central Park. Cet espace vert, traversé par l'Isar, comptait des pistes cyclables, de vastes pelouses et de nombreux bosquets. La pagode se trouvait au sommet d'une petite colline, et abritait un Biergarten.

Bourne approchait du lieu du rendez-vous, songeur. Soraya avait donc de nouvelles informations sur l'attentat, et Moira aussi. Etrange. Quelque chose l'avait gêné dans cet échange avec Soraya, mais il ne voyait toujours pas quoi.

Il se trouva ralenti par les hordes de touristes – diplomates américains, enfants munis de ballons ou de cerfs-volants. Une foule d'étudiants s'était arrêtée devant la pagode pour manifester contre des réformes dans les programmes.

Il força un peu le passage, croisa un gamin avec sa mère, puis une famille nombreuse en survêtement. Le garçonnet regarda Bourne, qui lui sourit. Puis il se détourna, essuya le sang qui maculait son visage et coulait encore de ses blessures.

— Non, tu n'auras pas de saucisses, dit la mère à l'enfant, avec un fort accent anglais. Tu as été malade toute la nuit.

— Mais maman, répliqua le petit, je me sens guéri. Pas de problème.

« Pas de problème. » Bourne s'arrêta net, se frotta la tempe du plat de la main. « Pas de problème... » Soraya ! « Salut, c'est moi, Soraya », avait-elle dit. Puis : « En fait, je suis à Munich. » Et juste avant de raccrocher, elle avait ajouté : « Je peux y être. Pas de problème. Et toi ? »

Ces phrases lui rappelaient quelque chose, mais quoi ? Il se creusait les méninges, se laissant bousculer par les passants.

Puis il vit Moira. Elle se hâtait en direction de la

pagode, l'abordant par la direction opposée. Elle paraissait soucieuse. Pourquoi ? Qu'avait-elle découvert ?

Bourne tendit le cou, essaya de repérer Soraya dans la foule d'étudiants. Et soudain il se souvint.

« Pas de problème. »

Il avait déjà eu cette conversation avec elle. Où cela ? A Odessa !

« Salut, c'est moi », dit avant son nom, signifiait qu'elle s'exprimait sous la contrainte. « En fait », placé devant un lieu où elle était censée se trouver, qu'elle ne s'y trouvait pas. « Pas de problème », qu'il s'agissait d'un piège.

Bourne regarda la pagode, le cœur battant. Moira fonçait droit dedans.

La porte s'ouvrit. Willard se figea, à quatre pattes sous le bureau. Des hommes parlaient. Il reconnut la voix de La Valle, retint son souffle.

— C'est pas compliqué, déclara ce dernier. Tu m'envoies les chiffres par e-mail, et je les regarde dès que j'en ai fini avec Soraya Moore.

— D'accord, lança Patrick, l'un de ses assistants, mais vous devriez retourner dans la bibliothèque. Cette femme fait un sacré foin.

La Valle poussa un juron, s'approcha du bureau, remua des papiers. Peut-être cherchait-il un dossier. Il eut une exclamation satisfaite, retraversa la pièce. Puis il sortit avec Patrick, et referma la porte derrière lui. Willard attendit que la clé tourne dans la serrure pour souffler l'air qu'il retenait dans ses poumons.

Il alluma l'appareil photo, pria pour que les clichés n'aient pas été effacés. Et il les trouva, tous, comme autant de preuves incriminant La Valle et ses subordonnés. Il connecta l'appareil à son portable par Bluetooth, et y enregistra les photos. Puis il sélectionna

« Oren », le nom de son fils, dans le répertoire, et envoya les photos en une seule fois, afin de ne pas alerter le serveur de la sécurité : les adresser une par une à son correspondant aurait nécessité autant de coups de fil que d'envois.

Willard put enfin s'asseoir et prendre une grande inspiration. Mission accomplie. Les photos se trouvaient à présent entre les mains de la CIA, où elles feraient leur office et causeraient la chute de La Valle et de son administration. Il jeta un coup d'œil à sa montre, mit l'appareil dans sa poche, referma le compartiment secret, puis sortit de sa cachette.

Quatre minutes plus tard, soigneusement recoiffé, son uniforme brossé, il servait un Ceylan à Soraya Moore, et un whisky pur malt à La Valle. Madame Moore le remercia. Le second l'ignora, comme chaque fois.

Moira ne l'avait pas vu. Bourne ne pouvait pas l'appeler, car sa voix ne porterait pas dans une telle cohue. Il repartit vers l'extérieur, dans l'idée de la rattraper par l'autre côté. Il tenta de la joindre sur son portable, mais soit elle ne l'entendait pas sonner, soit elle ne voulait pas répondre.

Bourne aperçut les agents de la NSA au moment où il s'extrayait de la mêlée. Ils avançaient de concert vers le centre de la manifestation, qui battait désormais son plein. Ils ne l'avaient pas encore repéré, mais Moira se trouvait près d'eux, et d'autres étaient sans doute prêts à l'encercler. Il resta en retrait. Bourne dut se frayer un chemin dans la cohue.

Comme il approchait des hommes de La Valle, Bourne finit par découvrir l'origine des cris et de l'agitation : un groupe de skins semait la panique, brandissant des poings américains et des battes de base-ball, des croix gammées tatouées sur les bras. Ils commencèrent à frapper, et Bourne se précipita pour protéger Moira. Mais alors qu'il fondait sur elle, un agent de la NSA se retourna et le reconnut. L'homme fit volte-face, alerta ses collègues dans son micro. Ils étaient venus pour l'abattre, songea Bourne.

Il agrippa Moira par le bras, mais son agresseur le tenait, et le tira à lui, espérant sans doute l'immobiliser le temps que les autres accourent. Bourne lui donna un coup sous le menton. La tête de l'agent partit en arrière, il s'écroula sur un groupe de skins qui le tabassèrent, se croyant attaqués.

— Jason ! Mais qu'est-ce qui t'est arrivé ? s'exclama Moira.

Il l'entraîna hors de la foule.

— Où est Soraya ? s'enquit-elle.

— Elle n'est pas là. C'était un piège de la NSA.

Il l'emmena à l'écart. Alors qu'ils s'éloignaient, il repéra trois autres agents, et repoussa Moira vers le cœur de la manifestation.

— Mais qu'est-ce que tu fais ? lança-t-elle. On va droit dans le piège !

— Fais-moi confiance.

Il mit le cap sur l'un des points chauds où les skins se battaient avec les étudiants.

Un agent de la NSA cognait dans le tas. Bourne voulut rebrousser chemin, mais un mouvement de foule le plaça nez à nez avec l'autre, qui hurla son nom dans le micro. Bourne lui donna un coup de pied dans le genou. L'homme vacilla, mais réussit à dégainer. Bourne arracha une batte des mains d'un skin et frappa le type sur la main. L'arme tomba.

Là-dessus, Moira s'écria :

— Ils arrivent, Jason !

Le piège se refermait sur eux.

41.

Luther La Valle, au supplice, attendait le coup de téléphone du commando allemand chargé d'arrêter Bourne. Assis à sa place habituelle, face à la fenêtre, il contemplait les vastes pelouses, que jouxtait une allée bordée de chênes. Après avoir remis Soraya à sa place, il s'efforçait de l'ignorer, ainsi que Willard, qui avait renoncé à lui proposer un autre whisky. Il n'avait plus envie de boire, ni d'entendre les revendications de Moore. Tout ce qu'il souhaitait, c'était qu'on lui annonce la capture de Jason Bourne.

La Valle avait les nerfs tendus comme les cordes d'un violon. Et envie de hurler, de cogner quelqu'un. Il s'était jeté sur Willard comme un missile, lorsque l'intendant, servile, lui avait proposé un verre pour la troisième fois. Et Soraya Moore qui sirotait son thé en toute quiétude !

D'un geste brusque, il lui arracha la tasse et la soucoupe des mains, qui rebondirent sur l'épaisse moquette, avec ce qu'il restait du thé. Il jaillit de son siège, écrasa rageusement la porcelaine du talon, la réduisant en miettes. Conscient d'être observé, il lança d'un ton sec :

— Quoi ? Qu'est-ce que vous regardez ?

Son portable sonna. Il s'en empara avec un air de triomphe. Mais c'était le garde, à la grille, et pas le leader des agents munichois.

— Désolé de vous déranger, monsieur, dit l'homme, mais la directrice de la CIA est là.

— Quoi ? s'écria La Valle, terrassé par la déception. Empêchez-la d'entrer !

— Je crains que ce ne soit pas possible, monsieur.

— Bien sûr que si !

La Valle se mit à la fenêtre.

— C'est un ordre !

— Elle est accompagnée d'une horde d'agents, annonça le garde. Ils se dirigent vers le bâtiment principal.

C'était vrai. La Valle vit le convoi remonter l'allée. Furieux, il resta sans voix. Comment Hart osait-elle envahir ainsi son sanctuaire ! Il allait la jeter en prison pour un tel outrage !

Il sursauta : Soraya Moore s'était levée et lui souriait d'un air impertinent.

— C'est la fin pour vous, je le crains.

Bourne et Moira se trouvèrent pris dans le maelström. Ce qui avait d'abord été une simple manifestation se transformait en mêlée géante, d'où jaillissaient des cris, des invectives. Soudain retentit le bruit des sirènes de police, qui semblaient venir de partout à la fois. Pressé d'agir, l'homme qui se trouvait devant Bourne referma ses mains sur le cou de Moira.

— Lâchez la batte et suivez-moi ! gueula-t-il pardessus le vacarme. Sinon je lui tords le cou.

Bourne s'exécuta. Soudain, Moira mordit la main de l'agent. Bourne le cogna au plexus solaire et lui tordit le bras pour lui casser le coude. L'homme tomba à genoux avec un hurlement de douleur.

Bourne le fouilla, s'empara de son passeport et de son oreillette. Il lança le passeport à Moira, puis glissa l'émetteur-récepteur dans son oreille.

— Son nom, dit-il.

La jeune femme avait déjà ouvert le portefeuille.

— William K. Saunders.

— C'est Saunders, fit-il, s'adressant aux membres du commando. Bourne et la fille s'enfuient. Ils quittent la pagode, ils se dirigent vers le nord !

Puis il prit la main de Moira.

— Un vrai truc de pro, cette morsure, dit-il comme ils enjambaient l'homme à terre.

— Ça a marché en tout cas ! lança-t-elle en riant.

Ils fendirent la foule ; les agents couraient déjà dans la direction opposée. Un peu plus loin, le couple croisa une brigade d'intervention policière. Les hommes remontaient l'allée à petites foulées, semi-automatique en bandoulière. Ils passèrent devant Jason et Moira sans même leur accorder un regard.

La jeune femme consulta sa montre.

— A la voiture. On a un avion à prendre.

« Tiens bon. » Ces simples mots avaient suffi pour rendre des forces à Tyrone. Kendall n'était plus revenu, ni aucun des inquisiteurs. Ses repas lui avaient été apportés à intervalles réguliers – une nourriture normale, cette fois. Encore heureux : il n'aurait pas pu continuer à avaler ces céréales insipides.

Les moments durant lesquels il subissait la cagoule lui paraissaient de plus en plus brefs. Mais il n'aurait pu en jurer, n'ayant pas vraiment retrouvé la notion du temps.

« Tiens bon. » Quand il lut ces mots, il comprit que Soraya ne l'avait pas abandonné et que quelqu'un, dans cette maison, était de son côté.

Quelqu'un soutenait Tyrone. Pas le Tyrone du passé, qui errait dans sa cellule, bouillant de colère et persuadé de subir un juste châtiment. Ni celui que Deron avait sorti du ruisseau, ou que Soraya avait fasciné. Mais un homme nouveau, qui soudain forgeait son destin et trouvait sa voie : la CIA. Il entrerait aux services secrets, servirait son pays. C'était son destin, et sa couleur de peau n'avait rien à voir là-dedans.

Il allait communiquer avec son bienfaiteur, et sortir de là. Le meilleur moyen était de glisser un mot dans les restes d'un repas.

Tyrone regarda autour de lui pour chercher de quoi écrire. Puis il entendit le bruit des verrous. Kendall venait-il poursuivre sa torture mentale ? Lui envoyait-on le vrai bourreau ? Le prisonnier jeta un regard terrifié à la baignoire, le sang se figea dans ses veines. Puis il se retourna et vit Soraya dans l'embrasure de la porte, un sourire jusqu'aux oreilles.

— Mon Dieu ! s'exclama-t-elle, ça fait du bien de te retrouver !

*

— Quel plaisir de vous revoir, déclara Veronica Hart. Surtout dans ces circonstances.

Luther La Valle, debout dans la bibliothèque, tournait le dos à la fenêtre, lorsque la DCI entra, accompagnée de ses agents. Les personnes présentes dévisagèrent le chef de la NSA, puis sortirent, sur ordre des policiers fédéraux.

— Comment osez-vous ? explosa La Valle. Cette intrusion sera sanctionnée ! Dès que j'aurai avisé le secrétaire à la Défense de cette atteinte au protocole...

Veronica étala les photos des salles de torture sur la table.

— Vous avez raison, acquiesça-t-elle. De tels agissements sont inadmissibles et seront sanctionnés. Le secrétaire à la Défense se chargera lui-même d'y trouver le juste châtiment.

— Je fais ce que j'estime nécessaire pour protéger mon pays, déclara La Valle, crispé. Lorsqu'une nation est en guerre, des mesures extraordinaires s'imposent. Blâmez plutôt les laxistes de gauche, les gens comme vous.

L'homme était rouge brique.

— Il n'y a que moi qui puisse sauver l'Amérique !

— Asseyez-vous, lui ordonna Hart, très maîtresse d'elle-même, avant qu'un de mes policiers de gauche ne vous assomme.

Luther la fusilla du regard. Puis se posa sur son siège.

— On dirige son petit monde à son gré, sans tenir compte de la réalité. Et on croit que ça va durer, n'est-ce pas ? lança Veronica.

— J'assume tous mes actes. N'espérez pas me voir exprimer des regrets.

— Franchement, dit Hart, je n'attends rien de vous tant qu'on ne vous aura pas plongé dans cette baignoire.

La Valle blêmit.

— Ce serait une solution pour vous. Pas pour moi.

Elle replaça les photos dans leur enveloppe.

— Qui a vu ces clichés ? s'enquit le chef de la NSA.

— Toutes les personnes concernées.

— Dans ce cas nous en avons terminé, conclut-il, toujours aussi arrogant.

— Je ne pense pas, non, dit Hart en regardant vers l'entrée de la bibliothèque. Voilà Soraya et Tyrone.

Semion Icoupov était assis sur le perron d'un immeuble voisin. Son pardessus cachait le sang qui avait coulé de sa blessure. Le vieil homme n'avait donc pas attiré l'attention. Suite à l'hémorragie, il avait des vertiges et des nausées. Il ne parvenait plus à avoir les idées claires. Il regarda autour de lui, les yeux injectés de sang. Où était sa voiture ? Il lui fallait fuir, avant qu'Arkadine ne quitte l'immeuble et ne le repère. Icoupov avait sorti un tigre de la jungle, tenté de le domestiquer. Erreur fatale. Les tigres ne s'apprivoisent pas, et Arkadine n'échappait pas à la règle. Rien ni personne ne pourrait le changer : il resterait à jamais une machine à tuer dotée de capacités quasi surnaturelles. Icoupov avait tout de suite repéré ce don, et l'avait exploité, jusqu'au jour où le fauve s'était retourné contre lui. Il avait eu le pressentiment qu'il mourrait à Munich. Et voilà qu'il approchait de la fin.

Il regarda l'immeuble d'Egon Kirsch, ressentit une bouffée d'angoisse, comme si la mort allait jaillir et fondre sur lui. Il voulut se relever, mais retomba sur la pierre froide, terrassé par la douleur.

Les gens passaient sans le voir. La lumière baissa, et le ciel lui parut plus bas. Un brusque coup de vent amena la pluie, glacée comme de la neige fondue. Icoupov frissonna.

Soudain on cria son nom. Il tourna la tête, et aperçut la silhouette de cauchemar d'Arkadine, sur les marches de l'immeuble de Kirsch, ce qui lui donna la force de se relever. Icoupov tituba sur place, tandis que le tueur courait dans sa direction.

A cet instant, une Mercedes noire se rangea le long du trottoir. Le chauffeur en sortit, se précipita vers le vieillard. Il l'empoigna et l'entraîna jusqu'à la voiture. Le blessé se débattit, mais en vain. Il était très faible et se sentait au bord de l'évanouissement. Le chauffeur ouvrit la portière arrière, le poussa sur la banquette. Puis il se saisit d'un fusil d'assaut et menaça Arkadine, qui s'arrêta. Après quoi l'homme contourna la voiture, se mit au volant et démarra.

Tassé contre la portière, Icoupov peinait à respirer. Il geignait de douleur tandis que la Mercedes dérapait à chaque tournant. Il mit un certain temps à réaliser qu'il n'était pas seul à l'arrière. Il dut ciller plusieurs fois avant d'y voir clair.

— Salut Semion, lança une voix familière.

Et les yeux d'Icoupov s'ouvrirent en grand.

— Toi ! souffla-t-il.

— Ça fait un bail, hein ? dit Dominic Specter.

— L'Empire State Building, dit Moira, en examinant les plans que Bourne avait récupérés dans l'appartement d'Egon. Je n'arrive pas à croire que je me suis trompée.

Ils s'étaient arrêtés sur une aire d'autoroute, à proximité de l'aéroport.

— Comment ça, trompée ? demanda-t-il.

Son amie lui parla du défaut dans le logiciel dont l'avait avisée Hauser, l'ingénieur de chez Kaler.

Bourne réfléchit quelques instants.

— Si un terroriste mettait ce bug à profit pour prendre le contrôle des opérations, quel genre de dégâts ça pourrait donner ?

— Le pire.

— Amener le tanker à s'écraser sur le dock, à l'arrivée ?

Moira acquiesça.

— Et provoquer une fuite de gaz liquide ?

— Je pense, oui.

Bourne resta songeur.

— A supposer qu'il soit au courant de ce défaut, qu'il sache l'exploiter et reconfigurer le programme.

— Ça semble tout de même moins compliqué que de faire sauter un gratte-ciel en plein Manhattan.

Elle avait raison, bien sûr.

— L'avion qui transporte la pièce décolle dans une demi-heure, dit Moira après un bref coup d'œil à sa montre.

Elle remit le contact, sortit du parking.

— Il faut prendre une décision avant d'arriver à l'aéroport. On va à New York ou à Long Beach ?

— Depuis le début, je me demande pourquoi Specter et Icoupov tiennent autant à ces plans, dit Bourne.

Il fixa les feuillets parcourus de lignes bleues, comme si cela pouvait les inciter à livrer leurs secrets.

— Et pourquoi ils les ont confiés à Piotr, le fils de Specter. Un incapable entouré de voyous et d'amateurs.

— Et Dominic leur accordait sa confiance ?

— C'est le problème, oui, dit Bourne. Ça semble invraisemblable.

Moira lui lança un regard de côté.

— Alors ce réseau était bidon ?

— Sans doute. Mais Piotr n'en savait rien. Specter devait le manipuler.

— Dans ce cas, les plans aussi sont bidons.

— Je ne pense pas, non, et c'est là toute l'astuce. Mais si tu réfléchis posément, ce qui paraît impossible quand pèse la menace d'un attentat, tu comprends qu'un groupe de terroristes aurait peu de chances de pénétrer dans une tour aussi surveillée pour y placer des explosifs.

Bourne roula les plans.

— Je pense qu'il s'agit d'une belle manœuvre d'intoxication. On a laissé filtrer des informations vers Typhon, puis on a joué sur ma corde sensible pour que je m'engage par loyauté envers Specter : tout ça avait pour but de mobiliser les forces d'élite sur la côte Est, et non en Californie.

— La cible de la Légion noire serait donc le terminal de Long Beach ?

— Oui, dit Bourne. C'est sûr.

Tyrone se tenait devant La Valle, et le toisait de toute sa hauteur. Un lourd silence s'était abattu sur la bibliothèque quand il était apparu en compagnie de Soraya. Elle récupéra le portable de Luther, resté sur la table.

— Bien, dit-elle, avec un soupir de soulagement. Personne n'a appelé. Jason doit être sain et sauf.

Elle tenta de le joindre avec son propre téléphone, mais il ne répondait pas.

Veronica s'était levée à leur arrivée.

— Vous n'avez pas l'air en forme, Tyrone, déclara-t-elle. Un petit séjour au centre de formation de la CIA devrait arranger ça.

Hart lança un coup d'œil à Soraya.

— Tel que je vous connais, vous ne souffrirez pas de la rigueur de l'entraînement, et vous n'abandonnerez pas au bout de quinze jours comme la plupart des recrues.

— Non, madame, c'est sûr, acquiesça-t-il.

Il ne quittait pas des yeux le chef de la NSA, ce que remarqua Veronica.

— Monsieur La Valle, dit-elle, il me semble juste que Tyrone décide de votre sort.

— Vous perdez l'esprit !

L'homme était au bord de l'apoplexie.

— Vous ne pouvez pas...

— Bien sûr que je peux, répliqua Veronica.

Elle se tourna vers le jeune homme.

— Cette décision vous appartient, Tyrone. Que le châtiment soit en rapport avec le crime.

Le grand Noir fixa La Valle, et lut dans ses yeux ce qu'il voyait toujours dans le regard des Blancs qui l'agressaient : un mélange néfaste de mépris, d'aversion et de peur. A une époque, cela le mettait en rage, mais ce sentiment était dû à un manque de lucidité sur lui-même : ce qu'il trouvait chez ces Blancs n'était peut-être que le reflet de ce que lui-même projetait sur eux. A présent, il allait cesser d'y répondre par la violence, s'il voulait changer l'image qu'il renvoyait.

Il regarda Soraya, vit qu'elle espérait une sanction

en rapport avec l'offense subie. Il se tourna alors vers La Valle.

— Je pense que l'affaire mérite d'être portée à l'attention des médias, déclara-t-il, et de générer une situation assez embarrassante pour faire réagir monsieur Halliday, le secrétaire à la Défense.

Veronica Hart ne put s'empêcher de rire. Elle rit aux larmes, et pensa aux paroles de Gilbert et Sullivan :

« Son idéal sublime, il réussira finalement/à trouver pour leur crime, le juste châtiment. »

42.

— Il semble que j'aie l'avantage, mon cher Semion.

Dominic Specter considéra Icoupov, qui essayait de se redresser et semblait souffrir.

— J'ai besoin de voir un médecin.

Le blessé ahanait, comme un vieux moteur gravissant une côte.

— C'est un chirurgien qu'il te faut, dit Specter. Mais on n'a pas le temps pour ça. Je dois partir pour Long Beach, et je n'ai pas envie de te laisser là.

— C'était mon idée, Asher.

Assis un peu plus droit, Icoupov avait repris des couleurs.

— Comme de faire appel à Piotr. De quoi est-ce que tu traitais mon fils, déjà ? Ah oui, de parasite.

— C'était un incapable. Un débauché. Il n'a jamais soutenu la cause. Savait-il seulement ce que ce mot signifiait ? Ça m'étonnerait.

— Tu l'as tué, Semion.

— Et toi tu as fait assassiner Iliev !

— Je pensais que tu aurais changé d'avis, dit Sever. Que tu l'avais mis sur Bourne pour tout lui balancer, et pas pour le tuer. Façon de contrôler la situation. Ne me regarde pas comme ça. C'est un raisonnement logique. Parce que, en fin de compte, nous aurons surtout été des ennemis.

— Tu es devenu paranoïaque, grinça Icoupov.

Et cependant, il avait bien eu l'intention de neutraliser Sever, après avoir perdu foi en son idée : associer Bourne à leur projet. Réticent dès le départ, il avait fini par se ranger à l'avis d'Asher. Comme la CIA ferait tôt ou tard appel à Bourne, ils avaient tout intérêt à les devancer : mieux valait l'avoir avec eux que dans le camp adverse.

— Nous sommes devenus méfiants tous les deux.

— Triste réalité, constata Icoupov, qui grimaçait de douleur.

De fait, ce qui avait fait leur force était aussi une faiblesse : personne, dans leurs camps respectifs, n'était au courant de leur alliance secrète. L'homme censé pourchasser la Légion noire était en fait son meilleur allié, et faisait tomber toutes les embûches qui auraient pu se dresser sur son chemin. Malgré tout, les deux hommes avaient parfois dû prendre des mesures plus agressives afin de rassurer les régimes ennemis pour lesquels ils travaillaient, et cela avait fini par saper, malgré eux, la confiance qu'ils avaient l'un en l'autre.

Ce climat de défiance ayant atteint son apogée, Icoupov tenta de le dissiper.

— Piotr s'est suicidé. De toute façon, c'était de la légitime défense : il avait engagé Arkadine pour m'éliminer. Qu'est-ce que j'aurais pu faire d'autre ?

— Il y avait d'autres solutions, Semion, rétorqua Sever. Mais ton sens de la justice se résume à la loi du talion. Et il semble que cette même justice se retourne à présent contre toi. S'il te retrouve, Arkadine te tuera.

Asher ricana.

— Je suis le seul qui puisse te protéger contre lui, à ce stade. Ironique, n'est-ce pas ? Tu tues mon fils, et maintenant j'ai pouvoir de vie et de mort sur toi.

— Nous avons toujours eu un pouvoir de vie et de mort l'un sur l'autre, lui rappela Icoupov, essayant de rétablir l'équité dans ce dialogue. Il y a eu des victimes des deux côtés. C'est triste mais c'est comme ça. Au fond tout s'équilibre. Sauf pour Long Beach.

— C'est bien le problème, renchérit Sever. Je viens de parler avec notre homme, Arthur Hauser. Il avait rendez-vous avec une employée de Black River, ce matin, et il a pris peur. Il lui a parlé du défaut dans le logiciel.

— Donc Black River est au courant.

— Si elle les a avertis, ils n'ont pas agi, remarqua Sever. Hauser m'a également dit qu'ils avaient rompu leur contrat avec NextGen. Ils n'assurent donc plus la sécurité du terminal.

— Qui les remplace ?

— Peu importe, grinça Sever. Le tanker est à moins d'une journée des côtes californiennes. Mon ingénieur à bord est prêt à passer à l'action. Reste à savoir si cette femme de Black River va prendre des mesures de son côté.

Icoupov fronça les sourcils.

— Et pourquoi interviendrait-elle en solitaire ? Tu connais Black River. Ils travaillent toujours en équipe.

— Exact, sauf que Moira Trevor devrait déjà se trouver en Syrie pour sa prochaine mission. Et elle est toujours à Munich, mes informateurs me l'ont dit.

— En congé, peut-être.

— Ou en train de s'organiser pour parer au défaut du logiciel.

Ils approchaient de l'aéroport, et Icoupov poursuivit, avec difficulté.

— Reste à savoir si elle se trouve à bord de l'avion de NextGen qui transporte la pièce d'amarrage au terminal.

Il eut un faible sourire.

— Tu as l'air surpris que j'en sache autant. J'ai mes espions, moi aussi.

Il chercha quelque chose dans son pardessus, respirant avec peine.

— On m'a envoyé un texto pour m'en informer, mais je ne retrouve pas mon portable.

Il regarda autour de lui.

— Il a dû tomber de ma poche quand ton chauffeur m'a traîné jusqu'à la voiture.

Asher eut un geste pour ignorer l'allusion.

— Peu importe. Hauser m'a donné tous les détails. Si nous arrivons à passer la douane, tout ira bien.

— J'ai des hommes à moi à la douane, déclara Icoupov.

Sever adressa un sourire à son vieil ennemi, empreint d'une cruauté qu'ils possédaient en commun.

— Tu vas enfin servir à quelque chose, mon cher Semion.

Arkadine trouva le portable d'Icoupov dans le caniveau, où il était tombé lorsqu'on l'avait poussé dans la Mercedes. Il résista au désir de le réduire en miettes, afin de connaître la teneur du dernier message reçu. Un texto, en l'occurrence, qui annonçait qu'un avion de NextGen allait décoller vingt minutes plus tard. Arkadine se sentit déchiré : il aurait voulu retourner auprès de Devra. Mais l'immeuble de Kirsch grouillait de policiers et les forces de l'ordre bloquaient déjà l'accès au pâté de maisons. Il s'efforça d'écarter Devra de ses pensées, Devra qui gisait sur le sol, ses yeux le fixant encore par-delà la mort.

« Tu m'aimes, Leonid ? »

Lui avait-il dit oui ? Il ne s'en souvenait pas. Sa mort lui apparaissait comme un rêve qu'il ne parvenait pas à interpréter. Cela signifiait sans doute quelque chose, mais quoi ?

« Tu m'aimes, Leonid ? »

Qu'il l'aime ou pas n'avait aucune importance. Et pourtant, pour elle, cela faisait toute la différence. Alors sans doute lui avait-il menti afin d'éclairer ses derniers instants, mais cette pensée lui transperçait le cœur, ou ce qu'il en restait.

Arkadine relut le message et sut qu'il trouverait Icoupov à l'aéroport. Il fit demi-tour, se dirigea vers la zone protégée par la police. Feignant d'enquêter pour l'*Abendzeitung*, il aborda un jeune agent en uniforme, et lui posa des questions précises sur la fusillade. Le flic n'avait aucune information, comme Arkadine s'y attendait. Mais peu importait : il avait pu franchir le cordon interdisant l'accès à l'immeuble, et s'adosser à une voiture de police pour procéder à sa fausse interview.

Finalement, le policier fut appelé ailleurs : avant de partir, il lui suggéra de se rendre à la conférence de presse de seize heures, afin de poser toutes les questions qu'il voudrait. Resté seul, Arkadine profita de la diversion provoquée par l'arrivée du médecin légiste pour ouvrir la portière côté conducteur et s'installer au volant. Les clés étaient déjà sur le contact. Il démarra, remonta la rue. Il mit la sirène dès qu'il arriva sur l'autoroute, et fila pied au plancher jusqu'à l'aéroport.

— Je pourrai te faire monter à bord sans problème, assura Moira, tandis qu'elle s'engageait sur la route à quatre voies qui menait au terminal de fret.

Elle s'arrêta devant la guérite du garde, lui montra sa carte de NextGen, puis continua vers le parking du terminal. Durant le trajet, elle s'était interrogée : devait-elle ou non dire à Jason pour qui elle travaillait réellement ? Un tel aveu revenait à violer une clause du contrat qui la liait à Black River. Et elle espérait que rien ne l'y obligerait.

Après avoir passé les contrôles de sécurité, ils arrivèrent sur le tarmac et s'approchèrent du 747. Une passerelle métallique reliait encore le sol à la porte de la cabine passagers. Le camion de Kaller Steelworks Gesellshaft était garé sous la queue de l'appareil, ainsi qu'un chariot élévateur. On montait les caisses contenant les diverses parties de la pièce d'amarrage dans la soute. Le chargement, très délicat, prenait plus de temps que prévu. Ni Kaller ni NextGen ne pouvaient se permettre une fausse manœuvre à ce stade.

Moira montra sa carte à l'un des membres de l'équipage, au pied de la passerelle. Le steward sourit, et leur souhaita la bienvenue à bord. Moira réprima un soupir de soulagement. Dans dix heures ils seraient à Long Beach, prêts à contrer l'attentat terroriste.

Mais comme ils pénétraient dans le Boeing, un homme s'interposa.

— Qu'est-ce que tu fais là, Moira ? dit Noah. Tu ne devrais pas être dans l'avion pour Damas ?

*

Manfred Holger, le douanier à la solde d'Icoupov, attendait à l'entrée des terminaux de fret. Il monta dans la Mercedes, et les trois hommes se dirigèrent vers les pistes. Semion l'avait joint avec le téléphone d'Asher. Holger avait fini sa journée, mais, par chance, il portait encore son uniforme.

— Il n'y a aucun problème, déclara-t-il sur ce ton zélé qui allait avec sa fonction. Nos écrans nous diront si elle a passé la douane.

— Cela ne suffira pas, remarqua Icoupov. Il se peut qu'elle voyage sous un faux nom.

— Très bien. Dans ce cas, je vais regarder les passeports.

Holger, assis à la droite du conducteur, se retourna vers Icoupov.

— Si je vois cette femme à bord, qu'est-ce que je fais ?

— Vous la faites descendre de l'avion, répondit aussitôt Sever.

Holger interrogea Icoupov du regard, qui hocha la tête. Le vieil homme avait le teint terreux.

— Amenez-la-nous, ajouta Asher.

Holger, muni de leurs passeports diplomatiques, leur avait rapidement fait passer les contrôles de sécurité. La Mercedes se trouvait à présent sur le tarmac. Le 747 aux couleurs de NextGen était encore à l'arrêt, car les hommes de chez Kaller n'avaient pas achevé de le charger.

Holger hocha la tête, sortit de la berline, puis se dirigea vers la passerelle.

— « *Kriminalpolizei* », lança Arkadine, au niveau du poste de contrôle des terminaux de fret. Nous avons toutes les raisons de croire qu'un homme coupable de meurtre se cache dans les parages.

Les gardes lui firent signe de passer : la voiture de police semblait une garantie suffisante. Arkadine traversa le parking, s'engagea sur le tarmac. Il vit alors le 747 en cours de chargement, et la Mercedes garée à proximité. Reconnaissant la voiture, il se rangea derrière. Pendant quelques minutes, il resta assis derrière le volant, à fixer la grosse berline.

Il y avait deux hommes à l'arrière. L'un était Semion Icoupov, de toute évidence. Arkadine hésita sur l'arme à utiliser pour abattre son ancien mentor : SIG Sauer, Luger, ou SIG Mosquito ? Tout dépendait du genre de blessure qu'il entendait infliger à Semion. Il avait tiré dans les genoux de Kouzine pour le voir souffrir, mais les circonstances étaient différentes. L'aéroport et le terminal adjacent grouillaient d'agents de sécurité. Ayant réussi à se propulser jusqu'ici, Arkadine préférait ne pas pousser sa chance. Ce meurtre devait être rapide et discret. Il tenait juste à regarder Icoupov dans les yeux quand il mourrait.

Contrairement à la fin de Kouzine, qu'il avait vécue comme dans un brouillard, cette exécution prenait tout son sens, revanche du fils sur le père. Cependant, lorsque Semion Icoupov avait volé à son secours sur la demande de Micha, Arkadine n'était plus un enfant. Cette réalité ne l'effleura pas : il avait toujours été l'image du père. Arkadine avait accepté ses jugements, adhéré à sa vision du monde, exécuté ses ordres sans réfléchir. Et maintenant il allait le tuer pour tous ces péchés.

*

— Quand j'ai vu que tu n'étais pas sur le vol pour Damas, j'ai eu le pressentiment que j'allais te trouver ici.

Noah Petersen dévisageait Moira, sans un regard pour Bourne.

— Je ne te laisserai pas voyager à bord de cet avion, Moira. Tu ne fais plus partie de la maison.

— Elle travaille toujours pour NextGen, n'est-ce pas ? dit Bourne.

— Qui est-ce ? s'enquit Petersen, sans quitter la jeune femme des yeux.

— Je m'appelle Jason Bourne.

Un sourire se dessina sur le visage de son interlocuteur.

— Tu ne nous as pas présentés, Moira, remarqua-t-il.

Il se tourna vers Bourne et lui tendit la main.

— Noah Petersen.

Bourne la lui serra.

— Vous savez qu'elle vous a menti ? dit Noah. Qu'elle a tenté de vous débaucher sous de faux prétextes ?

Noah tourna son regard vers la jeune femme, et fut déçu de la trouver parfaitement calme.

— Pourquoi aurait-elle fait ça ? demanda Bourne.

— Parce que je travaille pour Black River, répondit son amie, comme Noah. NextGen nous avait engagés pour veiller à la sécurité du terminal de gaz naturel liquéfié.

Noah accusa le coup.

— Ça suffit, Moira. Tu violes les clauses du contrat.

— Peu importe. J'ai quitté Black River il y a une demi-heure. On m'a nommée chef de la sécurité chez NextGen, alors c'est toi qui n'es pas le bienvenu sur ce vol.

Noah ne bougea pas, jusqu'à ce que Bourne avance vers lui. Alors il recula, s'engagea sur la passerelle. A mi-hauteur des marches, il se retourna.

— Quelle honte, Moira. Quand je pense que j'avais confiance en toi !

Elle ricana.

— Black River est une entreprise sans conscience, Noah. Comme toi.

Il la regarda un moment, puis se détourna. Il finit de descendre la passerelle, et traversa la piste à grands pas, sans voir la Mercedes et la voiture de police garée derrière.

*

Arkadine se décida pour le Mosquito, l'arme qui ferait le moins de bruit. La main droite refermée sur la crosse, il sortit de la voiture de police, puis se dirigea vers la Mercedes. Premier objectif : se débarrasser du chauffeur, qui servait aussi de garde du corps. Son Mosquito hors de vue, Arkadine cogna à la vitre, côté conducteur. L'homme ouvrit. Le tueur lui mit l'arme sur le front et tira. La tête du chauffeur partit en arrière, si violemment que les cervicales craquèrent. Arkadine ouvrit la portière, empoigna le mort, le balança sur le plancher. Il grimpa sur son siège, face aux deux hommes assis derrière. Et reconnut Asher : Icoupov lui avait un jour montré une photo de son vieil ennemi.

— Vous êtes au mauvais endroit au mauvais moment, lui dit-il avant de lui tirer une balle dans la poitrine.

Sever s'écroula, basculant vers l'avant, et Arkadine reporta son attention sur Icoupov.

— Vous ne pensiez tout de même pas m'échapper, père ?

Icoupov était sous le choc, entre cette attaque soudaine et la douleur qui lui cisaillait l'épaule.

— Pourquoi m'appelles-tu père, Leonid Danilovitch ? Ton père est mort depuis longtemps.

— Non, dit Arkadine, il est là, devant moi, comme un oiseau blessé.

— Un oiseau blessé, oui.

Avec effort, le vieil homme ouvrit son pardessus, dont la doublure apparut trempée de sang.

— Ta chérie m'a tiré dessus. J'ai tiré en légitime défense.

— On n'est pas au tribunal, ici. Tout ce que je sais, c'est qu'elle est morte.

Arkadine plaça le canon du Mosquito sous le menton de Semion, et lui releva la tête.

— Et que vous, père, vous êtes toujours vivant.

— Je ne te comprends pas.

Icoupov déglutit avec difficulté.

— Je ne t'ai jamais compris.

— Qu'aurai-je été pour vous, sinon un moyen d'arriver à vos fins ? J'ai tué chaque fois que vous me l'avez ordonné. Pourquoi ? Pourquoi ai-je fait cela, à votre avis ?

Icoupov resta muet, ne sachant comment échapper au jugement dernier.

— Parce que j'avais subi l'entraînement nécessaire pour le faire, déclara Arkadine. C'est pour ça que vous m'avez envoyé à Washington. Pas pour me guérir de mes rages meurtrières, comme vous le prétendiez, mais pour pouvoir en disposer à votre gré.

— Et alors ? fit Icoupov, qui avait retrouvé sa voix. A quoi d'autre pouvais-tu servir ? Quand je t'ai trouvé, tu étais au bord du suicide. Je t'ai sauvé, sale petite ordure ! Tu n'es qu'un ingrat !

— Pour me condamner à cette vie-là, qui n'est pas une vie. Je n'échapperai jamais à Nijni Taguil, je le sais maintenant.

Icoupov sourit, pensant avoir retrouvé l'avantage sur son protégé.

— Tu n'as pas intérêt à me tuer, Leonid Danilovitch. Je suis ton seul ami. Sans moi, tu n'es rien.

— Je ne suis rien depuis le début, conclut Arkadine au moment où il appuya sur la détente. Et maintenant, tu n'es plus rien non plus !

Là-dessus, il sortit de la Mercedes, puis se dirigea vers le tarmac où les employés de NextGen finissaient de charger leurs caisses. Il grimpa en douce sur le chariot élévateur, s'accroupit derrière la cabine de l'opérateur. Il attendit que la dernière caisse soit en place, et que les manœuvres ressortent de l'avion par l'escalier intérieur. Il sauta alors dans la soute, se cacha derrière une pile de conteneurs. Puis il s'assit, patient comme la mort, tandis que les portes se refermaient sur lui.

Bourne vit arriver l'homme en uniforme et sentit le danger : un douanier n'avait aucune raison de venir les interroger maintenant. Puis il reconnut le visage de l'employé. Il dit à Moira d'aller s'asseoir, et demeura dans l'embrasure de la porte, barrant l'accès de l'appareil à l'intrus.

— Contrôle des passeports, déclara le fonctionnaire, comme il montait les dernières marches de la passerelle.

— Les passeports ont déjà été contrôlés, mein Herr.

— Eh bien nous allons effectuer un deuxième contrôle.

L'homme tendit la main.

— Vos papiers, s'il vous plaît. Après je vérifierai l'identité des personnes présentes à bord.

— Vous ne me reconnaissez pas, mein Herr ?

— Ça suffit, dit le douanier en posant la main sur la crosse du Luger qu'il portait à la ceinture. Vous faites obstruction à la loi. Si vous ne présentez pas votre passeport et ne me laissez pas pénétrer dans l'avion, je vous mets en garde à vue !

— Voici mon passeport, mein Herr.

Bourne l'ouvrit à la dernière page, lui indiqua un coin de la couverture intérieure, au verso.

— Et voilà l'endroit où vous avez glissé un mouchard.

— Vous osez porter une telle accusation ? Vous n'avez aucune preuve de...

Bourne sortit l'émetteur miniature de sa poche.

— Je ne pense pas que vous soyez ici en mission officielle. C'est la personne qui vous a ordonné de placer ça dans mon passeport qui vous envoie. Et qui vous paie pour effectuer ce contrôle.

Bourne empoigna le coude du fonctionnaire.

— Allons à la douane. Nous verrons bien si l'ordre vient d'eux.

L'homme se raidit.

— Je ne vais nulle part avec vous. J'ai du travail !

— Moi aussi, dit Bourne.

Il fit descendre la passerelle de force à l'homme, qui posa la main sur son arme. Bourne le serra très fort au-dessus du coude, sur le nerf.

— Dégainez si vous voulez, dit-il. Mais ce ne sera pas sans conséquences.

Le douanier, qui jusque-là avait feint un détachement glacé, prit peur et le montra.

Il avait le visage livide et brillant de sueur.

— Qu'est-ce que vous voulez de moi ? demanda-t-il alors que Bourne marchait à ses côtés sur le tarmac.

— Amenez-moi à votre véritable employeur.

L'homme esquiva encore une fois.

— Vous ne pensez tout de même pas qu'il est là ?

— Jusqu'à ce que vous me posiez la question je n'en étais pas sûr. Mais maintenant je n'en doute plus.

Bourne le secoua.

— Allons-y.

Le douanier hocha la tête, l'air affligé. Sans doute envisageait-il son avenir immédiat. Il conduisit Bourne de l'autre côté de l'avion. Ils contournaient la queue de l'appareil, lorsque le camion de NextGen démarra, puis s'éloigna du Boeing. Bourne aperçut alors la Mercedes noire, et le véhicule de police arrêté derrière.

— D'où sort cette voiture de police ? s'exclama le douanier, prêt à fuir.

Bourne ne le lâcha pas d'une semelle. Les portières des deux véhicules étaient ouvertes, côté conducteur. Personne dans la voiture de police, mais un homme gisait sur le plancher de la Mercedes – le chauffeur.

Bourne ouvrit la portière arrière, et reconnut Icoupov, à qui il manquait le tiers supérieur de la tête. Son compagnon avait basculé contre le siège avant. Il le redressa doucement : Dominic Specter, alias Asher Sever. Et tout devint clair. Sous couvert d'inimitié, les deux hommes étaient alliés. Ce qui expliquait pourquoi il n'avait jamais pu savoir lequel des deux appartenait à la Légion noire.

Asher paraissait petit et frêle, et soudain très vieux. On lui avait tiré dans la poitrine avec un pistolet de calibre .22. Bourne prit son pouls, écouta sa respiration. Il était vivant.

— Je vais appeler une ambulance, dit le douanier.

— Faites ce que vous voulez, lui lança Bourne, mais lui, je l'emmène avec moi.

Il laissa l'employé s'arranger de la situation, et traversa le tarmac avec son fardeau.

— Il faut y aller, dit-il en allongeant Sever sur trois fauteuils.

— Qu'est-ce qui lui est arrivé ? demanda Moira, bouche bée. Il est encore en vie ?

Bourne s'agenouilla auprès de son vieux mentor.

— Il respire encore, oui.

Il entreprit de déchirer la chemise du professeur.

— Dis au pilote de décoller, Moira. Il faut partir tout de suite !

La jeune femme acquiesça. Elle remonta la travée, dit deux mots à l'un des stewards, qui courut chercher la trousse de premiers secours. La porte du cockpit étant restée ouverte, elle donna l'ordre au pilote et au copilote de décoller.

Trois minutes plus tard, on avait retiré la passerelle, et le 747 approchait de la piste. La tour de contrôle donna aussitôt l'autorisation d'envol. On débloqua les freins, les moteurs grondèrent. L'appareil s'élança, décolla, et s'enfonça dans le couchant.

43.

— Il est mort ?

Sever interrogea Bourne du regard, qui nettoyait sa blessure à la poitrine.

— Vous voulez dire Semion ?

— Semion, oui. Il est mort ?

— Oui, et le chauffeur aussi.

Bourne maintint Sever immobile sur les sièges, tandis que l'alcool à brûler désinfectait la plaie. Aucun organe vital n'était touché, mais il devait souffrir le martyre.

Bourne trouva une pommade antiseptique dans la trousse de premiers secours, et appliqua l'onguent sur la plaie.

— Qui vous a tiré dessus ?

— Arkadine, dit le professeur. Il est devenu fou. Mais peut-être l'a-t-il toujours été. Enfin, c'est ce que je pense. Oh, qu'est-ce que ça fait mal !

Sever prit quelques courtes inspirations avant de continuer.

— Il a surgi de nulle part. Le chauffeur a dit : « Une voiture de police vient de se garer derrière nous. » Là-dessus il ouvre sa vitre, et on lui tire dans la figure à bout portant. Nous n'avons rien vu venir, Semion et moi. Arkadine était dans la voiture de flics. Il m'a tiré dessus, mais il visait Semion, à tous les coups.

Bourne comprit alors ce qui s'était passé dans l'appartement de Kirsch.

— Icoupov a tué Devra, la femme qui l'accompagnait, dit-il.

Sever ferma les yeux. Il avait du mal à respirer.

— Et alors ? Arkadine ne s'est jamais soucié de ce qui pouvait arriver à ses femmes.

— Il avait l'air de tenir à elle, en tout cas, remarqua Bourne tandis qu'il appliquait un bandage.

Sever le regarda, incrédule.

— Le plus bizarre, c'est que je l'ai entendu dire « père » à Semion. Il n'a pas compris.

— Il ne saura jamais.

— Arrête ton cinéma, et laisse-moi mourir ! cracha soudain Sever. Peu importe à présent que je vive ou que je meure !

Bourne termina ce qu'il avait commencé.

— Ce qui est fait est fait, poursuivit le blessé. Mon destin est scellé. Et personne ne pourra rien y changer, toi pas plus qu'un autre !

Bourne s'assit dans un fauteuil face au vieil homme. Moira les écoutait, debout dans la travée. L'amour ou l'amitié nous placent décidément en position de vulnérabilité, songea Bourne, conforté dans cette idée par la trahison de son mentor.

— Jason, dit Sever d'une voix tout à coup bien plus faible. Je n'ai jamais eu l'intention de te manipuler.

— Si, professeur. Et c'est tout ce que vous savez faire.

— Je voulais m'occuper de toi comme d'un fils.

— A la manière dont Icoupov s'est occupé d'Arkadine.

Sever secoua lentement la tête.

— Arkadine est fou. Peut-être qu'Icoupov l'était aussi, et que c'est ce qui les a rapprochés.

Bourne se pencha vers lui.

— Permettez-moi de vous poser une question, professeur. Pensez-vous être sain d'esprit ?

— Bien sûr que je suis sain d'esprit !

Sever soutint le regard de Bourne, encore capable de défi, malgré sa faiblesse.

Pendant un moment, Bourne ne bougea pas. Puis il se leva, se dirigea vers le cockpit avec Moira.

— C'est un vol très long, dit-elle d'une voix douce. Tu as besoin de te reposer.

— Nous en avons besoin tous les deux.

Ils s'assirent côte à côte, sans un mot. De temps à autre, ils entendaient Sever gémir. Puis le bruit des moteurs les berça, et ils finirent par s'endormir.

Il faisait une température glaciale dans la soute, mais cela ne gênait nullement Arkadine : à Nijni Taguil, la saison froide était bien pire. Tarkanian l'avait d'ailleurs sauvé un hiver, alors qu'il se planquait encore des derniers lieutenants de Kouzine. Micha n'hésitait jamais à jouer du couteau, mais il avait l'âme d'un poète. Il avait fait rêver Arkadine avec des histoires enchanteresses, qui lui avaient permis de s'évader de l'enfer de Nijni Taguil.

Assis dos à une caisse, les bras autour des genoux pour se tenir chaud, il pensait à son ami. Icoupov avait payé de sa vie la mort de Devra, et Bourne aussi allait subir son juste châtiment. Mais il voulait d'abord se servir de lui pour contrer l'attentat terroriste, et donc parachever ainsi sa vengeance.

Il renversa la tête contre le bord du conteneur et ferma les yeux. Ce rêve de vengeance prenait pour lui des allures de poème, l'enveloppant d'une espèce de beauté éthérée. La pensée de la vengeance à venir lui faisait oublier qu'il grelottait dans une soute.

*

Bourne rêva de cet enfer nommé Nijni Taguil comme s'il y était né, et lorsqu'il se réveilla, il sut qu'Arkadine était tout près. Il ouvrit les yeux, vit que Moira le regardait.

— Qu'est-ce que tu penses du professeur ? demanda-t-elle.

Façon détournée de l'interroger sur l'opinion qu'il avait d'elle, pensa Bourne.

— Ses obsessions ont fini par le rendre fou, à mon avis. Il ne fait plus la différence entre le bien et le mal.

— Est-ce la raison pour laquelle tu ne lui as pas demandé d'explications ?

— Oui, aussi. Sa réponse n'aurait eu aucun sens pour nous.

— Les fanatiques ont une autre logique, remarqua Moira. Il est difficile de contrecarrer leurs visées. Agir de façon rationnelle n'apporte rien.

Elle inclina la tête sur le côté.

— Il t'a trahi, Jason. Il entretenait ta confiance pour mieux te manipuler.

— Quand on grimpe sur le dos d'un scorpion, il faut s'attendre à être piqué.

— Tu n'as donc aucun désir de vengeance ?

— Je pourrais l'étouffer dans son sommeil, ou l'abattre de sang-froid, comme Arkadine a fait pour Icoupov. Mais est-ce que cela me soulagerait ? Ma vengeance sera de neutraliser la Légion noire.

— Tu me parais bien rationnel.

— Mais je n'ai pas l'impression de l'être, Moira.

Elle comprit ce qu'il entendait par là, et le sang lui monta aux joues.

— Je t'ai peut-être menti, Jason, mais je ne t'ai pas trahi. Je ne pourrais jamais faire ça.

Elle chercha son regard.

— Depuis une semaine, j'ai failli te parler des centaines de fois, mais les termes du contrat me l'interdisaient.

— Je comprends, Moira.

— Comprendre est une chose, mais est-ce que tu pourras me pardonner ?

Il lui tendit la main.

— Tu n'es pas un scorpion, toi. Ce n'est pas dans ta nature.

Elle prit la main de Bourne dans les siennes, la porta à ses lèvres, puis la pressa contre sa joue.

A cet instant, Sever cria de douleur. Ils se levèrent, descendirent la travée. Il gémissait, recroquevillé sur lui-même. Bourne s'agenouilla à côté de lui, puis le remit sur le dos, afin d'éviter toute pression sur la plaie.

Moira s'adressa au blessé, qui la fixa.

— Pourquoi avez-vous fait ça ? Pourquoi attaquer votre pays d'adoption ?

Sever avait de la difficulté à respirer.

— Vous ne pouvez pas comprendre.

— Dites toujours.

Le professeur ferma les yeux, dans un effort de concentration.

— La secte islamiste à laquelle j'appartiens, et à laquelle appartenait également Semion, est très ancienne. Elle a son origine en Afrique du Nord.

Il s'interrompit, déjà à bout de souffle.

— Cet enseignement est très strict, et il est impossible d'initier les infidèles. Mais je vous dirai tout de même ceci : nous ne pouvons pas vivre dans le monde moderne, parce qu'il est en opposition avec toutes nos valeurs. Par conséquent, il doit disparaître. Cependant...

Sever s'humecta les lèvres. Bourne versa de l'eau dans un verre, puis il lui souleva la tête pour le faire boire. Quand il se fut désaltéré, Sever poursuivit.

— Je n'aurais pas dû te manipuler, Jason. Durant toutes ces années, Semion et moi avons souvent été en désaccord : ce différend n'aura jamais été que le dernier, mais il aura tout fait capoter. Semion disait que tu allais nous compliquer la tâche, et il avait raison. J'ai cru pouvoir modifier le cours des événements, et me servir de toi pour convaincre les services de renseignements américains que l'attentat visait New York.

Il eut un petit rire sec.

— J'ai occulté le fait que la réalité reprend toujours ses droits. Et c'était moi qui poursuivais des chimères, Jason, pas toi.

— C'est fini, professeur, remarqua Moira. Nous ne laisserons pas ce tanker aborder tant que nous n'aurons pas détecté le défaut dans le logiciel.

Sever sourit.

— Pas bête, mais ça ne débouchera sur rien de concret. Savez-vous quels dommages peut causer une telle quantité de gaz liquide ? Plus de mille hectares de terres dévastées, des milliers de morts, l'Amérique corrompue enfin sanctionnée. Semion et moi en rêvions depuis des années ! Il s'agit de ma mission ici-bas. Mais les pertes en vies humaines et les dégâts matériels ne sont que la cerise sur le gâteau.

La respiration de Sever se faisait de plus en plus sifflante.

— Lorsque le plus grand port du pays aura brûlé, l'économie de l'Amérique sombrera avec lui. La moitié de vos importations seront gelées. Les produits de première nécessité et autres biens de consommation vont manquer, les entreprises vont faire faillite. Le marché boursier s'effondrera, une panique générale s'ensuivra.

— Combien d'hommes avez-vous à bord du bateau ? demanda Bourne.

Sever eut un faible sourire.

— Je t'aime comme un fils, Jason.

— Un fils que vous voudriez tuer, répondit Bourne.

— Sacrifier, Jason. C'est différent.

— Pas pour moi.

Bourne revint à sa préoccupation majeure.

— Combien d'hommes, professeur ?

— Un. Un seul.

— Un seul homme ne peut pas prendre le contrôle d'un supertanker, remarqua Moira.

Un sourire flotta sur les lèvres de Sever, et ses yeux se fermèrent.

— Si l'homme n'avait pas créé les machines pour faire son travail à sa place...

Moira se tourna vers Bourne.

— Que veut-il dire ?

Bourne secoua le vieil homme par l'épaule, mais il avait perdu connaissance.

Moira souleva ses paupières, regarda ses pupilles, tâta sa carotide.

— Je doute qu'il s'en sorte sans une injection d'antibiotiques.

Elle se tourna vers Bourne.

— Nous ne sommes plus loin de New York. Nous pourrions nous poser quelques minutes et faire venir une ambulance sur la piste.

— Nous n'avons plus le temps, dit-il.

— Je sais, Jason.

Son amie lui serra le bras.

— Mais je voulais te laisser le choix.

Bourne contempla le visage de son mentor, qui semblait soudain très vieux. Il se détourna, puis s'éloigna.

— Appelle NextGen, Moira. C'est le plus important.

44.

Le tanker Lune d'Ormuz était à moins d'une heure du terminal de Long Beach. On avait avisé son capitaine, un vétéran nommé Sultan, que le port était prêt à recevoir le chargement inaugural de gaz naturel liquéfié. L'instabilité de l'économie mondiale faisait d'un terminal de ce type un atout d'autant plus précieux. Depuis qu'il avait quitté l'Algérie, le *Lune d'Ormuz* avait vu la valeur de sa cargaison augmenter de trente pour cent.

Le tanker, aussi haut qu'un immeuble de douze étages, aussi vaste qu'un village, transportait cent cinquante millions de litres de gaz naturel refroidi à – 160°C, équivalant à quatre-vingt mille milliards de litres de gaz naturel. Sa distance d'arrêt était de dix kilomètres, et vu la forme de sa coque et la présence de réservoirs sur le pont, Sultan avait une visibilité inférieure à mille mètres. La vitesse de croisière avait été de vingt nœuds, mais le capitaine avait donné l'ordre d'inverser la vapeur trois quarts d'heure plus tôt. A six kilomètres du terminal, le tanker n'allait plus qu'à six nœuds, et continuait à décélérer.

Sultan arrivait au paroxysme de l'angoisse durant les dix derniers kilomètres ; une catastrophe était toujours possible. L'explosion d'un supertanker tiendrait de l'apocalypse. Si le contenu des réservoirs se répandait dans l'océan, l'incendie subséquent s'étendrait sur un rayon de dix kilomètres, avec des radiations thermiques qui se propageraient bien au-delà de cette zone.

Mais c'était là un scénario catastrophe. En dix ans, Sultan n'avait jamais subi d'incident à son bord, et espérait bien ne jamais en connaître. Il goûtait ce temps magnifique, et la perspective de passer huit jours sur la plage avec son ami de Malibu. Puis son radio lui tendit un message de NextGen qui annonçait l'arrivée d'un hélicoptère d'ici un quart d'heure. On le priait d'accorder à ses passagers, Jason Bourne et Moira Trevor, toute l'aide qu'ils solliciteraient auprès de lui, et d'obéir à leurs ordres tant que le *Lune d'Ormuz* ne serait pas à bon port, ce qui ne fut pas sans provoquer son indignation.

On ouvrit les portes de la soute. Arkadine se tint prêt, accroupi derrière un conteneur. Alors que les débardeurs de l'aéroport se hissaient à bord, il pria l'un d'eux de venir l'aider, sans toutefois se montrer. L'homme s'approcha. Arkadine lui brisa la nuque et le traîna jusqu'au fond de la soute, où il le déshabilla, puis revêtit son uniforme. Il regagna la zone de déchargement, après avoir pris soin de masquer le badge de sa victime, afin qu'on ne puisse pas comparer les deux visages. Non pas que cela soit très important : ces ouvriers s'employaient à travailler vite et bien, plutôt qu'à chercher un imposteur dans leurs rangs.

Arkadine se dirigea vers les portes de la soute, puis descendit sur la plate-forme de levage, en même temps qu'un conteneur. Il sauta sur le tarmac, comme on chargeait le camion, et passa sous une aile. Il se retrouva seul de l'autre côté de l'appareil, et s'éloigna d'un pas décidé, en habitué des lieux.

Il respirait l'air marin, soudain libre de ses entraves – Kouzine, Marlene, Gala, Icoupov, à présent tous disparus – et prêt à répondre à l'appel de l'océan.

NextGen possédait son propre terminal dans la zone de fret de l'aéroport de Long Beach. Moira les avait avisés de la situation par radio : un hélicoptère attendait, à disposition.

Arkadine arriva sur place avant Bourne, et put circuler dans les zones interdites au public grâce à son badge. Il déboucha sur le tarmac, vit l'hélicoptère. Le pilote s'entretenait avec un mécanicien. Les deux hommes s'accroupirent pour examiner un patin. Arkadine en profita pour se diriger prestement vers l'autre extrémité de l'appareil, sa casquette enfoncée sur la tête, visière baissée.

Bourne et Moira émergèrent du terminal de NextGen, s'arrêtèrent brusquement, et haussèrent la voix : Bourne jugeait dangereux que la jeune femme l'accompagne, mais elle insistait pour venir. Ils avaient déjà dû se quereller à ce sujet, car les répliques fusaient.

— Regarde la réalité en face, Jason : je travaille pour NextGen. Tu ne pourras jamais monter dans cet hélicoptère sans moi !

Bourne se détourna, et l'espace d'un instant Arkadine crut qu'il était repéré. Puis il reporta son attention sur Moira, avant de gagner le tarmac au pas de course.

Bourne s'assit à droite du pilote. Moira contourna l'appareil. Elle passa non loin d'Arkadine, qui lui tendit la main et l'aida à monter dans le cockpit. Il pensa soudain à Devra et se sentit faiblir. Là-dessus Moira lui sourit, et il lui rendit son sourire.

Les pales du rotor se mirent à tourner, le mécanicien fit signe à Arkadine de s'éloigner. L'hélice s'emballa, l'hélicoptère vibra. Il grimpa sur un patin juste avant qu'il ne décolle, puis il se ramassa sur lui-même, tandis que l'appareil effectuait un large virage au-dessus du Pacifique, secoué par le vent du large.

Le tanker apparaissait de plus en plus gros dans le champ de vision des passagers, comme l'hélicoptère se dirigeait sur lui au maximum de sa vitesse. On apercevait un gros navire de pêche, à des kilomètres de la zone de sécurité entourant le gazier, qu'aucun bateau n'était censé pénétrer. Bourne vit que le copilote avait quelque difficulté à maintenir le cap.

— Tout va bien ? cria-t-il pour couvrir le bruit du rotor.

D'un geste, l'homme lui désigna l'une des jauges.

— Il y a un problème dans l'angle d'attaque des pales. Le vent, sûrement. On est pas mal secoués.

Mais Bourne avait des doutes. L'anomalie était constante – alors que le vent variait. Et il pensait connaître la cause du problème.

— Je crains que nous n'ayons un colis clandestin, dit-il au pilote. Il faudra descendre au maximum en arrivant sur le tanker, et raser les citernes.

— Comment ça ? s'écria le pilote. Non, c'est trop dangereux.

— Dans ce cas je vais jeter un coup d'œil.

Il défit sa ceinture de sécurité, puis se dirigea, tout courbé, vers la portière de l'hélicoptère.

— D'accord, je le fais ! gueula le pilote. Mais retournez vous asseoir !

Ils approchaient de la proue du tanker, gigantesque, comme une cité glissant sur le Pacifique.

— Accrochez-vous ! cria le pilote.

Il plongea vers la mer à grande vitesse. Des membres de l'équipage couraient sur le pont et quelqu'un, sans doute le capitaine, émergea de la timonerie, près de la poupe. On cria aux passagers de remonter : ils fonçaient sur les conteneurs. Juste avant qu'ils n'effleurent le premier, l'appareil tangua très légèrement.

— L'angle d'attaque des pales s'est rétabli, annonça le pilote.

— Ne sors pas ! hurla Bourne à Moira. Quoi qu'il arrive, reste à bord !

Il empoigna l'arbalète posée en travers de ses genoux, fit coulisser la portière, puis sauta de l'hélicoptère en vol, tandis que la jeune femme criait son nom.

Il atterrit derrière Arkadine, qui courait déjà entre les citernes. Des membres de l'équipage se ruèrent dans leur direction. Bourne leva son arbalète, ne sachant pas si le complice de Sever se trouvait parmi eux, et ils stoppèrent net. Bourne avait demandé deux arbalètes, que NextGen avait placées dans l'hélicoptère, jugeant que l'emploi d'une arme à feu sur un tanker aurait été suicidaire.

L'hélicoptère se posa sur le pont, juste à côté d'eux. Le pilote coupa les moteurs. Bourne se courba, passa sous l'hélice et ouvrit la portière.

— Arkadine est là, dit-il à Moira. Alors ne bouge pas !

— Je dois voir le capitaine, lui faire part de la situation, remarqua-t-elle. Et puis je sais me défendre.

Elle avait déjà son arbalète sous le bras.

— Qu'est-ce qu'il veut ? s'enquit-elle.

— Ma peau. J'ai tué son ami. Légitime défense, mais il s'en fout.

— Je te serai utile, Jason. Mieux vaut être deux.

Il secoua la tête.

— Pas dans ce cas. Et regarde la vitesse à laquelle on va. Le capitaine a inversé la vapeur. Nous sommes dans les dix derniers kilomètres. C'est la limite fatidique. Plus on approche du terminal de Long Beach, plus le risque augmente de voir l'histoire se terminer en apocalypse.

Moira acquiesça, descendit de l'appareil. Puis elle alla rejoindre le capitaine, qui attendait ses ordres, un peu plus loin, sur le pont.

Bourne tourna les talons, s'engagea entre les empilements de citernes, aussi hauts que les immeubles de Manhattan. Le vent s'engouffrait dans les brèches, puis sifflait le long de ces couloirs en prenant de la vitesse.

Comme il dépassait le premier coin, Arkadine lui dit en russe :

— La fin est proche.

Bourne se figea sur place, et essaya de déterminer d'où venait le son.

— Qu'en sais-tu, Arkadine ?

— Pourquoi je suis là, d'après toi ?

— Pour me tuer, et venger la mort de Tarkanian.

— Si j'avais voulu, j'aurais pu te buter dans le 747, pendant que tu dormais.

Le sang de Bourne ne fit qu'un tour.

— Et pourquoi tu ne l'as pas fait ?

— Pour empêcher le rêve d'Icoupov de se réaliser. Il a tué la femme que j'aimais.

— Oui, je sais. Et tu l'as abattu.

— Tu es contre la vengeance ?

L'Américain resta de marbre, pensant à ce qu'il ferait à Arkadine s'il osait porter la main sur Moira.

— Ne dis rien, Bourne. Je connais la réponse.

Il tourna la tête. La voix du Russe venait à présent d'un autre endroit. Où se cachait-il ?

— Il nous reste peu de temps pour trouver l'homme de main d'Icoupov à bord, déclara Arkadine.

— De Sever, vous voulez dire.

Le tueur ricana.

— Quelle différence ? Ils ont planifié l'attentat ensemble, tout en feignant d'être les pires ennemis. Je dois empêcher ça, si je veux que ma vengeance soit complète.

— Je ne vous crois pas.

— Ecoutez, Bourne, le temps presse. Je me suis vengé du père, mais ce projet est son enfant. Et à chaque seconde qui passe, ce bateau nous rapproche de l'apocalypse programmée par ces deux cinglés.

La voix venait encore d'une autre direction.

— C'est ce que vous voulez, Bourne ? Non. Alors unissons nos forces.

Bourne hésita. Mais il n'avait pas le choix, et dut faire confiance à Arkadine.

— C'est l'ingénieur informaticien, dit-il.

Arkadine parut, dévalant l'échelle d'une citerne. Les deux hommes se firent face, et encore une fois Bourne eut l'impression terrifiante de voir son double. Dans les yeux d'Arkadine, il ne voyait pas la démence, mais une image de lui-même : ténèbres et souffrance.

— Sever a affirmé n'avoir qu'un seul complice à bord. Introuvable, a-t-il dit. Et même si nous le débusquions, ça ne servirait à rien, d'après lui.

— Qu'est-ce qu'il voulait dire ?

— Je ne sais pas.

Bourne tourna les talons. Il se dirigea vers l'endroit du pont où s'étaient rassemblés les membres de l'équipage, afin de laisser la place nécessaire à l'hélicoptère pour atterrir.

— On cherche un homme portant un tatouage de la Légion noire, dit-il.

— Des chevaux avec une tête de mort au milieu, répondit Arkadine. Je l'ai déjà vu.

— Ils ont ce symbole dans le creux du coude.

— On pourrait tous les tuer, remarquez. Mais ça choquerait votre sens moral.

Ils examinèrent les bras des huit marins réunis sur le pont, sans succès, puis se dirigèrent vers la timonerie. Le tanker ne se trouvait plus qu'à trois kilomètres du terminal, et semblait à peine avancer. Quatre remorqueurs attendaient le navire à deux kilomètres de la côte, limite autorisée, afin de l'amener jusqu'à son point d'amarrage.

— Nous avons encore sept marins dans la salle des machines, dit le capitaine. Puis il y a mon second, l'officier-radio, et le médecin du bord. Il est actuellement à l'infirmerie, au chevet d'un matelot tombé malade après notre départ d'Algérie. Et le cuisinier, j'allais oublier.

Bourne et Arkadine se regardèrent. Le radio apparaissait comme le plus suspect. Le capitaine le fit venir, mais il ne portait aucune marque incriminante sur le bras. Pas plus que le capitaine et son subordonné immédiat.

— La salle des machines, dit Bourne.

Sur ordre du capitaine, le second les escorta jusqu'à l'escalier des cabines tribord, puis dans les entrailles de l'énorme navire, où officiaient cinq hommes maculés de graisse et de saleté. On regarda les bras des trois premiers, sans résultat. Soudain, le cinquième détala comme un rat.

Bourne s'élança à sa poursuite ; Arkadine disparut entre les machines assourdissantes. Le fuyard lui échappa une première fois, puis il le repéra près des moteurs diesel Hyundai, spécifiquement conçus pour la flotte mondiale des gros transporteurs de GNL. L'homme essayait de glisser une petite boîte sous une machine, entre deux supports métalliques. Arkadine surgit derrière lui, tenta de lui agripper le poignet. Le mécanicien fit un bond de côté et faillit actionner un interrupteur sur la boîte, que Bourne fit gicler d'un coup de pied. Arkadine plongea pour la récupérer.

— Attention ! s'écria l'individu, comme Bourne l'empoignait.

Il avait les yeux fixés sur la boîte.

— Vous tenez le sort du monde entre vos mains !

Bourne remonta la manche de l'agité. Son bras était couvert de graisse. Il essuya la peau avec un chiffon, et vit apparaître le tatouage de la Légion noire, à l'intérieur du coude.

Le matelot sembla ne pas s'en soucier, son attention focalisée sur l'objet entre les mains d'Arkadine.

— Cet engin va tout faire sauter ! piailla-t-il.

Il se précipita dessus, afin de le récupérer. Bourne ramena l'homme en arrière d'une secousse.

— Amenons-le au capitaine, dit-il au second.

Puis il prit le dispositif des mains d'Arkadine.

— Attention ! brailla le matelot. Un faux mouvement et tout explose !

Mais Bourne avait des doutes, à présent. Ce type se montrait un peu trop hystérique. Il retourna l'objet, dont un côté se décollait.

— Mais qu'est-ce que vous faites ? Vous êtes fou !

Arkadine le gifla sur la tempe pour le calmer.

Bourne inséra son ongle dans la brèche, écartant les parois. La boîte s'ouvrit : elle était vide.

Moira ne parvenait pas à rester en place, les nerfs tendus comme des ressorts. Le tanker arrivait au niveau des remorqueurs, et ils n'étaient plus qu'à deux kilomètres de la côte. Si les réservoirs explosaient, les pertes en vies humaines et les conséquences sur l'économie du pays seraient énormes. Elle se sentait inutile, alors que les deux hommes traquaient l'ennemi.

Elle sortit de la timonerie et descendit dans les ponts inférieurs, à la recherche de la salle des machines. Des odeurs de cuisine l'amenèrent à passer la tête dans le mess. Un grand Algérien large d'épaules, assis à une table en acier, lisait un journal arabe tout corné.

Il leva les yeux, désigna le quotidien d'un geste.

— Quand on le lit pour la quinzième fois, on s'ennuie un peu, mais que faire d'autre, en mer ?

Il portait un débardeur. Et des tatouages sur ses bras musclés : une croix, une étoile, un croissant, mais pas l'insigne de la Légion noire. Suivant les indications que l'homme lui donna, Moira se rendit à l'infirmerie, trois niveaux plus bas. Un Arabe de petite carrure, assis à un bureau fixé au sol, travaillait sur un ordinateur portable. La cloison, derrière lui, supportait deux couchettes, dont l'une occupée par le malade. Le médecin se retourna, marmonna une formule de politesse. A la vue de l'arbalète dans les mains de Moira, il fronça les sourcils.

— Est-ce indispensable ? dit-il.

— Je voudrais m'entretenir avec votre patient, déclara Moira, sans répondre à sa question.

— Je crains que cela soit impossible.

Le praticien eut ce sourire typique des hommes de sa profession.

— Il est sous sédatifs.

— Qu'est-ce qu'il a ?

Le médecin montra son ordinateur du doigt.

— Je ne sais pas. Je cherche. Il souffre de convulsions, mais je ne vois toujours pas de quelle maladie il s'agit.

— Nous arrivons à Long Beach, remarqua Moira. Vous allez pouvoir le faire transporter à l'hôpital. Je veux juste regarder l'intérieur de ses coudes.

Le médecin haussa les sourcils.

— Je vous demande pardon ?

— Il faut que je voie s'il a un tatouage.

— Ces marins sont tous tatoués, observa le docteur. Mais allez-y. De toute façon, vous n'allez pas le réveiller.

La jeune femme s'approcha de la couchette inférieure, se pencha vers le malade, souleva la couverture qui masquait son bras. A cet instant, elle reçut un coup sur la nuque.

Elle bascula vers l'avant, se cogna très fort la mâchoire sur le montant du lit. Une douleur aiguë l'empêcha de s'évanouir. Elle réussit à se retourner, le goût du sang dans la bouche. A la limite du vertige, elle vit le médecin courbé sur son clavier, les doigts volant sur les touches. Son cœur s'affola.

« Il va tous nous tuer ! » Obsédée par cette pensée, Moira ramassa l'arbalète tombée à ses pieds. Puis lâcha sa flèche avec une prière.

L'homme se cambra convulsivement comme le projectile se plantait dans sa colonne vertébrale. Il recula en titubant, tendit les bras devant lui, les doigts repliés comme des griffes sur le clavier. Moira lui balança l'arbalète en pleine tête. Son sang éclaboussa l'ordinateur, ainsi que les mains de la jeune femme.

*

Bourne la retrouva assise sur le sol de l'infirmerie, l'ordinateur portable sur les genoux.

— Je ne sais pas ce qu'il a fait avec, dit-elle lorsqu'il entra. Je n'ose pas l'éteindre.

— Tu es sûre que ça va ?

Moira acquiesça.

— Le médecin travaillait pour Sever.

— Je vois, dit Jason. Cela m'étonnait que le professeur n'ait qu'un homme à bord. Il est du genre à assurer ses arrières.

Il s'agenouilla auprès de la jeune femme, examina son crâne.

— La blessure est superficielle. Tu t'es évanouie ?

— Je ne crois pas, non.

Il trouva une compresse dans l'armoire à pharmacie, l'imbiba d'alcool.

— Tu es prête ?

Il appliqua la gaze sur sa tête, à l'endroit où le sang imprégnait les cheveux. Elle gémit un peu, tout en serrant les dents.

— Tu peux la tenir une minute ?

Moira acquiesça. Bourne récupéra l'ordinateur avec précaution. L'homme avait ouvert un fichier. Deux témoins lumineux clignotaient, sur la gauche de l'écran, l'un jaune, l'autre rouge. La lumière verte, sur la droite, était fixe.

Bourne poussa un soupir de soulagement.

— Tu l'as empêché d'activer le programme.

— Ouf, souffla Moira. Où est Arkadine ?

— Je ne sais pas. Le capitaine m'a dit que tu étais descendue, et j'ai couru te retrouver.

— Jason, tu ne crois pas qu'il pourrait...

Il posa l'ordinateur, aida son amie à se relever.

— Va donc annoncer la nouvelle au capitaine, dit-il.

Il paraissait inquiet.

— Et toi, tu seras prudent ? s'enquit la jeune femme.

Il lui tendit la petite machine.

— Retourne dans la timonerie et restes-y. Et cette fois, Moira, fais ce que je te dis.

L'arbalète à la main, il s'engagea dans le couloir, regarda de chaque côté.

— C'est bon, lança-t-il. Va vite !

Arkadine se sentait de nouveau happé par son passé. Entouré de fer et d'acier, dans la salle des machines, il lui sembla n'avoir rien vécu depuis Nijni Taguil. Une part de lui-même se trouvait encore dans le bordel qu'il avait possédé avec Stas Kouzine, écumait les rues de nuit, et enlevait des jeunes filles. Il revoyait leurs yeux affolés dans la lumière des phares, comme autant de biches promises à l'abattoir. Il n'avait pas pu les sauver, ou pas voulu. Et elles avaient toutes fini dans la fosse. La neige avait recouvert les corps maintes fois, depuis qu'il en avait sorti Helena, lui épargnant au moins la chaux et les rats, mais l'image de ce tas de cadavres le hantait. Et sa mémoire, de nouveau, le torturait.

Il sursauta, entendit Stas Kouzine lui crier : « Et tes victimes, alors ? »

Mais c'était Bourne, qui descendait l'escalier conduisant dans la salle des machines.

— C'est réglé, Arkadine. On a évité la catastrophe.

Le Russe acquiesça, comme un zombie : pour lui la catastrophe s'était déjà produite. Il se dirigea vers Bourne, et eut le sentiment de le voir à travers un prisme.

Il s'arrêta à un mètre de lui.

— Il paraît que vous êtes amnésique. C'est vrai ?

— Oui, j'ai perdu une grande part de ma mémoire.

Ivre de jalousie, en proie à une souffrance inouïe, comme si la trame de son âme se déchirait, Arkadine fit jaillir un cran d'arrêt et se jeta sur lui.

Bourne pivota d'un quart de tour, saisit son poignet et le tordit, pour l'amener à lâcher son arme. Arkadine voulut frapper de l'autre main. Bourne se protégea avec son avant-bras, et dut laisser tomber l'arbalète. Arkadine donna un coup de pied dedans, l'envoyant valser dans l'ombre.

— Pourquoi t'en prendre à moi ? dit Bourne. On n'a aucune raison de s'affronter.

— Toutes les raisons, si ! protesta Arkadine. Tu es aveugle ou quoi ? On est pareils, toi et moi. On ne peut pas coexister. L'un de nous doit mourir !

Bourne le fixa, et vit dans ses yeux un désespoir sans nom. Arkadine avait perdu Devra et Tarkanian, et il n'avait plus qu'un seul désir : se venger. Aucun argument ne pourrait le fléchir, car selon sa logique, Bourne devait mourir.

Il avança son couteau de la main droite et frappa avec son poing gauche. Bourne perdit l'équilibre, tomba accroupi. Arkadine lui planta sa lame dans la cuisse, shoota dans la blessure. Le sang coula, Bourne étouffa un gémissement, et l'autre abattit une pluie de coups.

Bourne se protégeait, tout en sachant qu'il ne tiendrait pas longtemps dans ces conditions. Il rassembla ses dernières forces, bondit, puis fila vers l'escalier des cabines en boitillant.

Arkadine le rattrapa après quelques marches. Bourne lui envoya son pied dans la figure, le toucha au menton. Il tomba à la renverse et Bourne gravit les degrés métalliques à la hâte. Il avait la jambe gauche en feu et son muscle blessé dégoulinait de sang.

Il continua à grimper jusqu'au pont inférieur, où se trouvait le mess, d'après Moira. Il chercha l'endroit, y entra, prit deux couteaux et une salière en verre. Il fourra celle-ci dans sa poche et brandit les lames, comme Arkadine paraissait dans l'embrasure de la porte.

Ils se battirent au couteau, mais le tueur gardait l'avantage avec son cran d'arrêt. Il fit une autre entaille à son adversaire, cette fois sur la poitrine. Bourne le cogna à la figure et tenta de s'emparer du couteau, mais en vain. Arkadine frappa à nouveau, et faillit lui transpercer le foie. Bourne recula d'un bond, s'enfuit du mess, puis s'élança dans le dernier escalier avant le pont.

Le tanker ne bougeait presque plus. Le capitaine supervisait l'attache avec les remorqueurs, qui allaient tirer l'énorme vaisseau jusqu'à son point d'amarrage. Moira restait invisible, ce qui était rassurant : mieux valait la savoir loin d'Arkadine.

Bourne se réfugia entre les citernes. Il se sentit soudain plaqué au sol : Arkadine lui sautait dessus par-derrière. Les deux hommes roulèrent jusqu'au bastingage, au corps à corps. Cinquante mètres plus bas, les vagues se fracassaient sur les flancs du navire. L'un des remorqueurs donna un coup de corne : il venait de se ranger contre le tanker. Le tueur se raidit, associant ce bruit à celui des sirènes de Nijni Taguil. Il revit le ciel noir, l'âcreté du soufre le fit suffoquer. La figure monstrueuse de Kouzine le nargua, il sentit la tête de Marlene mourante, sous l'eau, entre ses chevilles, et entendit siffler les balles qui allaient tuer Devra.

Arkadine rugit, redressa Bourne. Il fit pleuvoir des coups sur lui jusqu'à ce qu'il plie, dans le vide, par-dessus le bastingage. A cet instant, Bourne sut qu'il allait mourir, dégringoler la falaise d'acier, s'enfoncer dans les profondeurs de la mer. Et y rester, à moins qu'un bateau de pêche ne le remonte dans ses filets, infime probabilité. Son visage était tuméfié, en sang, ses bras aussi lourds que du plomb, et il était à bout de forces.

Soudain il sortit la salière de sa poche, la brisa contre le rail et balança le sel dans les yeux d'Arkadine, qui hurla sous l'effet de la douleur et leva la main pour se protéger. Bourne lui arracha le cran d'arrêt. Aveuglé, le tueur continua à lutter. Il referma les doigts sur la lame, et reprit le couteau, malgré la lame qui lui coupait la peau. Bourne le repoussa, mais il revint à la charge, muni du cran d'arrêt, et se rua sur lui avec l'énergie du désespoir.

Bourne s'élança. Ignorant le couteau, il saisit le col d'Arkadine, pivota d'un quart de tour, et le souleva pour le balancer par-dessus bord – ses cuisses frôlèrent le garde-fou, et il bascula tête la première dans le vide.

Douze étages plus bas, il disparut dans les flots.

45.

— J'ai besoin de vacances, dit Moira. Bali serait parfait.

Elle se trouvait à la clinique de NextGen avec Bourne, qui surplombait le Pacifique. Le *Lune d'Ormuz* avait accosté sans encombre. On transférait à présent sa cargaison liquide, au volume réduit six cents fois, dans des réservoirs à terre, où le produit serait décomprimé de façon à le rendre propre à la consommation. Les informaticiens de NextGen s'employaient à analyser le logiciel, avant de le rendre inopérant. Le président de la société venait de quitter l'établissement médical. Après avoir nommé Moira responsable de la sécurité, il avait offert à Bourne un emploi de consultant très lucratif au sein de la firme. Ce dernier avait joint Soraya par téléphone, et les deux agents s'étaient briefés sur les derniers événements. Il lui avait communiqué l'adresse de la maison de Sever, et précisé la nature de l'organisation clandestine qu'elle abritait.

— Je voudrais pouvoir dire que j'aime les vacances, mais je ne sais pas ce que c'est, avoua-t-il après avoir raccroché.

— Eh bien, dit Moira, il suffit d'essayer.

Bourne considéra la question. Il n'avait jamais envisagé de prendre des congés, mais c'était l'occasion rêvée. Il regarda son amie, hocha la tête.

Un sourire radieux éclaira le visage de la jeune femme.

— Je vais demander à NextGen de réserver. Combien de temps veux-tu partir ?

— Combien de temps ? dit Bourne. Mais pour la vie !

Sur le chemin de l'aéroport, Bourne fit un arrêt au centre médical du mémorial de Long Beach, où avait été admis Asher Sever. Moira ne l'avait pas accompagné, préférant l'attendre dans la voiture avec chauffeur, mise à leur disposition par NextGen. L'hôpital avait installé Sever dans une chambre individuelle, au cinquième étage. Il régnait dans la pièce un silence parfait, hormis le bruit du respirateur artificiel, indispensable à la survie du professeur, qui avait sombré dans un coma profond. Un tube épais sortait de sa gorge, relié à l'appareil d'assistance respiratoire. Un cathéter, relié à une poche vésicale en plastique fixée sur le côté du lit, recueillait l'urine du malade. Ses paupières bleuies étaient si fines que Bourne avait l'impression de voir au travers.

Debout à son chevet, il se demanda pourquoi il était venu. Pour contempler le visage du diable une dernière fois, peut-être. Arkadine avait tué, sans doute, mais l'homme étendu sur le lit menait une entreprise de destruction méthodique depuis des décennies. Et cependant il paraissait si frêle, à présent, si impuissant qu'on l'imaginait mal planifiant la destruction de Long Beach par le feu, esclave d'un fondamentalisme qui refusait le monde moderne, et se devait, de par une logique fanatique, de l'éradiquer. A moins qu'il n'y ait une autre raison, et que Sever n'ait menti, une fois de plus : il ne le saurait jamais.

La présence de Sever lui donna soudain la nausée, mais comme il se détournait pour sortir, entra un petit homme fringant, qui referma la porte derrière lui.

— Jason Bourne ?

Ce dernier acquiesça.

— Frédéric Willard.

— Soraya m'a parlé de vous, dit-il. Bien joué, mon vieux, bravo.

— Merci, monsieur.

— Ne m'appelez pas monsieur, je vous en prie.

Willard eut un sourire contrit.

— Pardonnez-moi, mais c'est devenu une habitude. Après tant d'années.

Il jeta un coup d'œil à Sever.

— Vous croyez qu'il s'en sortira ?

— Pour l'instant il respire, mais je n'appellerais pas cela vivre.

Le visiteur hocha la tête, poli, bien qu'il ne paraisse guère préoccupé de l'avenir de l'homme allongé dans le lit.

— Une voiture m'attend en bas, dit Bourne.

— Moi aussi.

Willard eut soudain l'air triste.

— Je sais que vous avez travaillé pour Treadstone.

— Pas pour Treadstone, pour Alex Conklin.

— J'ai moi-même travaillé pour lui, il y a des années. Treadstone et Conklin étaient indissociables, monsieur Bourne.

Il commençait à perdre patience. Il voulait retrouver Moira, s'envoler pour Bali.

— Je sais tout de Treadstone, monsieur Bourne. Or nous sommes les seuls, vous et moi, à en connaître les dessous.

Une infirmière entra, s'approcha du lit en silence. Elle vérifia les différentes perfusions de Sever, griffonna quelque chose sur le dossier, puis ressortit, les laissant seuls.

— J'ai longtemps hésité à venir ici pour vous dire...

Willard s'éclaircit la voix.

— Voyez-vous, l'homme avec qui vous vous êtes battu sur le tanker, le Russe qui est passé par-dessus bord...

— Arkadine.

— Leonid Danilovitch Arkadine, oui.

Willard plongea ses yeux dans ceux de Bourne, qui tressaillit.

— C'était un ancien agent de Treadstone.

— Quoi ?!

Bourne n'en croyait pas ses oreilles.

— Arkadine a suivi cet enseignement ?

Willard acquiesça.

— Oui. Il a été l'élève de Conklin. Juste avant vous, en fait.

— Mais que lui est-il arrivé ? Comment a-t-il pu travailler ensuite pour Semion Icoupov ?

— C'est Icoupov qui l'a envoyé à Conklin. Ils étaient très liés, à une époque. Icoupov lui a parlé d'Arkadine, et le personnage a intrigué Alex. Treadstone entrait dans une nouvelle phase, à ce moment-là, et Conklin a jugé Leonid parfait pour incarner ses visées. Mais il s'est rebellé, et a failli le tuer, avant de s'enfuir en Russie.

Bourne s'efforçait d'assimiler ces révélations.

— Savez-vous où Alex voulait en venir, lorsqu'il a créé Treadstone ?

— Oh, oui. Je connais la face cachée de Treadstone, je vous l'ai dit. Votre mentor, Alex Conklin, voulait façonner le parfait soldat.

— Le parfait soldat ? Qu'entendez-vous par là ?

Mais Bourne le savait déjà. Il avait vu ce soldat dans les yeux d'Arkadine : lui-même, en fait.

— Le guerrier ultime.

Willard sourit, une main sur la poignée de la porte.

— Et c'est ce que vous êtes, monsieur Bourne. Et ce que Leonid Arkadine était – enfin, jusqu'à ce qu'il tombe sur vous.

Willard observait son interlocuteur, comme s'il cherchait en lui la trace de l'homme qui l'avait transformé en agent insaisissable.

— Et finalement, il a réussi, n'est-ce pas ? ajouta-t-il.

Bourne sentit son sang se figer.

— Que voulez-vous dire ?

— Cet affrontement entre Arkadine et vous a toujours été son objectif.

Willard ouvrit la porte.

— Dommage qu'il n'ait pas vécu assez longtemps pour voir qui allait l'emporter. Mais c'est vous, monsieur Bourne. Vous.

Je tiens à remercier,

Les reporters intrépides de *The Exile*. Les aventures de Bourne à Moscou et l'histoire d'Arkadine à Nijni Taguil n'auraient jamais vu le jour sans leur aide.

Gregg Winter, qui m'a dévoilé la logistique du transport de gaz naturel liquéfié.

Henry Morrison, pour toutes ces idées jaillies de nos discussions, de jour comme de nuit.

Et dire à mes lecteurs :

Que j'essaie de relater des événements réels dans mes romans, lesquels restent, malgré tout, des œuvres de fiction. Afin de pimenter les intrigues, il m'arrive, fatalement, de prendre des libertés avec la réalité. Lieux, circonstances, dates relèvent parfois de mon imagination. Mais je fais confiance au lecteur : il saura profiter du voyage, sans s'arrêter à ces détails.

De Eric Van Lustbader :

Aux Éditions Grasset

LE GARDIEN DU TESTAMENT

Série « Jason Bourne » *(d'après Robert Ludlum)* :

LA PEUR DANS LA PEAU
LE DANGER DANS LA PEAU
LE MENSONGE DANS LA PEAU
LA POURSUITE DANS LA PEAU
LA TRAHISON DANS LA PEAU

De Robert Ludlum :

Aux Éditions Grasset

Série « Réseau Bouclier » :

OPÉRATION HADÈS, avec Gayle Lynds.
OBJECTIF PARIS, avec Gayle Lynds.
LA VENDETTA LAZARE, avec Patrick Larkin.
LE PACTE CASSANDRE, avec Philip Shelby.
LE CODE ALTMAN, avec Gayle Lynds.
LE VECTEUR MOSCOU, avec Patrick Larkin.
LE DANGER ARCTIQUE, avec James Cobb.

LE COMPLOT DES MATARÈSE.
LA TRAHISON PROMÉTHÉE.
LE PROTOCOLE SIGMA.
LA DIRECTIVE JANSON.
LA TRAHISON TRISTAN.
L'ALERTE AMBLER.
LA STRATÉGIE BANCROFT.

Aux Éditions Robert Laffont

LA MÉMOIRE DANS LA PEAU.
LA MOSAÏQUE PARSIFAL.
LE CERCLE BLEU DES MATARÈSE.
LE WEEK-END OSTERMAN.
LA PROGRESSION AQUITAINE.
L'HÉRITAGE SCARLATTI.
LE PACTE HOLCROFT.
LA MORT DANS LA PEAU.
UNE INVITATION POUR MATLOCK.
LE DUEL DES GÉMEAUX.
L'AGENDA ICARE.
L'ÉCHANGE RHINEMANN.
LA VENGEANCE DANS LA PEAU.
LE MANUSCRIT CHANCELLOR.
SUR LA ROUTE D'OMAHA.
L'ILLUSION SCORPIO.
LES VEILLEURS DE L'APOCALYPSE.
LA CONSPIRATION TREVAYNE.
LE SECRET HALIDON.
SUR LA ROUTE DE GANDOLFO.

Composition réalisée par PCA

Achevé d'imprimer en février 2012 en France par
CPI BRODARD ET TAUPIN
La Flèche (Sarthe)
N° d'impression : 67353
Dépôt légal 1re publication : février 2012
LIBRAIRIE GÉNÉRALE FRANÇAISE
31, rue de Fleurus – 75278 Paris Cedex 06